夏七夕工作室 花火工作室
联 合 出 品

有些人像尘埃，是可以用时间抹去的，而有些人却像划在我们心上的长长的伤痕，想起来就觉得难受。

这一刻，我觉得好孤独啊，不是因为我只有一个人，而是我心里没有人，没有人可以去珍惜和守护——有的人是我做不到，有的人是我配不上。

“林星，你想要什么，只要我能给的，都会给你。”

“洛瑞行，你曾用两千万买我一段青春，现在我，也有两千万存款，买你余生可好？”

——“林星，我有钱有势的时候你不巴着我，讨好我；现在我变成个穷光蛋，你还倒贴上来，你说你是不是贱？”

——“是啊，我真贱。我就是这样贱贱的，渐渐的，爱上你的。”

一半星光一半蓝

微酸袅袅 著

江苏凤凰文艺出版社
JIANGSU PHOENIX LITERATURE AND ART PUBLISHING, LTD

目录

目录

第一章 流水的绯闻女友，铁打的林星

知道我和洛瑞行关系的人不算多，但知道的人里，不知有多少等着看我几乎注定的"下场"——几时被洛瑞行一脚踹掉，从云端跌落凡尘。

透明的阳光落在眼皮上，有轻微的灼痛感，我皱了皱眉头，在king size的床上翻个身，意识逐渐归位。

床下散落着我的鞋子、外套、手包，空气里有温暖的米粥香气以及煎蛋的嗞嗞声音——这昭示着，张阿姨已经上班了。

我托着额角扭头，瞥到床头放着一个深蓝色丝绒盒子。横过身体，伸手够到手里打开：一条钻石项链安静地躺在黑色绒布上，钻虽不算大，但火花盈目，设计别致，价格自然也是好看的。虽然是洛瑞行的助理挑的，但以他的名义送出，自然不能跌份。

我把那钻石项链连盒子丢进床头柜，和他之前送我的珠宝首饰名表挤在一起。

我从不讳言自己爱钻石，爱珠宝，爱昂贵的表，但当它们真正到了我手上，我对它们的喜欢也就那样了。

这条钻石项链是洛瑞行送我的生日礼物。

昨天是六一儿童节，也是我的生日——可我总觉得自己应该提早两个月出生，4月1日愚人节这种荒谬的节日才更配我这种人的荒谬人生。

生日会洛瑞行没空出现，沅星皓以我的名义，照他的喜好搞了个“童年趴”。他的狐朋狗友们个个都穿得特别袒胸露乳又特别天真无邪的样子，在酒池肉林的夜店狂欢一夜。

我的闺蜜苏宝拉，身为一家美甲店老板娘，忙得堪比国务院总理，只能在给VIP客户们做指甲的空隙里，抽空看一眼我发给她的现场小视频。她这样客观而形象地评价我的生日会——“跟盘丝洞的cosplay秀似的。”

我发过去一串“哈哈哈哈哈哈”。

其实昨天我真还挺高兴的，平日哪去见那么多奇葩啊？但因为白天做了一台面部修复的大手术，我有点没力气动弹，便独自坐在角落里喝酒——也不知什么年份的葡萄酒，甜甜的，还挺好喝，我一不小心就喝醉了。

依稀记得有人送我回家，但我不记得是谁了，只记得自己好像做了个梦，梦里有个人对我无比温柔。他像对待一个小宝宝似的，给我擦脸，喂我喝水，抱我上床，怀抱温暖，让我想起了我妈。印象里，只有我妈会对我这么好。

我意识混沌，手脚发软，心里发软，分不清是梦境还是现实，只是很想看清他的样子，可他脸上像笼着一层雾气，我怎么都看不清。

是……洛瑞行吗？不不……呵呵，我还不如猜是凯鲁王子冲破次元来找我了，这个可能性都大过是洛瑞行。他看到我这副醉态，不露出嫌恶的表情，就是他最大的“温柔”了……

我胡乱地想着，直至最终陷入梦乡。

酒醒之后，我什么都不记得了，只觉得宿醉后头痛得像要炸裂了一般。我敲了敲头，趿了拖鞋去浴室洗漱，一边对镜子刷牙，一边打开手机，习惯性地点开朋友圈，下一秒，眼睛蓦地睁圆——我靠，我他妈是疯了吗？昨天喝醉都发了些什么啊？

手机屏幕上清清楚楚地显示着，7个小时前，我在人声鼎沸的夜店，在意识极度不理智的状况下，发了条忧伤滚滚的朋友圈：“有些人像尘埃，是可以用时间抹去的，而有些人却像划在我们心上的长长伤痕，想起来就觉得难受。”配图是一张模糊到像被暴揍过的我的自拍。

留言一大串，多半是祝我生日快乐，小半是揶揄我，只有宝拉发了个问号脸。

我迅速点击“删除”，但在删除之前又仔细地检查了三遍，确定洛瑞行没有留言、没有点赞。但，这也不能证明他没有看到这条朋友圈。就算洛瑞行没有看到，也保不准有人会主动献宝似的让他看到。毕竟，我可是洛瑞行历任“女朋友”里任期最长，看起来最受宠的一个——所谓“流水的绯闻女友，铁打的林星”。

知道我和洛瑞行关系的人不算多，但知道的人里，不知有多少等着看我几乎注定的“下场”——几时被洛瑞行一脚踹掉，从云端跌落凡尘。

我洗了把脸，随便拍了点乳液，描了描眉毛，囫囵吃完了张阿姨做的早餐，在玄关挑了双平底鞋，背了最朴实无华的黑色小羊皮杀手包出门。

虽然在外人看来，我像一只洛瑞行圈养的“金丝雀”，但我不是只会“以色侍人”这一项技能——甚至，这可能是我所掌握的所有技能里水平最差的一项了。

我有工作，我是个整形医生。

我读了5年临床医学，扎扎实实的5年。照我老师的想法，毕业后我要么继续深造，硕博连读，要么进省院外科，做个上千台手术，练就省院外科一把刀，造福人民群众。

我老师说我有一双特别适合拿手术刀的手：纤细、柔软、灵活，下刀时稳、准、狠。

但最后我还是让他失望了，因为我既不去深造，也没进省院，而是义无反顾投入了医美行业的怀抱。

我原本该用来握手术刀割肿瘤的手，现在用来划拉人造双眼皮。

原因？简单粗暴极了——钱。

人人都知道我林星爱钱。

做“一把刀”，成为行业翘楚要熬，收入上涨要熬，偶尔遇上个“大客户”愿意大派红包的，还得偷摸着来；而做个整形医生，划拉划拉双眼皮，给人吸吸脂，垫垫鼻子、下巴，来钱就快得多了。

我入行三四年，开私人诊所一年有余，收入已超洛瑞行手下一个总监的——要知道他的公司，可是以高薪闻名。

这天上午预约的客人，是洛瑞行一个程姓长辈的太太。

程太太40岁左右的年纪，保养得极好，皮肤光洁紧实，除了眼角的一点点细纹和无法避免的些许松弛，整体状况上佳。

“恕我眼拙，我实在看不出程太太您还有什么地方需要……调整的。”我半恭维半真诚地说。

“林医生你不用挑好听的话哄我，毕竟是这个年纪的人了，我自己心里清楚。”程太太直爽，起身解开薄风衣，侧身让我看到她真实的身体线条，道明来意，“我想抽脂。”

其实她身材很苗条，除了微凸的腹部和略显粗壮的手臂，与大多数不知节制的少女相比也不落下风。

“我年轻时上臂就比较粗，这两年越发明显，节食也没用。小肚子是生孩子遗留的‘礼物’，最后那一点脂肪，怎么都消不下去。”

“程太太，您这种情况其实完全没必要，别对自己太苛刻了，并且抽脂是有一定风险的。我倒是建议您，如果想让自己看起来状态更好，不如在法令纹的位置，补一点玻尿酸？”我是爱钱，但希望自己取之有道。

“好的林医生，我听你的，两个都做。”

我……好像不是这个意思啊？我愣了一下，然后看着程太太，真诚地说：“程太太，不是每一个人都生活在高清镜头下，需要对自己的外形精雕细琢。您这样真的已经很完美了。补一点玻尿酸算是锦上添花，抽脂其实大可不必。”

“林医生，”程太太眼神温和地看着我，突然问了我一个问题，“我做个假设：如果你青春已逝，努力节制还是无法抵抗衰老，而瑞行交了新女朋友，20岁，浑身胶原蛋白，细腰不到20英寸，你会不会试着寻求些别的法子，让自己看起来离20岁近一点？”

不会。我在心里作答。不是我潇洒出世，而是我和洛瑞行肯定熬不到那个时候——但这些话我没法和程太太说。

我笑着避重就轻道：“他的女朋友多了去了，20岁，25岁，30岁，各有风姿，我可管不着他。”

程太太有点哀伤：“是啊，男人是管不住的……但我还是想让自己看起来胜算更大点。我也没有其他的法子了。”

她流露这么私人的情绪，让我有点尴尬，边低头写记录，边说：“程太太，您这种情况，我建议您可以做三个疗程的射频溶脂，溶脂紧肤一体，也不影响生活。效果是慢一些，但安全系数也高一些。玻尿酸的话，等会儿就可以打，效果立竿见影。”

“好，就听你的安排。”程太太说。

送走程太太，我暂时空闲下来，看了看时间，快中午了。我犹豫再三，决定“向死而生”，主动给洛瑞行打个电话“请安”。

电波声响过三下，电话接通了。

“有事？”冷冷的，毫无情绪的两个字。

洛瑞行的声音真的很“赶客”，好像我眼巴巴贴上去，而他看我一眼都是恩赐的感觉——但没办法，我确实仰他鼻息活着。

“没……刚才程太太过来了，是你介绍的吧？谢谢给我介绍生意啊，哈哈！”我干笑两声，试图缓和下气氛，谁知干笑完更显得尴尬。

“不是我介绍的。”洛瑞行说，“是她从别处听说了你，从我这要了你的预约电话。其实绕过我，她也能找到你，多此一举罢了。”

“哦……这样啊！”

洛瑞行稍作停顿，见我没继续开口，便道：“没事我挂了。”他总是一副日理万机的模样，当然，也可能他真的需要日理万机。

“等会儿吃饭吗？一起？想吃什么？”意识到洛瑞行想挂电话，我三个问题连珠炮似的丢过去。

“哦？”洛瑞行顿了一顿，我的急切似乎让他有些许愉悦。

“想请你吃饭，你有空没？当给我补过生日咯。”我厚着脸皮撒娇。

电话那头安静了一会儿，似乎是他低语着安排了之后的行程，然后洛瑞行的声音再次响起：“有家粥店不错，我让小丁来接你。”

“待会儿见。”我眉开眼笑地挂上电话。

我用最快的速度打了粉，涂了睫毛膏，在嘴唇上抹了薄薄一层“斩男色”，对镜抿了抿，然后去对街的商场挑了条裙子和一双高跟鞋，直接穿走。

从商场出来走到楼下，时间刚好，小丁开着奔驰刚到。

洛瑞行提议“喝粥”，说得简单，但小丁七拐八拐的，开了好一会儿才在城西的某个巷口停下。那里不能停车，小丁随即将车开走。另有人等在那里，领着我走进巷子，又穿过条横巷，入了一座小园子。

外面看就是寻常人家，进去了才知那里曲径通幽，是处精心修葺过的私房馆子，主打各式老火慢炖的清粥和各种有机蔬菜。常见的各类蔬菜以无土栽培的方式种在玻璃器皿里，被当作装饰放满了一面墙，顿时有种身价要拔地而起的气势。

洛瑞行这样的富家公子哥，喝个粥都那么奢侈。这里说是“粥铺”，其装修格调，碗筷用具，全部比照的是三星米其林餐厅水准。

我进包间的时候，洛瑞行已经在那儿了。我知道他不爱等人，立刻嬉笑着赔罪：“路上太堵，下次高峰期你就别让小丁来接我了，我估计坐地铁还快些。”

洛瑞行不说话，只抬了抬下巴，示意我坐下，然后递了菜单给我：“我点了一些，你看看还有没有什么想吃的。”

我看了看已点的单子，说：“点得够了，还不一定吃得完。”

经理去下单，包厢里只剩下我和洛瑞行，空气突然就安静下来。我稍显不自在地摸了摸耳垂。

其实我有些日子没看到洛瑞行了，没有三四个月，起码也有大半个春天。但我知道他神通广大，我这段时间里做了什么、见了什么人，他怕是都知道，而我对他，除了从网上的八卦消息和财经新闻里窥得一二外，其他就无从知晓了——比如，我甚至不知道他送我的礼物是谁放我床头的。

从一开始，我和洛瑞行就是这样不对等的关系。

“谢谢你的生日礼物哈，漂亮极了。”我想起那条钻石项链，顺口而真诚地道个谢。

主人丢根肉骨头，狗摇摇尾巴是本分。

“喜欢吗？”

“喜欢，喜欢得很。”我答得飞快，几乎出于本能，但回答完就反应过来，这不是洛瑞行问这个问题的本意——他从不会问废话。

“哦，那怎么没见你戴？”

果然，他真正要问的是这个，并且在心里已经得出我撒谎的结论。

“我今天要上班呀，穿戴太过珠光宝气，显得我不专业。”我轻轻扭了下身体，柔笑道，“这裙子还是为了见你刚买的，好看吗？”我18岁之前几乎没有主动穿过裙子，但近些年渐渐知道，穿裙子是女人的特权之一，它最能昭示女性的柔美，有时候是加分项，有时候还是小武器。

洛瑞行盯了我许久，我被他看得心里发毛，一直在反省自己有没有什么纰漏，他又缓缓启唇道：“好看。”他眨了下眼睛，唇角有微不可见的弧度。

此刻，他心情又莫名好转了。

我和洛瑞行相识6年，我号称最会讨他欢心的“高知小妖精”，但事实上和他相处的时候，我老觉得像在走迷宫。我看不透他，摸不着他，总在猜，按着猜到的线索走，而他不置可否，我都不知道自己猜没猜对。

“昨天玩得开心吗？老周说你喝醉了，语无伦次。”老周是洛瑞行的司机之一，我没买车之前如果要用车，多半是老周载我。

看样子，昨天送我回家的是老周？可照理，老周是不会进我卧室的，更不可能贴身照顾我，那是逾矩。难道那人，真的是洛瑞行？不，不可能，应该只是我的一场梦吧。我心思转得飞快。

老火慢炖，鲍鱼吊鲜味的粥上来了，我藏起疑惑，给洛瑞行盛了一碗，嘴上紧张地问：“我没说什么奇怪的醉话吧？”

他看了我一眼，然后低头喝粥：“或许吧。不过即使有，老周也不敢跟我说……嗯，这里的粥果然还不错，你尝尝。”

“唔，好。”我一点也想不起自己喝醉后说了什么，只好顺着洛瑞行给的答案，带着一点点撒娇的语气说，“幸好你昨天没空来……我有点喝多了，样子肯定丑死了。”

“不过我做了个梦，梦到有人去接我，还像我妈妈一样温柔地照顾我。”我没好意思说，半梦半醒间，我觉得那个看不清脸的人有点像洛瑞行。

洛瑞行的睫毛微微闪了一下，重复我话里的几个字：“像……你妈，一样？”他的手机突然“叮咚”一声，有新的信息进来，打断了我们的对话。

看洛瑞行回复微信，我心里又是一跳——我还不知道洛瑞行有没有看到我那条发神经的朋友圈。

最坏的状况是我的醉话刚好能跟那条我乱发的朋友圈联系起来，那照洛瑞行的性子，肯定是要气爆了。我是他豢养的“金丝雀”，我发那么“思春”的朋友圈，不是打他的脸，给他头顶种了片草原吗？但依今天的状况，应该没事吧？

我惴惴不安，洛瑞行倒是一切如常。他放下手机后，我们又聊了会儿各自的近况，他甚至还以我“创业导师”的身份，给我的小诊所经营之路指点了下迷津。怪不得与巴菲特共进午餐就能拍出千万天价，洛瑞行只是漫不经心地点拨了我几句，我已受益匪浅。

“你吃完了吗？吃完的话我送你回诊所吧。”吃得差不多了，洛瑞行说。

“不用，你忙你的，我自己回去吧。”我客气地推辞道。

洛瑞行瞥我一眼：“你什么时候和我这么见外了？”

我尴尬地笑笑：“我这不是怕耽误你时间嘛！你谈的都是分分钟过亿的大项目，我多怕耽误你咧！”

洛瑞行没理我。我们出了包厢，他独自走在前面，我跟在他身后，像个小媳妇一样。一路沉默，直到下楼梯的时候，洛瑞行突然说：“你还不知道吧，乔杨回来了。”

我脚下一崴，要不是洛瑞行在我前面一把捞住我，我差点滚下楼梯。

我吓得攀住洛瑞行的脖子，后怕地在心里直骂脏话，慢了半拍才反应过来两件事：第一，我和洛瑞行正抱在一起，我紧紧搂着他的脖子，而他捞着我的腰，食指最上沿几乎碰到我的胸；第二，他好像生气了。

天地良心，我刚才真是不小心的，这是个巧合！——但，乔杨回来了？他真的回来了？

我惊疑不定地看着洛瑞行，洛瑞行也眉头紧锁地看着我。然后，他迅速松开搂我的手，转身下楼。

我差点又面临一次滚下楼梯的险境，幸亏我预想到洛瑞行可能会放手，以侠女般的敏捷身手抓住了扶手。

等我惊魂未定地踩着高跟鞋噔噔噔跑到门口的时候，哪有什么洛瑞行，哪有什么奔驰宝马小丁老周——洛瑞行丢下我，独自走了。

那个路段不好打车，我穿着高跟鞋走了许久才走到地铁站，回到诊所的时候，两只脚疼得跟走上岸的美人鱼似的。这都拜洛瑞行的喜怒无常所赐，而我，不过是做错了一个反应——这个臭男人，真是越来越难伺候了！

晚上下班，我去找宝拉做指甲。

宝拉是我十多年的闺蜜，从小玩到大的那种。小时候大家都很奇怪我怎么会和宝拉玩得好。她学习很不灵光，虽然高中时她爸妈借钱硬把她塞进了省级重高景美，可她高考还是只考了个末流大学。

宝拉还真不是不努力，她是下了功夫，但就是考不了高分。以前她妈就常常对别人说："我家闺女，那是真笨，不是读书的料。"而我呢？一路考第一，做卷子跟玩儿似的。

如果友谊的世界里也有"门当户对"，那宝拉显然是"配"不上我的。可我就喜欢宝拉，因为她善良天真。

年少时我天资聪颖，飞扬跳脱，出尽风头，人人都说我是红花宝拉是绿叶，我是小姐宝拉是丫环，我是稀世珍珠她是鱼目混珠。可说这些话的人肯定不知道：友情里的配角并不好当。

罗曼·罗兰说，只有一种英雄主义，就是在认清生活真相之后依然热爱生活。宝拉不是不懂那些因为我的出色耀眼而带给她的阴影，可她认定我是值得结交的朋友，就可以做到无视旁人的流言蜚语。

宝拉有多好，旁人眼拙，无法透过她厚厚的脂肪，看到她娟秀美好的灵魂，或许连她自己都不知道，可我是知道的。

大二的时候，宝拉才找到了她人生的正确打开方式——她遇上了热爱做指甲的室友，接触到了美甲事业。继而发现：她苏宝拉念书不行，可是指甲油涂得超棒啊！

如果我有一双天生握手术刀的手，那宝拉就有一双天生拿甲油刷的手——我们一样天赋异禀。

宝拉也由此树立自信，发愤图强，开启奔赴人生巅峰之路：大学一毕业她就向家人借钱开了家美甲店，不出两年，不但还清借款，还买房买车，乐得宝拉妈妈眉开眼笑。现在她最常对别人说的话是："我家闺女，那手真是巧，一描一画，你指甲上像能开花似的。"

职业关系，我不做美甲，但我每隔半月都会在宝拉店里去个角质、做个手膜，或者干脆只修修指甲。

宝拉挺忙的，店里离不了人，我去她那主要是为了聊天，姐妹淘叙旧。

那天宝拉见我第一句话就是："你干吗装幼齿啊？那是人家十五六岁小姑娘的签名档风格。酒醒知道心虚，所以删了吧？"她说的是我那条做作的朋友圈。

"心虚什么呀？人家本来就只有14岁嘛！"我一边厚着脸皮胡扯，一边探头看她刚做完的一个客人的指甲，"哇，这个颜色新到的吧？太好看了！粉嫩粉嫩的，少女心炸裂啊！"

"是嘛？我也觉得好看。"那客人看着自己的手指尖，脸上漾开一抹笑容。

宝拉很聪明地接话道："那是你手白，一般人涂上效果没那么好。"

我们一唱一和哄得那客人眉开眼笑的，当即充值三千，办了个铂金会员。

送走客人，我冲宝拉挤挤眼："你得给我提成吧？"

宝拉作出一副葛朗台上身的模样，很严肃地说："不行，但——可以给你免费修个指甲。"

"小气。"我笑着坐下，跷着手指头等宝拉"照顾"它们。

宝拉倒了盆温水让我洗手，又细心替我擦干："你猜我上午接了个什么客？"

宝拉的遣词造句永远这么"鬼斧神工"的，我见怪不怪，随口回道："这不好猜。"

宝拉说："你肯定猜不着，打破脑袋也猜不着——上午文芊夏来我店里做指甲了，你说巧不巧？"

文芊夏？她又出现了？

那是真巧，洛瑞行刚告诉我乔杨回来了，她就立刻现了形。

我停顿了半秒钟，才状若随意地问："哦，她怎么样？长胖没？"

宝拉看我一眼，见我好像也没怎么样，继续说："没有胖，好像还更瘦了——你说气人伐？而且她左手腕套一个卡地亚，右手拿一个GUCCI酒神包，目测不是高仿，好像过得还不错。上学那会儿不都说她那个不知名的爸爸可有钱了吗？可能相认了吧。”

年少时文芊夏和她妈妈单过，日子过得挺苦的，但她漂亮，气质卓尔不群，从外表完全看不出她家境贫寒，反而像富养的千金小姐。每年暑假《还珠格格》重播，放假回来准有人说文芊夏就是我们学校的“还珠格格”，是有钱人在外的遗珠这种无聊的老梗。

我翻了个白眼给宝拉：“那你告诉我干吗？看到她过得不好我才能放心啊！她过得好我不想知道。”

宝拉一边往我手上抹柑橘味的手膜，一边无比诚恳地说：“因为我八卦呀！”

我大笑。哎呀，我真是爱她的这种说真话的品质，就跟砍了樱桃树就直言不讳“就是老子砍的”的华盛顿似的。

“你这群众这么热心，那我就再告诉你个来源靠谱的八卦吧。”我抬抬下巴，朝宝拉抛了个眼色。

“洗耳恭听。”口罩也遮不住宝拉一脸真诚聆听的表情。

我语气特平静地说：“乔杨回来了。”

宝拉愣了一下才说：“男一女一、男二女二齐备，年度大戏要开演了吗？”

我被她一本正经耍宝的样子逗笑：“屁咧，都是过去式了，哪来的大戏？你来当编剧啊？”

“行啊，谁怕谁啊？我当年作文老是不及格也没怕过。”宝拉笑起来的样子特别可爱，单眼皮眯成弯弯的细月牙。

“诶，假设一下，要是你当编剧，你让谁做男一，谁做男二啊？”我随口问道。

宝拉想了想说：“这得看你怎么给他们排戏了——我不知道谁男一谁男二，但女一肯定是你。文芊夏呀，就是那种‘美则美矣，没有灵魂’。空有一个‘自强不息贫家女努力向上创造美好生活’的第一女主人设，却老莫名透露一股‘假善良大方不计较真虚伪刻薄不甘心’的女二气质。”

听到向来和善的宝拉说起文芊夏，都忍不住刻薄之语，我不由大笑出声：“好，说得很客观，很公正。”

宝拉总能让我笑。我有时候会开玩笑说，她要是男生，而我又没遇上那些事，我就和她结婚，我赚钱养她都行。

人生如此荒凉苦涩，有个人能让你毫无压力地笑出声来，多难得。

“拉倒吧。”宝拉毫不留情地拆穿我，“你要是一直都顺顺利利的，肯定是和乔杨一块了，哪有我什么事啊？”

我心中一滞，讪讪地笑起来：“瞎说什么呢？我的问题可不是这个。你好好选，到底谁当你那大戏的男一啊？”

宝拉突然来了精神，杏眼圆睁，豪迈道：“当然是……两个都要！一个禁欲系，冷漠疏离；一个少年感，温润如玉，完美！”

我瞪着宝拉，她也看着我，大眼瞪小眼，然后我们同时笑出了声——后宫美少年三千，曾是我们高中时期不着调的少女幻想。

修完指甲，我在美甲店又翻了会儿杂志，一直等到宝拉下班。今天是我和宝拉每个月固定的“Girl's Night”。

我们吃饭、逛街、压马路，像两个无忧无虑的少女。

虽然我已经和大多数年少时的朋友都断了联系，但多少还是知道，这两年，我们高中时那群总假想自己未来能成为呼风唤雨的大人物，并且还不世故，不虚伪，活得永远纯真，永远好奇，永远不走寻常路的小伙伴们，都纷纷恋爱结婚生子去了。他们步入寻常生活，像无数姿态万千的小溪流，最终都汇入大海，以相同的姿态奔向相同的目的地。

不管以前多火树银花，多愤世嫉俗，多宁死不屈的，都一样。

只有我和宝拉成了例外。

我是坏了名声的“金丝雀”，而宝拉心里有一个不可能的人，为此拒绝其他一切可能。我有时候有点担心她，但有时候又特别庆幸，庆幸宝拉一点没变，庆幸有她陪我，我不是孤独的。我们在一起的时候，我总会忘记那些不愉快的事，好像自己还是个天不怕地不怕的小少女似的。

“诶，有个问题，从昨天晚上到现在，我一直都想问你。”宝拉顶着一张问号脸说道。

“问啊，反正你问了我也不一定答。”我嬉笑着说。

“那我问了啊！”宝拉小心嘬了一口她面前满到像要溢出来的星巴克抹茶拿铁后，才问出她的问题，“到底谁是你的尘埃，谁又是你的伤痕啊？”

我怔了一下，沉默下来。

宝拉看了我一眼，继续说：“我当时看到那句话，虽然知道你肯定是喝醉了，但酒醉三分醒，何况你还能打这么长一段还不带错字的，肯定也不是特别醉，就是情绪突然来了呗。我就想你在说谁啊？第一反应，觉得洛瑞行是尘埃，乔杨是伤痕，但后来反过来想想，好像也能成立。”

我干笑两声：“嘿嘿，这就是我厉害的地方，这叫春秋笔法。”

“什么叫春秋笔法？”宝拉很有求知欲地问我。

“……”我忘了，这个女人，从我们初中同班开始，语文基本没及格过。

还没等我作答，宝拉突然看了一眼我的斜后方，抿了抿嘴，像是欲言又止，但终究没忍住：“如果乔杨是你的‘伤痕’的话，那我告诉你件事，你别激动啊，你的‘伤痕’现在正在你后面柜台那儿买咖啡。”

我像被雷劈了似的愣了一会儿，然后反应飞快地拿起手机，打开自拍镜头，从手机屏幕上窥视后方的情况——还真是乔杨。

他还是老样子，英俊的，明朗的，离奇的顺眼，穿了件设计简洁但看得出质感上佳的白衬衫，配一条水洗好看的浅蓝色牛仔裤，短发利落清爽，让人莫名其妙就想奔着有他的地方而去，像向日葵追随太阳似的那种情不自禁。

多年前，乔杨还是个少年的时候，就是大多数女生会喜欢的样子，多年后，他成为一个真正的男人，则变成更多年龄段的女生会喜欢的样子了。

我看着许久未见的乔杨，心里突然暗戳戳地想：如果一切推倒重来，洛瑞行和乔杨都瞎了眼一样疯狂爱上我，同时追求我，我会选谁呢？

——当然是乔杨，我只用了0.1秒的时间就给出了答案。

洛瑞行长得比乔杨更出色，从世俗角度看，条件也更优越，但他气势太惊人了，处事风格亦正亦邪，心思阴晴不定，和他在一块，我白头发都早生好多年，而乔杨不一样。

他是我的美好时光，他和我所有美好的过往捆绑在一起，他就是我的少女时代本人。

想起来，我第一次喝星巴克，便是和乔杨一起。高二那年的春天，城中开了第一家星巴克，年少的我对这家只在小说里看到过的“小资专属”咖啡厅向往不已，便约了乔杨一起。

我没好意思告诉乔杨，那时的我一个人不敢进星巴克，虽然兜里揣够了钱，但很怕自己点单时结结巴巴地露怯，当场暴露自己没见过世面的事实。

那天乔杨先到，隔着门冲我挥手，我光顾着看他，大意了，春心萌动地朝里跑时一头撞在玻璃门上。

“砰”一声巨响，玻璃门没碎，但我的脸几乎从三维立体被撞成二维平面的，脑门上还鼓起一个大包。

整个咖啡厅的人都看着我，包括乔杨，然后大家同时笑起来。

很少有人大笑时还是好看的，因为夸张的表情会让五官变形，可乔杨连大笑时都英俊逼人。

他的笑容是会发光的，璀璨得像钻石，他的笑容还有香气，我用眼睛就能闻到。

当时的我一边糗到想哭，一边又沉醉在乔杨的“美色”里无法自拔——我当时可能算得上是“潜伏”在乔杨身边的头号花痴吧。

可我在心里把花痴的心路历程都走了一遍，乔杨也没想起来替我开门。他甚至在我灰头土脸地进门后还在笑，还用尽毕生描写的才华，比手画脚地形容我的脸挤在玻璃上那一刻之好笑。

我恼羞成怒，誓要把乔杨挫骨扬灰。后来他把柜台里所有的蛋糕品种买全给我赔罪，我才勉强同意高抬贵手，饶了他这一次。

可如今，早已物是人非。

我眯着眼睛，看着手机屏幕上那个站乔杨身旁说笑的女生，发现那根本还是个小女孩，目测不满20岁，青葱水嫩得好像能掐出水来。

靠，残害祖国花朵，衣冠禽兽啊！——不过，和我有什么关系？

我反应过来，大义凛然地唾弃了自己，然后迅速放下手机，正襟危坐，正直得好像刚才那个用手机偷窥别人的女人不是自己一样。

宝拉笑得贼兮兮地看着我。

“你干吗？”我不自在地摸了摸头发，“也没什么吧？我就是好奇，跟你八卦似的，就看看……”

宝拉突然朝我眨了眨眼睛，我赶紧闭嘴——这是我们之间的小默契。

果然，我默数了两秒钟，乔杨的声音就在我身后响起：“宝拉，林星，好久不见。”

“乔杨师兄好。”宝拉乖巧作答。

我知道乔杨已经走到了我们桌旁，深呼吸了一下，才笑得灿若桃花地抬头看向他：“乔……师……兄好。”我本来想叫他名字，又临时想跟着宝拉叫他师兄，结果最后不伦不类成了“乔师兄”。

我以前几乎没叫过乔杨一声“师兄”，虽然他真是我师兄，可我喜欢用特别亮的声音，脆生生地喊他“乔杨”。

我不喜欢师兄师妹那一套，我才不要借着这种莫名其妙的关系和他攀上点什么，和他别的什么师妹们混为一谈。

林星对乔杨，我们是平等的关系。

乔杨听到我这叫法，好像也是一愣。

“师兄回来多久了？是正式回国发展了吗？”宝拉贴心地化解尴尬。

“对，最近在和资方谈，接下来可能会先拍个小成本的电影试试水。”乔杨说。

乔杨和我一样本科学医，同系不同专业，但后来我们感情破裂，他出国了。只是不知道为什么，出国后他没有继续学医，而是跑去学了电影。

以前我们在一块的时候，他妈妈就看不上我，觉得我带坏她儿子。虽然每次见面她都笑眯眯的，但当一个人打心里看不上另一个人的时候，她说的所有礼貌用语其实都是在骂人。

乔妈妈不喜欢我，我一直知道，现在怕是把乔杨放着大好前程不要，莫名其妙要做导演这一桩也算到我头上了吧？

我有点走神，发觉乔杨正看着我，突然不伦不类地冒出一句：“哦，祝你旗开得胜。”

乔杨眼神复杂地看了我一眼。

那个和他一起来的小少女喊他：“乔杨哥哥，咖啡好了，我们好走了吗？”

乔杨朝她点点头，对我和宝拉告辞道：“我还有事，我们下次再约。”

“嗯，师兄再见，再联系。”宝拉的表现真是个好师妹标本，我也学着她的样子微笑挥手：“再见。”我心里知道，我和乔杨是不会再“约”的，“再见”只能靠偶遇。

约啥？我们约会过无数次，最后也就那样了，没什么旧梦好重温的。

年少时乔杨曾信誓旦旦地说，他会陪我过17岁之后的每一个生日——他显然食言了，可我不怪他，因为我也曾允诺要与他一辈子在一起。

年少时爱海誓山盟，年纪渐长了，便会知道，海誓山盟和海市蜃楼，没什么两样。

我坐在那里，看着乔杨为那女生开门，然后一起离开，心里怅然若失。

我们最好的那些年，乔杨也从没替我开过门，像他如今照顾那个小女生那样细心照顾过我。或许是因为我太爷们了吧，没有小女生的娇态，让他有想要保护的想法。以前乔杨就总说我，林星，你就是个爷们。

“你说，会不会不是我爷们，而是你……嗯，缺乏点阳刚之气呢？”我忍不住拐着弯偷偷骂乔杨“娘炮”。虽然我年少时头发很短，眉毛很浓，确实不像大多数女生般娇柔。

“林星你很特别，你除了外形之外，更多是精神状态上像男生。”乔杨很认真地说。

这话说得，真抽象，我不懂，但我突然叹了口气："其实要能选，我还真想做男生。"

"干吗想做男生？"乔杨皱眉问我。

因为我爸心心念念的就是生个儿子啊！——可这话我没法和乔杨说，所以只扬着笑脸，大大咧咧地说："泡妞啊！搞基啊！我昨天看到句话，说'空有一身泡妞的本领，自己却是个妞'，我觉得这句话就是在说我啊！"

"呸。"乔杨斜眼看我，"就你，还泡妞？"但过了一会儿，他又说："你要是个男的，肯定是我最好的兄弟。"

我歪着头故意问他："哦，那我现在是个女的，是你的什么呢？"

乔杨沉吟半晌，说："我辛苦一点，假装你是男的吧——你依然是我最好的兄弟。"

"格温，滚！"

那时候我们总斗嘴，不肯好好夸一句对方好，绞尽脑汁想怎么拐着弯羞辱对方。

我也曾捧着言情小说，心想要是乔杨跟小说里的男主那样，把我捧在手心里，对我温柔有加便好了。多年后的现在，乔杨终于长成了我曾想象过的样子，对女生温柔有礼，只是，不是对我。

说真的，我看着乔杨和那个女生并肩离去，并不嫉妒，只是有点遗憾。因为我老有种错觉，像看到成年后的乔杨和年少时的我自己一样。

我17岁的时候，笑起来也是这般好看，穿蓝白条纹的衬衫，下摆扎在卡其色五分短裤里，不使坏的时候有种少女的帅气，使坏的时候有种少年的英气。

我坐在咖啡厅的沙发里没动，但刹那之间，我觉得我的世界里好像开始落起火山灰，那种灼热的灰尘，被我吸入肺里，灼痛我的灵魂。

我最难受的不是我和乔杨没了可能，而是我曾有过那样美好的可能，可最后却还是失去了。

第二章 最怀念的人是已经不可能的那一个

他是我的遗憾，我的美好，我的怀念，我曾无限接近的『可能』，和如今的『不可能』。

周五下班回家，我一进门就踢飞了高跟鞋，赤脚走过去拉开冰箱门，给自己倒了一杯冰橙汁一饮而尽。

今天我给程太太做了最后一次射频溶脂。经过前几次治疗，效果还挺理想的，她的手臂和腰腹线条都紧实许多。我建议她之后做一些针对性的力量训练，效果会更好。

程太太对自己现在的身形很满意，而我建议的两针玻尿酸，也让她在聚会上得到不少太太们“看不出所以然，但觉得年轻许多、漂亮许多”的赞扬。

她开心不已，连连说：“林医生，你确实专业，谢谢你！”

程太太对我的感谢是发自真心，我却也看得出，玻尿酸固然有功，但她的重焕青春，更多的是源自她自我安慰后重新迸发的自信。

注射针剂，激光溶脂，微调一下，让程太太相信自己冻住了青春，美貌永恒。

我送走程太太，心里却唏嘘：像她这种要什么有什么的女性，自信心的构筑成分原来也这么简单和脆弱。她依附着丈夫，世界里只有丈夫，丈夫的疼爱是她唯一的仰仗，而美色是她最大的资本。

只是，我能帮她减慢一些青春的流逝，却不能保证她的美丽，一定能够挽回丈夫的心。

今天张阿姨请假，我正打算煮包泡面对付一下的时候，沅星皓的电话过来了。

“吃火锅吗？龙川？”

“吃！”

多年老友就这点好处，默契十足。

沅星皓是我大学时滑板社的社友。他进社时，我已经在众师兄弟的力荐下成了副社长——虽然滑板技术全社倒数，但挡不住我是当时社里唯一的女生，众人几乎视我为“社团吉祥物”。

第二学期补招结束后，社长在第一次全社团例会前与我闲聊。他说：“林星，我们这次招了一个留级生，现在和你同届，叫沅星皓，你认识吗？”

“留级生？哪个傻帽大学还留级啊哈哈哈哈哈哈……那得蠢成什么样啊哈哈哈哈哈哈……”

我正笑得投入时有人戳我的肩膀：一下、两下、三下。

我带着还未收起的笑意回头，然后，我看到了沅星皓。

那是我第一次看到沅星皓，他长得就像他的名字一样：如星辰一样皓洁俊朗。眼眸深邃，像月光下的海面，皮肤却那样白，宛若南方水乡少女般温润细致，高挺的鼻梁是巍峨山脉的缩影，丰润红唇微微勾起，似笑非笑。

他漂亮得像海边礁石上盛开的花朵，在料峭海风里微微摇晃，带着英姿勃勃的少年气质。平日看着还算略有姿色的滑板社成员们和他一比，立刻就成了歪瓜裂枣。

“你是……”我为自己刚才张狂的笑声而羞涩，语气不自觉地变得温柔起来。

美少年彬彬有礼地说：“这位同学，我就是你说的那个傻帽，大学还留级的沅星皓。”

我：“……”

幸好沅星皓心大，我们很快就因为臭味相投而一见如故，成为至交。

我成为洛瑞行的小“金丝雀”后，学校里开始流传一些关于我的真假参半的传闻。那段时间走哪，都有人在我身后窃窃私语，指手画脚的。

有些朋友主动疏远了我，有些是我主动疏远了他们。我把自己过成了一座孤岛，怕他们被我连累，也怕他们要我解释，而我解释不清。

只有沅星皓和我关系没变，我们的友情从校园一直延续到现在。因为发现我两个月没搭理他之后，沅星皓突然反应过来，把我堵在寝室楼下问："你干吗？要和我绝交吗？不会是突然发现爱上我了吧？"

我哭笑不得地看着他问："你难道没听说我的丑闻吗？"

"什么丑闻？哦，你说你被包养的事？嗨，我还以为多大的事呢！"沅星皓大剌剌地勾住我的脖子说，"我们又不是男女朋友，我才不在乎你玩多大。我只知道我认识的林星，是个妙人儿！"

我未语泪先流。

沅星皓温柔中带着点做作地说："你不用太感动啦，我们是好兄弟嘛！这么点小事，你干吗热泪盈眶啊？"

我说："不不，我不是热泪盈眶，我这是忧虑的泪光啊！我身上的上一波脏水还没晒干呢，你这么随随便便搂我脖子，别人还以为我狐媚功夫多了得，一边被神秘富豪包养着，一边还和校草保持暧昧。呜呜呜，你说我冤不冤？"

沅星皓赶紧跳离我半米远，懊恼地说："哎，我这该死的魅力！怪哥们我，是我思虑不周了。"

虽然沅星皓的反应很臭屁，但我是真有点感动了，因为我看出来他那自责是真自责，着急也是真着急。

我们恢复邦交，高高兴兴地约了去练习滑板，可沅星皓一转身，突然挠挠头好奇地问我："诶，林星，我说真的，你这样粗鲁直接的，也有神秘富商喜欢啊？口味挺重啊！"

我深吸一口气："……滚！"

沅星皓开车接我去龙川，才进店，以前滑板社的阿正师弟就迎了出来，还是那身小肌肉，还是那张娃娃脸。

"阿正你别这么客气，我们自便就行。"我笑着说。

阿正"嘿嘿"一声憨笑，周到地把我们领进包厢。

"干吗坐包厢啊，大厅多有气氛，沅星皓，你订的包厢啊？"

我看向沉星皓，而他抬了抬眉毛，无辜地否认道：“不是我，是阿正特意招待我们的吧？”

“不用这么客气，把包厢让给需要的人吧，我们坐大厅去。”我转身要往外走，被阿正一把拉住。

真不愧是练家子，他的手啊，像一把铁钳子，疼得我龇牙咧嘴的。

“抱歉。”他立刻放开了我，但坚持道，“林星师姐，听我的，今天你们就坐包厢里吧。”

“为什么啊？”我不禁好奇起来，半开玩笑半认真道，“你今天不把理由说清楚，我可不坐这包厢。”

阿正微微涨红了脸，犹豫再三，终于开口说：“你自己要问的啊？！”

“嗯。”我点头。

“今天，乔杨师兄也在我们店吃火锅。”阿正小心地说。

我怔了一下。

以前我和乔杨好的时候尽人皆知，爱得风风火火，最后闹掰的时候，大家奔走相告，也算轰轰烈烈。

“你坐大厅，我怕你撞见他，尴尬。”阿正补充道。

“哈，哈。”我干笑两声，转身就朝大厅走，“怕什么尴尬啊？我和他又没什么，不就是以前认识的朋友嘛！沉星皓，我们今天就坐大厅，怎么样？两个人吃火锅本来就气氛不够，坐包厢冷冷清清，算什么嘛……哈哈哈。”

我也不知道自己为什么要逞强，可能是想证明对我来说，过去真的都已经过去了吧。

我觉得再见乔杨并不是什么太艰难的事，上次我们在星巴克偶遇，双方都情绪稳定，表现优异，可以打五颗星以资鼓励。可这一次，我坐在火锅店的大厅里，心里知道乔杨也在这家店里，我们可能遇上也可能遇不上，这种忐忑的状态竟然让我如坐针毡，沸腾的麻辣锅也无法让我好受一些。

沉星皓叹了十次气，大概是觉得我太煞风景，对不起他点的一桌小肥羊、小肥牛的。

“诶，你说你想见乔杨吧，那就直接上去敲门，你要不想见他吧，我们就坐包厢去，你说你在这枯坐，脸上表情跟放动画片似的，是要干吗呢？”沅星皓终于忍不住开口问我。

“没干吗，练定力。”我横他一眼，“还有，你的脸才是动漫频道呢！”

“要不我上去跟他打个招呼，你跟着我，假装偶遇一下？”乔杨和沅星皓关系也不错，一开始是同班同学，后来沅星皓留级，他们才成了师兄弟关系。

“别，我谢谢您嘞！”我敬谢不敏，且故作高深地说，“我不喜欢刻意安排，我喜欢命中注定的相遇。不跟你说了，我上个洗手间。”

三分钟后，我在洗手间遇到了我的“命中注定”——不是乔杨，而是文芊夏。

多年不见的文芊夏，果然如宝拉之前所形容的那般，比记忆里的样子更楚楚动人了，虽然疑似打了瘦脸针和垫了一点点下巴，但眼睛、鼻子都是原装的。不过，如果我是她的整形医生，会建议她再补一些苹果肌，增加少女感。

我进去的时候文芊夏正对着镜子补妆，从镜子里瞟了我一眼，然后又专注于涂抹自己丰润的红唇。

“服务员，最里面一个隔间的纸篓满了，你记得换一下。”

我反应了两秒钟，才意识到文芊夏发话了，并且对象好像还是……我？！

因为洗手间里就只有我和她。

可，她为什么叫我“服务员”？我低头看了看自己，除了裙子的颜色和“龙川”的服务生制服撞色之外，我哪里像“服务员”？她是故意的吧？

我懒得搭理文芊夏，推了隔间门进去。等我再出来的时候，她竟然还没走，背对着洗漱台，挑着眉甜笑道：“呀，这不是我们林星嘛！”

我不想见她，却也不怕见她，挤出一个假笑，如常地走到她身边洗手、照镜子。

文芊夏却好像谈兴甚浓：“诶，在这我们都能遇上，真的好巧啊！我算算啊，我们有几年没见了？两年？三年？”

“我记不得了。”我转身，抬眼看着文芊夏微笑道，“反正见不着你的日子，都是好日子。”

文芊夏表情管理到位，笑意不减地问道：“那见不着乔杨的日子呢？”

我呆了两秒钟，突然反应过来：今天，乔杨竟然是和文芊夏一起来的！

我的表情肯定瞬间就变了，因为文芊夏脸上的笑容宛如香艳的花朵骤然绽放，接着她十分做作地轻掩红唇，单纯无辜地问：“我是不是不该提起乔杨？”

我知道她这是在刺激我，但我还是被她成功地刺激到了——乔杨和任何人在一起我都可以由衷地给予祝福，但文芊夏不可以。

我输人不输阵，冷笑一声：“那些小孩子过家家的事都是过去式，我早就忘了。倒是你，还紧追乔杨不放呢？上位成功没？我抛弃了的男人，你苦苦追求上了没啊？”

文芊夏眼神一闪——我突然就乐了，看来乔杨还挺“洁身自好”的，这个女妖精竟然还没得手。

文芊夏镇定自若地对镜理了理自己的刘海，扬起一抹浅笑：“也是，你当然轻轻松松就能放下，毕竟洛瑞行又帅又有钱，比乔杨有过之而无不及。可他再好，你也不过是他众多女朋友里的一个，说白了，就是一个玩物。我劝你还是见好就收，早点上岸，清清白白做人，找个接盘侠结婚生子得了。”

这些话不是没人和我说过，我都有点听腻了。文芊夏想羞辱我，最好换点新鲜的说辞。“文小姐，你还是多下点功夫继续钻研乔杨吧，我的事就不劳你操心了。诶，你心眼不是挺多的？手段花招也数不胜数，怎么老在乔杨这吃瘪啊？革命尚未成功，同志仍需努力啊！”我存心戳她痛处，自然是要稳准狠。

我带着嘲讽的笑容拉开洗手间的木门，然后笑容顿住了——乔杨站在门口。

这世界上最博大精深的汉语，大概也无法形容那一刻我的心情。

我僵在那里，无法确定乔杨有没有听到我刚才说的话，或者，他听到了多少？我希望他没听到，我不愿他亲耳听到我把那些轻薄的字眼用在他身上。当初我们会分开，原因在我，他没有做错什么。

乔杨的脸上看不出答案，他看着我，只气定神闲地说：“你对这家的火锅倒是挺长情的，我难得来一次，就遇上你。”

我第一次来“龙川”还是乔杨带我来的。那时候他大二，我千辛万苦考到B大，继续做他的小师妹，他请我吃火锅，为我接风。

我心里有点黯然：那时他是温润如玉的少年，我是纯真无邪的少女，我们般配得盲人都能看得出来。

“是啊，好巧。”我微笑道。

乔杨没有搭腔，一阵沉默后，不堪忍受冷场的我硬着头皮问：“你吃饱了吗？”

才说完，我又想自己掌嘴了：我这说的什么话？在厕所门口，这是让乔杨回答“吃饱”了好，还是“没吃饱”好呢？

智慧如乔杨，果然没有回答。他看着我，眼神好像是凉的，带着薄荷的气息，眨了一下眼睛，又眨了一下眼睛，眨得我心里发慌，又莫名生气。

我不明白他好好一个人，怎么和文芊夏又扯一块了？虽然“女妖精”到底没吃上“唐僧肉”，但“唐僧”老和“女妖精”混一块，这是干吗呢？

可我没法问乔杨这些，只能问点安全的问题：“二楼没厕所啊？你们怎么都到一楼大厅来了。”

“上面的厕所坏了，禁止使用。”

“哦……”我迅速回味了一下，总觉得这个话题也不好，好像有“味道”。

嗯，尴尬的感觉又来了，我站在那儿，度秒如日。

身后的门再次被打开，文芊夏补妆完毕，完美无瑕地再次登场。

我竟然觉得松了口气。

不知道为什么，文芊夏给我一种她早就知道乔杨在那的感觉——或许她用来羞辱我的那些话，其真正的目的，是说给乔杨听的。

“诶，你们都还在啊！”文芊夏巧笑倩兮地看着乔杨说，“你看今天多难得，我们老同学在这里偶遇。反正正事也谈得差不多了，要不我们找个地方再坐坐吧？”她说话的语气，可真像个女主人。

我还没来得及拒绝，文芊夏又突然挽住了我的手臂，神态亲昵地说：“林星你可不要拒绝哦！以前我们之间可能有点误会，但就像你刚才说的，那是小孩子过家家，以前的事笑笑就算了，对吧？”

我听得一愣一愣的——文芊夏这是在朝我撒娇？她一边提醒乔杨我把和他的过往当作小孩子过家家，一边朝我撒娇？

果然是心机界的大神！我不禁肃然起敬，然后果断抽出自己的胳膊，甩也没甩文芊夏，只看着乔杨说：“你们是来谈事情的，我还是不打扰了，拜拜。”

文芊夏“哎”了一声，身体摇晃，好似一只易碎的玻璃花瓶。我完全没兴趣理会她的戏码，转身快走，眼不见为净。

“阿星。”乔杨突然出声叫了我的“花名”——这叫法还是由他起的。年少时乔杨觉得我有点傻气，像周星驰一样能逗他发笑。

在星巴克时他喊我“林星”，可这一刻，他喊我“阿星”。我心里一软，停住脚步，定了定神后才转身望向乔杨：“嗯？”

在喧闹的火锅店大厅入口，我们不远不近地望着对方，周围的人群和杂声，像被雨水氤氲了的画面，渐渐地暗淡下去，渐渐地四散开来，清晰的，唯有眼前的人。

我突然想起来，这个场景我好像梦到过。

在梦里，我和乔杨也是这般两两相望，但很快我们中间的地板被生生拉开，露出一道深深的沟壑。接着我站的这块隆起成了喜马拉雅山，他站的那块不断下坠下坠，坠成了马里亚纳海沟。

梦是假的，但那背后的寓意，却是真的——我们早已被命运分离。

“今天看到你，还和以前一样，我很高兴。”他说。

“哦。”我应了一声，一时竟不知道怎么接话，停顿了好一会儿才微笑道，“你和以前有点不一样了，但我，也很高兴。”说完我飞快转身，不想看到乔扬的表情，不想再去猜测他的心情。

他说我没变，可我怎么可能没变呢？我们都不是过去的自己了。那些明媚耀眼的好时光，早就和我们说再见了。

我恍惚回神，发现沅星皓站在不远处看着我，神情有点感同身受似的哀伤，但他很快抖擞精神，斗志昂扬起来。

只是，这接下来的画面我就不懂了：他甩了甩头发，像超模走T台一样，无比帅气有型地朝我走来，然后一把揽住我的肩膀，带我离开了“龙川”。

我狐疑地看着他：“你干吗？”

沅星皓像巨星那般整了整发型，说：“帮你一把。”

“帮我什么？”

“假装是你男友，气死乔杨和他旁边那个叫文什么的女人。”沅星皓眯着眼睛，魅惑狂狷地一笑，“你们分手了，虽然他旁边一个女人虎视眈眈，但你也有我这么棒的男朋友，他们还不嫉妒死、羡慕死？”

“哦，他们嫉妒羡慕我的男朋友这么棒，然后痛下决心，纷纷来追你吗？”我毫不客气地往沅星皓肚子上来了一肘子，“你动用毕生智慧就想出这么个好办法——真是好棒棒哟！”

“哎哟！”沅星皓痛得一声惨叫，“我这不是替你着急吗？你看你刚才那个蠢了吧唧又蔫了吧唧的反应，我都不知道怎么说你，真给我丢人。”

我没反驳，过了一会儿才轻轻说：“我知道。”

我知道自己刚才表现不好，可是表现再好有什么用？顶多气气文芊夏罢了。以前她被我气到的时候多了去了，今儿个我也不算输。

只是，我心里始终空落落的，像被人掏空了一样。

我还爱乔杨吗？不见得。斗转星移，物是人非，我们都离开年少的自己很久很远了，只是，最甜的棉花糖是童年时大哭后吃过的那一颗，最美的彩虹是年少时和死党挤在屋檐下看过的那一道，最怀念的人是已经不可能的那一个——乔杨就是我的这种“不可能”。

他是我的遗憾，我的美好，我的怀念，我曾无限接近的“可能”和如今的“不可能”。

沅星皓送我回家，一路上我望着窗外，意兴阑珊的，但开门看到玄关处随意丢放的男鞋后，瞬间进入“战斗模式”。

因为，洛瑞行来了。

我怀疑洛瑞行是属狗的——我才进门，与他还隔了老远，他就皱眉道：“你吃火锅了？好臭。”

洛瑞行这人，活脱脱一21世纪的旧社会遗少，毛病多得不得了，其中一条就是挑食。葱姜蒜，香菜香菇香椿，所有气味大的食物都是他的死敌。他最讨厌的吃饭地儿是火锅店和麻辣香锅店，哦，韩国烤肉也不行，因为头发里、衣服纤维里，甚至皮肤纹路里，都会沾染上香辛料的气味，他会抓狂。

我怀疑口味清淡成洛瑞行这样的，活着还有什么乐趣可言？难道是关起门来数自己余额宝里的数字位数？不过借我十个胆，我也不敢当面对洛瑞行的“怪癖”提出抗议。

他清淡，我就只能陪着他“清淡”，熊熊的“火锅之魂”，背着他燃烧就好了。

“等我十分钟……不，八分钟就好！”我飞快地冲进浴室，迅速洗白白，换了干净的连衣裙，又往脖子和手腕处喷了点香奈儿的COCO小姐。确定没有半点“火锅味”之后，我才去客厅见洛瑞行。

上次喝粥不欢而散，我还以为又要大半年看不到他，说不定一怒之下，就此把我“甩”了也说不定。可没想才隔一个星期，洛瑞行就主动上门“接见”我，我有点受宠若惊。

“晚点有应酬？需要带女伴？素质高点那种？”洛瑞行一直不说话，窝在沙发里看一部好久之前拿过奥斯卡的二战题材电影，我只好率先发问。

要真有应酬，我得准备一下，毕竟要打扮得能见洛瑞行那些非富即贵的朋友们，也是一项浩大的工程。

洛瑞行被我逗笑了：“你对自己的定位挺有意思，但是脑子不太好，也不看看现在几点了。”

我瞥一眼墙上的钟：哦，原来已经快9点了。这个时间点如果有应酬，应该是饭局刚结束，第二摊将开始，而通常那种第二摊，是不需要带女伴的。人家高档场所配备齐全得很，什么样的美人没有？环肥燕瘦，任君挑选，带自己的女伴反而扫兴。

我心里琢磨着，也不知道洛瑞行等我回家等了多久？要是超过半个小时，那他今天耐心可真是破天荒地好，等我那么久还能这么和颜悦色的。

见我一直沉默，洛瑞行坐直了一点陷在沙发里的身体，又开口道："你别紧张，我就是觉得有点累，到你这坐坐。你要继续这么如临大敌的样子，我还是走了算了。"

"别别，我调整一下状态。"我灵机一动，绕到洛瑞行身后，乖顺地说，"那我帮你按一按吧。"我林星要是谄媚起来，连我自己都害怕。

"你还会这个？"洛瑞行有点诧异。

"小意思，我才华横溢得很。"我大学时有个小师妹学中医的，特别会找穴位，按摩手法一流，靠着这项绝技，只要让她按过的男神，就没有拿不下的——如果有，那就再按一次。

我那时觉得好玩，向她请教过一二，一直想着哪天找乔杨试试，好把他迷得七荤八素的。谁知后来这小花招还没找到恰当的时机发挥作用，我和乔杨就掰了，今天反而是在洛瑞行身上得到施展机会。

客厅里很安静，除了电影声，我和洛瑞行都没有说话。我专心致志地给他舒筋解乏，但按了没一会儿，记得的招式和穴位就用完了。

大话已经说出去了，我只好硬着头皮继续按——努力回想着美容院里小妹的手法，按摩重点从头落到脖子到肩膀……我记得小师妹说过，胸肌是重点，可我不好意思也不敢继续往下按了，只好反复在他肩膀那块徘徊。

洛瑞行突然按住了我的手，我吓了一跳，立刻检讨道："我按得不好是不是？"

洛瑞行沉默了一会儿，声音暗哑地说："不是，咳，我饿了。你会煮东西吗？随便做点什么就行。"这话说得可真"随和"，但洛瑞行在吃的方面，从来都不是"随和"的人。

"……要是你不嫌弃的话，我会，但千万别抱有什么期待。"我有点心虚。

我做饭的水平有限，最拿手的还是煮泡面。

洛瑞行似笑非笑地看我一眼：“我能对你有什么期待？”

好气，可还是得保持微笑。

几分钟后，我端上一锅加了鸡蛋、午餐肉、青菜、芝士片的……泡面——我林星独家秘方版。

洛瑞行尝了一口，抬了抬眉毛，未做评价。我从他微表情分析，大概是我那面煮得一如他预料中的差劲，但好歹带着点小心思，所以洛瑞行很给面子没有当场扔筷子。

看着洛瑞行慢条斯理地吃完了我煮的面，我有种莫名的喜悦。这心情可能类似斯德哥尔摩症吧：被洛瑞行虐久了，他偶尔和颜悦色一下，我就忍不住飘飘然起来。

我收拾碗筷的时候，洛瑞行突然抓住了我的手腕，抬眼问我：“你这手，怎么了？”

“唔，刚才切午餐肉的时候不小心切到一点。”我急忙解释，“不过你放心，我很快就冲洗干净了，没弄脏一点点你吃的肉。”

洛瑞行瞟了我一眼，神情复杂。他拉着我走进卧室，从衣柜下方的抽屉里取出备用药箱，拿出一个创可贴，低垂眉眼，小心翼翼地为我贴上。

我寒毛都竖了起来，心跳如雷，为不知道洛瑞行对我这么好是在酝酿什么大招而惴惴不安。但不可否认，洛瑞行，这个连毛孔都散发着危险信息的男人，温柔起来也是致命的。

“手就别碰水了，碗留着明天让阿姨洗吧。”他贴好了创可贴，可并没有退到安全的距离，依然离我很近，压低了声音嘱咐道。

“嗯。”不知为什么，暧昧的气氛丛生，以致我的心跳骤然加快，甚至不敢去看洛瑞行发亮的眼睛。

洛瑞行看了我许久，突然轻轻拍了拍我的手背，淡淡地叹道：“你手上这‘伤痕’啊，也不知道什么时候才会好。”

我身体一僵，像被兜头浇了盆凉水，清醒过来。洛瑞行这声“伤痕”，重音落得很特别。他果然还是看到了那条朋友圈，现在这是要向我兴师问罪吧？只是，是不是有点超时效了？

“很快就会好的，又不是什么大伤，都不妨碍我明天给那个谁打瘦脸针。”我打着哈哈，假装没听懂，也故意没说“那个谁”就是江豆尧。江豆尧是洛瑞行这段时间常被拍到的女伴，我不想他以为我是心虚，才故意提他绯闻女友的名字转移话题。

洛瑞行松开了手，却没想就此放过我：“对了，今天下面的人提了个案子给我，新人导演，你说，我要不要投？”洛瑞行很少与我谈及工作上的事，虽然他语气如常，可我却隐约听出他绵里藏针。

“你想投就投，我又不懂，给不了你什么意见。”我坦白道。

“若那新人导演，名叫乔杨呢？”洛瑞行一眨不眨地盯着我，似乎不想错过我脸上的任何一帧表情。

乔杨？洛瑞行这么刻意试探我，是在乎乔杨对我的影响力，还是怕我赠他一片“草原”，让他在外失了颜面呢？

我回望着洛瑞行，顿了顿，才镇定地说：“我没看过那个本子，也没看过他拍的片子，不好说。你问我，不如问你的那些下属靠谱些。”

洛瑞行面无表情地看着我。过了一会儿，他突然又凑近我，把一条胳膊搭在我肩膀上，微微俯下身，几乎鼻尖对鼻尖地与我对视，似笑非笑地轻声问道：“林星啊，你跟着我5年？还是6年？老实说，你倦不倦啊？”

洛瑞行的声音很轻，很软，薄薄的，轻轻的，贴在我的心上。我不自然地垂下眼，不知道该怎么回答这个问题。

从我们相识开始，我便低洛瑞行一等。

放在古代，他是主子，我是奴才；放在现代，他是买家，我是卖家，且还不是普通的“买和卖”，像我们这种贩卖青春美色的，总是低贱一些。

虽然，这些年，洛瑞行未曾动我分毫，我们之间，清白如水——这种鬼才信的事，竟然真实地发生在我的身上。

洛瑞行让我担了一个“金丝雀”的头衔，被我气坏了的时候还会拿这个羞辱我，可奇怪的是，洛瑞行对我，始终不曾勉强。

我和宝拉聊起过这个事，她听得一脸迷茫，甚至疑惑地问道："你这算是在'勤工俭学'吗？"我听了大笑，但大笑之后，又觉得好像是那么回事。

这些年，洛瑞行供我念书，供我吃穿用度，我最大的回馈，也不过是付出点时间精力侍奉他，讨好他，哄他开心。听起来我的收获要远远多过我的付出，但客观地说，讨好洛瑞行这工作，很不好做。

——今天，他问我倦不倦？他想听真话，还是假话？

"林星啊，只要你说你倦了，我就放你走。"洛瑞行薄唇轻启。

我有些恍惚。他的声音，他的语气，他说的这句话，在我心里营造了一种梦境般的不真实感。我好像做过许多次这样的梦，他说他放我走，然后我就真的走了，开心得像只重获自由的鸟一样，但下一秒，我就被猎人的利箭穿透了心脏。

这一次呢？这一次结局会是什么？被圈养久了的金丝雀，会习惯自己振翅飞翔吗？若我真的离开了洛瑞行，我们的关系，又会变成什么样呢？

洛瑞行的声音有种蛊惑的成分，我的脑袋变得混沌，心跳得很快，但尚有一丝理智支配着我："我……我欠你的……还没还清呢！"

房间里很安静，只有空调运作时轻微的风声。

"算你拎得清。"洛瑞行突然丢出这句话，打破了这安静。他冷笑了一声，收回他的胳膊，站直身体，眼神冷漠地瞥了我一眼，转身离去。

梦境陡然消失。

不知过了多久，我才发现自己出了一身冷汗。他原来仍是在试探我，我的回答他不满意但还不算无法挽回。如果我真说我倦了，想走了，怕是今天晚上就会失去现在所拥有的一切。

洛瑞行走后，我洗碗、看电影、发呆、失眠……到半夜，我才一个鲤鱼打挺从床上跃起来，大骂一声："洛瑞行你这个王八蛋，人渣中的大渣渣！"我的情绪慢了好几个小时才爆发，后知后觉到那一刻才发觉自己气得肝疼。

洛瑞行的"渣"，不在于他随时可能拿走我的一切——我现在的一切都是洛瑞行给的，他当然可以说拿走就拿走，他"渣"在竟然试探我，而我还真差点信了他。

拿人最想要的东西诱骗他，然后再否决掉，是很残忍的，那种巨大的失落感和被欺骗的感觉，像失重后又被狠狠掷向地面。

洛瑞行这个渣渣!

不过最悲哀的是，就算他说那些话的当下我就觉得暴怒，我也是不敢表露的。

我不敢惹怒洛瑞行。

我试过，惹怒他，那绝不是好玩的事情。

我大二那年的冬天，学院举行圣诞舞会。在暖气打得很足的礼堂里，我穿了一件白色的羊绒大衣，内搭浅粉毛衣，清浅粉嫩的颜色将我的青春明媚衬托得恰到好处。

那天晚上，比我漂亮的女生没我洋气，比我洋气的女生没我漂亮，可我，还是做了一晚上的“壁花小姐”。

没有一个男同学邀请我跳舞，他们用奇怪的眼神看我，然后绕过去，邀请别的女同学。也有不跳舞的女同学，聚在一起吃瓜子，说笑话，而我是唯一一座孤岛，高贵到荒芜。

一个月前，老周送我回学校的照片被人贴到校园论坛上。那辆五系宝马是洛家最普通的一辆车，却一石激起千层浪。为我开车门的老周，被误传为包养我的神秘富商。

日均浏览量只有几百人的校园论坛，那几天同时在线人数高达数千人。长达三四十页的评论里，嘲讽的、羞辱的、咒骂的，什么都有。

林星这个名字，一夜响彻全校。

圣诞舞会是事件爆发后的第一次大型集体活动，我来参加之前就知道可能会被孤立，但那时年少气盛，我憋着那股气，心想被孤立也不能认输，偏要去露个脸。

我去了，然后我真的被孤立了。我像个怪物一样，有种被全世界抛弃了的感觉。

我很愤怒，恨命运，恨我爸，恨我自己，还恨洛瑞行——是他频繁约我出校，是他说大雨，执意让老周送我至校门，是他害我，被人抓到把柄。

当我强装镇定地坐了一晚上，最后落寞地离开礼堂，看到迎面而来的洛瑞行时，所有愤怒在瞬间找到了具体的发泄对象。

那日，洛瑞行穿着剪裁妥帖的黑色大衣，肩头落着些许雪花朝我走来。他走到我的面前，停下，轻声叫我的名字："林星。"他唤我名字时呼出的白气，像一朵小小的、柔软的云。

我低着头，冷着一张脸，踢着脚边的雪堆。融化的雪水迅速濡湿了我的小羊皮靴子。

"我……"

"你能不能放过我？"我与洛瑞行同时开口，但他只说了一个字就停住了，而我说完了整句话。

洛瑞行的眉头皱了起来，一字一句地问我："什么叫，放过你？"

"就是别来找我，别让我去见你，别让我和我的同学一样，觉得自己是出来'卖'的！我知道我欠你的我现在还不清，可我一定会拼了命还你的，求你别来找我了。"我看着洛瑞行的眼睛，哀求道，"你的女朋友哪一个不比我漂亮性感，我看你对我其实也没那个意思……不如我们以后不要见面了吧？"

洛瑞行面无表情地看了我许久，然后冷冷笑起来："向来只有我说以后别见面了，你哪有资格？"他的怒气像死神的黑色羽翼，在刹那打开，庞大的阴影将我笼罩，将我压制。

我终于知道害怕，转身想逃，而洛瑞行不知将什么掷在雪地上，快速上前伸手一揽，一把圈住我欲逃离的身体。他猛地把我拉进他的怀里，另一只手捏住我的下巴，将我的脸掰得与他对视。

洛瑞行微笑着，缓慢地、轻声地说："你说我对你没意思，意思是指我没动你，你有点着急了，是吧？你怎么知道，我不是想把你养得可口一点，再细嚼慢咽地吃掉呢？"

我挣脱不掉洛瑞行的钳制，惊疑不定地看着他，因为不知他会怎么对待我而怕得浑身发抖——我多愚蠢，竟惹怒了洛瑞行，才发觉他是不可招惹的人。

后来我每每想起这件事，就恨不得往自己脑门上拍一板砖——我林星算什么咖啊，敢这么对洛瑞行使性子？我在我爸林添丁那都没当过小公主，凭什么洛瑞行要惯着我？依他的性子，那天他没把我掐死在雪地里，就是对我最大的恩情了。

在我几乎以为洛瑞行会当场对我犯罪的时候，他突然松开了我。我脚下一虚，跌倒在雪地里，而他头也不回，带着盛怒离开。

学校里的路灯是浅黄色的，那天的雪地也像是浅黄色的，我像一朵被折落的春日的花朵，颜色娇艳，却似乎可预见日后的凋零。

因为，我已失去我的枝头。

我踉跄着从雪地里爬起身，目光却顿住了——刚才洛瑞行暴怒时狠狠掷在地上的东西，原来是个漂亮的方形盒子。包装纸是大红的底色，白色雪花图案，顶端扎着蝴蝶结，缀着金色的小铃铛，很衬那天圣诞节的气氛。

盒子被摔歪了，但有厚厚的雪垫着，没有破损。我打开盒子，发现是一栋姜饼小屋，童话故事一般美好，来自芬兰的罗瓦涅米，传说中的圣诞老人村。

后来我才知道，这是洛瑞行在欧洲出差为我带回的圣诞礼物。他下了飞机，冒着大雪来看我，可我却把他当作我命运的刽子手，我悲惨遭遇的始作俑者，骄傲地哀求他："我们以后不要见面了吧。"

事实上洛瑞行从来没有真正意义上亏待过我，恰恰相反，他有恩于我，因为他，我才不至于堕入真正的地狱，万劫不复。

第三章 有的人是我做不到，有的人是我配不上

原来有些人不是“花心”，是没遇到那个“命中注定”。可遇到了也不见得是好事，因为没有人保证，所有的“命中注定”都能善始善终。

新一周的周一，我的预约只有一位，就是正当红的“小花”江豆尧。说起江豆尧，她可是我的“吉祥物”。

一年前我的小诊所刚开张，客人不多，江豆尧是我接的第一个大单子。

那时她刚拍了一支网络上高点击的热门广告，微博有十几万粉丝，初尝走红滋味，但大家的关注点都落在她19岁的鲜嫩青春和32E的雄伟胸部上。

江豆尧是经纪人领着来我诊所的。

“开个眼角，割个欧式平行大双眼皮，她眼睛太小了，影响以后戏路。”第一次接诊那天，戴着大金链子的经纪人说话很直接。

我没搭理他，问江豆尧：“你自己觉得呢？”

素颜的江豆尧依然白得好像会发光，巴掌小脸，五官虽不是传统意义上的大美人，但细眉细眼，也算清秀可爱。她有点犹豫，但还是下决心道：“割吧，算命的说我做了眼睛，十年大运才会开启。”

我很怀疑她看的算命先生是她经纪人事先收买过的，但也不好多说什么，从方案效果图上看，江豆尧的条件也很适合做手术。顺利康复的话，她会失去现有的特色，但会成为更被大众接受的美人。

“如果都做的话，手术项目比较多，康复时间有点久，不会影响你的工作吗？”我问道。

“舍不得孩子套不住狼，医生你放心，我给咱家豆尧都安排好了。这一年，她就全心全意丑小鸭变天鹅吧！诶，对了，医生，这病人资料你们都会保密吧？我们家豆尧以后是要当巨星的，要是有什么资料泄露出去，说她整容什么的，那就不好了呀！”经纪人的嗓门之大，想必隔着房门，外面的护士也都听了个全。

有这么一个经纪人，我为江豆尧的前景担忧。

果然，4个月后，双眼皮还没完全恢复的江豆尧又出现在某车展上。接下来是数不清的商演和游戏代言——来钱快，但纯粹消耗人气，于一个刚起步、立志成为演员的新人来说毫无益处。

嫩模江豆尧毫无意外地迅速过气，连网上扒她整容的帖子都鲜有人点击。可就在这个时候，她的“救世主”出现了——江豆尧不知怎么搭上了洛瑞行，狗仔咔咔一拍，她立刻上了头条。

洛瑞行堪称狗仔最爱拍的富二代，都快赶上那些当红的流量小生了。人人皆知洛家家族势力雄厚，而自他成立影视公司以来，身边的女友从网红到嫩模再到女星，更换速度比女人换包还要勤。

同时，不知是刻意为之还是别有用意，洛瑞行还隔一阵就爆出惊人言论，引发各种话题。他的每条动态下面，都有无数人攻击他，嘲讽他，同时也有无数人关注他，追随他。以致后来，无论谁被爆搭上洛瑞行，谁就是当日的关注中心。

江豆尧亦如此。彼时，她的脸已彻底恢复，借由和洛瑞行的绯闻进入大众视野，以一张新鲜而惊艳的小脸，一副前凸后翘的热辣身材，瞬间引爆热搜。

江豆尧和洛瑞行的绯闻炒了大半年，从十八线女配，一跃成为IP剧女主角。而关于她的所有爆料都如残渣泛起，连带着我这小小医美诊所，也因此名噪一时。

帖子里说我做整形跟女娲造人似的，划拉划拉，填填补补，东施进去，西施出来。我看着那些吹捧我手艺、贬低江豆尧整容前长相的帖子，几乎怀疑是不是我自己请的水军发的帖，不然怎么能夸张成这样？

但不管怎样，托洛瑞行与江豆尧这两个“大流量”的福，我的小诊所迅速打响了名号，营业额扶摇直上，之后顺势扩大规模。

“小林姐姐，你看我这鼻尖上的雀斑，有没有什么办法可以去掉？微针行不行？还是激光好？”今天只是补一点玻尿酸，很快就打完了，可江豆尧揽镜自照，硬从鸡蛋里挑骨头。

“千万别。完美之上的小缺憾，是神来一笔。”我说，“说实话，要没这些小雀斑，你美得普通，加上这些小雀斑，你美得特别。”我看过江豆尧拍的爱情片，剧情一般，但每次镜头特写她的脸部，明眸善睐，皮肤吹弹可破，鼻尖上几颗淡淡的小雀斑，青春美艳里又多了几分俏皮与灵气，让人移不开眼。

“小林姐姐，你没逗我吧？那我可信了啊？”江豆尧到底还是年轻，听了我的话，立刻没心没肺地高兴起来，“诶，回头我介绍两朋友到你这来，你好好替她们做，不过也不要比我美就好了，嘻嘻。”

我笑着应允——20岁娇嗔美少女的请求，就算身为同性，也是很难拒绝的，何况她说的也不过是句玩笑话。

整形的结果并不都在医生的把控范围内。医生能做出接近完美的眼睛鼻子和嘴巴，但最令人赏心悦目的美人通常都不是手术刀切割后的那种完美。

女神是一种综合了外形的气质，不是具体的五官形状。

下班才到家，我的手机就蹦跶起来，来电显示是沅星皓。我按下接通键，还没说“喂”呢，电话那头的背景声喧闹得像在给我示范下马威。

“快过来，就等你了！”沅星皓的中气真是足，轻易就盖过了大分贝的背景声。

“等我干吗？”或许别人不知道，我可清楚得很：沅星皓这句“就等你了”只是一口头禅。

“等你一起嗨啊！哥们组了一个局，特别有趣，特别高雅，特别适合你参加，并且缺你不行！”

“呵呵。”我假笑一声，“上个星期我生日，你是怎么说来着？说好的纯真无邪‘童年趴’呢？你叫来那些朋友都是哪来的啊？童颜巨乳那个，穿个红孩儿的肚兜就出门，她不怕着凉啊？”沅星皓现在的业余生活那叫一个精彩纷呈，我没点心理准备，还真扛不住。

“咳咳，她不是想隆胸还有切下颌角嘛！先让你看看她的原始条件。哎，我这一次可给你介绍了两手术，算大买卖了吧？”

“大，相当大！谢谢沅少爷介绍照顾小店生意哈！”

“你这什么语气？林星，我就问一句：你那天开心不开心？高兴不高兴？愉快不愉快？”

“你这是浪费电话费，三个词都一个意思。”我一边乐一边老实作答，“还行，挺开心的。”

“那就行，你快来呗！对了，今天主题是‘别问我是谁’，你穿得别像你自己就成——听起来就很有趣吧？哈哈哈哈，快来啊，我等你啊，不来就是不给我面子啊！”

“我……”我握着手机傻在那里——我还来不及拒绝，沅星皓就把电话挂了。我哑然：他现在可真是喜欢组局。

白天，沅星皓衣冠楚楚地在他那个从一两袖清风的教授华丽变身成胡润富豪榜上榜人的亲爹的公司兢兢业业地上班，晚上就一头扎进夜店，使劲地挥霍人生。

我刚认识沅星皓的时候，他就是一花心而纯情的美少年：每次恋爱都全身心投入，只是很容易“移情别恋”。他容易心动，也容易厌倦，像猴子掰玉米似的换女朋友。

只是，后来遇到了唐叮咚。

原来有些人不是“花心”，是没遇到那个“命中注定”。可遇到了也不见得是好事，因为没有人保证，所有的“命中注定”都能善始善终。

唐叮咚就是沅星皓的劫难。

他们好了两三年，可最后还是分了手，那也是沅星皓第一次被甩。自那之后，他就爱上了这种夜夜笙歌的生活。

沅星皓曾对我说，他现在受不了特别安静的环境，周围一定得有人，得闹，得“炸”，不然就浑身不舒服。

宝拉问，林星，你说沅星皓是真的喜欢这样的生活，还是只有这样，才能让自己来不及悲伤？

我知道答案，所以心里突然有点难受。

想了想，我还是决定赴沅星皓之约。

我照着他发给我的定位一路开过去，才发现他今天约的地点不是市中心的夜店，而是一家挨着城市繁华地段边缘的高档会所。一人高的围墙圈起一块地，十几栋独立别墅不远不近地矗立着，组了个团，中间是一年四季都繁盛的绿植浓阴作为遮挡，出则繁华、入则静谧。

这里洛瑞行也曾带我来过一次，实名会员制，是城中商贾名流以及各种二代们的神秘游乐园。

沅星皓安排妥当，我到了门口报了名字，就有人替我泊车。之后，会所的电动接送车将我直接送到一栋巴洛克风格的别墅门口。

漂亮得跟小明星似的服务生看了我好几眼，大概是我的穿着打扮在这个环境下显得很“另类”。沅星皓说穿得不像自己就成，我就把压箱底的衣服给穿出来了——柠檬黄的连帽卫衣和破洞牛仔裤，再加一双小白鞋，站在这高级声色场所门口，像一只误入歧途的待宰小绵羊。

我在学校的时候一直都这么穿，但洛瑞行好像不喜欢。有次我和他吃饭，约得急，我就这么去了。他看到我时像眼睛被污染了，直接跟我说：“换掉。”

凭良心讲，我穿卫衣牛仔裤不难看，宝拉说我这么穿青春无敌，跟高中生似的，我也不知道为什么洛瑞行这么反感。但他毕竟是我的“金主”，他不让我穿，我后来就再也没在他面前那么穿过了。

入口处，服务生给了我一个羽毛面具，并介绍道：“您好，今天沅先生的派对主题是‘别问我是谁，请与我相恋’，请戴好您的面具进场。”

我看着那面具，心里五味杂陈——沅星皓真是越玩越野了，什么“别问我是谁，请与我相恋”，不就是“别问前尘后事，赶紧睡一场”吗？如果沅教授知道他亲爱的儿子现在这么“堕落”，不知作何感想？记得以前我们只是一块玩个滑板，沅教授都老大不愿意的，觉得沅星皓不务正业。

沅教授弃学从商前曾是生物免疫治疗领域的大拿。但我读大学那几年，他最有名的事迹不是拿了专业领域好几个大奖，而是他“当众训子”的动人事迹。

我亲眼见过的一桩，是沅星皓正和滑板社成员一起训练。沅教授看到了，从大老远一路飞奔过来，助跑后一个飞踢——众人眼睁睁看着沅星皓像颗被扔出去的手榴弹一样飞了出去！

“狗娘养的，不好好学习搞研究，天天整这些没用的玩意儿，看老子不踢死你！”风度翩翩的沅教授扶了扶他歪掉的金丝边眼镜，斯文地骂出一连串脏话。

我在一边吞了吞口水，看着沅星皓在远处挣扎了好久才从地上缓慢地爬起来。

“爸，你是不是有病！有病赶紧用你自己发明的药治一治！”沅星皓气疯了，口不择言，“还有你骂我‘狗娘养的’，我回家告诉妈妈去！”

“你这……你这……你这狗爹养的！”沅教授操起身边一块无辜的滑板，追着沅星皓满校园打。

我及滑板社众人：“……”

我在灯光忽明忽暗的派对现场穿梭，在震天的音乐声里，在戴着面具的各色红男绿女里寻找沅星皓。结果沅星皓没找到，却看到了乔杨——准确地说，是他先看到了我。我戴了面具，可他还是一眼就认出我来。

乔杨穿过人群，走到我面前。不知他说了句什么，音乐声太大了，我摇头示意没听清，然后下一秒，我还没反应过来，就被他拉着手腕上了楼。

二楼有很多房间，我不知道乔杨想干吗，直觉想要挣脱，但他不松手。

乔杨紧握着我的手腕，并未在二楼停留，而是去了三楼的观景平台。观景平台很安静，夜风习习，浓密的树阴在夜色和昏暗的灯光里像沉默而忠心的小兽，蛰伏在四周。

楼下传来隐隐的乐声，但只隔了一个楼层，音量却有天壤之别，像是来自遥不可及的远方。

“你干吗呀？”我终于挣脱了乔杨的束缚，揉着手腕，对他的鲁莽表示了不悦。

乔杨摘下他的面具，接着又想伸手摘下我的——我下意识地躲了一下，自己抬手拿下面具。

乔杨收回手，神情平静地对我说：“不干什么，就是想和你聊聊。”

我隐隐觉得，他和前两次见面时有些不同。他逾矩了，我们现在的关系，不适合这样的谈话方式。

“楼下也可以聊。”我不想和乔杨单独相处，转身就要走，被他用身体挡住了路。

“抱歉。”乔杨举起双手，以示他没有再次碰触我身体的意思，但坚持不让我就这么离开。“阿星，我没有冒犯的意思，只是想找个安静的地方，和你单独聊聊。”他顿了顿，又道，“我给你打过好几个电话，你没接。”

原来最近那几个未接来电是乔杨打的。我淡淡地说：“我不接陌生来电。”

我爸出事的时候，每天都会有各种各样奇怪的人给我打电话，几乎都是催债，但方式各有不同。有装可怜哭诉的，有疾言厉色恐吓我的，有一上来就骂我个狗血淋头的，有一个说可以“肉偿”，还有一个最另类，总是半夜打，不出声就挂掉，然后发一堆恶心恐怖的图片给我。这段经历导致我在很长一段时间里看到手机来电就心跳不止。虽然现在这毛病好了，但不接陌生来电的习惯保留至今。

“你找我有什么事吗？”我问道。

“没事就不能找你聊聊吗？”乔杨反问我。

“……嗯，没必要了吧。”我客套地微笑。

“对我来说，有必要。”乔杨顿了顿，突然放低了声音说，“阿星，这三年，你有想过我吗？”

我愣了一下，然后哈哈大笑起来："我想你妈干吗？"

"别闹，你知道我在说什么。"乔杨正色道。

可正因为知道，才更觉得好笑啊！我一边擦眼角的泪花，一边问："你喝酒了吗？还是发烧了？"

"没有喝酒，也没有发烧，我很清醒。"乔杨轻声说。

"哦，那就是无缘无故犯糊涂了。"我收起笑意，特别真诚地建议他，"乔杨，我看你现在过得挺好的，别说这些傻话，给你自己也给我找麻烦。"

"如果你没想过我，那就不算麻烦，所以你的意思是，你也是想我的，是不是？"乔杨一眨不眨地看着我。

我一愣——靠，我真烦脑子好的人！

"没有，你想多了。"我飞快地否认。

乔杨笑了一下，好像看穿了我拙劣的谎言："可我挺想你的。回国前，我想象过很多次我们再见面的情景，和现在的状况挺不一样的。"

"那什么样？是不是我们应该一见面就互相吐口水，你指着我鼻子骂我拜金女，我指着你鼻子骂你负心汉？"我笑嘻嘻地说，"至于吗？好聚好散多好，再见面还能客客气气地打声招呼。"

我东拉西扯，完全不按他剧本来的回答终于让乔杨皱眉："阿星，你别这样。"

我有点烦躁："我怎么样了？是你别这样才是。我听不懂你在说什么，我要走了，我来这里是找沅星皓玩的，可不是要和你叙旧。"

说到沅星皓，他今天这局不会是为乔杨组的吧？要是真的话，看我下去不扒了他的皮，卸了他的骨！

我转身要走，乔杨又一把抓住了我的手腕，用力一带，我就被扯到他跟前，几乎是撞进他怀里。"别走。"他直视我的眼睛说，"我有些问题想要问你，前两次见面都没有合适的机会。"

我有刹那的恍惚。乔杨的怀抱，我既熟悉，又陌生，而无论是熟悉还是陌生，我都不该也不能有任何留恋，因为留恋过去会招来灾祸。

“不管你想问什么，我都无可奉告。”我奋力推开了乔杨。

见他还想靠近，我压着心里的哀伤，用那种特别轻贱的语气说：“乔杨，你走的时候不是挺恨我的吗？你不是说无法理解我的选择吗？怎么，现在能理解了？还是你做好当接盘侠的准备了？可你准备好了也没用，我还没打算放盘呢！”

能再见乔杨，我不是不高兴的。我们没有联系的这些年，我也不是没有想过他。但在无数个无法入眠、闭上眼睛就是噩梦的夜里，我想明白了一件事：我和乔杨是真的不可能了。

我是一只脚踩在悬崖边上的人，而他有他的光明前程要走，美满人生要过。如乔杨妈妈所愿的那样，我的不打扰，对他才是最好的祝福。

“你能不能……别这样说话？”乔杨从没见过这样的我。他出国那会儿我还有点少女心性，说话远没现在那么直接。

“那我要怎么样说话？”我露出轻浮的笑容，变本加厉，“你想听什么？我可以说给你听呀！诶，乔杨，你说你是不是对我还挺念念不忘的？转了一圈，还是觉得我好？我跟你说，你这纯粹是因为当初没吃到，所以不甘心。那要不然，我们约一次？”我以退为进，挑战他的忍耐底线。

乔杨瞪着我，眼底的血丝一条一条暴起——我这是在污辱他的一腔深情。

我不想被文芊夏设计而说任何伤害乔杨的话，现在却自己一句一句全都说了出来。他是我只可怀念，不可重来的人。他安安静静地待在我的回忆里，他便是我的白月光，可他若要勉强什么未了的缘分，那我手起刀落的痛快，才是对我们彼此都好的唯一选择。

我佩服起乔杨的好修养，我那么言辞轻浮，他竟然没有当场骂我下贱。

“我们好好做那种认识但不熟的朋友不好吗？你今天这行为是犯规你知道吗？”我咬着牙，破罐子破摔道，“你知道我的金主是谁吧？洛瑞行知道吧？他名下也有影视娱乐公司，业内排名前三那种。他要是不高兴了随便发句话，你正在筹拍的那个电影八成会换导演，你信不信？你这种二十八线的新导演，不要自毁前程了，不值得。”

我若对乔杨今天的行为有所回应，被洛瑞行知道，我和他都会遭殃。吃一堑，长一智，我知道自己不能再惹麻烦了，因为我遇到的麻烦已经够多了。

“你是因为怕他，才不离开他吗？”乔杨沉声问我。

我面不改色地回答：“当然不是了。这么久了，你怎么还是不明白？我林星喜欢钱，喜欢出风头，想要轰轰烈烈、大红大紫的生活。我不想成为那种为了还房贷，吃一顿人均200元的自助还要思前想后的普通主妇。洛瑞行他够强大，够富有，他轻轻松松就能给我，我努力一辈子也过不上的生活。”

“为什么要这么说自己？为什么那时候，你突然要和我分手？”乔杨眼眶泛红，抿了抿唇角，问道。

他拉我来这里，无非是想为当初被愤怒掩盖的疑问，寻一个答案，而看样子，他对我的答案，是有所期待的。

我冷笑一声，并不打算给予他任何希望。

“你不记得了吗？高中那会儿你说我学习爱走捷径，总是仗着小聪明考前才看书。我告诉你乔杨，我就是个爱走捷径的人。”我平静地陈述事实，“而洛瑞行，就是我的捷径。”

乔杨看了我许久，才缓缓道：“阿星，如果你真的那么想，那你怎么不考虑让我做你的捷径？我的家世不错，我的个人能力也不差，我可以做你的捷径的。”他的声音又轻又凉，被夜风一吹，淡淡地散去，平静的语气里含着一种说不出的哀伤。

我的心好像被猛地蜇了一下：骄傲的乔杨，这一刻在我眼前，自愿化作了一粒尘埃，可我却不能让他开出一朵花。

“你这条‘捷径’，能去哪呢？”我缓慢而残忍地说道，“乔杨，我不想等，等你长成我的‘捷径’。而且我早就已经选好了自己要走的路，不会改了……你别再纠结这些个破事和我这破人了，放过自己，往前走吧。”说完，我走向楼梯口。

“阿星。”乔杨在身后叫住我，“如果，我说不呢？”

我不知道他这样纠结于过去的意义在哪里。我叹了口气，没有转身：“乔杨，我们给彼此留下点美好的回忆吧……还有，别再叫我阿星了，我已经不是‘阿星’了。”说完，我头也不回地离开了三楼。

我从楼上下来，气势汹汹地杀到一楼DJ台，关了音乐，拿起话筒就吼：“沅星皓，我在门口等你！三分钟后你不出现，以后别说我是你朋友！”说完我把话筒丢给DJ，走到门口，举起手腕看着手表开始计时。

不到半分钟，沅星皓连滚带爬地出现在我面前。

“林星，我错了。”我还没来得及开口讨伐他，他迅速做起检讨，“我不该瞎掺和你和乔杨的事，我不该不告诉你今天这一摊乔杨也来，我不该看着我的死党为情所困而忧心不已，以致好心办坏事，我错了，我真的错了！”

“你怎么想的？你是自己活得太精彩，也想给我整点‘精彩’的是不是？”我气愤难消。

“林星，我不知道你和乔杨会谈崩。之前在火锅店，我感觉你挺想见他的。当然，我跟你发誓：今天主要还是赶巧了。我和乔杨有个共同的朋友，他知道我今天组局，就让我也约你。我一听，觉得行啊！微博上不都说嘛，‘想见的人就要立刻去见’，别等啊等，等到再也见不着。”沅星皓脸上依然挂着玩世不恭的笑容，但眼底的哀伤一闪而过。

我突然反应过来：他自己和唐叮咚是没法和好了，所以看我和乔杨似乎余情未了，便顺水推舟地想撮合一把，也算圆梦。只是，沅星皓也不用脑子想一想，我们的处境能一样吗？

我在心里原谅了沅星皓，但仍假装生气，对他疾言厉色道：“见不着就见不着，我又没想见他！沅星皓，你现在铸此大错，说，怎么弥补我？”

“要不，”沅星皓眨巴眨巴着他的桃花眼，可怜兮兮地看着我说，“我自罚三杯？”

“喂！”我跳起来。

“好啦，我错了我错了还不行吗？以后再也不给你惹麻烦了。”沅星皓讨饶。

“哼哼，最好是这样。”我怕乔杨出来，我们又撞上，推了一把沅星皓的肩膀说，“罚你，带我去停车场，我怕找不到。”

其实门口有代客泊车的，就有代客还车的，但我忘了，沅星皓也没提醒我。他陪我步行到停车场，踩着月色，边走边问：“你打算什么时候离开那个姓洛的？我看你每天醉心于工作的样子，也不像传说中被包养的人。”

我和沅星皓属于那种互相不过问私事的朋友，所以他对我和洛瑞行的关系一知半解，更不知道我什么时候离开洛瑞行这事，我自己说了是不算数的。

“我是一事业心很重的‘二奶’，你这种只懂吃喝玩乐的‘富二代’不会懂。”我刻薄自己，揶揄沅星皓。

沅星皓低下头，看着已经坐进驾驶座的我，十分严肃地纠正道：“快别那么说我——‘富二代’这叫法听起来多没能耐啊？请叫我，‘暴发户的儿子’。‘暴发户’，听听，多有气势。”我笑出声：沅星皓说自己，还要顺带着踩沅教授一脚。

“拜拜了沅少爷。记住，下次别再给我组局了，我先谢谢您了！”我对沅星皓摆摆手，一脚油门绝尘而去。

我开着我的红色小宝马，没有目的地行驶在路上。

沪城这些年发展很快，日新月异，我生活在其中，也常常会惊讶它的变化之快。

旧马路被挖得面目全非，有一天，突然成了全新的模样：路被拓宽，两边熟悉的早餐店、文具店消失无踪影。

旧的老房子一个片区一个片区地拆迁。和网上那些不愿拆迁，因成为钉子户而被写在新闻里的悲壮人群不同的是，沪城的原住民们都极其拥护拆迁。因为地价金贵，拆一片，就产生一堆千万富翁，人民群众一夜暴富，后半生无忧。

其实我爸也曾有机会坐享这暴涨的城市红利的——如果他得到了这笔“红利”，我便会光荣地成为“暴发户的女儿”。

可这让我们父女“暴富”的大好机会，被我爸亲手断送了。

东区芙蓉巷那里，曾经有一条街的商铺都是我爸的。虽然当时都又破又不起眼，租金也便宜，但因位置上佳，后来拆迁的赔偿款据说相当令人满意。但我爸没等到那个时候，就把那条街的产权抵债给了别人，而负债的原因，是他替他的“干儿子”做担保，然后“干儿子”跑了。

我爸叫林添丁，添丁，这是我奶奶的殷殷希望，也是我爸毕生的梦想——可惜他注定实现不了。

我妈生了我和妹妹后生育功能受损，无法再怀孕。但我爸依然不放弃想要一个儿子的心愿，接二连三让外面的女人怀孕。只是或许他真的命中无子，到三个月检查出来都是女孩，全部打掉了。后来，他便认了那么一个“干儿子”。

我恨我爸，如果不是他非要一个儿子，我们家会特别幸福，特别好。现在呢？我妈死了，我妹丢了，他自己，得阿兹海默症了。

我把车停在江边的空地上，放平座椅，打开天窗，看着满天星斗，温热的眼泪像小溪似的不断流淌过我的太阳穴，没入我的头发里。

这一刻，我觉得好孤独啊！不是因为我只有一个人，而是我心里没有人，没有人可以去珍惜和守护——有的人是我做不到，有的人是我配不上。

回家倒车入库的时候，我又把红色小宝马给蹭了。看着那条黑色的，短但是很粗的划痕，我一下子就忧伤起来，如同亲眼看到一群毛爷爷舍我而去。

我去年才考的驾照，一次过了考试，但技术实在普通。拿到驾照后，我就用当时的全部积蓄加贷款买了这辆小宝马。

“你干吗买宝马啊？他们都说入门级宝马都是用来装逼的。”宝拉陪我去看车时曾这么问过我。而我笑眯眯地回答她："这就对了。我买车的主要诉求，就是装逼啊！"

我最后会买下这款加长版的三系宝马，也是因为它的外形和五系一样。我让人把车尾的三系标志给抠掉了，假装是个五系，装逼指数无形中又上升一个档次。

然后我开着车，一路驶向城东离城区三十公里外的一个养老院，在里面兜了一圈，才开到停车场。

没什么其他原因，我就是想在那些晒太阳的老头老太眼前显摆显摆，好让他们去给林添丁传传话，在他清醒的时候，刺激刺激他。

我大二的时候林添丁出了很严重的车祸，在床上躺了两年。好不容易醒过来，他又渐渐变得有点不认人了，时而清醒，时而糊涂，行为举止也时而正常，时而古怪。

医生说，我爸得了阿兹海默症。

我多怕他等不到我靠自己能力发达就彻底糊涂了，所以我在极短时间里考了驾照，手里一有钱，就去宝马4S店买了辆他们店里相对便宜但能唬人的红色三系。

我爸留给我的时间不多了，我得在他还清醒的时候让他知道，他女儿，我林星，挺有能耐的，不比一个他想象中的儿子差。

我很了解我爸，他对"有能耐"的理解非常简单粗暴，就是"特别能挣钱的男人"——我这辈子都做不了"男人"，但我或许能做到"特别能挣钱"。

我要是借洛瑞行的光，想在林添丁面前展现"有能耐"当然立刻就能实现，可我不想，所以一直拖到去年才刻意创造条件，向我爸展示了自己的"能耐"。

哪怕是虚张声势，我也得用我自己赚来的钱，不然我会心虚。

我知道坚持自己赚钱后再炫耀这事很幼稚，也很矫情，况且就算是我自己赚的钱，也很难说真的和洛瑞行一点关系也没有。可我还是想坚持一下，挣扎一下，自我欺骗一下——要不是家里发生变故，我林星靠自己过活，也不会太差。

我爸要是有个儿子，在这种境况下，也不会比现在的我有能耐多少。

我很久之后才明白，自己拼命想向爸爸证明自己“能耐”这事，其实很可笑。

有句话是，“你永远叫不醒一个装睡的人”。我爸就是那个装睡的人，我就算吼破了喉咙，他也只会闭着眼，将自己困在梦境里。因为若他承认了，他人生的支点，也将消失。

第四章
命运赠送的礼物，早已在暗中标好了价格

『洛瑞行，原来你待我，还挺不错的。』

『你现在才知道啊？』

我第一次开着新的宝马车去养老院那天，我爸的意识是清醒的，可他一点也不高兴。

他鄙夷地说：“你现什么现啊？别以为我年纪大了，人糊涂了，你把我关在这个鸟不生蛋的地方我就不知道你在外面干的那些丢人现眼的事……怪不得都说生儿子好，生女儿就是被人看不起，抬不起头……”

他说这话的时候我正倒水喝，手突然就抖了起来，水倒在了桌子上。

“你说什么？”我抬眼看向我爸，冷声问道。

“你这是什么态度？我说得不对吗？我林添丁这辈子没做过什么脏事，有过什么脏名……都毁你身上了！”

下一秒我就把玻璃杯狠狠砸到了地上——谁都可以骂我，贬低我，可是他林添丁不行！

玻璃碎裂的声音原来那么响，那么脆，我爸好似被吓了一跳，然后他瞪着我，喘着粗气，不说话了。

要是搁以前，我敢这么对他发脾气，他早就一巴掌甩过来了。原来他也知道“人在屋檐下，不得不低头”——现在我就是他的屋檐，为他遮风，为他挡雨。可他到底心里不痛快，觉得憋屈，所以总想让我也不痛快。

以前他在外面打牌输了钱，回家就找我妈的茬，看我和我妹不顺眼，骂我们是扫把星。那时我妈总叫我忍，可现在我连妈妈都没有了，我不会再忍了。

我看着他的眼睛冷笑道：“怎么，你也知道自己住院治病的钱，你住这有24小时私人看护高级养老院的钱，是靠女儿的皮肉赚来的啊？你要是生个儿子，连卖都没地方卖，你现在埋哪儿都不知道呢！”我没和我爸提过我和洛瑞行相处的真实状态，既然他认为我是在“卖”，那就随他这么认为吧。

最亲近的人要是掉转头互相伤害，因为太过了解，必是句句戳心，刀刀致命。我爸气得浑身发抖，抬手想给我一个巴掌，但最后举着手捂向胸口，人颤颤巍巍地朝后退，退到沙发边沿，重重坐下。

我替他按了看护铃，同时冷酷地提醒道："你可千万别死了，你那卷款跑路的'干儿子'还没找到呢！谁替你抱骨灰盒，谁替你披麻戴孝，谁替你送终啊？这事女儿这种便宜货，可干不了！"

医生迅速赶到，我爸戴着呼吸面罩恶狠狠地瞪着我，像要用眼神把我的心剜出来似的。我默默退到病房外，刚走到门口，胸口强撑着的那股气就泄了，心像被人捏圆压扁，压扁又捏圆般难受。

林家沦落如此，我爸他不检讨自己，竟然直到今天还认为这是他没有儿子而遭到的霉运。而身为我的父亲，他不心疼我的辛苦和遭遇，反而与那些不明真相的旁人看法无二，轻视我，鄙夷我，甚至更恶毒，这可真让我寒心啊！

在确定我爸无大碍后，没有告别，我开着簇新的宝马"伪五系"，马达轰鸣地离开了养老院。

我一路闯了两个红灯，开进地下停车库的时候还把车灯给撞了，罚单加维修费，算起来大概要好几千。以我当时的收入和积蓄来说，这几千对我来说也算大出血。可我没空心疼这些，一心一意地趴在方向盘上号啕大哭，撕心裂肺的痛楚一阵阵侵袭我的身心。

我正哭得忘我，哭得死去活来的时候，有人敲我的车窗。那人很有耐心，我没抬头，他就继续敲，敲了两遍、三遍……一遍又一遍。

我终于抽空看了他一眼——是小丁，而站他身后，抱着胳膊抽烟的人，自然是洛瑞行。

我迅速开门下车，抽泣着、低眉顺眼地走到他面前。

洛瑞行把没抽完的半支烟递给小丁，让他丢掉，然后拉住我的手。他拉着我进电梯，拉着我进门。

洛瑞行的手比我的大很多，手指细长，骨节分明，掌心温暖，且不像寻常男子般粗糙，异常柔软细腻。

我忘了洛瑞行以前有没有这么拉过我，但那次拉手，那个我无比脆弱的瞬间，突然让我心里涌起一种踏实感。他像是我的男朋友，又像是我的兄长，好似我哭了他会心疼，我受伤了他会着急，我被欺负了他会替我出头一样。

当然，我也就这么随便想想而已，我可没神经错乱，分得清错觉与现实。

“哭什么？谁欺负你了吗？”进了门，洛瑞行把我往沙发上一放，丢了包纸巾给我，然后走到酒柜边，边挑酒边问。

“没有。”我吸了下鼻子，不想和他谈论这件事，主动问他，“你今天怎么有空来看我？新闻上说，你和一个名字都是英文的网红去泰国了。”

“你不会是因为这事哭的吧？”洛瑞行抬眼看我，为自己斟了一点葡萄酒。

我隐约感觉洛瑞行似乎对我的答案怀有期待——难道他想要看他的女朋友们为了他争风吃醋，像宫斗戏里的妃子们那样？这爱好倒也……别致。可我不能骗他，因为洛瑞行这么聪明，我肯定骗不了他。

所以我老老实实地答道：“不是。”

洛瑞行没有说话。他端着酒到我身旁的沙发坐下，又再次问道：“那你哭什么？”

“没什么。”

“没什么哭那么凶？”

“我把车灯撞了，修一修很贵的。”我顾左右而言他。

洛瑞行一眼瞪过来，像两把飞刀，刀刀都能要我命。我立刻收起疑似敷衍的态度，可怜巴巴地看他一眼，像是讨饶，心里又憋屈又紧张，却还是不愿实话实说。

洛瑞行轻哼了一声，他不再看我，摇晃着酒杯，醒着酒，低垂着眼睫说：“你现在赚得也不算少了，那么点修车费算什么？他们说，你买车刷的可是自己的银行卡。”

我突然泄了气——洛瑞行总是什么都知道，我在他眼里是一个没有秘密的人。我试图控制自己快要爆炸的情绪，却还是脱口而出地反问他：“他们是谁？”

洛瑞行瞥了我一眼，缓缓道："你不用这么敏感。你买车那4S店的经理和老周是老朋友，他就那么顺口一提。"

我当然不信，可洛瑞行气定神闲，脸上的表情让人看不出什么端倪。

"干吗？不信啊？"他反将我一军。

要搁以前，我早就息鼓收兵。我与洛瑞行有什么可争的？人为刀俎，我为鱼肉，瞎蹦跶那是找死。可我那天的情绪特别失控，心想既然洛瑞行知道我的行踪，那我也就没什么好掩饰的了。

"你什么都知道，那你肯定也知道，我刚刚去看了我爸吧？"我反问道。

洛瑞行没有否认，漫不经心地说："哦，知道又怎么样？"

"没怎么样。"我赌气道，"我刚才哭得那么伤心，就是他说我丢人现眼，说我做了见不得人的事，让他抬不起头，说我……下贱。"我突然哽咽了一下。原本只是想平静地转述那些伤人的评价，怀着恶作剧般的心理想看洛瑞行的反应，但我说着说着，又被这些字句二次伤害了。

话语本身的杀伤力不过尔尔，但这些话，是我爸说的，并且最致命的是——我也是这么认为的。

年少时我读舒婷的《致橡树》："我如果爱你——绝不像攀援的凌霄花，借你的高枝炫耀自己。""你有你的铜枝铁干，像刀，像剑，也像戟；我有我红硕的花朵，像沉重的叹息，又像英勇的火炬。"

这首诗是我的爱情启蒙，也是我喜欢的爱情的模样。

我不喜欢我爸和我妈的关系，一个太强，一个太弱，弱的依附于强的，以致失去所有自我。以前每次看到我妈哭，我都告诉自己，以后一定要做一个不怕离开任何人，也不怕爱上任何人的独立而完整的人。所以我喜欢乔杨的时候，哪怕是默默暗恋他的时候，我也觉得我们之间是平等的，是坦荡的。

可现在我却陷在洛瑞行这里，成了自己最唾弃的那种，依靠男人生存的女人。

无论我多么努力地学习、工作、创业，都改变不了我依附于他的事实。我感激洛瑞行出手挽救我，却也恨他让我成为这样的自己。

洛瑞行看着我，不知是不是我的错觉，我第一次在他眼底看到了疼惜。我不觉得感动，吸了吸鼻子，靠近他，用泛红的眼睛直视着他的眼睛问道："那你觉得呢？洛瑞行，你觉得我贱吗？"

一个人的价值如果被"贵"或者"贱"这样用在商品价值上的字眼来判定，那就已经是一种侮辱了。而我，无疑是在向洛瑞行自取其辱。

洛瑞行沉默不语。他不想回答这个问题，可我不依不饶地追问："作为'买方'，你觉得我贱吗？"

我如今的遭遇，大部分是我爸的过错导致的，而让旁人和自己觉得轻贱，虽是我和洛瑞行共同完成的，但说到底，这是我自己选的路，怨不得旁人。

那个当下，我只是觉得委屈极了，想要抱着洛瑞行，一起坠入情绪的爆炸口。

洛瑞行终于开口了，他平静地反问我："你想要我怎么回答？"

"随便怎么回答，真心的就好。"

洛瑞行看着我，一字一句地说："林星，你知道，你不是唯一被认为是我女伴的人。"他停顿了一下，继续道，"却是唯一一个觉得格外屈辱的人。我不觉得你……下贱，可你似乎就是那么看待自己的。我不知道这是为什么。我待你不算好，但也算不上坏，对吗？"

我沉默着垂下眼，心里知道：他说得没错。

我避开了洛瑞行的注视，开口道："我不知道，你别的那些……女伴，是怎么想的，可我不喜欢这样不平等的关系。"我梦想的是有一天可以与洛瑞行并肩而立，成为和他一样强大的，能够掌控自己命运的人，有选择人生的机会。

我的这句"不喜欢"，不知为何，瞬间惹怒了洛瑞行。

他的眼睛微微眯起，看着我，缓缓地、语带讥讽地问道："哦，那你想怎么样改变这种'不平等的关系'呢？跟我划清界限，老死不相往来？翅膀硬了是吧？你以为你这样就能回你的小荷塘，做一朵离尘出世的白莲花了？"他的耐心终于用光了，刻薄的话语张口就来。

我到底还是不敢继续挑战洛瑞行的底线了，放软了语气，微微讨好道："不是的，如果说我翅膀硬了，也是你养得好呀？我说不喜欢我们不平等的意思是，我不想你永远在给，而我永远在接受。”我瞄了一眼洛瑞行的表情，他的面色似乎好转了几分。

我又小心翼翼道：“你看，现在我也工作了，要不你就给我个机会，让我承担我爸的费用吧。他再羞辱我的时候，我至少能告诉他，他花的每一分，都是我拼命工作赚的。”

“怎么了？花我的钱就那么让你难受？”洛瑞行晃着红酒杯，看似平静慵懒，可我知道事情没有这么简单。我不确定他心里是又恢复了平静，还是在酝酿一场新的暴风雨。

我总是要踩了雷，才知道害怕，才想着补救。

我偷偷捏了自己一下，吞下那些没用的、屈辱的感觉，靠近洛瑞行，仰着脸撒娇：“不难受不难受，我是怕你觉得我没用，养着我浪费资源，怕你厌烦了我嘛！”

“哦，是吗？”洛瑞行今天不打算吃我这套，他反问我，“林星，如果我同意的话，你会飞也似的离开我，对吧？嘴里说着怕我厌烦你，事实上，是你厌烦我，对吗？”

空气凝固了一般，气氛很糟糕。

“……不，当然不。”我一字一顿地否认道，“我不会离开你，就算你同意，我也不会离开你……你对我的恩情，我林星没齿难忘。”我笑了一下，心里却觉得凄凉。

洛瑞行喜欢掌控一切的感觉。我如同他豢养的宠物，他肩膀上的金丝雀，他掌心里的小蚂蚁。而宠物想跑，金丝雀想飞，小蚂蚁想逃离他的掌心，都是对主人的侮辱，洛瑞行绝不会接受这种侮辱。

我若完全成为依附于洛瑞行而生的女人，他或许会因厌弃而放了我，可我不甘心那样——而我越不甘心那样，他要困着我的心思便越盛。

这简直是悖论。

“恩情？”洛瑞行一口饮尽杯中红酒，突然笑了，“你刚才还在控诉我，我把你捆在我的身边，让你变得低贱，怎么现在又有恩了？”

“还有啊，”他扶着我的后脑勺，拉近到他的眼前，薄唇轻启，“林星，你是不是太高看你自己了？说得好像我离不了你似的。”

我眨了一下眼睛，缓缓道：“是我离不了你。”

“哦，怎么离不了了？说来听听。”洛瑞行貌似很有兴致地看着我，含笑问道。

他真像一个刽子手——不，他只是把刀递到我手里，要我亲自把自己心里的坚持，像收割杂草一样，一丛一丛地割掉。

我凝视他几秒钟，然后突然耷下肩膀，紧绷的身体像被抽掉了筋骨。我嬉皮笑脸地看着洛瑞行，夸张而做作地说：“我当然离不了你，因为你是我的神呀！”今天这场仗，我彻底认输。

“神吗？那你可得记着好好供着我，别再像刚才这般，惹恼我了。”洛瑞行微笑道。

“是是是，男神，我记住了。”我一旦厚起脸皮，导弹都击不穿。

洛瑞行甩手而去，而我待他离开后，面无表情地躺在地板上，然后闭上眼睛，让黑暗将自己笼罩。

在很长一段时间里，洛瑞行之于我，确实是如神一般地存在。

大二那年的圣诞节，我和洛瑞行不欢而散之后，他连着三个月没找我。我想自己既然已经把“金主”惹毛了，不如干脆彻底撕破脸算了。

那时我尚年少，以为我欠洛瑞行的，慢慢还就是了，一心不想和他有什么牵扯，被旁人说闲话。

我申请了助学贷款，同时做三份家教的工作，在学校附近的奶茶店兼职，哪怕是大年三十的晚上都在工作，对着电脑屏幕看资料做翻译赚钱。

我累得一个月瘦了十斤，收入还算可观，省着点花，生活费肯定够了。剩下的攒起来，期末再争取一个奖学金，那么下学期的学费也有了着落。

独立好像比我想象的还要容易一些，虽辛苦，但也不是过不下去。我有点得意忘形，以为这样就代表着我拥有了独立的能力。

那年春天天气最好的某个午后，我扔掉了洛瑞行给我的银行卡，扔掉了只和他联系用的手机卡，还吃了熊心豹子胆，把他送我的那些昂贵的“礼物”全部打包快递给他。

抽屉空了许多，我哼着歌，重新摆放物品，收拾书架，还擦了桌子、拖了地，整个寝室焕然一新。

宿舍长秦伊自习回来，她已经许久没有主动和我说话了，进门后都忍不住惊叹道：“我没有进错寝室吧？你突然大扫除干吗？有什么重要的朋友要来吗？”

“没有。”我微笑道，“不过是迎接一下新生活的到来。”

但，我的新生活并没有如约而至，如约而至的是可怕的账单。

洛瑞行送我的那些礼物被打包寄回后不到半个月，医院将我爸住院的治疗和看护账单寄到学校。我打开一看，密密麻麻的一长溜，结尾处那个数字，对当时的我来说堪称天文数字。那些钱，是我做家教做到死，一天冲一万杯奶茶也不可能赚到的。

还有泰安哥哥的妈妈，也找到学校，在宿舍楼下不知等了多久，才看到刚做完家教回学校的我。她颤颤巍巍地喊了一声：“林小姐。”话还没说，脸就红了。

“……阿姨，您怎么来了？”我见过她，也认得她的儿子泰安。

泰安哥哥以前是我爸的得力助手，后来有次陪我爸视察工地时，有块砖头从楼上掉下来，他推开了我爸，自己却被砸得昏迷不醒，在ICU躺了一个星期，最后还是走了。

泰安哥哥是个孤儿，五六岁的时候被他现在的妈妈收养。我爸在他临走前承诺，会照顾他妈妈一辈子。

我知道这事，但从未插手过，之前更是全然不知，洛瑞行替我处理掉的杂事和麻烦竟有这么多。

“我老了，做不动了，再加上我家老头子上个月跌了一跤，现在还躺在床上。这个月的钱晚了大半个月了……要不是实在没办法，我也不会……”

我立刻反应过来。“阿姨你看我这脑子，年纪轻轻的，怎么就不记事了呢？最近有好几门考试，把我都给忙糊涂了。”我拉开书包，看着今天刚拿到的那薄薄一叠家教钱，狠了狠心，一把掏出来全都塞到泰安哥哥的妈妈手里，“这些你先拿着，剩下我过两天再打给你。”

泰安哥哥的妈妈拿着钱，看看我，又看看我，露出不安的神色，嗫喏着：“林小姐，你和你爸爸，现在过得还好吗？要不，这些钱你拿回去，以后我们家这边，你们也别管了……你看我也真是老没脸没皮的，就想着自己着急，也没为你考虑考虑，你还是个孩子呢……”她自然是知道我家出事了，大不如前，但来之前大约是觉得“瘦死的骆驼比马大”，我们家的生活总没什么问题的。只是她今日亲眼看到我，怕是从我连日打工还要兼顾学业的憔悴脸色里，看出了几分端倪。

“我很好，我真的挺好的，阿姨，您就别担心我了，回去好好照顾叔叔。”我努力安抚她，且一脸灿烂地送她出校门、上车。直到公交车消失在左拐的十字路口，我的眼泪才崩溃地涌了出来。

我哭着去宝拉的学校找她。

我们一起坐在湖边的柳树下，在附近三五对亲密异性恋的映衬下，神情哀伤得像一对不堪世俗枷锁重负而即将分离的恋人。

我问宝拉：“我该怎么办啊？我哪去弄那么多钱啊？我拿不出这些钱，我爸是不是会被丢出医院？”

宝拉查了她的支付宝，又查了她的银行卡，全加起来也不够还一半的账单。她陪着我一起哭，一起着急，最后说：“林星，你现在只有两条路了：要么你就别管你爸和你爸留下的那些烂摊子，你只管你自己；要么，你就向洛瑞行低头认怂去吧。这账单你以前见都没见过，现在寄到你手里，他无非是想提醒你，要你服个软。之前洛瑞行其实对你还可以，你认个错，求求他，他应该会继续帮你的。”

我机械地咬着指甲旁的死皮，沉默不语，只有眼泪簌簌地掉。

“你快把手指头咬烂了。”宝拉按住我的手。

我长长地叹了一口气：“宝拉，我真恨我爸啊……要不是他，我今天不会这样，可我，可我不能不管他啊……”我用双手捂着脸，哀伤而压抑地哭起来。

我气起来的时候恨不得林添丁不是我爸，可是平静下来，我又会想起他对我好的时候。

我小时候喜欢吃某个品牌的棒棒糖，我爸一次给我买齐所有口味；我羡慕隔壁小哥哥的玩具水枪，他就给我买了一把商场里最贵最酷的；妹妹还没出生，遇上心情好的时候，他还会带我去公园吹肥皂泡泡……

我爸他大多数时候不是好爸爸，但生命中总有那么几个片刻，他给过我父爱的踏实和温柔。

那一刻，我终于清醒地意识到：我和洛瑞行，不是他巴巴地要来找我，而是我巴巴地要靠着他这棵大树。他也确实没说错，我哪有资格说不想再见他了？他是拴着我，不让我坠落深渊的绳索。

茨威格曾在一本书中写道：“她那时候还太年轻，不知道所有命运赠送的礼物，早已在暗中标好了价格。”彼时我虽年轻，却也知道洛瑞行给我的所有帮助也是“标好了价格”的礼物——我失去“清誉”，被人指指点点，被室友孤立，便是我付出的其中一部分“价格”。

我不知道未来还有什么更可怕的代价要我付出，可我没有其他更好的选择了。我想做一棵骄傲的树，最后却证明自己确实只是一朵依附他人才能好好生存的菟丝花。

告别宝拉，回到寝室，我在床上躺了半个小时，又突然蹦起来——我想起来，之前将洛瑞行送我的礼物全部打包寄回给他的时候，那栋姜饼屋因为不好打包，我就没有寄，现在还好端端地放在我的书架上。

不知为什么，我特别喜欢这栋姜饼屋，宝拉有次来我宿舍玩，想要尝一口屋顶饼干的味道我都没答应。

我一咕噜爬起来，跑到卫生间洗了把脸，对着镜子重新扎了个活力四射的马尾，又冲到衣柜前，挑了件衬肤色的上衣穿上。我背对那书架连着拍了十几张自拍，挑了最漂亮的一张美颜调色，然后加了一段不知所云的鸡汤发朋友圈。当然，我身后最显眼的位置，就放着那栋他原本想送我，后来被丢在雪地里的姜饼屋。

我连着发了三天自拍，背景里都有那栋姜饼屋。我以这样隐晦的方式示好、举白旗，希望洛瑞行能看到，能心软，原谅我。

可直到第四天，洛瑞行那边还是一点动静都没有。

第五天，我沉不住气了，主动拨了洛瑞行的私人号码，他没有接。我又给他的助理小夏姐姐打电话，她接了。我特别不好意思地问她洛瑞行明天的行程，看能不能匀出一点时间，让洛瑞行见我一面？

“稍等。”过了一会儿，小夏姐姐的声音又再度响起，“林小姐，洛总晚上有个私人晚宴，他说希望你能与他一起参加。”

“晚……晚宴？他要我参加？”我还没道歉呢，参加什么晚宴？难道洛瑞行要当众给我难堪？

“洛董事长约的，具体情况我也不知道。洛总说他会安排人和你联系。”

结束电话后，我在寝室里坐立难安，直到小丁联系我。

小丁也没透露什么信息，只是开车带我去做了个从头发丝到脚指甲的全套护理。然后又把我送到某设计师的工作室，让他给我挑了一件小洋装——白色，一字领，裙摆到膝盖上面五厘米，搭配一双细高跟的同色尖头高跟鞋，恰到好处地露出我的锁骨和纤细的小腿，又不会显得暴露。

设计师还借给我一对钻石耳饰，细长的简洁造型，我稍稍一动，长长的耳饰就微微晃动，衬得我格外灵动大方。

看着镜子里焕然一新的自己，我的焦虑感又从心底汩汩地冒了出来：洛瑞行让小丁带我打扮得美美的，不会是想晚上要让我死得惨惨的吧？

我怀着这样忐忑的心情，魂不守舍地重新回到车上，准备出发。

“挺好看的。”清冽而熟悉的声音近在咫尺。

我反应过大，猛地扭头，长耳饰差点晃到洛瑞行的脸颊，但他神色不改，依然挑眉凝视着我。

“……谢谢！”许久不见，再次看到洛瑞行让我紧张到像心里藏了只小兔子般跳个不停。

“好像瘦了点？”他问。

“嗯。”我点头，正襟危坐。

小丁将车子驶出停车场，平稳地开上路。洛瑞行低下头，继续翻看刚才我上车前他已经在看的商业计划书。

车内的空气又安静下来，我绞尽脑汁，默默想着一百种打破沉默的方式。

洛瑞行突然开口道：“一会儿吃饭，是和我爸，你放机灵点。”

洛瑞行的爸爸？见家长？啊，不对，我和洛瑞行不是那种需要见家长的关系……但是，我为什么要去见他爸啊？

我脑袋里嗡嗡作响，一片混乱，紧张得手心里的汗怎么擦都擦不干。

我去了才知道，说是晚宴，其实是一场相亲——刚过完55岁生辰的洛震不知怎么的，突然动了替儿子“择定终身”的心思。而洛瑞行事先收到风声，便有了我粉墨登场的机会。

明了这饭局上情势后，我反而镇定下来。

“这位是……”洛震温和地看着我问道。那是我和洛震的第一次会面，他没有我想象中首富的架子，对我这不速之客，也没有被冒犯的愠色，神情和善而平静。

洛瑞行拉椅子照顾我落座，并介绍道：“我女朋友林星，准备结婚那种，医科大学高材生。”

我低头掩饰自己的心虚——洛瑞行说起谎来，可真是流畅自然。

“哦，这么巧？雪歌也是读医科的，在美国吧？哪个大学呀？”洛震无比自然地将话题引到坐在洛瑞行对面，那个原本该是他相亲对象的女生身上。

“我们雪歌读的和林小姐学的还是很不一样吧？雪歌学的专业叫Health

Sciences and Technology，是哈佛医学院和麻省理工学院一块儿办的。”那名为方雪歌的女生的贵妇妈妈方太太，说话的语气虽听不出太多情绪，但眼底是显而易见的轻蔑之色。

“方小姐一定是个在学业上有天分又努力的人。”洛瑞行恭维道。

“那是当然，我们雪歌从小就聪明。”方太太的爱女之心溢于言表。

方雪歌倒笑得自然大方：“天分不好说，但努力是真的。我们学院牛人太多，一放松就连人背影都看不着了。”会读书的大家闺秀还是挺不一样的，不卑不亢，落落大方。

洛瑞行边慢条斯理地将牛排切成大小均等的小块，然后与我换盘，边语带宠溺地说：“林星就不行——她啊，仗着小聪明，考进个985就满足了。专业成绩虽然挑不出毛病，考全系第一跟玩似的，但你让她再努力一把，就难了。不过话说回来，我也不想她那么辛苦。”

我的内心瞠目结舌，手臂上的皮肤直冒鸡皮疙瘩，要很努力才能维持面上的风平浪静。

我偷偷看洛瑞行，发现他也正含笑望着我。那一刻他的眼睛像星海，熠熠生辉，摇曳着我从未见过的温柔与深情。

洛瑞行的演技精湛得让我叹为观止：这个危险的，冷漠的，挑剔的，坏脾气到喜怒无常的男人，竟能露出这样柔软的神情，好像……好像他真的对我，情深似海。

“洛先生是个很体贴的男朋友呢！”方雪歌笑眼盈盈地说。这一席人间，大概只有她和洛瑞行是真正自在的。

洛震嗔怪道：“我这儿子，就是贪玩一些。我今天特意和他说了是请他方叔叔、方阿姨还有雪歌吃饭，他还故意使性子，这孩子真是……”他顿了顿，又道，“不过，他要是收了心，倒会是个好丈夫。”

洛震说这番意有所指的话时，我正在埋头用叉子叉自己盘里的一朵西兰花，洛瑞行突然用手肘撞了我一下——那朵西兰花一下子就滚到桌面上，菜汁染脏了雪白的桌布。

我尴尬地抬起头，却看到洛瑞行凑近我，笑得一脸亲昵地说：“你看，我爸都说了，我会是个好丈夫。”

明明知道洛瑞行是在演戏，明明知道自己只是一件道具，明明知道眼前的他虽满眼含笑，心里还不知怎么嘲讽我的笨手笨脚……我却仍是迎着洛瑞行的眼神，怔怔的，红了脸，心里小鹿飞奔，要破百米纪录的架势。

洛瑞行刻意散发魅力的时候，原来这么“可怕”。

那顿饭场面上还算热闹，你来我往，话题不断，实则尴尬万分。后来方家人找了个借口，早早告辞，剩下洛家父子加我一个外人，吃完了最后一份甜点。

洛震很有风度，从头到尾都没有给我脸色看，始终和和气气的。他看起来是个很好说话的长辈，我不知道洛瑞行为什么要这么对他的父亲——直到他离席接电话，我才发现自己的想法错得离谱。

洛震看着洛瑞行离去的背影，目送他直至消失，然后回头把含笑的眼神落在我的脸上：“今天这餐，你吃得还满意吗？”

“嗯，挺好吃的。”我拘谨地笑了一下，“特别是最后的草莓舒芙蕾，口感娇嫩、很可口。”

“你看起来也很可口。”

我以为自己听错：“您说什么？”

“我说，你也很可口。”洛震招手向服务生借了一支笔，然后无比自然地拉过我的手，在我手心写下一串数字，“你下次什么时候想吃，随时给我电话。我比瑞行年纪大点，比他会疼人。那个傻孩子，他以为我看不出今天这一出都是演给我看的吗？哈哈，他怎么会和你这样的小姑娘认真？”

因为太过惊讶，我收回手的速度慢了一拍，而洛震又迅速抓紧，待他写完整串号码我才重新获得自己右手的主权。

“洛……洛先生，您这样不妥吧？我再怎么说，也是瑞行的……女朋友。”

“那又怎么样？瑞行像我，女朋友多得数不过来，今天是你，明天可能就不是了，逢场作戏而已，难道你还当真？你运气算好，长得也还讨人喜欢，趁着年轻，从他身上捞一些，再从我身上捞一些，后半生的傍身钱，不就够了吗？”洛震依然是慈眉善目的一张笑脸，身体后仰，靠在欧式豪华沙发椅上，像电影里的什么大佬。他斜睨着我，继续道：“我看你呢，也不像那种傻乎乎的，真以为能飞上枝头变凤凰的小麻雀，见好就收吧。”

我再笨再蠢，也听得出这番话里浓浓的恶意。

我以为我做洛瑞行的“小金丝雀”已经是极大的屈辱，我以为洛瑞行对我发脾气时说的那些话已经够恶毒了，但到那一刻，我才知道那都是小儿科。

洛震的这些话，才是真恶毒，真污辱。因为他打心眼里看不起像我这样除了青春一无所有的姑娘。我出现在他眼前时，他很自然地就给我打上标签，贴上价格，压根没有兴趣知道真实的我是什么样子。

他把我视作一件玩物，一只宠物，是可以随意贩卖的廉价商品。他无比稀少的“尊重”，在年轻女生这部分，只给予方雪歌那样出身高贵，又受过良好教育的名门富商之后。而我这种出身贫寒又长相出色的女生，在他的意识里，只是寻欢的工具。

洛瑞行再度落席之前，我和洛震之间的对话已经结束。我木着一张脸，写有洛震电话号码的手握成拳状，紧紧的，指甲几乎陷进皮肉里。

送我回学校的路上，洛瑞行问我：“你怎么了，脸色很差？”

我打开车窗，望着窗外流逝的夜色，眯眼笑道：“没怎么，就是有点儿……惊讶。”我扭头看向他的侧脸，真心实意地说：“洛瑞行，原来你待我，还挺不错的。”

洛瑞行也回头看了我一眼，冷笑一声，说：“你现在才知道啊？”

是啊，我真的那时才知道：没有家世背景，自己也暂无实力的漂亮小女生，在洛震之流的男人眼里，不过是伸手可得、反手可弃的玩物，而洛瑞行对我，至少还有起码的尊重。

或许是意识到我在学校的处境有点难堪，担心豪车接送会使我已经够糟糕的名声再度“雪上加霜”，那天洛瑞行特意吩咐小丁提前一个路口靠边停车。

他的细心与体贴让我心生感动，更觉得先前的自己不识好歹，像只白眼狼。

“那个，我……你？”我正准备对车里的洛瑞行道歉，却发现他也下了车。

“今天演戏演到底，我送你回宿舍吧。”洛瑞行说。

“啊，不用了吧？”他一打岔，我又忘了自己要说的话，只下意识地拒绝。

洛瑞行看了我一眼，我一激灵，连忙挽救道：“我的意思是你送我回去我开心死了，就怕累着洛少爷你。这儿离校门还有段距离，从校门到我宿舍楼下还有不少路呢！”我说得飞快，中途都不带喘气的，语气夸张得像在演话剧。

“不累，我经常遛Loki。”洛瑞行淡淡地说，气定神闲。

空气霎时安静下来。

Loki是洛瑞行养的狗，阿拉斯加雪橇犬，胖得像只熊一样的狗。

洛瑞行可真会聊天。

我们沉默地并肩走在学校围墙外的人行道上，路灯昏黄，树影婆娑。我忐忑着，犹豫着，那句“我错了，我爸的账单请你继续付吧”的乞求，始终如鲠在喉，却说不出口。我觉得自己像个乞丐一样，还是一个什么都不想付出，故作清高的乞丐。

我在心里唾弃自己无数遍，而我身旁的洛瑞行，一无所知。

他一直将我送到女生宿舍楼下，沉默得像个骑士。直到快离开时，看着楼道口正对的那棵梧桐树，他才轻声道：“这儿的梧桐树长得可真茂盛。”

他上一次来这还是冬天，大雪纷飞的圣诞夜，彼时这些梧桐树都光秃秃的，上面积满了雪。他走的时候带着怒气，肩头落着雪，头发丝上落着雪，怕是连心里，也落着雪吧？

“对不起。”我突然将这句道歉说了出来，真心实意的。洛瑞行从不欠我，向来是我欠他，那我还闹什么性子？自然是该道歉的。

洛瑞行顿了一下，不置可否，然后他拍了拍我的头，说：“回去吧，该熄灯了。”

我又看了洛瑞行一眼，不知是我的错觉，还是路灯穿过繁茂的梧桐枝叶后突然变得异常温柔，总之那天晚上，我好像在洛瑞行的眼睛里看到了之前从未发现过的柔软情愫。他的眼神，温温的，脉脉的，让我几乎要以为他其实是个内心温柔的人。

我脚步飞快地跑到二楼，又折返到二楼和一楼之间的转角处，踮着脚，攀着窗台往外看。

洛瑞行还站在原地，正歪着头专注地看着什么——我顺着他的眼神望过去，发现是一对在阴影处热吻的校园恋人。

我再看向洛瑞行时，他已经转身走了，背影挺拔，身影被路灯拉长又拉短。

他这个人，愿待人好的时候可真好，光是简简单单地被他看着，就有一种被温柔的臂弯拥抱的感觉，像是会融化在他的眼神里。可他要是不高兴了，想让人难受的时候，也有的是办法，动动手指头，就能让我举步维艰，最后又不得不爬到他脚边，求他原谅。

虽然这一次我还是没有求他，只说了对不起，可我心里知道，洛瑞行从出现开始，便未经我同意地成了决定我命运的“天”。我乖乖待在他身边，和围绕在他脚边，吐着舌头、摇着尾巴，卖萌换一袋零食的Loki一样，本身就是一种“乞求”的姿态。

我不讨厌洛瑞行，甚至可能不讨厌走向他，可我真讨厌这种被钳制，被决定，不得不服从着走到他身边去的感觉。

第五章 你再啰嗦，我就要亲你了

“你们在一块儿那几年，你最欣赏他哪一点？”

“最欣赏的点？嗯，那应该是长得帅吧。”

我从沅星皓的“别问我是谁”派对回来后，做了一整夜不着边际的梦。在那些梦里，我是悲情女主，有一个看不清脸，但我怀疑是乔杨饰演的，生生世世的恋人。

我们每一世的关系都不同：有时他是皇子，我是他救下的小狐狸；有时他是杀手，我是住他隔壁卖白粉的小女孩；有时他是断了七情六欲的上仙，我是贪吃好玩的小劣童……

可无论哪一种关系，无论哪一个梦境，我们都没有成为恋人，多半是以不得善终而结尾——你看看，我混得多惨，连在梦里，都得不到一个好结果。

我和看不清脸但疑似乔杨的男主最接近的一次，是在那个小狐狸和皇子的梦里。小狐狸历经千辛万苦，折损数千年修行，终于帮助皇子夺得天下。

小狐狸浑身是伤地躲在人群里，看着小皇子登基，心里花痴地想：我的小皇子可真英俊啊！

小皇子发现了人群中的小狐狸，径直朝她走来。他将她温柔抱起，亲吻她的额头，当着天下人柔声说，谢谢你！

——“哇哇靠，他亲我了？！”

小狐狸一激动，满血复活，甚至比之前修行更厉害，还幻化出了人形，但悲剧的是，她的人形是一个尼姑？！

刚才小皇子抱小狐狸的画面变成了小皇子抱着一个尼姑？！变成尼姑的我惊慌失措地看向小皇子，又愕然发现抱着我的人竟然渐渐有了一张清晰的面孔——是洛瑞行！

他狞笑着捏着小尼姑的下巴，说：“小尼姑啊，你要乖乖的……”

“啊啊啊啊，走开，走开！”

“嗯哼，口是心非的小东西……”

“铃铃铃！”我被闹钟惊醒，奇怪的梦境戛然而止。

“什么鬼梦啊！”我又一片空白地在床上瘫了半晌，好一会儿才挣扎着爬起来。走到卫生间，用冷水冲了把脸，我才感觉自己渐渐活了过来，三魂七魄归位。

我简单洗漱后去餐厅吃早饭，张阿姨一见我就问：“林小姐，你脸色不好，是不是不舒服？”

我撕了点花卷塞在嘴里，说：“可能有点着凉。”昨天我看完几篇医美方面最新的科研论文后有点乏，泡了个澡，敷了个面膜，谁知后来竟在浴缸里睡了过去。也不知过了多久，我才被逐渐冷透的水给冻醒了，草草擦干身体，爬上床又睡去，结果做了一夜怪梦，也没睡好。

“要不你今天就在家好好休息吧，我熬点姜汤给你喝。”

“那可不行，上午还有手术呢！”

“身体重要还是赚钱重要？”张阿姨瞪我。她照顾我有几年了，大约是因为我比她远在几百公里之外的女儿大不了多少，她待我特别亲近，而我也没把她当外人。

“当然是赚钱重要。”我嬉皮笑脸地说，见张阿姨还是满脸担心，不由心中一暖，安慰道，“我真没事。今天的客人很重要，再说约好的时间随便改期，会显得我们诊所特别不专业。哎呀，不和你说了，我上班去了。”我又匆匆喝了两口粥，穿了外套出门下电梯。

我在车库转了好几圈都没看到我的红色小宝马，心想糟了，不会是被偷车贼给偷了吧？可我又纳闷：偷辆车不容易吧？偷车贼这么大动干戈的，怎么也不偷辆好的？放眼这车库，哪辆车不比我的伪五系小宝马值钱？

我正原地百度“如何找回被偷的汽车”时，老周开着我的小宝马稳稳当当地在我眼前倒车入库。全车不止洗得干干净净的，且漆面光亮如新，已不是昨天我们分开时伤痕累累的模样。

“老周你怎么这么神通广大啊，知道我昨天又倒车入库失败，把车给蹭了啊？”我本想中午得空去趟4S店，谁知老周一大早就把这事给处理好了。

“洛总吩咐的。”老周顿了顿又补充道，“他很关心林小姐。”

“他昨天来过？可我没见着他啊？”我疑惑道。

“这我就不清楚了。”老周谨言慎行，没有透露更多的信息。

上午我给一个整失败的鼻子做回炉再造的手术，特别麻烦，直到快下午两点，才吃上午饭。我正一边吃外卖一边刷微博，洛瑞行的电话就进来了。

“晚上把时间空出来，陪我去见人。”洛瑞行的声音听起来很像是上司在对下属发命令。

我习惯了，只顺嘴问道：“见人？谁啊？在哪？”

洛瑞行在那头顿了顿，我以为自己问了不该问的，赶紧解释道：“我不是八卦，我是为了选合适的衣服。”

洛瑞行终于又开口了：“无所谓，穿得严实点就行，去见我爸。”

他爸？穿严实点？

我和洛震第一次见面，他对我作出的羞辱言辞，我没有向洛瑞行提及半个字。今天他这句“穿严实点”，让我微愣了一下。显然，洛瑞行清楚洛震对我的看法——所以这些年，我和洛震鲜有机会“偶遇”，是他刻意为之了？

洛瑞行真想多了。我可入不了洛震的眼，他对我“利诱”，无非是想收买我，给洛瑞行难堪。只是洛震打错了算盘，要不是洛瑞行遇上我最落魄的时候，我林星也不是那么好“收买”的……不过，他们父子后来似乎达成了某个协议，洛震不再干涉洛瑞行的私生活，而我便也没了被他“利诱”的价值。

我在洛震眼里，不过是个碍眼的存在——我猜，洛瑞行今晚要带我去见他爸，恐怕也是出于给后者添堵的目的吧。

晚上我们到达目的酒店。洛瑞行打开车门，牵我下车时才突然告诉我："我爸今天结婚，今天这顿，算是'婚宴'。"

"婚……婚宴？"我惊讶到结巴。许久未见，我和洛震再碰面，竟然又是"婚嫁"主题。只是这消息太劲爆又太突然了，我有点拿不准今天的言行准则，思索再三，小心翼翼地问："还请洛总明示：我该调整成哪个心情模式呢？平静？激动？气愤？还是等会儿电梯门一开，就冲出去撒泼，搅了他们的场子？"

洛瑞行愣了一下，饶有兴致地看着我问："你还会撒泼？在哪偷偷学的杂耍啊？"

"嘿嘿，自学成才。"我多少看出洛瑞行对于洛震再婚这事并不高兴，装疯卖傻，也是希望他快活些，这也算"食君之禄，忠君之事"吧。

"你老实待着就行。"洛瑞行说。

"哦。"我立刻摆出慈眉善目、贤妻良母般的表情。

洛瑞行瞥了我一眼，嘴角勾起一抹微微的弧度，拉着我往前走。

我亦步亦趋，面上平静，心理活动还挺剧烈的。

洛震竟然再婚？这算商界大新闻了吧？我猜连洛瑞行都未必想到，他爸到了这个年纪，还会动结婚的心思。毕竟签下一纸婚书后，不止会有来自道德方面的束缚——之后洛震交"女朋友"可得收敛着来了，更麻烦的是，还会影响到未来他名下庞大财产的分配问题。

不过，更令我没想到的是，洛震的新任妻子，不是他之前交的那些青葱水嫩的小女友类型，而是阿姨级的。

洛瑞行带着我径直去了楼上的总统套房，提前拜见了洛震和他的新任洛太太。

我作为晚辈，一进门就主动打了招呼："洛叔叔好，洛阿姨好。"

洛震对我再也没有初见时伪装的长者风度。他看了我一眼，直接嘲讽道：

“可真没想到，我竟生了个情种——林小姐，你还在位呢？！”

我讪讪地笑。洛瑞行牵着我的手，面无表情却意有所指地对洛震说：“您不也是吗？我不过是继承了我们洛家男人的优良传统——是吧，文阿姨？”

这新任洛太太有点眼熟，听到洛瑞行称她“文阿姨”，我灵光一闪，突然想起来：眼前这美妇人不就是文芊夏的妈妈文美然吗？

文美然年过50，但身材保持得相当完美，依然穿得进小码的婚纱，无须为了修饰不完美的身形而牺牲美丽的设计。

面对洛瑞行的挑衅言行，她不接招，反而柔声笑道：“瑞行，你能来，我和你爸爸都特别高兴。”

倒是洛震脸色不佳地“哼”了一声：“你跟我进来，我有话和你说。”

洛震朝里边的卧室走去。洛瑞行回头以眼神示意我稍等，随后跟着洛震进了卧室。

文美然背对着我，化妆师和造型师正在为她做最后的造型。我坐在沙发上发呆，心里想着洛瑞行的不悦，不知是对洛震还是对文美然？抑或对这场婚姻本身？

“你是林星吧，我听我家芊夏提起过你。”文美然突然出声，我“唰”一下挺直了腰背，收回心神应对：“嗯，是。”

我和文美然其实早见过。念高中的时候，我作为优等生在家长会上介绍学习经验，文美然坐在一众中年人中，美得像走错了片场。

“果然，和我想的一样漂亮，还长了一副讨人喜欢的聪明相。”她通过镜子的折射将我从头到脚看了几遍，然后盈盈笑道。

我不知文美然葫芦里卖的什么药，只好含糊地应着：“谢谢阿姨，您过奖了！”

文美然的妆容、造型做完，她又对镜自览了一会儿，才转过身，看着我的眼睛，一副推心置腹的模样："小林呀，你是不是觉得阿姨特别幸运，都这把年纪了，还能嫁得这么好？我跟你说，我可从没想着要靠男人，自己一个人拉扯大了我们家芊夏。"

我满脑门问号，不知她这唱的是哪一出？

文美然又继续道："阿姨是过来人，小林，听阿姨一句话：女人啊，还是别太聪明为好，也别总想着走捷径，脚踏实地一点，天真善良一点，生活才会善待她。你看阿姨我，现在幸福美满，肯定是老天垂怜我的努力和坚强。"

文美然的言下之意终于昭然若揭。她把自己夸得跟自强不息的生活斗士似的，反衬我的品行低下。那番话，几乎是在指着脑门子骂我，"你林星聪明过头，爱走捷径，贪慕虚荣，不够天真善良"。

"谢谢阿姨指教。"我快被气笑了。

"你看你，还不高兴了吧？笑得跟哭一样。阿姨可没有批评你的意思，就是看到你们这些年轻小姑娘，就心疼你们，怕你们走了歪路。"文美然理了理自己鬓角的碎发，说道。

我突然好奇起来：不知文芊夏是怎么向她妈妈描述我的——大约是挺不堪的吧？不然怎么初次交谈，她就对我频频放箭，话里话外都是居高临下的鄙夷之意？

"阿姨，有些路不走一走，我怎么知道是歪路呢？您看，您不也是嫁错了一回，现在才有幸嫁给洛叔叔的吗？我觉得您能嫁给他，也不全是老天垂怜您，应该更多是因为您心里玲珑剔透，才让叔叔动了心吧？毕竟叔叔之前的女朋友，可都是我这个年纪，甚至还要小的。可年轻有什么用？无论比心思还是比才智，肯定还是阿姨出色。毕竟，姜还是老的辣嘛！"要比挤对人的本事，我可没怕的。

化妆师和发型师显然已经尴尬万分，两个人都默默收着东西。文美然愣了一下，狠狠笑道："林星，你果然牙尖嘴利得很！"

"阿姨人美心善，自然有老天爷保佑你，我这种爹不疼娘不爱的，当然得磨尖了牙齿，自己保护自己咯。"我嘻嘻一笑，"阿姨，我下楼看看，不陪您聊啦！”说完，不等文美然反应，我闪人。

我坐下行电梯抵达婚宴大厅。已到了不少人，三三两两聚在一起聊天。我不属于这个圈子，独自走到自助餐台边挑了块甜点，一勺一勺地送入口中。

文美然，文芊夏……我边吃边默念着这两个名字，脑海中突然炸开一颗惊雷——文美然成了洛瑞行的“小妈”，那文芊夏，不就成了洛瑞行的妹妹?

我靠，这世界可真“小”啊！文芊夏竟成了我“金主”的妹妹?

我还没从震惊中回过神来，眼尖的文芊夏已摇曳生姿地走到我面前，而走在她身侧的，是我昨天才见过、说这些年对我甚是想念的乔杨。

我看着乔杨，他也看着我，眼神沉静如水，倒是不见一点慌张之色，不知是他城府过人，还是真的那么坦荡。

我将目光转向文芊夏，她一张俏脸越发娇艳欲滴：“呀，林星，你也来了啊？跟着瑞行哥哥来的吧？”

文芊夏那一声“瑞行哥哥”可真是刺耳。

我似是而非地“嗯”了一声，客套道：“恭喜啊！”

“谢谢！”文芊夏先是微笑，继而带着点自嘲和委屈地说，“我总算也是有爸爸的人了。”眼波一转，软软地投向乔杨。

这语气，这神情，无不让人心生怜惜——可我一想到说这话的人是文芊夏，并且现在她成了洛震的继女……我还是怜惜我自己吧。

“有爸爸真好，再次恭喜你。”我露出礼貌而不失客套的微笑。

乔杨突然开口问我：“你昨晚没睡好吗？黑眼圈很重。”

“真的吗？”我下意识地摸了摸自己黑眼圈的位置，干笑着说，“看书看晚了，果然过了25岁，生活习惯都开始往脸上显形了，哈哈！”我没法告诉乔杨，前一晚我做了一夜虐恋情深的梦，开始时以为男主是他，谁知最后变成了洛瑞行的脸——所以我的黑眼圈，一只怪他，一只怪洛瑞行。

“林星，这种场合……你会不会觉得尴尬呀？”文芊夏截断我们的对视，笑盈盈地问我。

“不尴尬。”我警惕而谨慎地回答，没有问她为什么这么问。

见我没往她挖的坑里跳，文芊夏又自顾自地说：“你看，今天是我妈和我爸的大好日子，这婚礼呢，两边都只请了最亲近的人和朋友，特别小范围。来参加的都是有头有脸的人，不是什么阿猫阿狗都可以进来的。”她挤出一个抱歉的笑容：“当然你别误会，我不是说你啦！我的意思是，这种家族喜事，外人参加会不自在吧？”

她这一番话，真是颇得文美然“真传”，都是笑眯眯地骂了我一通。

我深吸一口气，还没来得及反驳，就被人拉了一下，靠入一个稳稳的怀抱——是洛瑞行。

他不知什么时候下了楼，此刻环着我的腰，含笑着反问：“外人？林星怎么会是外人？照你的说法，你身边这位乔先生，才算是正儿八经的‘外人’吧？”

乔杨抿紧嘴唇，看向洛瑞行，而后者则迎着他的审视，似笑非笑，似嘲非嘲。

“瑞行哥哥，你干吗呀？”文芊夏撒娇道，“我和你提过的，这是乔杨，刚从美国回来。他之前有支短片得了大奖，现在正在筹备他的第一部院线电影呢！乔杨的摄影团队愿意跟拍今天的婚礼，纯粹是帮忙。我可是拜托了很久，他才答应的。瑞行哥哥，你别和我开玩笑了，我不想乔杨不开心。”

不知道为什么，文芊夏那一声声“瑞行哥哥”听得我分外想翻白眼。

“你别让林星不开心，我自然不会让你的乔杨不开心。”洛瑞行看了文芊夏一眼，懒洋洋的语气里带着警告的意味。

他这是在……维护我吧？我偷偷看洛瑞行，没想到他竟莫名瞪我，然后捏了一下我的腰，说：“我们走吧。”“好……”他捏得我又痛又痒，我不由侧了侧身——看起来，像是我不喜洛瑞行的碰触似的。我立刻察觉到不妥，又主动拉住了洛瑞行的手，冲他讨好地一笑。

洛瑞行看了我一眼，神色未变，但他张开手指，与我十指交扣后，才拖着我转身。我心里一慌，踉跄了一下，连忙跟上。

“洛先生，稍等。”乔杨出声叫住了洛瑞行。

洛瑞行停下脚步看着乔杨，扬眉示意他继续，露出罕见的耐心。

“有一点，我想声明：我不是任何人的乔杨。”乔杨说这句话的时候，目光直视我，显然他是在向我解释，他和文芊夏之间并无洛瑞行说的那种关系。

文芊夏强撑着笑意，但脸色在瞬间灰白如土，看我的眼神越来越冷——得，我知道了，这账八成又得算我头上了。

洛瑞行向前一步，用身体挡住乔杨看向我的眼神，冷笑道：“你是谁的，是你自己的事，不用通告我们。”说完，他转身离开。

我快步跟在洛瑞行身侧，不敢回头，也知道自己不该回头。

婚宴厅在十二层，停车场在负二层，下降的电梯里只有我和洛瑞行，而他给我一种他的小宇宙随时可能爆炸，浑身肌肉紧绷的感觉。

“……你爸的婚礼，你可以不参加吗？”我说完就意识到，自己这没话找话的行为纯粹是找死，像在撩獠牙外露的洛瑞行来咬我泄愤。

“哦，你要是很想参加这场婚礼，也可以自个儿回去——不过，婚礼有什么意思？你是要回去找乔杨吗？去吧，我不会拦着你的。”洛瑞行冰冷地看着我。说是不会拦着我，但看那情形，要是我敢走，他大概会立刻扑上来扭断我的脖子。

我吞了吞口水，就此噤声——尴尬就尴尬吧，总比被暴怒的洛瑞行撕了强。

洛瑞行让小丁下班，他亲自开车。我坐副驾，看洛瑞行把方向盘转得跟拍《速度与激情》似的，不由紧张万分，双手紧抓车门上的把手，系了安全带还是很没安全感。

“害怕？”洛瑞行边问，边恶劣地一脚油门踩到底。

我的后背被椅背猛地抵住，感觉自己像坐在火箭上，咻一下就射了出去。

“嗯……你，能不能，慢点？”

“不能。”洛瑞行冷冷地拒绝了我，而后又语气淡淡地问，“看到自己的初恋和其他女人在婚礼上出双入对是一种什么样的体验？”他的语气平板得像在读一条热搜话题。

我盯着前方的路况，没作声。

“听到初恋撇清和其他女人的关系，只是不想你误会，又是一种什么样的体验？”

我心里骂着洛瑞行有病，故意找茬，但表情依然控制在沉静如水的样子。

“必须回答。”洛瑞行命令我作出回应。

我到底还是不敢太忤逆他，别扭而生硬地答：“没什么感觉。”

“你撒谎。”

“我没有。”

“你又撒谎。”洛瑞行斜睨着我，“乔杨说，他不是谁的乔杨时，你挺开心的吧？”

一辆大卡车喇叭按得震天响，轰鸣着与我们的车几乎是擦着后视镜而过。

我吓得惊叫了一声：“你……你快看前面，你在开车！”我是真的怕出车祸——死了也就算了，一了百了，就怕半死不活的，那就惨了。

“你对文芊夏是不是挺羡慕嫉妒恨的？以前她除了比你漂亮，什么家世背景，学习成绩，男朋友好朋友……样样不如你。现在她摇身一变成了洛震的女儿，还和你的乔杨不清不楚的，你怎么可能不嫉妒不羡慕不恨，对吧？”洛瑞行咄咄逼人。

“谁说她比我漂亮……啊！停车，洛瑞行，快停车！”我才听了前半句就来气，但气愤很快被超速的恐惧所掩盖。

洛瑞行开车上了盘山公路，弯道又急又陡，而这条路因为刚修建完成，还没正式启用。来往车辆很少，晚上是没有路灯的。远处，隔岸灯火璀璨如星辰，而近处除了汽车大灯照出的小小光影，四周是一片漆黑。

我怕黑，总担心黑暗中会突然窜出什么怪物，更担心洛瑞行一不小心，我们就撞破围栏，飞向大海。

洛瑞行根本不听我的，继续讽刺我：“你可真有本事，这么久了乔杨还对你念念不忘的，真是感人至极啊！诶，我要是识相的话，是不是该成全你们？”

风急促地刮在我的脸上，我看着洛瑞行好一会儿，终于反应过来：他被乔杨看我的眼神惹毛了——这种情绪，应该类似于君主的领土被他人贸然入侵时的那种愤怒吧。

又一个急转弯，离心力让我觉得自己好像会被甩出车外。

“洛瑞行！”因为他生气的原因太过幼稚，我的怒气值暴涨，近乎崩溃地尖叫起来，“你快停车行不行？有什么事，我们停下来好好说！”

“你就承认吧，林星。”凛冽的海风从窗口灌进来，吹乱了洛瑞行额角的发。那一刻，他的神情竟然出奇平静，眼底甚至有蓬松而雪白的哀伤，可当时我只觉得自己真是倒了八辈子霉——他不要命，我还要呢！

我闭上眼睛，几乎用吼的，被迫承认：“是是是，我羡慕坏了，我嫉妒坏了，我恨死文芊夏了！还有你可千万别成全我和乔杨，我现在什么也不想，就想全心全意好好赚钱，所以我得活着。你他妈赶紧停车！”

在我失控的咒骂和尖叫声中，洛瑞行终于踩了刹车，但车速过快，他又踩得急，车尾甩了出去。刹车发出尖锐响声，车头狠狠撞上围栏——幸好，车子终究还是停住了。

我闭着眼睛，只觉得天旋地转的，等车身不再移动的时候，又觉得胸腔剧痛，安全带勒得我像是胸骨骨折了一般。

“你承认了。”洛瑞行的声音还是那么波澜不惊，好像刚才危险驾驶，以至于我们差点飞到海里喂鲨鱼的人不是他似的。

我的恐惧散去后，怒气涌了上来，大骂道：“是是是，我承认——我承认你就是个神经病！你爸爸再婚，你生气就生气，你撒我身上干吗？你自己小心眼，控制狂，冲我发什么火？是，这些年你替我还债，我还吃你的用你的花你的，受点你的气也是应该的，可是你要我陪你挂掉你也先打声招呼，让我有个心理准备啊！你这样我会被吓死好不好？而且我还有一堆事情没处理好呢！今年医院的房租我刚交过，还买了两台死贵死贵的新仪器，我就这么死了，诊所怎么办？我爸已经彻底糊涂了，天天跟看护捣乱，要不是看在钱的份上他早就被人丢出来了，我死了他怎么办？还有，还有张阿姨，我突然没了，她一时可能找不到工作，她女儿还在读大学呢，学费怎么办？泰安哥哥的爸爸今年年初过世了，他妈妈现在一个人了，我要是没了，他们一家人的指望也没了！还有……”

“你再这么啰唆，我就要亲你了。”我正失控地痛骂洛瑞行，他突然没头没脑地冒出这么一句话。

“什……什么？”我结巴着，瞬间安静下来。我眼睛瞪得大大的看着洛瑞行，一方面依然很气，另一方面有点拿不准他是开玩笑还是认真的。

“这么怕我亲你啊？”洛瑞行撇开头，他的声音很轻，我有点听不出他这话里的情绪，像是打趣，又像是失落。顿了顿，他又刻薄道：“原来你还能这么吵，跟几万只麻雀一起出笼子似的。”

“我刚才差点死在你手上好吧，控诉你几句怎么了？”我愤愤不平地为自己鸣冤。

“你先惹我的。”他歪着头看我，说这话时已换上了一副无辜的脸孔。

洛瑞行真是个神经病，刚才还像炸了毛的狮子，此刻却理直气壮地撇得那么干干净净，喜怒无常的段位堪称登峰造极。

我又委屈又愤怒：“我惹你？你爸爸再婚你不痛快怪我？乔杨就说了那么一句话，你自己小心眼怪我？”

我看着洛瑞行，他又恢复了如常的平静自制。不知怎么，我突然心里一酸：他撒完了气，没事了，可我却得无端地受着，忍着。

“算了，这些本来就是该我受的。”我吸了吸鼻子，又补充道，“其实你大可放心，我林星这辈子，欠你太多了，还不起。踩你底线的事，会让你特别不高兴的事，我绝不会做。”所谓“养兵千日用兵一时”，安抚洛瑞行的情绪也是我分内的事。

空气静默了好几秒，他又突然开口道：“你刚才把所有人说了个遍，但没说，如果你死了，我会怎么样？”

我愣愣地看着洛瑞行说：“我们在一辆车上啊……”

“也许我福大命大撞不死，而你就比较倒霉挂了呢？”洛瑞行恶劣地追问。

我气坏了，恶狠狠道：“我死了，你就血本无归了。”我们是如此“纯洁”的金钱关系，我宛如洛瑞行投资的一个“项目”，尚无盈利。

“呵呵。”洛瑞行冷笑一声，瞥着我说，“你也配称我的‘血本’？是你高估了自己的价值，还是低估了我的身家？”

我忍了又忍，还在天人交战，要不要蹦起来撕烂洛瑞行那条有毒的舌头时，他突然下车了。

我把头探出窗外，看到洛瑞行走到路边，利落地翻过围栏，沿着路肩走到通往沙滩的石阶处，双手插兜下了石阶。

海风吹在他身上，吹鼓了他的白衬衫，在不甚明亮的夜色里，从背影看，他像一只还在变幻中的灰白色海鸟——不知是海鸟将化成人形，还是人形将化成海鸟。

我呆了几秒钟后也跟着洛瑞行下车，不远不近地跟在他身后。

我怕黑，不敢一个人待在撞坏的车子里，怕被这黑暗吞噬。

月光下的大海是墨蓝色的，点点星光如碎钻，在海面上跳跃不止。海风很大，推着海浪一波一波冲向岸边，哗哗的。那些遇到礁石的浪，狠狠撞在上面，用自己的柔软击打坚硬，摔碎雪白的头骨。

行至沙滩，洛瑞行突然停下脚步，背对着我举起手，勾了勾手指，示意我过去。

我下意识地服从。走到洛瑞行身侧，他拽了我一下，将我拽到他身前，然后右手臂轻轻环在我的脖子上，像是把我箍在他怀里，又像是躲在我身后。

我不安地动了动，身体语言是抗拒的。

“别动。”洛瑞行说，“海风好大，你替我挡着，我冷。”

“……”

我明明穿得更少，露背的连衣裙，风一吹，皮肤上就冷得起一层鸡皮疙瘩，而洛瑞行竟然还让我给他挡？他想装绅士的时候可是真绅士，可不想对我伪装的时候，也是真恶劣。

我在心里骂着脏话，但背对着他，与他身体靠着，竟觉得也没想象的冷。

洛瑞行安静地站在我身后，微微倚着我。后来他还良心发现，把西装外套脱下来，让我反着穿上——“这样更挡风。”

然后他轻轻地把下巴搁在我的头顶上。

这个姿势带着点亲昵，我的心里突然闷闷地抽了一下。

“你在干吗？”20分钟后，我终于忍不住问他。

“别出声，我在看海。”

莫名其妙地发脾气，莫名其妙地开到海边，莫名其妙地在月光下看大海——总结一下就是两个字：有病！

因为确定洛瑞行看不到我的表情，我便肆无忌惮地翻了一个充满浓浓鄙视的白眼。

“不许翻白眼。”

这也能发现？我震惊地吐了吐舌头，声音老实地应道：“哦。”

不知过了多久，我几乎怀疑洛瑞行是不是站着睡着了的时候，他突然轻声问我：“你还喜欢乔杨什么？”

“不喜欢啊！”其实我也不知道答案，但必须回答得斩钉截铁——这事关我的职业素养。

洛瑞行没作声，我也不知道他对我的回答和我回答时的语气满意不满意。

“你们在一块儿那几年，你最欣赏他哪一点？”过了一会儿，洛瑞行又问道。

第二个问题比第一个问题容易回答得多：“最欣赏的点？嗯，那应该是长得帅吧。”

这下，洛瑞行彻底安静了。

其实我的头号男闺蜜沅星皓也曾问过我类似的问题：你喜欢乔杨什么？你和他是怎么好上的？

“乔杨是摩羯男，你是双子女，堪称最不般配的星座组合，怎么会在一起的呢？”为了把妹，专业课挂红灯的沅星皓对十二星座的搭配指数了如指掌，比社会主义核心价值观背得还溜。

我当时的答案和现在给洛瑞行的答案是类似的：“因为我们都看脸，刚好又同时颜值高。”

这回答当然是真诚中带着大部分的瞎掰，因为这问题很难回答：我向来觉得爱情是门玄学。只能说，命运给了我和乔杨一个相爱的机会——当然，最后这个机会，又被夺走了。

Easy come easy go，年轻时候谈恋爱不都这样吗？所以没什么的。

真没什么的。

我陪洛瑞行看海，看着看着，竟然有点走心了。

海风吹潮了我的头发，吹潮了我的皮肤，也吹潮了我的记忆和灵魂。

第六章 小黄人和小黄书？

“等我20岁的时候，会变得像你这么有气质吗？我以后想成为那种特别有气质的女生，举手投足，啧啧，好像自带洒金粉的CG特效。”

我和乔杨第一次见面，是初中校际合唱比赛。他是报幕员，我是众多参赛者中的一名。

我和宝拉挤在幕布后看热闹时，乔杨急着上场，让我们让道。

我回头，惊鸿一瞥，只觉得眼前这少年皮肤洁白似雪，复古范儿的大红唇——放在他脸上却也不显狼狈，反而有种戏剧感，像刚刚吸完血的吸血鬼王子。

乔杨快步经过我们身旁时，脊背挺得笔直，背影看起来，真像个忙着去拯救天下苍生的白衣书生。

那场合唱比赛结束，我校合唱团，以朴素无华、真挚热情的演唱意外折桂。可我还是高兴不起来，因为我把宝拉借给我的漫画书弄丢了。后来我折返后台，翻遍了所有可能丢书的角落都没找到。

直到在剧院门口再遇乔杨，我才发现自己的漫画书被他捡了去。我还没高兴太久，他一句“你一个小姑娘，怎么看这个”的发问，问得我哑口无言。

那套漫画书好看极了，但其中确实有那么几页超越了社会主义核心价值观的尺度，未成年的女主和男主亲亲抱抱还举高高。

我当时还结结巴巴地和乔杨解释：“你、你、你是不是觉得这是本小黄书？不不不，让我告诉你，这是一本伟大的漫画书！你以为它只是一个简单的少女谈恋爱的故事吗？不不不，它讲的是……”

“再见。”结果乔杨把书往我手里一塞，头也不回地走了。

“我还没说完呢，它真的很有内涵的！”我急得大喊。

“没兴趣。”乔杨背对着我再次挥手作别。

“这真的不只是小女生谈恋爱的漫画啦，里面有历史传说，有家国爱恨，有政治阴谋，还有善良的坚守和邪恶的人性……”我急于“自证清白”，可背对着我渐行渐远的少年完全没有要听的意思，我的着急变成了羞愤。

“鲁迅说过：‘一本《红楼梦》，经学家看见《易》，道学家看见淫，才子看见缠绵，流言家看见宫闱秘事。’你这是，‘小黄人见小黄书’，哼。”我一扭头，与乔杨背道而驰。

这就是我和乔杨的“与君初相见，不甚愉快”——而我们的“与君再相见”，依然不甚愉快。

9月开学，我成了景美的高一新生，与乔杨再次狭路相逢。

乔杨后来说，他再见我的第一眼就认出了我：“林星，你拥有让人过目不忘的能力。”

“你的意思是，我长得特别漂亮，特别醒目吗？”我问这话的时候可是充满了期待的，渴望且确定将得到一个肯定的答复。

“不是，和你长相无关。”乔杨戳破我的良好幻觉，“是你总能干出点一般人干不出的事来——比如，行李箱里藏西瓜。”

“说过多少遍了，是我妹，我妹放的啦！”我大叫起来。

但，无论理由有多充足，也无法改变我那时确实像个奇葩的事实。

诚如乔杨所述，我是景美高中历史上第一个，在行李箱里藏西瓜来报到的学生。这本来也不算什么，厉害的是我拖着行李箱，健步如飞地爬楼梯时，行李箱突然爆开了。随着我的一声惊叫，箱子里的衣物跟天女散花似的散落一地，而那颗碧绿的小西瓜则“duang duang”地连蹦三级台阶，‘咔嚓”一声，碎裂在后边一个男生脚边。

红色的汁液四溅，染红了男生的小白鞋，搞得跟命案现场似的。

我呆了几秒钟才反应过来：这小西瓜肯定是我妹辰辰放的。

辰辰全名林辰，是我亲妹妹，刚上小学。得知我高中住校，一周只能在家待一天半后，她特别的依依不舍。

“姐姐，你住学校里，谁给你做饭，谁给你洗衣服啊？”

“吃饭有食堂，衣服自己洗啊！”

“啊，食堂啊？那多难吃，洗衣服很累的吧？对了，学校里有没有瓜瓜吃呀？如果没有瓜瓜吃，那我以后可不去住校。”

那年暑假不知怎么了，辰辰突然把麒麟小西瓜奉为她最爱吃的水果TOP.1。她又以己度人，觉得她亲姐姐我也是这小西瓜的迷恋者。

前一天晚上整理行李，辰辰还泪汪汪地趴在我的行李箱上提议我：“姐姐，你带个瓜瓜去学校吧，饿了可以吃。想辰辰了，还能看看瓜瓜，就当看到我一样。”

我笑得不行：“不行哦，辰辰爱吃的瓜瓜，我当然要留给你啦！”

我善意的小谎言博得妹妹林辰小小芳心一片，然后，“恶果”就来了——她感动万分，趁我不注意的时候，“贴心”地塞了个小西瓜在我已经打包好的行李箱里。

我后来还在行李箱夹层找到一张她夹杂着拼音的字条：姐姐，你爱吃瓜瓜，辰辰也爱吃，我们都爱吃，我们要分享。祝你升学快乐！

“我日，原来是个西瓜啊！吓死我了，还以为谁脑袋裂了呢！”小白鞋身边一个黑黑瘦瘦的男生，指着我惊叹道，“这个女的是不是傻，行李箱里藏西瓜？”

我年少时脾气火暴，一听就不高兴了，直起身，抬着下巴回击道：“吓着你的小破胆子是我不对，可你凭什么说我傻？我的行李箱，我的瓜，我就喜欢行李箱带瓜，需要经过你批准吗？你谁啊？”

“我是谁？我方洵啊！”那名为方洵的黑瘦男生看看我，惊讶中带着笑地捅了捅他身边的“小白鞋”说，“乔杨，你们景美的小妞，很冲啊！”

“‘景美的妞，建中的狼’，那可不是浪得虚名的。”乔杨淡淡道。

建中和景美，都是本市数一数二的重点高中，数年来的死对头。景美以文科著称，出挑的大部分都是有性格的漂亮女生，而建中则理科强势，奇葩男生层出不穷。在我们景美的女生眼里，建中男生多半都是“愚蠢的直男”。

“去你的！我们建中都是像我这样风度翩翩的白马王子，没有狼。”方洵笑骂着推了乔杨一下。

“黑煤球也敢自称白马王子，建中的脸皮果然厚哦！”我故意甜笑道。原来他是建中的，怪不得这么讨厌。

“你……”方洵右手指我，左手摸心脏，一副被我气坏了的样子。接着他一跺脚，朝身边的乔杨撒娇道：“乔杨，你看！”

直男卖萌，堪称车祸现场。镇定如乔杨也抖了三抖，然后他瞥了一眼地上我的衣物，还有两本娱乐杂志和武侠小说，抬眼看着我说：“长进了嘛，不看小黄书了。”

我刚才就觉得他眼熟，但死活想不起在哪见过他，但这句话让我“情景重现”，一瞬间就想起他是谁了！

“你你……你——小黄人！”

“看小黄书的，才是小黄人。”乔杨歪了歪头。他的语气很平静，但嘴角微露的笑意，简直就是在挑衅我。

“什么小黄书、小黄人？”方洵听得一头雾水。

“懒得说，走吧。”乔杨拍了拍他的肩膀，经过我往楼上走，但不知是他故意还是不小心，踩到了我来不及塞回行李箱的白色内衣。

“啊啊啊，我的黛安芬！”我再次尖叫起来，冲过去推开乔杨，飞快捡起自己刚买的、吊牌都没拆的新内衣，心疼得像抱着自己的孩子，朝他发出一声怒吼：“很贵的！”

乔杨被我推得几乎是撞在墙上，动作狼狈。他不敢置信地瞪着我，这下是真恼了：“你变态啊，给衣服起名字，还是个英文名字。”

我：“……”

“对，太不爱国了！”方洵乐呵呵地火上浇油。

我：“？”

我和乔杨的前两次见面都不算愉快，但第三次，他救了我。

年少时的我大约是太过自我，行事作风又出格，很容易招人嫉恨。这不，开学没多久，我莫名其妙就惹到了高二的大姐大，李飒。

李飒带人修理我的理由很荒谬：据说有次在食堂偶遇，我不止没正眼看她，缺乏一个师妹对师姐该有的尊重，还买走了最后一块鸡排，害得她那天食不下咽。

“欲加之罪，何患无辞”——我撞上了枪口，成了那个被“校园暴力”选中的倒霉蛋。

李飒和另两个师姐把我堵在女厕的隔间里。正当她拍着我的脸威吓我的时候，乔杨提着一个我很眼熟的布兜，玉树临风地走进了……女厕所。

“李飒你干吗呢？”

“教训一下师妹，教教她做人。诶，对了，乔杨，听说这死丫头开学第一天就很狂，弄脏了你的鞋子不止不道歉，还打你骂你？”李飒撸着袖子说，“要不我连你的份一起给她算算账吧？”

我正一头雾水，听了这话不由瞪大了眼睛：什么叫以讹传讹？这就是以讹传讹！我哪有打过乔杨骂过乔杨啊？诶，李飒和乔杨好像是一个班的，难不成今天这事是乔杨主使的？！

我立刻嗷嗷大叫起来：“乔杨你卑鄙！有本事我们单挑，你找人揍我是什么意思？你是不是男人？”

“谁跟你说是我找人揍你的？”乔杨皱眉看我。

“这人要不是你喊来揍我的，你怎么知道我在这里？而且你这么爱面子，要不是为了看我被揍，怎么会进女厕所？难不成是来英雄救美？”

乔杨被我的推理能力惊呆了，我振振有词的反问问得他气息一滞。我以为自己猜对了，瞪着他鄙夷地骂道：“小人！卑鄙！无耻！”

乔杨勃然大怒，冲到我跟前，把钳制我的某师姐撞得一个趔趄。他揪住我的校服领口，把手里的布兜举到我鼻尖前，冷声说：“我刚才在校门口遇到一个阿姨，她说是林星的妈妈，赶时间，拜托我把这罐生姜红糖水交到你手里——你是叫林星，没错吧？”

“……嗯。”

“你今天来大姨妈，没错吧？”

“……嗯？”

“你书包在位子上，人不在，结合你来大姨妈，我推断你大概率可能上厕所，来这附近看看——这逻辑，没错吧？”

“……”靠！

虽然乔杨问得那么振振有词，理直气壮，可越问到后来，他脸越红，到最后几乎红得能滴出血来，而我大约也没比他好多少，因为脸上热得好像快烧起来了。

他瞪着我，气愤恼怒；我也瞪着他，羞愤交加——是的，刚才乔杨向全世界大声宣告，我，林星，此刻，现在，NOW，正来大姨妈，还痛经！他他他……他这么大声干吗？我我我……我不要面子的吗？

“那个……”李飒试图开口，被乔杨堵了回去，“你以后别找林星麻烦了——我来找！”说完他左手拽着我，右手提着生姜红糖水，在李飒没反应过来之前，带我离开了“暴力现场”。

我以为乔杨是要换个地方揍我，又惊又慌，全身痛觉也好像在同一时间苏醒，当即腹如刀绞，痛得迈不开步子，蹲在地上，浑身发冷，话都说不出来。

“你没事吧？”乔杨俯身看我，但手还抓着我的衣领。

我抬头看着他，突然觉得自己很像一袋大米……哦不，应该是沙袋——刚被李飒扯头发，拍脸，接下来还不知要被乔杨怎么羞辱……我不禁悲从中来，哭了出来：“景美太黑暗了，师兄师姐联手校园暴力一个小学妹，你们有没有人性啊？要不是我今天来大姨妈，我们对打，谁输谁赢还不一定呢……”我从来没那么狼狈过，一边觉得“大姨妈”极其汹涌澎湃，腹痛如绞，一边觉得又丢脸又害怕，蹲着大哭不止。

乔杨一脸正直地看着我，并且强迫我认清现状：“这位同学，你快醒醒——我们现在在操场上，我要是揍你，马上就会被人领政教处去。”

我愣了愣，环视四周：真的呀。我们已经离开封闭的女厕所，虽然现在是午休时间，阳光毒辣，但路过的同学还是有几个的。

我立马有种劫后余生的感觉，想站起身，可肚子又是一阵刀绞般的剧痛！

“好痛……”

据乔杨后来说，我当时疼得脸色惨白，冷汗直冒，下眼睑发青，一副要撒手人寰的模样，他吓得直结巴：“你你你怎么了？肚子很疼吗？我我……我送你去医务室！”

他手足无措地绕着我转了一圈，然后一把抱起我跑了起来。

……诶？

我震惊得忘了哭，愣愣地抬眼看着乔杨。我在他怀里，随着他的跑动一颠一颠的，心脏也莫名地一咚一咚的。

原来乔杨真的不是来揍我的，他是来救我的——虽然只是一个小概率的巧合，但，他确实救了我，现在还抱着我去医务室，而医务室有止痛药，将缓解我的疼痛——他等于一天救了我两次！

远处操场上的欢呼声一波又一波地传来，像金色的海浪起伏翻滚。我的心像一颗小毛桃，上面的小绒毛搔得我自己痒痒的，在金色的海浪里一跳一跳的。

在那个瞬间，我对乔杨黑转路人粉了。

一个星期后，在校运动会的4×100米的接力决赛前，乔杨和队友击掌鼓劲，互相加油。他穿着黑色运动背心和运动裤，明黄色的滚边，四肢纤长，属于少年的肌肉已有了不错的雏形。

他做着热身运动走向起跑线，后来直起身，在秋日温柔的风里不知为何，突然笑了一下。那笑容又英俊又明亮，像晨曦，像朝露，像春天，像微风，像世间所有美好的一切。

我站在高高的看台上，将这一切尽收眼底，然后一瞬间，我对乔杨又路人粉转粉了。

——我林星，就是这么肤浅又没原则的美少女。

海边真冷，可我回想着自己年少时那无忧无虑的笑脸，心里竟然生出一点点暖意来。好歹，我也曾快活过，真真切切地快活过，肆意青春过。

替洛瑞行挡了大半个小时的海风后，他终于开恩道："走吧。"他走在前面，我反穿着他的西装外套跟在后面，穿过沙滩，迈上长长的，蜿蜒向上的石阶。那段石阶很长，一头连着沙滩，一头连着上面的盘山公路。

夜晚的海边除了大自然的叹息声，没有多余的人声。我和洛瑞行，如同这广袤的宇宙中"唯二"的存在。洛瑞行就在我几步之遥的眼前——之于这个世界，我们离得很近，之于我们彼此，我们似乎，又隔得很远。

洛瑞行回车上拿了电话，给小丁打了电话。等待救援的时候，他又从车上的收纳箱里拿了支烟，点上。洛瑞行没有烟瘾，但偶尔会抽几口。他抽烟的姿势很好看，特别洒脱，还带着点平日少见的忧郁，氤氲的烟雾里，他像个被恋人抛弃的诗人。

我也是很久之后才知道，那天的洛瑞行确实不快乐极了。洛震再婚的日子，也是洛瑞行妈妈的生忌。洛震虽不是故意为之，但他彻底遗忘了亡妻生忌，已足够证明洛瑞行妈妈在他心里的分量。洛瑞行的恼怒，无人可诉，我不过是被无辜迁怒的受害者。

等待的过程略显沉闷，我靠着车子，侧脸看着洛瑞行，开了个话头：“诶，我能不能向你提个小小的要求？”

洛瑞行吐了个烟圈：“说。”

“你要是不想活了，要拉我垫背，我没二话。但是，”我加重语气，“首先，你得提前和我说，让我准备准备；其次，能不能选个漂亮点的死法？”车祸很难有完整的尸体，更别说好看了。

洛瑞行愣愣地看着我。

“就这么说定了啊？”趁他没反应过来，我迅速单方面敲定结果。

洛瑞行吐了一个烟圈，过了一会儿才又问我：“如果今天我真不小心把车开飞了，你会觉得死不瞑目吗？”

“当然死不瞑目。”我不假思索地答道，“我院刚买的仪器很贵，还没正式用呢，也不知道效果有没有说的那么好；还有医院房租刚交过，我这个年少有为的创始人挂了，医院就得关门大吉，那也太便宜房东了吧……啊对了对了，那个上次和你说过的那个大集团要收购我们的事，我已经和他们来来回回扯了很久了，我有预感他们会妥协。要是结果都没出我就死了，那之前的时间精力我都白费了。”这次“被收购”要是成功，我就有希望还清欠洛瑞行的那笔巨款了。

洛瑞行看着我，缓缓道：“林星，你越来越像个财迷了，掉钱眼里了吧？”

我原本想说我要是没掉钱眼里，怎么会坐在这里陪你这阔少吹海风呢？幸好我的理智及时刹住了这句几乎要脱口而出的自黑。

“嘿嘿，人生的乐趣不就在于赚钱吗？”我望着黑漆漆的大海，轻声说，“赚很多很多钱，有很多很多钱，早日实现财务自由，才有可能去选择自己想过的人生。”我总是后知后觉，说完后才担忧而迅速地瞥了一眼洛瑞行，怕他又以为我想离开他而生气。

可这一次，他没有，也许是我杯弓蛇影了。

“你想过什么样的人生？”洛瑞行沉声问我。

想妈妈复活，想妹妹没有走丢，想爸爸没有生病，想一生只爱一个人，并与他白头偕老，想我不曾经历被讨债，被恐吓，为了钱卑躬屈膝，强颜欢笑……

我已经失去了过上自己想过的人生的可能——这个认知涌上心头的刹那，我的心像被尖锐的锥子狠狠扎了一下那般痛。

痛着痛着，我突然笑起来，笑声明亮，在暗淡的月色下闪着隐隐的泪光：“我啊，就想过土豪般的人生，挥金如土也不担忧会有囊中羞涩的一天。对了，手术刀也要换纯金镶钻，锋利且blingbling的。划开皮肤的时候，像划丝绸那般顺滑美妙，然后哄更多土豪找我做天价整容手术，一刀一million，哈哈哈哈哈！”

为了防止洛瑞行觉得我胡说八道而继续追问，我反问他：“你呢？啊，你现在的人生就很好，应该没什么需要改进的了吧？”

洛瑞行侧脸看着我，他似乎天生具有看穿一切的能力，而我向来觉得，太过聪慧的人，他的人生底色注定是哀伤的。

比如那一刻，我便觉得洛瑞行的眼眸像琥珀般，封印着寂寞和寥落。

“当然不是，哪有人敢说自己的人生是完美的？”洛瑞行缓缓地说，“我啊……”远处有亮光朝这边移动，似乎是救援车来了。洛瑞行的那句话就那么停在了一个缥缈的尾音里。

“小丁来了，走吧。”

从海边回来第二天我就病倒了。幸好我还有点先见之明，小诊所发展迅猛的势头刚起来没多久就开始招募人才，扩大经营。原本是“耀星灿月医疗美容诊所”，改弦更张后，成了“耀星灿月医疗美容医院”。现在就算没我，我院照常运营三五个月不是问题。

说起来，我给小诊所上规模、制度化运作这事，还得感谢洛瑞行的提点。诊所刚因为江豆尧的爆红而扭亏为盈的时候，他就提醒我，我那小诊所能长久运营的关键是“人”。

“照诊所现在的业务量，就你一个医生怎么行？你生个小病，在家躺两天，诊所就得关门。”

“医美行业的品牌认知度和品牌形象很重要。现在又是网络时代，做什么都是‘互联网+’，你可以考虑从网络传播的角度寻找突破点。”

“要是有人想入股你的诊所，你也可以考虑，但一定要选那种能够双赢的合作伙伴，对方最好有你缺的资源，你对于合作方来说也有无可替代之处。”

和洛瑞行吃饭的时候，他随口说了几句，我当时也不过是听听，但没多久，确实有著名医美集团来人跟我谈合作，我才开始从单纯做个好医生的想法里跳出来，站在管理者和经营者的角度思考问题。

那大集团想全资收购“耀星灿月”，开了个很漂亮的价格。我有点心动，但又不甘心自己好不容易经营起来的医院拱手让人，举棋不定的时候我又向洛瑞行请教。

“如果你把你的整形医院当作事业在经营，而不是单纯的工作，那么掌控权最好还是抓在你自己手上，你比较有主动权。”这是洛瑞行给我的建议。

“我们这种小医院，拿什么跟大集团谈啊？”我底气不足。

洛瑞行送给我一枚“你是不是傻”的关爱眼神：“林星，是他们主动来找你的，可见你的小医院有他们看中的长处，而这就是你和他们谈判的筹码。商业谈判就是博弈，看你怎么以有限的资源去得到更多的有利条件。”

我也不傻，洛瑞行的三言两语像给我打开了新世界的大门。

和那大集团的谈判专家苦苦谈了几轮，我咬紧了条件不松口。虽然过程艰辛，但我有个预感：我将最终赢得这场谈判。

我在家躺了两天，第三天的时候，宝拉因为我缺席Girl’s Night，特意提早关店，提了蛋挞奶茶和清粥小菜来看我。

“清粥小菜是你的，蛋挞奶茶是我的。”宝拉重重拍掉我伸向蛋挞的手，笑眯眯地说。

我撇撇嘴，乖乖地坐在一边喝粥。

宝拉一边往珍珠奶茶里插吸管，一边说："诶，网上说洛震再婚，娶的还是初恋，真的假的？"

我嘴里一口粥差点喷了出来："洛震娶的是初恋？什么新闻？发链接我看看！"

"啊，你不知道啊？我还以为你接近这帮人，有点真料呢！"宝拉一边嘟囔，一边发了个链接给我。

我点开一看，发现是篇深度八卦文，长达数页，我捧着手机看了好久才看完，然后愣了好几秒钟。照那八卦文中的说法，文美然是洛震初恋，当初也是爱得死去活来的。后来洛震为了娶某富家千金——也就是洛瑞行的妈妈，忍痛和文美然分手。洛震出身贫寒，靠着太太的家底才赚了第一桶金，继而一发不可收拾地走上财富暴涨之路。

洛震婚后，两人其实还是藕断丝连了一阵。后来据说是洛瑞行的外公出面，断绝了两人的关系。

文美然和洛震"二次分手"后才发现自己怀孕了，然后匆忙相亲结婚，婚后不足半年就生下一个女儿。前夫当然知道自己"喜当爹"，两人吵吵闹闹的，在文芊夏10岁那年离婚。

两年前，文美然和洛震重逢，不知是旧情复燃，还是文芊夏分外讨人喜欢，洛震竟然选择再婚。文家母女自此一步登天，一个成了阔太太，一个成了金枝玉叶。

"文芊夏还真是'还珠格格'啊？"我看完整篇报道，十分震惊。虽然这种八卦长文免不了一些演绎和夸大的成分，但主要事实也八九不离十。

"确切地说，应该是紫薇。"每年暑假都重看一遍《还珠格格》的死忠粉宝拉纠正我，"紫薇身上才流着乾隆爷的血。"

我觉得身心受到巨大的撼动，又"靠"了一声，说："那她岂不是不止是洛瑞行的妹妹，还是和他有血缘关系的亲妹妹？"

"嗯哼，你有什么意见？"宝拉满足地咬了一口蛋挞，口齿含糊地问我。

我怔怔道："没什么意见，就是觉得，不是一家人，不进一家门，他们俩，哦，还有文美然和洛震，都挺讨厌的。"

“洛瑞行讨厌吗？我觉得他很酷诶，而且人不错啊！虽然你总说他是大魔王，可你想想，他这些年其实一点没亏待你。外人要是欺负你，他绝对护短。原本可以借着债务关系，对你那年轻的肉体为所欲为，可过了好几年了，你都快从大龄少女变成大龄剩女了，他都没动你半根手指头——天呢，简直就是传说中的正人君子呀！”

听宝拉这么说起来，洛瑞行好像是还不错……啊不，那是因为宝拉没有像我那样和洛瑞行相处过。虽然他没有对我的“肉体”做过什么，但我的“精神”可是饱受“虐待”。伴君如伴虎，这感觉，怎么都不能称得上愉快。

“他哪有你说得那么好啊？”我嘟囔着。

“那也没你说得那么糟嘛，不过，”宝拉顿了顿，继续道，“他亲妹妹文芊夏就……”她撇嘴，做了一个无法言说的表情。

我抬眼看向宝拉，某个刹那，旧日伤痕的暗影掠过她的眼底，这让我又心疼又内疚。

文芊夏曾恶意挑唆旁人欺负过宝拉，而目的，仅仅是为了让我不快。

17岁时的宝拉比现在还胖，身高1.62米，体重成谜。她还有一对大胸，一运动，波涛起伏，惊涛骇浪。

每次宝拉跑步，都有男生冲她吹口哨，还有人在终点冲她指指点点，然后互相追闹着开恶劣玩笑。青春期的少年们在未经驯化的荷尔蒙教唆下，会将自身的恶劣毫不遮掩地袒露。

那个时候的宝拉，最害怕的事就是体育课要测验跑步，因为不单要承受身体上的精疲力竭，还有心理上的羞耻感，而后者更让她难堪。

某节周四下午的体育课，体育老师突然说要测800米。宝拉一声哀号，几乎要瘫倒在地。

那次800米考试，宝拉又毫无悬念地垫底。巧的是，那节体育课男生们提早解散，聚在跑道旁看热闹。可怜的宝拉自然成了瞩目的焦点。

偷着议论也就算了，隔壁班有个矮而瘦的男生叫杜巨民，非常讨人嫌，指着宝拉大声地说：“看那头猪的胸！”说完鬼头鬼脑地笑，脸上的青春痘一颗颗胀到发红。

宝拉还剩最后100米了，杜匡民跟在她身边跑了几步，然后又蹿到终点，和另外几个男生一起看着宝拉一颠一颠地跑过去。

“哇，你看她身上的肉，层峦叠嶂，靠，我都要看吐了！”

“我操，这胸，被压到会喘不过气来吧，哈哈哈哈哈……”

宝拉听着这些污言秽语，脸色苍白，喘着粗气，脸上是羞愤到想死的神情。

“王八蛋！”我忍不下这口气，像头愤怒的小老虎，横穿过跑道，一脚飞踹在嗓门最大的杜匡民身上，“你说话注意点！你自己下流，不用昭告天下！”

杜匡民一个趔趄，差点扑倒在地。看到他的丑态，旁边那些敢怒不敢言的女生们发出一阵哄笑。

杜匡民恼怒地转身，指着我的鼻子骂道：“你干吗？”

“我问你干吗才对！嘴巴里不干不净的，说什么呢你？她惹你了吗？她胖吃你家饭，占你家地方了吗？”我才不怕他。

“那我说她怎么了？我有说错吗？她是胖得像猪一样，两颗胸跟球一样，我说错了吗？”他说着说着，又露出那种下流恶心的笑。

宝拉跑过终点后朝我们走来，听到这一句，脸色又是一白。我又心疼又生气，“呵呵”一声冷笑，鄙夷地看着他说：“哦，胖就能被你随便污辱？那我也可以嘲笑你矮咯？不对，你是又矮又丑，注定当一辈子屌丝。你不能因为没有女生会多看你两眼，纷纷嫌你恶心，就自暴自弃彻底不知羞耻啊？不过你也是可怜，我们家宝拉减减肥就是个美女，你呢？一辈子都是矮矬子，武大郎，大棒槌，土行孙……”

我骂人的才华在那一刻绽放别样的光辉，越骂越起劲，直到杜匡民咬牙切齿地一拳朝我挥来，我才想起来害怕。

“我靠……”我来不及逃跑，下意识地闭眼缩脖子躲闪——呃，这么近，竟然没打中？

我睁开眼睛，看到乔杨站在我面前，手里握着的，正是杜匡民的恶拳。

“乔杨，你别多管闲事！”

“这不是闲事。”乔杨说，“你打同学不对，而且她还是女生。”

“她骂我！”杜匡民不依不饶，好似受尽委屈。

“你说宝拉在先，下流！”我从乔杨身后冒出颗脑袋，继续控诉他。杜匡民见状又要揍我，我赶紧抓着乔杨衣服躲在他身后——有人当靠山的感觉，真棒！

“嗯，我刚才都听到了。”乔杨说，“你如果还是气不过，我替她和你打一架吧。”他刚运动完，脖子上有汗，发梢湿漉漉的，抓着杜匡民拳头的那条手臂，因为用力而展露美好的肌肉线条，性感得要命。

我呆住了——被乔杨帅呆了。

杜匡民理不直气不壮，对峙了一会儿，愤恨地说：“你们狠。”接着他特意看向我，用手指点了点我，满满都是威胁。

我冲他做了个鬼脸——我才不怕他！

杜匡民后来又阴阳怪气地找过我和宝拉几次麻烦但都没赚到什么便宜。我一直以为是他自己本身人品低劣，直到高三，他和文芊夏翻脸后疯狂爆料，我才知道当初他故意大声耻笑宝拉的胸，用言辞羞辱我们，是出自文芊夏的授意。

杜匡民没有任何证据，所以没人相信他，反而被文芊夏的“闺蜜”反诉他求爱不成，编造谣言诬蔑她。

文芊夏的高明在于整件事，她没有留任何把柄在杜匡民手里，被“诬蔑”后也不曾为自己辩白过一句，只在“闺蜜”气愤无比地替她打抱不平时，才委屈得“哇”一声哭出来。梨花带雨，楚楚可怜的样子引得众人同情心暴涨。据说后来杜匡民还在放学路上，被人套住头暴揍了一顿。

几乎人人都认为是文芊夏踩到狗屎，才被杜匡民诬蔑，只有我和宝拉信杜匡民说的是真的。

因为我们见过文芊夏纯真伪善的面具下真实的模样。

又是体育课。

这天课前，轮到文芊夏和宝拉值日，去器材室借当天上课用的体育器材。

阴暗的器材室没有旁人，文芊夏突然掩嘴指着宝拉的腿笑道：“宝拉，你的腿真粗，跟金华火腿简直一模一样。”

一开始宝拉还以为自己听错了，问她："你说什么？"

文芊夏看着宝拉的眼睛，笑得特别天真无邪、甜美可人地说："我说，你可真胖呀，像头猪一样。"

在散发着微微霉味的器材室里，少女宝拉的自尊心被狠狠击碎了。她涨红了脸，明明知道自己被恶意羞辱了，却一个反击的字眼都说不出来。

文芊夏还走到她身边，凑近她的耳旁说："你以为林星真的拿你当死党、当闺蜜吗？你也不照照镜子。她呀，就像我喜欢和程诺玩一样，拿你当陪衬呢！只是林星比我还狠，找了个和她差距那么大的恐龙，吓死人了呀！"

宝拉不会为自己说话，但文芊夏中伤我的时候，她却予以回击："林星才和你不一样！你是长得像公主的巫婆，而她既是王子又是公主，既帅又美。我是恐龙又怎么样？我就喜欢和她玩！"

然后宝拉一个人扛起装着全班女生要用的排球筐，独自离开了器材室。

我去得晚了些，但一见宝拉，就看出她情绪不对，追问了她好多遍，她才边说边哭，把器材室里文芊夏说的话告诉了我。

我气得立刻就想冲到文芊夏面前和她理论，但宝拉死死拽住了我："你别去，我们没有证据！"

"她不能这么欺负人啊！"

"你想想我们和文芊夏站一块，我壮得像熊，你凶得像老虎，而她像小白兔，老虎说兔子咬了熊——换你你信？"宝拉声音闷闷地说，"别理论不成，反被她倒打一耙……你想想，在今天之前，文芊夏是不是一直对我挺好的？看到我总是笑眯眯的，借我她的笔记，分享她用得好的护手霜，有时候班里男生嘲笑我，她还挺身而出为我说话……林星，和这种人比，我们都太耿直了，会吃亏的。"宝拉憨厚单纯，但她从来都不傻。

我冷静下来。

宝拉说得一点也没错，如果文芊夏羞辱宝拉的目的是激怒我，去找她理论，那她一定是有把握会让自己成为一个楚楚可怜的受害者。

况且，那天并不是普通的日子——教育局的领导正在学校里巡视检查，谁要是敢闯祸，那必然是吃不了兜着走。

17岁的文芊夏，心计已深如海底。

我的反应总是慢半拍，不知道自己什么地方得罪了文芊夏。后来才琢磨出来，文芊夏视我如眼中钉肉中刺的原因，是她觉得我太有心机又会“作怪”，夺走了她在学校里专属的光芒。

事实上，我也讨厌文芊夏，但我讨厌她的原因就简单直接毫不做作多了——因为乔杨和她关系很不错的样子。

我对乔杨黑转路人粉，然后又路人粉转粉之后，我想了点办法和他“频频偶遇”，迅速化干戈为玉帛，成了“异性兄弟”。

乔杨曾说我与众不同，身上有一种“少年气”，一般女生没有，和我相处起来毫无压力。其实那会儿我就很想问他：“那文芊夏呢？”

文芊夏自然也是“与众不同”的吧，不然乔杨18岁的“成人礼”，她不会和我成为“唯二”的受邀女生。

在我到达乔杨庆生的包厢之前，我不知道文芊夏也受到了邀请。我毫无防备，穿着卫衣、牛仔裤加面包羽绒服，一身休闲打扮就去赴约了。一进门，却看到另一个受邀的女生如众星捧月里的那个月亮，闪闪发光地坐在一群男生中间——正是文芊夏。

那天文芊夏长发披肩，穿了一件黑色大衣，内搭却是一条粉蓝的收腰毛衣裙。到室内一脱外套，毛茸茸的粉蓝毛衣裙衬着她莹白的俏脸分外温柔可爱，真真是艳惊四座，衬得现场的我不止灰头土脸，还有种傻气。

如果说那天的文芊夏就是小仙女本人，那我可能连个烧火丫头都不如。我的钢化玻璃心噼里啪啦迅速开裂。

我和认识的几个师兄打了招呼后，一个人默默坐到角落嗑瓜子，假装自己是个隐形人。方洵还不识趣地凑过来，对我说：“林星，你和文芊夏都是景美的，你看看她，再看看你自己——”

“我怎么了？”我把瓜子往桌上一扔，瞪他。

方洵怂了一下，嬉笑道：“别恼嘛，我的意思是，你是条汉子，我respect你！”

“呸。”

乔杨后来说，他也觉得我那天情绪很不对，闷闷不乐的。为此，他特别点了一首任贤齐的《兄弟》让我唱。他把话筒塞我手里的时候，我是拒绝的，可前奏响起后，我突然就唱了起来。

“两个人/要去到哪里/牵着两手就是个天地/一生啊/有什么可珍惜/流浪人/没奢侈的爱情/有今生今生做兄弟/没来世来世再想你……”一首钢铁直男的兄弟情歌，让我唱湿了眼眶。

一曲结束，我不止没有高兴起来，反而情绪更低落了。后来我找了个杯子给自己满上一杯橙汁，冲乔杨举杯：“生日快乐！”然后脖子一仰，喝得一干二净——那气势，犹如干了满满一杯67度的老白干。

“我有事，先走了，拜拜。”喝完橙汁，我立刻推门走人。

方洵和乔杨都爱挤对我，说我像个男生，以前打闹玩笑时不觉得刺耳，但那天晚上真的深深扎痛了我的心。

他们不知道，自懂事起我就讨厌自己的性别，我想当个男生，因为如果我是个男生，奶奶就不会骂我是个“赔钱货”，妈妈就不会被她说“不争气”，爸爸就不会总是不回家……

我比男生还爽朗利落，我比男生还聪慧勇敢，我比男生还会解理科题目——乔杨没有说错，我一直活得像个少年一样。可方洵敬我是条汉子，乔杨给我点《兄弟》的时候，我突然特别特别伤心，我突然就不想当男生了。

我也想当个娇滴滴的、甜嫩嫩的小姑娘呀！我也想被爸爸捧在手心里，像个玻璃小娃娃一样宠爱呀！我也想被喜欢的男生视若珍宝，小心呵护呀！

我林星，也是个女的呀！

我双手插兜，埋着头，快步走到电梯口的时候被追上来的乔杨拉住了：“阿星，你去哪？你是真有事还是生气了？”直男真是一种低维度的愚蠢生物，直到那一刻，他连我有没有生气都不确定。

我抬头，朝乔杨灿烂而做作地微笑：“真有事。喏，礼物，忘记给了。”我从外套的大口袋里掏出礼物递给他。

乔杨一看就笑了："包装得好丑啊，是店里的新手给你包的吗？"

我沉默了几秒钟："谢谢，我自己包的！"

"呃……"

"你要是再敢嫌弃一句，我立刻收回！"我警告乔杨，而他迅速抱紧我送他的礼物，眨着眼睛，抿着下唇，帅得犯规。我马上就心软了，心想他就算继续嫌弃，我也不会真的收回自己的礼物。

"乔杨你快点进来呀，该切蛋糕了，大家都等着呢！"文芊夏的声音斜插进我和乔杨之间。我扭过头，看到她正站在包厢门口笑盈盈地看着我们。

"林星，你也吃了蛋糕再走吧。"文芊夏说。

"对，吃了蛋糕再走。"乔杨附和道，边说边伸手来拉我。

我一扬手臂，躲开了，刚好电梯到了，我跑了进去，然后举起手挥了挥，冲乔杨明媚地笑道："玩得开心。"生日快乐呀，我的小男神！我在心里偷偷的，又补充了一句。

直到电梯门完全合上，我的笑容才垮下来。

我走出电梯，随着人流向前，经过商场大门时，看到玻璃门上有自己的影子。我停下脚步，朝那玻璃门走近一些，仔仔细细地审视自己的长相、发型和穿着，然后对着自己的影子做了好几个我想象中少女会有的或娇羞或甜美或可爱的表情，最后的结果，是我把自己恶心得一哆嗦。

"好想吐……算了，我还是当个美少年吧。"我正自言自语，那玻璃门突然被推开，有人走了出来。

是个长得很好看的小哥哥。他的五官深刻俊朗，眼神冷冽而清澈，有种能够惊艳时光的魅力。最特别的是，他明明已不是少年，却依然带着透明的少年感。

唉，我怎么觉得我连美少年都做不了呢？我呆呆地看着那人，沮丧地想着自己的心事，没有接收到命运一丝一毫的暗示——眼前这人，将与我之后的人生紧紧纠缠。

因为这小哥哥的名字，叫洛瑞行。

洛瑞行的气质偏冷，本身也不爱笑，可我记得那一刻他却似笑非笑地看着我，细长的眼眸里闪着戏谑的眸光。

我猛然发现，那玻璃门一边是镜面的，另一边却是透明的——也就是说，我刚才做的那些恶心表情都被……

我的脸一定红到爆炸，没敢与洛瑞行对视第二眼，就迅速捂着脸低头跑走了。

我漫无目的地在街上又晃了会儿，逛到喷泉广场的时候，竟然又遇到了看遍我恶心表情十连拍的洛瑞行。

不过他这时不再是一个人，有个穿着打扮十分精致的女生站在他面前，气氛却有点剑拔弩张。

“洛瑞行，你好样的！”

相比对方的气愤和惊讶，洛瑞行显得很平静：“你快选吧，甩我一巴掌或者挑一件分手礼物。”那时他不过20岁出头，却已经深谙“渣男之道”，连分手都说得这么冷酷无情。

“当然是礼物。”

让我喷饭的是，他对面的漂亮女生上一秒还很生气，下一秒就飞快作出利益最大化的选择。

“我就不谢你了，这是我应得的。我挑礼物去了，账挂你名下。”说完她便踩着高跟鞋转身离去，目的地是广场旁的奢侈品商场。

刚才还面无表情，在这分手现场显得过分绝情的洛瑞行，突然露出淡淡的失望神色。

不知怎么，我觉得那一刻的他，才是真实的他。

我无意间见证了一场分手，试图默默消失于无形，但被洛瑞行发现了。他的眼神落在我脸上的一瞬间，如同条件反射，眼底那种灰色的情绪即刻消失了。他微微挑起一边的眉毛直视我的眼睛，像在询问我为什么会出现在那里。

“我不是故意的，这……这里是公共场所。”我着急解释的样子有点慌张。

洛瑞行低下头，突然轻笑了一声，然后冲我抬了抬下巴：“想不想吃冰激凌？草莓味的。”

“现在是冬天，今天气温零下。”虽然我很喜欢吃草莓味的冰激凌，可还是很震惊眼前这个陌生男子突然有不符合常理的提议。

“你不知道吗？哈根达斯冬天也卖冰激凌，而且商场里的暖气开得很足。”

“你要请我吃哈根达斯，为什么啊？”

“我并不是免费请你吃冰激凌，而是……”洛瑞行皱了一下眉头，说，“我心情不好，而你日行一善，开导开导我，冰激凌算酬劳。”

“……不行，还是不行。”我垂死挣扎着，“哈根达斯很贵的。”我不想贪别人的便宜。

洛瑞行耸了耸肩：“你刚才没听出来吗，我挺有钱的！”

“走！”土豪。

当天真遇到邪恶是悲剧，但当天真遇到善意，倒也算是一场奇特的相逢。

我只有在十几岁的时候，才会毫无顾忌、高高兴兴地和路边偶遇的陌生人去吃冰激凌，而洛瑞行竟与那样的我遇见过。也或许是因为这莫名的“缘分”，他后来才会出手“救”我吧。

那天，我和洛瑞行的相处十分愉快。他请我吃草莓味的冰激凌，我带他去学校附近的地下游戏厅打电玩。后来我们还一起去吃了我最喜欢的咖喱鱼蛋面——奇怪，后来讨厌所有有气味的食物的洛瑞行，那一次，竟然什么也没说就陪我去了，并且还象征性地尝了几口。

那天是周五，不是休息日，我边吃边好奇地问洛瑞行：“你不用上班吗？还是翘班？”

“你不用上课吗？还是翘课？”洛瑞行模仿我的句式。

“学校有事调了课，星期天要补一整天的课呢！”我的好奇心还是不死，“诶，你看起来好像很有钱，可是如果不上班的话，那钱是哪来的？”

“我爸给的。”洛瑞行说。

“啊，啃老啊？”我恍然大悟。

“怎么，你有意见？”他斜睨我一眼。

“没有没有！”我急忙否认，“我要是有你这样一个哥哥，我爸大概巴不得你啃他呢！”我说的是真话，我爸确实曾说过好几次，没有儿子，他赚那么多钱都不知道给谁花。我和辰辰以后都是要嫁人的，嫁了人，就不算林家的人了。

我心里有点闷，故意转移话题：“诶，你为什么要和那个小姐姐分手啊？她好漂亮啊！”

洛瑞行瞥着我：“你问题真多。”

“好奇嘛。不愿回答也没关系。诶，你多大了？”

“你猜？”

“嗯……应该20多岁吧？”

“差不多。”

“等我20岁的时候，会变得像你这么有气质吗？我以后想成为那种特别有气质的女生，举手投足，啧啧，好像自带洒金粉的CG特效。”那时我虽年少，对洛瑞行也一无所知，但还是看得出他气质出众，和我爸朋友的那些儿子们很不一样。

洛瑞行被我逗笑，但没有作答。

我留意到，他抽了张桌上的纸巾，但用指腹摸了摸，又放下了——显然是纸巾质感太差了，他用不惯。

“是不是气质其实是靠很多很多钱堆出来的，我再努力也没用？”我问道。

洛瑞行侧着脸，在昏黄的小店灯光下看着我，回忆起来，他那时的眼神清澈柔软得像水一样。他以罕见的耐心和温柔语调说：“努力当然有用。你以后呀，一定会成为你想成为的人。”

我愣愣地看着他，好一会儿才又低头啃鱼丸：“我觉得你在骗小孩。我妈常跟我说，人的命啊，早就写好了。比如你是男生，长得好看，家里又有钱，一定是备受宠爱地长大的吧？我要是个男生，得到的待遇也不会比你差太多……但就因为生理上那么一点点小差别，我爸爸我奶奶的态度就差多了，而这些，是我多努力，都改变不了的——你说是不是都是天注定的？”

我说完之后，洛瑞行有好长一段时间没有说话。

咖喱鱼蛋面吃完了，他不让我付钱，抢先买单，然后和我一前一后出了那家小店。萍水相逢的我们，在短暂的“一日之友”后，就要在那家面店门口告别了。

我突然想起来，今天离开乔杨的生日会时，我其实沮丧极了、难过极了，但之后偶遇洛瑞行，他突发奇想要请我吃冰激凌，竟迅速终结了我的那些负面情绪。

我双手合十，特别真挚地感谢洛瑞行："今天遇到你，真是太开心了。谢谢你的冰激凌，谢谢你的鱼丸面，谢谢你跟我聊天！"

"我也很开心，谢谢你陪我度过失恋期，谢谢你教我打游戏。"洛瑞行的脸上依然没什么表情的样子，但眉眼和嘴角的线条都是软的，带着微微的弧度。他突然伸出手，盖在我的额头上方，然后用力揉了揉："你还是棵小豆丁呢，别信宿命，信自己！"

虽然后来我秉承了洛瑞行说的"别信宿命"的人生信条，但在当时，却完全听错了重点——"小豆丁？你这是在说我像个小男生，身材差吗？"

洛瑞行有点蒙，迟缓地收回手："我不是这个意思……"

"小豆丁就是这个意思啊！小说里面形容一个女生跟个豆丁一样，就是形容她又瘦又小，像个男生一样。"我激动地挥舞着胳膊说。

洛瑞行无奈扶额，耐着性子陪我扯："像男生也不错啊，英气的女生很特别，很可爱啊！"

"我、才、不、要！"我莫名觉得很气，不针对任何人，更像是气自己，"我他妈决定了：从明天……不，从这一刻起，我要努力做个美美的女生！然后再进阶成我刚才说的那种特别有气质的大！美！女！"我掷地有声地起誓。

"那……你加油。"洛瑞行甚至拍了拍手，像在鼓励一个弱智儿童。

"你也加油，别再失恋了。"礼尚往来，我也送出我美好的祝福。

"好，谢谢！"

洛瑞行谢得很敷衍，我却突然认真起来："虽然好像是你提的分手，看起来也很酷的样子，但是我有发现你的难过哦！看着那个小姐姐离开的时候，你是失望和不开心的吧？"

洛瑞行垂眉浅笑，然后抬头，深深地看了我一眼，摇摇手，轻声道："再见，小朋友。"

而今，我终于已走到了17岁的林星踮脚眺望的年纪，遗憾的是，我没有成为自己热切期盼过的那种“超有气质的女生”。

17岁的我，热血、冲动、懵懂、纯真，向往着独立、优雅、美丽、聪慧；27岁的我或许美丽尚存，聪慧也有，但既不独立也不优雅，过往岁月辙痕碾过一地泥泞，与自己年少时畅想过的样子更是大相径庭。

很多年前的那家咖喱鱼蛋面馆前，洛瑞行让我别信宿命，信自己——后来我真的信了自己，与命运顽抗，却还是按着它布好的局，一步一步下陷。而曾鼓励我的洛瑞行，他拉了我一把，然后又把我推入另一个深坑，成了命运按我低头的帮手之一。

这不得不说是莫大的讽刺。

第七章 我把唯一的亲妹妹弄丢了

“我让你别回头，是因为我以为我们向前看到的风景里，一定有彼此——那还回头干什么？”

洛瑞行在父亲再婚当日失控飙车的新闻在几天后上了热搜。

某大号的狗仔业务能力很强，调出多段监控，拼接在一起，剪了一段独家新闻出来。还配上一段绘声绘色的画外音，大意是洛震再续初恋情，继女或是亲生，亿万家产恐将再分配。洛家父子关系因此跌入冰点，洛瑞行危险驾驶，愤怒化作马路杀手云云。

我特别担心视频里有我的正脸，但从网上的视频看，那监控的清晰度很差，我的脸糊成一团鬼影。

这些年，我和洛瑞行在一起的画面上过几次娱乐新闻，但很庆幸，每次我不是背对镜头就是脸糊得像被人拍过一样。在公众眼里，我只是洛瑞行身边某个不知名的神秘女伴。

确认自己没曝光后，我心情大好，披了个马甲，在评论区留言：“小编想象力丰富，拿着月薪三千，操心着日入百万的富豪家事。”——我这也算为洛瑞行“仗义执言”了吧？

看完和洛瑞行有关的八卦视频，我又浏览了下热搜排行榜。巧得很，排在第三的是江豆尧的名字。她最近有新电影要开拍，和一近期因主演网剧爆红而进军大银幕的小鲜肉一起。

“据悉，《星光灿烂》的导演是好莱坞游学归来的乔……杨？”

看到这个熟悉的名字我愣了一下，然后继续往下看，“他以自己的初恋故事为原型，创作了《星光灿烂》的剧本……我靠！”看到这，我的脏话终于蹦了出来。

“林医生，江小姐到了。”

我在屏幕前抬起头，这才想起来，今天有江豆尧的预约。“请她进来。”至今，和江豆尧有关的所有事情，不论是动刀动针的，还是仅仅用仪器护理皮肤，我都亲自经手。毕竟她可是我院虽未明着宣传，但圈内尽人皆知的活招牌。

江豆尧戴着墨镜，很大牌地走了进来，然后在护士关上门的瞬间，迅速摘掉墨镜蹦到了我跟前。

“小林姐姐，你看着我。”她的脸凑得离我很近，无比认真地端详我的面部。

我被她看得浑身不自在，不由自主地往后躲：“你干吗？检查我有没有在脸上动过手脚吗？”

“啊，真的是你诶！”江豆尧突然没头没脑地来了这么一句。

“什么是我啊……”我有点心虚，还以为她发现了我和她“绯闻男友”一起“飙车”的事。

江豆尧压低嗓门神秘兮兮地说：“小林姐姐，我告诉你一个秘密哦，我在乔导演的钱包里看到了你的照片。短发，比现在看起来要年纪小一点。诶，你们什么关系啊？”

原来前两天乔杨的新电影主创聚会，他买单时，被江豆尧无意中瞥见了夹在钱包里的照片，而那照片上的人，是我。

我的反应几乎没有破绽，笑容镇定地否认：“人有相似嘛，你肯定是认错了。”

“是吗？我觉得就是你诶，不然怎么可能那么像……”江豆尧狐疑地说。

“别皱眉，会长皱纹的。”我吓唬她，成功转移了江豆尧的注意力。

江豆尧离开之后我又面诊了两个人，但心绪难平，最后不得不将后面的普通预约都转到其他医生诊室，自己提前下班了。

我得见见乔杨，把他钱包里的“定时炸弹”给拆除。

我打了个电话给沅星皓，问他乔杨的号码。沅星皓“咦”了一声：“你不是不想再和他有什么瓜葛吗？怎么了，想想还是不舍得啊？”

“屁！”我一个字堵回去，懒得和他解释，“你把他号码发我就是。”

沅星皓大概是察觉到我的不悦，没有再耍嘴皮子，乖乖把号码奉上，同时叮嘱道：“林星你可别冲动啊，和乔杨有话好好说，有事给我打电话，打架斗殴，哥们我随叫随到。”

“好啦！”我放缓了语气。沅星皓是个人才，永远有办法让我转怒为喜。不过，拨通乔杨的手机后，我的语气又不自觉地严肃起来：“我们见个面吧。”

乔杨有些惊讶，但很快应道：“好啊！”

乔杨最近都在城西的大学里拍戏，我和他约了在附近的咖啡厅见面。

我先到，等待的过程里一直望着窗外发呆，所以乔杨从出租车上下来的第一时间，我就看到了他。

乔杨下车的时候阵雨刚停，地上还湿漉漉的，他一伸脚就踩到了一个水洼，雨水濡湿了他的鞋子和裤脚。他有些懊恼地皱眉，接着提着脚晃了晃，没两秒钟，眉间的褶皱就平复了。

我轻轻笑起来，笑着笑着又静默了。

以前我总觉得，我和乔杨之间，他是更冷静、理智的那一个。就像那会儿小黑死掉了，我伤心了很久，乔杨只伤心了一会儿一样。

小黑是我们大学时常常喂食的流浪狗，在学校清理流浪狗的行动中，被保安打死了。我看到的时候，小黑已经被抓捕工具套住了头部，我哭着从楼上跑下来却无法阻止，眼睁睁看着它被一榔头锤死在麻袋里。

我哭得很伤心，乔杨也很伤心，可是下午的时候他就照常打篮球去了。那时候我就想，在感情上，男生和女生果然是很不同的。所以后来我们分手，我知道是我伤害了他，可我想他肯定能挺过去，开始新生活。毕竟他内心强大、神经粗壮，一定会很快好起来的。但现在，我又有些困惑，不知是低估了自己的凉薄，还是低估了乔杨的深情。

在乔杨看到我之前，我先一步移开了眼神，直到他在我对面落座，才再次看向他。

“抱歉，最后一场戏有点耽误，来晚了。”乔杨直接从片场赶过来，戴着顶鸭舌帽，穿灰蓝衬衫，脸上有倦容，但看到我，眼睛里发出光，唇角微扬地问，“最近好吗？”

他热切的眼神让我觉得自己好像又要辜负他一次，硬着头皮说：“我这次找你，不是要叙旧……嗯，想向你要一样东西。”

“什么东西？”

我不想绕弯子，直白地说：“江豆尧是我客户，她说在你钱包里发现了我的照片。”我顿了一下，恳请道，“把我的照片还给我吧。”

我眼睁睁看着乔杨眼底的热切一丝一丝地蒸发掉。

“原来你找我是为了这个。”

“嗯。”有些冷场，我故作轻松地说，“你的电影开拍了吧？天天见女明星还有各种漂亮姑娘，你肯定很快会有新女友的。要是到时候被她发现了你还收着我的照片……”

乔杨语气冷淡地打断我，说：“林星，没有‘到时候’。”他直视我的眼睛，像要穿透我的灵魂，一字一句地说，“我不会有新女友。”

这话说得太像赌气了。“别说得那么肯定，到时候的事，谁知道呢？以前是你和我说，人应该向前走，别回头。”

“我让你别回头，是因为我以为我们向前看到的风景里，一定有彼此——那还回头干什么？”乔杨轻声说。

我沉默了好一会儿才缓过来，那种无能为力的窒息感，那种心脏好像被攥住的痛，我已经很久没有想起来了。

乔杨哀伤地看着我，突然笑了一下：“你记得吗？我以前常说你爷们。我可能真说对了，林星，你比我爷们，比我狠心。也许对现在的你来说，过去已经没有价值了，可能还会给现在的生活带来负面影响，可对我来说，过去是个梦，特别特别好，我不要醒，我也不要做一个丢弃回忆的逃兵。”

“乔杨！”我带着愠怒喊他的名字。他的这种执念让我恼怒，让我愧疚，还让我心痛。我深呼吸了一口气，平复了情绪后，才又开口道：“我不是逃兵，我只是做了正确的选择。”

“哦？‘良禽择木而栖’的那种正确吗？”

他终于还是忍不住嘲讽我，我倒反而放松下来，微笑道：“是的。”

乔杨自知失言：“林星，我不是那个意思……”

“没关系，你说的是事实。”

乔杨看着我的眼睛，我不躲不闪，坦然回视。

“你今天约我，就是为了拿回照片吗？”他问道。

我没有作答，但答案是显然易见的。

乔杨掏出钱包，把夹层中的照片抽出来，放在桌上推到我面前，说：“这个，还给你。你的态度我明白了，我以后不会再打扰你了。”他眸色灰暗。

“谢谢！”我微笑着，看着自己把最后一刀插入乔杨的身体。

乔杨起身离开，我目送他。

他是无辜的，我何尝不是？

他心痛难过，我何尝不是？

他失去了他的初恋，我何尝不是？

但乔杨不会知道，除了他所承受的痛苦，我心里还藏着更多的隐忧：即使他已作出这样的承诺，我还是无法放下心里悬着的那颗心。

真正的不打扰，是在对方的世界里宛如一个“死人”，可乔杨正在拍的电影，是根据我和他的故事改编的，万一被有心人起底了怎么办？

不是我太过小心，而是我爸出事后，我和妈妈还不上债，曾被债主人肉，最后连我小学老师的名字都被搜了出来。再到后来，我被富商“包养”的消息传开后，学校论坛和贴吧里有好几个热帖都在讨论这个话题。而我随手发在朋友圈的照片，连杯子上的反光，身后玻璃上的影子都被人反复放大，调整各种数据，深扒细节。

那张我向洛瑞行“示好”的照片上，作为背景的姜饼屋就被某个“大神”扒出了来历。只是他的分析很好笑：“金主竟然还从圣诞老人家乡买了个限量版的姜饼屋给这个女的，很用心啊！目测是真爱。”——吓得我立刻清空了朋友圈。

所谓“名利双收”，出名后面跟着利，就如爆红的江豆尧给我带来的蒸蒸日上的营业额，但出名所带来的反噬也是加倍可怕的。对此，我特别警惕。

可我也说不出让乔杨不要拍他的电影了这种话，因为我的担忧而阻断他的梦想和事业，这叫自私。

那是他要走的路，那是他的人生，我无权阻拦。

乔杨离开后，我才低头看那张原本被他收在钱包里的旧照片。

原来那不是我的单人照，而是我和乔杨的合照。照片上，尚年少的我和乔杨比着剪刀手：我在搞怪，对着镜头对眼、吐舌头，而乔杨貌似嫌弃地看着我，但唇角微扬，眼底分明映射着纵容和快乐。

那一年我18岁，离急转直下的人生转角，离我再遇洛瑞行，成为他麾下“宠物”倒计时两年。

命运如多米诺骨牌般倒塌之前，其实有过一些细微的预兆。比如我爸第一次在家里招待“干儿子”林跃——也是我第一次见到他的时候，我的右眼皮突然跳了起来。

能说会道，和我爸一样能喝酒，爱吃椒盐排骨和炸鱼，还有他的名字“林跃”——和“林月”的读音一模一样，而“林月”，本是我爸为预想中的儿子准备的名字。

我叫林星，如果我妈生的第二个孩子是个儿子，他就会叫林月，可来的是妹妹，所以只能叫林辰。

星辰暗淡，浩瀚星河里数之不尽，而明月只有一轮，明亮皎洁、圆满唯一。

可我爸千盼万盼，他生命里的“月亮”都没有升起，最后老天爷给了他一个林跃。

孤儿，听话，有能力，且投缘，还同姓，甚至连名字谐音与他设想中的儿子都一样——我爸迷信，觉得所有一切皆是注定，林跃是命运安排给他的礼物，送来继承他林家香火，传承衣钵的希望。

“林跃以后就是我们的儿子了。”酒足饭饱，我爸拍着林跃的肩膀对妈妈说了这句话。不是商量的语气，是陈述，是通知。

妈妈先前在厨房忙着炒菜、上菜，这才刚落座。对于我爸的决定，她没有立刻作出反应，可我知道她是不开心的。

林跃端起酒杯对我妈说：“妈妈——我以后都叫您妈妈可以吗？我刚才看着您在厨房忙碌，为我们一家人忙碌，心里真的特别……特别感动。我从小就没了父母，您和爸，还有两个妹妹，现在就是我最亲的人了。来，我敬您一杯，先干为敬！”他演技到位，说得动情，眼眶还恰到好处地泛红。

我妈的脸色稍霁：“少喝点，酒喝多了伤身。”

“哎，妈妈您说得对。我就喝一点，今儿高兴嘛！”

林跃的主动示好和低姿态抚慰了我妈不被尊重的感觉。反正，她原本就只有“接受”一条路可以走。可我不想就这么莫名其妙接受一个陌生人做我的“哥哥”。

“我不同意！”我放下筷子气呼呼地说，明确表示反对。

我爸瞪了我一眼：“我决定的事还要你这个丫头批准吗？小孩子哪来那么多意见？”

“我就是不要他做我的哥哥，我不要家里多个陌生人！”

“我和你妈妈已经决定了，你要不要都得接受。”

“妈妈才没有同意，她是没办法！你给过她说不同意的权力吗？她为这个家操劳了20年，可你不记得她辛苦，就记得自己没个儿子。”我直言不讳，“爸爸，如果你随便认的儿子，也比亲生的女儿强，那我觉得你不如想想，自己的基因值不值得被流传下去吧。”

我的话彻底惹怒了我爸。他暴怒，借着酒劲拍桌而起：“死丫头，你说什么？这家我还没法说了算是吧？”

“一个国家一个人说了算，那是暴政；一个家一个人说了算，那是暴行！”我不甘示弱地予以回击。

“星星，你别说了，别惹你爸生气！”我妈一边拉我爸一边劝我，可她劝不住我们。

而那个叫林跃的，事情因他而起，他看似内疚着急，说出的话却是：“林星妹妹一时接受不了也很正常，她还小，年幼无知嘛，想事情只会从自己的角度考虑，不知道爸您在外面的辛苦，不知道亲人有多重要。慢慢来，我相信她和辰辰会接受我的。”

“你才年幼无知呢！你就是看上我们家钱了呗，为了钱张口就能叫别人爸妈，有够不要脸的！”我鄙夷道。

“闭嘴死丫头，看我今天不打死你！我供你吃供你穿供你上学，就是为了让你去学校学怎么跟我吵架是吧？我还不信连你我都治不了了！”我爸疯了一样掀翻桌子，操起皮带就朝我狠狠抽过来。

皮带抽打在皮肤上的声音原来是脆的，发出“噗噗”的声音，而被抽打的痛楚感漫长而屈辱，从皮肤的表层直达我的心底。

辰辰跑来护住我，大哭着替我讨饶：“爸爸你不要打姐姐！爸爸你不要打姐姐！”

妈妈死死拽着爸爸的手臂，冲我喊：“星星你快走！你先走，等你爸气消了再回来！”

林跃则站在我爸身后，一边说：“爸您别那么生气，气坏了身体可不好。”一边却看着我露出嘲讽的神色，好像在说：你闹呗，闹越大越好，反正你什么也改变不了。

我瞪着通红的泪眼，狼狈地摔门而去。

我出门时来不及拿手机和钱包，身无分文独自在街上游荡了很久。后来走累了，我就在路边公园的长凳上坐了下来，像一只无家可归的流浪猫。

激烈的情绪终究慢慢平复，难过和无助的感觉却越来越盛大。

世界那么大，离开了家我才发现，自己竟无处可去。那时我已过了18岁生日，年龄已成年，看着也像个大人，可其实什么风雨都没经历过，从来没想过如果靠自己要如何生存下去。

晚上回家的时候，家里已经收拾干净，好像中午的冲突没有发生过。我爸和林跃都不在，妈妈一直没睡，坐在沙发上等我，听到我开门的声音立刻站了起来。

我脖子上、手臂上被皮带抽打过的淤痕仍清晰可见，妈妈还没开口，眼睛先红了。她转身抬袖子抹了抹眼睛，进厨房给我煮了一碗鸡蛋面。

面很快好了，我吃得狼吞虎咽，偶尔一抬眼，发现我妈看我的眼神很复杂，慈爱里混含着歉意、自责还有期望。

她怅然地对我说："星星，妈妈这辈子就这样了……年纪小的时候给你外公外婆、大舅二舅做饭洗衣，后来嫁给你爸，就给他和你们姐妹俩做饭洗衣。我没机会念什么书，自己也不懂，稀里糊涂就到了这个年纪，要是和你爸分了，也没地方可以去。你爸决定的事，我改变不了，你也改变不了，你就接受吧。你和辰辰现在都还小，以后长大了，可千万别像妈妈这样……"

"生活和你看的那些偶像剧很不一样，做女人啊，挺难的。有娘家可以依靠那很幸运，要是靠不了，那自己就要争气。不过星星，话说回来，靠自己总比靠别人强一些，因为别人会变，可自己不会辜负自己。你比妈妈幸运些，至少有机会读书，以后也会有能力找个好工作，自己赚钱养活自己，把命运握在自己手里。人啊，靠谁都不如靠自己。"

"你大舅妈昨天又跟我抱怨你蕊蕊姐姐快30岁了还不结婚，我虽然顺着她说，你蕊蕊姐姐是该找男朋友了，但心里想到你，就觉得，要是没有合适的，我的星星还是在家做姑娘吧，好歹有妈妈疼着你，顾着你……"

“你要好好念书啊，做自己喜欢做，并且能做好的事。我跟你说哦，妈妈虽然书读得不多，但有机会读书的那几年，成绩一直很好。小芬阿姨你知道吧？她以前总是抄我作业。可她命比我好，家里人一直让她读到中专毕业，现在是个什么……什么主任？反正比我强。所以你和辰辰啊，一定要好好念书，做个有本事的人。只有自己有本事了，才不会在受到委屈的时候，成为总是被委屈的那个人。”

我妈絮絮叨叨、漫无主题地说着，我低着头，默默地听着，眼泪却一颗一颗落入面汤里，转瞬就消失不见。我曾以为妈妈柔弱且麻木，对自己的委屈似没有知觉，现在才知道，她是委曲求全。我和辰辰是她最后的希望，她希望我们以后不用像她一样，被轻视、被委屈、被牺牲地过完一生。

若是以前，我妈是不会跟我说这些话的，而那天晚上之后，我才突然意识到，妈妈也曾是像我和辰辰这样的小女孩，她也曾有过无数可能，可最终被轻视她的父母家人推入夫家，成为千人一面的“妈妈”。而我们的妈妈，作为个体的她，早在成长过程中，在备受压抑的婚姻里，在琐碎的日常生活里，被抹杀掉了。

我摸黑上床睡觉的时候，以为辰辰已经睡了。可她突然跳下自己的床，像只热乎乎的小狗一样钻进我的被窝。

“姐姐，”她把小小的脑袋靠在我的臂弯里，懵懂地问我，“姐姐，那个叔叔要做我们哥哥吗？”

我搂着她，闷闷地“嗯”了一声。

“可我不喜欢他……不对，我讨厌他。”辰辰瘪瘪嘴说，“因为他，你和爸爸才吵架，爸爸才打你的。”过了一会儿，我发现她偷偷地哭了，眼泪打湿了我睡衣的领子。

“乖辰辰，你哭什么呀？”我心疼地摸摸她的头。

辰辰带着哭腔问我：“姐，爸爸会不会有了哥哥，就不要我们了？我，我有点害怕。”

“不会的。”我停顿了一下，抹掉辰辰的眼泪，捧着她的小脸承诺道，“就算爸爸不要我们了也没关系，我会保护辰辰的，还有妈妈，我们三个人，会一直好好的。”

——可最后，我还是没有保护好辰辰，是我把唯一的亲妹妹弄丢了。

承诺往往就是如此，说的时候信誓旦旦，到了要兑现的时候，才发现自己的无能为力。

我和林跃总共没见过几面，因为他出现的时候我正读高三，后来又读大学、谈恋爱，一个月在家也待不上一个周末。

鉴于我的强烈反对，林跃没有搬进我家，但他住公司宿舍，几乎所有时间都陪在我爸身边，做他的左膀右臂。那段时间，他是我爸最亲近的人，比至亲更骨肉相连。

有好几次，深夜的时候，林跃扶着酒醉的爸爸回来，帮我妈一起清理他的呕吐物，给他换睡衣。

还有一次，才八九点，我爸就醉了。我夜跑回来，在我家院子前的树丛旁遇到林跃。他还没有走，站在一排一人多高的冬青树旁抽烟，一边抽，一边远远看着我走来，痞痞地笑。

我装作没有看到他，目不斜视地从他面前经过。

“星星妹妹，不要这么酷嘛，看到哥哥也不打个招呼？”林跃嬉皮笑脸地按住院门，不让我进去。

“你才不是我哥哥。快让开，不然我喊人了。”我厌恶地看着他，警告道。

林跃朝我脸上吐了个烟圈，笑起来：“你喊谁啊？喊你爸吗？现在醉得动都不会动。喊你妈？她忙着照顾你爸呢！辰辰应该快看完动画片，准备睡觉了吧？小孩子要长身体，你可别打扰她早睡早起。”

“你到底想干吗？”我不明白他一身酒气地拦着我，和我说这些做什么？我和他又不熟。

“没干什么，就是和星星妹妹你聊聊家常啊……诶，你是不是一点也不知道，其实你爸挺辛苦的？现在这个世道，做你家这种买卖，要伺候的孙子可不少。”林跃斜眼看着我，说，“你呀，以后少惹他生气。你爸就是有点老思想，其实人不错的。”

他这种语重心长的教导语气彻底惹怒了我，我咬牙切齿地说：“我家的事，不用你来告诉我！装什么体谅我爸的好兄长啊？你又不是我真的哥哥，你就是看上我家钱，想占我家家产，投其所好骗骗我爸这种想儿子想疯了的人罢了。”

“哈哈哈。”林跃大笑着把烟蒂丢在地上，喷着酒气凑近我的脸，看着我的眼睛说，“你说对了，你比你爸聪明，我就是来骗你家钱的——可你知道这些又能怎么样呢？”

“你！”我气不过，挥拳要打林跃，被他一把扣住手腕。

林跃的表情看似嬉皮笑脸，但眼神却冰冷如铁：“做你便宜哥哥也挺久了，我给星星妹妹一句忠告吧：别随便跟男人挥拳头，或者说，别随便挑衅显然比你强的人，那是自找苦吃。不过，你很幸运，我没打算和星星妹妹你计较。”语毕，他松开我的手腕，皮笑肉不笑地看我一眼，转身走了。

我当时只气恼自己不是个男生，不然肯定追上去和他打一架，但当家中发生变故，许多真相在我眼前剥落漂亮的外壳时，我才又恍然想起林跃和我说过的这些话。

我恨他，讨厌他，鄙视他，却不得不承认，他当时说的那些话都是真的——不要随便挑衅比自己强的人自找苦吃是真的，我爸做生意不容易，也是真的。

林跃出现的时间点，刚好是我爸的生意开始出现问题的时候。他体谅我爸，孝顺我爸，看似不问酬劳地为他卖命，又能力出众，一出手就解决了几件令他颇为头痛的事情，信任不知不觉就这么累积起来。

当时年少的我的任性和不懂事，在某种程度上加快了我爸失足“入套”的速度。

大二的某天，我在图书馆门口等乔杨的时候，突然接到妈妈惊慌失措的电话："星星你快来医院，你爸出车祸了！可能，可能快不行了……"

我一开始没听明白，愣了几秒钟，只听自己脑袋里"嗡"的一声，然后一片空白。我浑身像是发烧了一样，可风一吹，又一阵阵发凉。

结束通话后，我用最快的速度赶到医院，和妈妈在手术室门口，如坐针毡地度过了艰难而漫长的三个小时。

最后医生给了我们一个不算好但也不算太坏的结果：我爸生命体征平稳，但大脑因车祸剧烈撞击，有淤血，能不能醒来以及后续恢复都要再观察。

我怀着点侥幸心理，总觉得我爸不可能这么倒霉，他肯定会好起来的，很快又能生龙活虎地指着我的鼻子骂我"赔钱货"。可第二天，他没有醒，第三天，他没有醒，第四天、第五天……以及之后的许多天后，他都没有醒。

车祸发生时，在这一年半时间里和我爸几乎形影不离的林跃竟然没有跟随在侧，而车祸发生后，作为比亲儿子还要亲的"干儿子"，他也一直没有出现，人间蒸发了。

可债主们却闻声而动，找上门来。

开始时我妈还瞒着我，可纸怎么包得住火？

我在医院撞上债主闹事，才知道：公司已经被掏空，只剩个空壳子，银行里欠着一笔烂账，外面还有各种奇怪的借款。

我知道这两年大环境不好，我爸又是做工程项目，被拖欠款项也是常事，资金周转发生问题继而寻求借贷公司的帮助也不难理解，只是债务的"雪团"之大，远远超出了我的想象。

据说我爸出事那天正要去邻市参加某个重要项目的竞标，而该项目已经内定由我家的公司来做，竞标只是走个过场。如果顺利的话，合同一签，预付款到账，公司眼前的所有问题都将迎刃而解。可谁知道，半路杀出一辆工程车，将我爸坐的车子拦腰撞翻——同时撞翻的，还有我们一家人的生活。

妈妈不懂生意上的事，也没见过这样的阵仗，满脸忧色，只会反复念叨着："我们会还的，请大家再宽限几日。"

债主们不依不饶。带头讨债的人咄咄逼人地质问她："你以为你家还家大业大着呢？你拿什么还啊？公司那栋楼你们老林都抵押三回了，你知道吗？"

"求求你们行行好，我一定会想办法……"我冲上前，把只会哀求的妈妈拉到身后，假装底气十足地大声说："你们急什么？还怕我家赖账啊？你们放心，就算公司账上没钱了，我爸在东区芙蓉巷还有不少铺子，卖了就能还上。"

"呵呵，看来你对你家情况很不了解。现在东区芙蓉巷那些铺子，怕是没有一家是姓林的了。"有人嘲讽道。

我确实不知道，心里吃惊，可面上仍不动声色地接道："我是不了解，但我会和我妈弄明白的。这样，你们先把借条合同什么让我拍个照，存档登记一下。"

"你一个小丫头片子懂个屁啊？弄明白也没用！我听说你家已经没东西了，拿什么还？"另一个债主气势汹汹地说。

"谣言总是跑得比真相快，谁说我家没东西了？我爸做生意几十年，最讲究一个'信'字，向来只有别人欠他款项，没他拖欠别人的。"我顿了顿，又放软了语气，劝道，"各位叔叔、阿姨，你们这样在医院闹也不是回事，影响到别的病人，医生、家属什么报个警你们也麻烦。今天你们先回去，放心，我是我爸女儿，他欠的我肯定认，肯定还，真的！只是事发突然，我爸还在病房里躺着，我和我妈要点时间清理账目，筹集资金。各位叔叔阿姨也不是那种不通情理的人，对吧？"我连说带哄还带演的，总算安抚了这拨债主，送走了他们。

回到病房，我看到妈妈坐回我爸病床前，侧影呆滞得像尊石像。

我小声地问："妈，爸真的已经把公司房子抵押了吗？芙蓉巷的铺子也没了？不可能吧？"在我的印象里，爸爸的公司一直运作良好，就算资金周转发生问题，也不至于有那么大窟窿。

“卖了，都卖了……什么都没了……”妈妈抬眼看着我，神情憔悴，她几日之间起码老了有十岁。“星星啊，我今天上午让你张叔叔去查了，家里已经不剩什么了，就家里住的房子，还在你爸名下。”

我呆了一下，仍是不信：“我等会儿再找张叔叔问问……妈妈，你别太担心了，我长大了，凡事有我。”

在那个当下，面对着一系列变故，我还没有太多真实的感受，总觉得一切像一场梦，醒了就好了。我也没有真正意识到，有多少电闪雷鸣，正火花四射地在赶来轰炸我的路上。

我家发生变故的那段时间，乔杨刚巧在准备雅思考试，我不想他分心，便没有告诉他详情。况且我心里很清楚，乔杨与我一般年少，我告诉他也不过是多一个忧心忡忡的人，其他什么也改变不了。

我向辅导员请了两个星期的长假后，先回公司，和会计过了一遍所有的账目，结果越看越心惊：果真如之前债主们所说，我爸的公司已到了山穷水尽的边缘，需要偿还的账目数额巨大，且每一天都在增长中，利息已远超本金。

我不断打电话、追上门，求爷爷告奶奶的，先把别人欠我爸的钱，能收的都收了回来，偿还了最要紧的欠款。然后退租，变卖公司，变卖仅剩的房产，遣散员工。

我爸病情逐渐稳定，我立刻替他办了转院手续，病房从单人间换成了多人间。

我和妈妈还有辰辰，全家人从别墅搬了出来，搬到一个只有一居室的小房子。妈妈还在出租房附近找了份零工，一边照顾辰辰，一边打工赚钱。她怕我耽误学业，总是催促我快回学校上课。

我能做的有限，虽然放心不下，可继续耗着也无济于事，便回了学校。平静的大学校园依然如故，但我自己心里知道，什么都不一样了。

有天乔杨和我经过以前常喝的一家奶茶店时，问我："他们家奶盖出了新品，要不要试试？"

我看了一眼价目表，摇头道："不要了，我戒奶盖了。"

"你不会和我们班那些女的一样减肥吧？"乔杨奇怪我怎么转了性，猜测道。

我低头没说话，他以为我是默认，不由急了："减什么减，你一点也不胖，可千万别减啊，减坏身体怎么办？我说呢，你最近怎么瘦了那么多，小胳膊都细得跟火柴棍似的了……"

"乔杨。"我打断他，轻声说，"我家里出事了。我爸车祸，现在躺床上醒不过来，公司欠了很多钱，我妈妈也不知道怎么办。一杯奶茶起码十块，以前不觉得，现在觉得好贵……我以后再也不喝奶茶了。"

乔杨神情凝重地听完，然后伸手揉了揉我的头，说："有我呢。虽然我现在还没什么钱，但奶茶管饱。诶，你家欠人多少啊？我回头算算我的存款。还不够的话，我去管我妈要，等我毕业赚钱了再还她就行了。"

乔杨可真天真啊，完全没想过我家的债务可能是个填不满的大窟窿。但我还是笑了，为了他可爱的心意。

我伸出双手环住乔杨的腰，把脸靠在他的肩头，声音闷闷地说："你可千万别问你妈要钱……我觉得她不喜欢我，你要是问她要钱了，她该更不喜欢我了。"

我见过乔杨妈妈，去年元旦，乔杨请我听新年音乐会，在散场的时候与他家人遇见。

我后来才知道，音乐会的门票是乔杨妈妈帮乔杨订的，所以那并不是一场简单的偶遇。

乔杨妈妈对我面上客客气气的，但出于女生的直觉，我知道她不喜欢我。我不知道原因，也许是我那天的打扮她不喜欢，也许是乔杨看我的眼神太过亲昵，总之她给我的感觉，只有客套，没有爱屋及乌的欢喜——但乔杨是感觉不到这些的。

“你别瞎想，我喜欢的人，我妈怎么会不喜欢呢？”

“反正你不能问她要钱，我家的事你别操心了，我自己解决。”我只能这么含糊地安慰乔杨。

第八章 洛瑞行，我拿我的所有赌

“你现在放弃，至少保全了自己，你若是执意要我帮你，也许不仅找不回你妹妹，连自己的人生也要搭进去。”

“赌，君子一言，驷马难追。”

债主们的耐心都很有限，一次、两次无果后，逼债的手段越来越没有底线，人肉、骚扰、威胁齐齐上阵。但这些，和金爵王朝的江鲁峰采用的手段相比，都算不上什么事。

金爵王朝是那几年本城档次最高的娱乐场所，位于市中心，八层楼，巴洛克风格，极尽奢侈豪华之能事，什么华丽就把什么往上堆。

晚上一到点，大门一开，一长溜穿着同款高开衩旗袍，高矮、胖瘦几乎一致，长相也同等姣好的年轻女子往两边一站，同时躬身向客人问安——那架势，宛如后宫妃子迎接帝王。

说白了，金爵王朝是一高档声色场所，而经营这声色场所的江鲁峰，自然不是善茬。

我也是后来才知道，我爸林添丁风头最盛的时候，如今大名鼎鼎的江鲁峰还只是一个社会混子，见了面也得喊他一声“林哥”。而我爸刚飞黄腾达那会儿不知天高地厚，为人处世远比这两年高调、激进，对谁都趾高气扬的。再加一点酒精作祟，他便在某饭局上得意忘形，让初出茅庐的江鲁峰颜面尽失，威风扫地。

梁子就此结下。

风水轮流转，不过十年光景，我爸和江鲁峰的运势就转了个向。他甚至还向江鲁峰的财务公司借贷了一笔款项，而这笔数目不算巨大的欠款，在利滚利后已高达千万——最可怕的是，数字仍在不断增加。

我先前知道我爸有这笔外债，但不知道江鲁峰的来历。他没有上门催债，我又无力偿还，便抱着侥幸心理，能拖一天是一天。

可他们一出手，就掳走了辰辰。我妈在寻找辰辰的路上摔了一跤，又被一辆疾驰而过的电动车撞得颅内出血。

她在医院撑到我出现，告诉我：辰辰的同学告诉她，辰辰放学后被几个“叔叔”抓上了一辆黑色的车子。她还接到一个电话，说是想要女儿没事，就赶紧还“金爵江总的钱”。

我在妈妈的手术单上签字，来不及送她进手术室就直奔金爵王朝，寻找我妹妹林辰。

可我连金爵的大门都进不去。

保安看我一个女学生，一看就不是来消费的，怕我惹事，拦着我，不让进。

我急得硬要往里闯，嘴上不断大声重复道：“我要进去找我妹妹，你们让我进去！”

“你刚才说你妹妹才10岁，用脚后跟想想也知道她不会在这楼里，对不对？还有，这也不是你一个小姑娘该来的地方，你赶紧走吧，别给脸不要脸的给我们添麻烦！”带头的保安队队长盛气凌人，挥着手不耐烦地把我往外推。

“你别动我！我妹妹就是被你们江总的人带走的，你让江鲁峰见我，我是林添丁的大女儿，我爸欠的债我会背的，快把我妹妹放了！”

“哟呵，敢这么喊我们江总名字，你胆子挺肥啊？你家欠的是高利贷吧，你爸还不上你怎么还？来我们这上班还钱？”保安队队长恶意调侃我。

我握紧拳头，突然埋头往里冲：“我已经报警了，警察很快会来的！”

“报警了？吓唬谁呢？我们江总上面有人！你别敬酒不吃吃罚酒，你让我工作难做，那就别怪我们不客气了！”保安队队长一挥手，两个小保安冲了过来，架住我的胳膊往外拽。

“辰辰，辰辰！”我敌不过两个男人的力气，拼命挣扎，姿态狼狈。

两个保安将我架到门口，半扔半摔地丢在地上：“赶紧走！”

这时，天下起毛毛细雨，地面又凉又硬。我的腰被摔得一记钝痛，但仍努力爬起来，踉踉跄跄地往大门里走，边走边喊：“辰辰，辰辰！”

“妈的，你这是存心要砸我饭碗呢？”保安队队长从楼内冲了出来，瞪着一双铜铃般的眼睛，那架势像是要一巴掌把我扇到闭嘴。

我本就站得不稳，他冲过来的样子又快又凶，下意识地倒退躲闪，脚底一扭，整个人失去平衡，再度摔倒在地。

“吱”一声，一辆黑色奔驰急急地刹住了车，那黑色粗纹的车胎离着我的脸仅仅几厘米的距离。要不是司机及时刹车，此刻我的脑袋恐怕已经被碾碎了。

车门开了，有人走到我身旁站定，一双纤尘不染的小羊皮皮鞋停在我的身侧，迅速被雨丝打湿，像凝了一层薄雾。

我微微抬眼看向他，而他亦低头凝视我。苍穹与路灯之下，细雨如针，沉默地扎向我。他撑着一把黑伞，稍稍向我倾斜了一点，替我遮去大部分的雨丝。

他的脸是暗的，但眸光却是亮的，清冷里泛着微微的讶异。

眼前这男子洁净又充满距离感的气质实在太特别了，虽然比初遇时少了几分柔和可亲，多了几分冷淡警醒，但我仍一眼就认出他是洛瑞行——那个莫名请我吃哈根达斯的好看小哥哥。

彼时的我太狼狈了，下意识地不想他认出我。我垂下眼睫，躲避他的眼神。

洛瑞行蹲下身，伸出一只手，干净的，修长的，骨节分明的男人的手，递到我眼前，示意我可以暂时地借以助力。

“小洛总，你认识她？”那黑色奔驰之后还有一辆车，从车上下来一个抽雪茄、戴墨镜的男人。

见我未动，洛瑞行耐心有限地收回手，淡淡道：“不认识，看着可怜。”他说谎了，他的眼神明明是认得我的。

“哈哈哈，想不到我们小洛总这般怜香惜玉。不过我这金爵王朝里，可怜的小姑娘多了去了，等会儿我给你介绍几个，保证又漂亮又温柔还惹人怜惜……”男人的话音结束在猥亵的笑声里。

洛瑞行依然是那副不动声色的模样，只道：“江总说笑了。”

他们说话间，我已挣扎着站了起来，看着那墨镜男子问道：“你是江鲁峰？是你的人带走了我妹妹？她还是个小孩，你带走她她也还不了钱。她现在在哪？你们怎么那么无法无天的，就算你是黑社会，你不怕警察抓你吗？”我那时年少气盛，遇事毫无策略，还活在动画片构筑的“邪恶必然无法战胜正义”的世界观里。

江鲁峰的反应则是“哈哈”一笑，狂妄的，轻蔑的。他没理我，视我为无物，热络招呼着洛瑞行往里走。

我追过去，又一次被保安拦下，激烈的争吵再度爆发。

这次，江鲁峰走了过来。他叼着雪茄斜睨着我问：“你这么大声嚷嚷我的人带走了你妹妹，有证据吗？”

“有人看到我妹妹被带上一辆黑色的汽车。”

“车上写了我的名字？写了金爵的招牌？”江鲁峰故作好奇地问道。

“我妈妈，我妈妈说她接到了你们的逼债电话。”

“他们说是谁就是谁啊？那我还说我是特朗普好兄弟呢，你信吗？”江鲁峰话锋一转，笑眯眯地说，“现在是法治社会啊小妹妹，说话做事要讲证据的。还有啊，别用‘逼债’这个词，欠债还钱，天经地义，哪来的‘逼’？我还说你妈逼的呢！你没证据就说我的人带走了你妹妹，按你那说法跟绑架也没差了，这可是诽谤啊！”

我到底年少，竟被他一番话堵得语塞。我瞪着他，心里却想起两个小时前去派出所报警，那个捧着保温杯的警察也是这么跟我说的。

“你有证据吗？兴许你妹妹就是跑同学家玩去了，你回家再等等。什么绑架啊，我们这哪来这种事？”

我知道他是在打发我，可那时的我不知道该怎么处理，又着急，只好离开派出所，独自来金爵鲁莽硬闯。可我一个不满20岁的女孩子，鲁莽硬闯有什么用呢？力量上是以卵击石，现在更连道理都说不过对方。

只是，我一想到辰辰，心就狠狠揪起来。她现在一定很害怕，不知道有没有号啕大哭？还是吓得连哭都不敢哭……

我忍了很久的眼泪突然就落了下来：“江总，求求你，把我妹妹还给我吧。她还是个小孩子，懂什么呢？我爸欠你的钱，我一定会替他还的。”

江鲁峰没有作答，但他挥了挥手：“把她带进来，堵门口大吵大闹、哭哭啼啼的，多晦气啊，我们还做不做生意了？”接着他转身，对一直冷漠旁观的洛瑞行做了一个“请”的手势，边说边笑，“我这呀，世间百态，整一浮世绘，什么事都有，让小洛总见笑了。”

我看向洛瑞行，他没看我，面朝江鲁峰微笑道：“借此机会，我也算对江总和江总的工作内容更了解了一些。”

江鲁峰愣了一下，随即又“哈哈”大笑起来：“我们是要加深了解，才能更好合作嘛！”

江鲁峰开了一个豪华大包间，他坐在沙发正中的位置，洛瑞行则坐在离他三个身位的地方。有穿着华丽礼服长裙、长相艳丽的女子穿插其中，为他们斟酒、摆放果盘，而靠近门口的位置则站了两个跟班。

我局促地站在他们对面：“江总，我家情况，想必你是知道的。现在你逼我们还钱，把我们母女三个都逼死了，也逼不出什么。你也不想借出去的钱收不回来，还背上几条人命吧？”

“你是林添丁的大女儿？”江鲁峰不接话，似笑非笑地看着我，顾左右而言他，“我还以为他只有一个女儿，原来家里还有个大的啊？”

“江总，请你行行好，缓我几天，我一定会筹到钱还你的。我妹妹辰辰胆子特别小，她会害怕，还请你先把她还给我。”我收起之前打算硬碰硬的姿态，服了软。

江鲁峰假惺惺地夸赞我：“不错不错，你小小年纪，这种情况下还能不卑不亢的，假以时日肯定比你爸要强。当然了，作为你爸爸的旧相识，你和你妹妹也算我侄女吧，你江叔叔当然也很想帮你，不过，”他眨着一双小小的三角眼，阴恻恻地笑道，“你一口一个让我把你妹妹还给你，让我很委屈、很伤心啊！你妹妹的事，我可真不知道。我江鲁峰向来奉公守法，从来不做掳人逼债的事。不好意思啊林小姐，我江某无能为力。”

他的表情，他的语气，他说话的方式，明明白白告诉我，他是知道我妹妹林辰的下落的，可嘴里却推得干干净净，而我，一点办法也没有。

我因急生怒，眼泪几乎是飞溅而出：“江鲁峰江总，你到底想怎么样？你这么做，根本就不是正常的要债方式！高利贷也是要钱，可你分明不在乎钱，是不是要逼得我们林家家破人亡才高兴啊？”

“你别这样说，好像我十恶不赦的样子。”江鲁峰站起身，噙着一抹邪笑，走到我面前，抬手像是要触碰我的脸颊——我躲过了。他毫不犹豫地，挥手就给了我一记响亮的耳光。

我被打蒙了，愕然地看着他，而眼前的江鲁峰依然是笑吟吟的模样：“林星是吗？你这个小姑娘，确实很聪明，一下子就说中了我的想法。对呀，我就是要林添丁家破人亡啊，怎么样？是你的好爸爸‘教导’我：弱肉强食，没钱没能力，活该被人搓圆了踩扁了。只是可惜啊，他现在什么也不知道，我有点不过瘾，真希望他健健康康的，长命百岁的，看着自己女儿被人糟蹋，那才叫过瘾。”

我被打得眼冒金星，耳朵里嗡嗡作响：“我不知道我爸他做了什么，让你这么记恨他。不过他现在躺在医院里，也许那就是他的报应——但，我妹妹错在哪里？她是无辜的啊，她只有10岁，只是一个小孩子啊！”

“错就错在她投胎到林家，做林添丁的女儿啊！”江鲁峰握住我的下颌，用极其轻松的语调说，“你来之前，我不确定林添丁还有个女儿，现在好了，齐活了……林星啊，你也跑不掉，你也得替林添丁还债。”

我想要扭头挣脱，江鲁峰更快一步地从我脑后拽住我的长发逼迫我与他对视。我痛得头皮发麻，瞪大眼睛，狠狠看着眼前这个笑面恶魔——而越过这恶魔的肩头，从我站的角度望过去，刚好能看到洛瑞行半个身影。

他头顶上方有一盏小小的射灯，灯光打下来，在他身上笼上一层暖黄色的光，在那光芒里，洛瑞行像一尊会发光的神像。可这神像一动不动的，像是入了定一般，看不到人间的眼泪与疾苦。

我知道不该对仅有一面之缘的陌生人有什么期待，他没有一定要帮我的义务。

我今天，怕是难逃一劫了。

闭上眼睛，然后又睁开，我咬紧后槽牙，悬着最后几缕勇气，用力吐了江鲁峰一口唾沫："你这个小人！变态！我操你大爷！"

江鲁峰脸色阴沉地抹了一把自己的脸，然后再次拽紧我的长发。"好，很好！"他细细看着我的脸孔，用沾了我唾沫的手指抚上我的脸颊，然后在我耳边柔声地、又令人毛骨悚然地低语道，"欠债还钱天经地义，你既然还不上，那就，出来卖吧。"说完，江鲁峰将我掼倒在地，对门口的跟班使了个眼色，那两人立刻心领神会，过来将我架走。

"不要！不要！"我大致可以想象被架走后会发生什么，终于崩溃地哭叫起来，发了疯一样挣扎。可我再怎么使劲，也无法从那两个身强体壮的跟班手里挣脱出来。我被拖拽着经过门口时，用力拉住了门框——十根手指头，因为用力而指尖发白，可还是被他们一根一根撬起。

"等一下。"我无助害怕到极点的时候，作壁上观许久的洛瑞行突然出声。他抬眼看向江鲁峰，问道："我冒昧问一句：江总，打算怎么处理她？"

"让人调教调教，告诉她什么叫礼数……学着点，乖一点才能少吃点苦头，免得以后得罪了我这的客人。"江鲁峰看着洛瑞行的眼睛，突然笑道，"小洛总有更好的建议？"

洛瑞行微微眯起眼睛打量我，然后道："我看这小姑娘的性子，怕是调教不好的。不如江总你做个顺水人情，把她给我吧？"

江鲁峰露出诧异的神情，接着指着他大笑："呦，我就说你不对吧，刚才还想扶她起来……小洛总喜欢这种类型啊，先前我还以为你不近女色呢，原来是有特定口味。嗨，咱哥俩还有什么好说的？不过嘛……"江鲁峰故作犹豫。

"不过什么？"

江鲁峰用玩味的眼神看着洛瑞行："不过我得问个清楚，小洛总你是要她一个晚上呢，还是……"

洛瑞行略作迟疑地看着我，像在查看一件货物的成色，估量后才道："这样吧，要是我没说不要她，那么江总就暂时'高抬贵手'。她家欠你多少，都算我的。"

"小洛总你这话说的，是把江某当外人了。"江鲁峰笑眯眯地抽了一口雪茄，“你肯开口问我要人，那就是看得起我。你要是不怕被这臭丫头呛到，尽管拿去。呵呵，想不到这个丫头片子，在小洛总你眼里还挺值钱啊？”

洛瑞行神色未变，只微微颔首道：“谢谢江总，我欠你一个人情。”

明明他们谈论的是我，但好像和我没有任何关系，我就像一件小小的礼物，被随意决定了归属。

包厢里灯光昏暗，我有点恍惚。几步之遥的洛瑞行好像和我记忆里的小哥哥模样相同，可我又分明觉得眼前这人不是请我吃冰激凌的那个人。

那个好看的小哥哥虽理性冷淡，但内心温热，是个用冷漠伪装自己善良的人，可和江鲁峰把酒言欢的这个男人，显然冰冷才是他原本的温度。

我被人塞进了洛瑞行的车里，手脚被捆住，像一件被草草打包的行李。

不知过了多久，洛瑞行上车了。

“小洛，玩得开心啊！”江鲁峰叼着一支烟，醉眼蒙眬地送洛瑞行上车。只半会儿的工夫，他已换了称呼，从“小洛总”变成了“小洛”，且说话时语带暧昧，像是知根知底的兄弟。

“江总心意，我当然不会辜负。”洛瑞行身上有微微的酒气，但声音冷静如常。他与江鲁峰告别，然后吩咐司机开车。

窗玻璃缓缓合上的瞬间，我眼见着洛瑞行眼底的温度骤降。他抽了一张湿纸巾，用力擦拭着手指，瞥着我，而后抬手解开缚住我的绳索。

我被捆绑了太久，手脚都发麻，一动就像有千万只蚂蚁在噬咬我的骨髓，得缓一缓才能自如活动。洛瑞行显然知道我的难受，却故意拽我的肩膀，同时狠狠骂道：“你们小姑娘是不是都脑残？可我想不到连你也这么莽撞。你来之前没有打听金爵王朝是什么地方，江鲁峰是谁吗？你竟敢去他门前闹事，脑子里缺根弦吗？”

我被他骂得发蒙，随即又委屈又愤怒地反问他：“知道他是谁后就不去找我妹妹了吗？难道因为知道他很凶很坏很无法无天，我就任我妹妹在那狼窝里受苦，自己苟且偷生吗？这样才是聪明的、正确的做法吗？我去报警，警察说我没证据，让我回家等。他们不出警，我当然只能自己上门找。我怎么知道……”我哽咽着，强迫自己不许哭，“我怎么知道你们这种人的世界这么阴暗啊？”我明知道洛瑞行没有对我必须施以援手的义务，却在那个又急又怒还后怕的当下，忍不住埋怨他。

洛瑞行冷冷地看着我，他一个字一个字地反问我：“‘你们这种人’？我算哪种人？”

那时我尚未吃过什么大亏，没被这世界狠狠教育，说话不经大脑，也不计后果，惹怒洛瑞行是必然的结果。

我不假思索地说：“人渣，败类。”哪怕洛瑞行和江鲁峰看起来像是亲密的合作伙伴，这也不是我的真心话，可汹涌的愤怒和委屈蒙蔽了我当时的理智。与此同时，我还气他和江鲁峰这种人称兄道弟。

“好，很好，骂得好。我是人渣败类，我这人渣败类还为救你，欠了江鲁峰的人情。哈哈，我真是做了笔好买卖！”洛瑞行不怒反笑，然后猛拍一记车窗大吼，“停车！”

明明是禁止停车的区域，司机还是应声靠边停下。

洛瑞行推开车门，冷声丢给我一个字：“滚！”

我没动，因为突然清醒过来。于情于理，我都不该惹毛洛瑞行的。

“下车——你不会要我亲自踹你下去吧？”洛瑞行的语气已经平静下来，神情甚至可以称之为温和，但眼神却比冰锥还要寒冷、还要锋利。

“……我妹妹怎么办？”我弱弱地问。

“呵，关我什么事？”洛瑞行微笑，露出森森白牙，如同我询问的是一只蚂蚁的生死，而他当然毫不关心。

我再蠢再笨，也知道自己犯了多大的错误。

“对不起，我气疯了，急疯了，恩将仇报，请你原谅我。”我气洛瑞行是真心的，道歉和感谢也是真心的。不管他出于什么目的，他确实救了我，并且似乎不打算做江鲁峰认为他会对我做的事。

洛瑞行冷漠地目视前方，对我的道歉置若罔闻。

我低了低头，算是潦草地鞠躬致谢，然后下车关门。

洛瑞行的车子一下子就驶远了，在苍茫的夜色里，红色尾灯像最后一抹逝去的希望，迅速消失无踪。

我在寒冷的夜风里呆呆地站了好一会儿，才无力地在路边坐了下来，蜷着膝盖抱着自己，无声的眼泪止不住地往下落。

我哭了一会儿，等情绪发泄完了，我又站起身，朝最近的公交站牌走去。

妈妈还在医院做手术，我没找到辰辰，总要回去守在妈妈身边。希望她们都福大命大，逃过这一劫。

乔杨和宝拉赶到医院的时候，是第二天早上的9点。前一夜如此漫长，对我来说一切恍如隔世。

我坐在太平间门口，整个人像被抽走了魂魄，只留了一具空壳在这人世间。

一个小时前，我妈走了，死不瞑目。

宝拉揽着我的肩膀，乔杨将一杯温热的奶茶放在我手心。

“林星，我不会安慰人，可你和我说句话好不好？你这样我担心死了。”宝拉瘪着嘴安慰我，一副要哭了的样子。

“我没事。”我动了动眼皮，看向他们，试图微笑，却发现脸部肌肉不受控制地颤了一下。

“你想哭就哭吧，别憋着，别逞强。哭出来就好了，哭出来就没事了。林星啊，不管发生什么事，我永远会在你身边的，嗯？”宝拉软软地抱着我，尾音染上一丝哭腔。

“你不止有宝拉，还有我呢！”乔杨蹲在我身前，用温暖的双手将我的手连着奶茶包裹起来。

“嗯，”我点了点头，僵硬的身体松弛了一点，“我还有你们，真是，真是太好了。”可是，世界上最最爱我的那个人，爱我最最久的那个人，没有了。从此以后，我就没有妈妈了。

我的眉头微微皱了一下，像高高的雪山上掉落一片雪花，接着一发不可收拾，如雪崩般地崩溃大哭。什么叫撕心裂肺？不外如是。

“林星，会好的，会没事的……”宝拉笨拙地劝了我两句就被我带跑了，跟着我一起大哭。乔杨手足无措地站在一边，眉眼也染上了哀伤的神色。

我还记得那天阳光很好，带着初秋暖阳的脉脉温度，可太平间门口却凉气森森，我通体冰凉。

我很想倒下，和妈妈一起走了，或者和我爸似的长睡不醒，成为一株没有意识的植物，但理智又告诉我：不行，辰辰还没找到，我不能倒下。

妈妈的丧事是舅舅们帮忙办的。一开始因为没有钱，他们怨声载道，一副都是嫌麻烦又不乐意的模样。他们像是集体得了失忆症，好似不记得这些年，我妈是怎么在他们买房买车时厚着脸皮向我爸要钱，给他们“赞助费”的，他们遇到麻烦事时，我妈又是怎么出钱出力，四处奔走为他们排忧解难的。

到最后，还是乔杨和沅星皓凑了一笔丧葬费给我的舅舅们，他们才行动麻利起来。

守灵那天，乔杨因为重感冒，回家了，宝拉和沅星皓陪着我。

半夜的时候，宝拉也撑不住，窝在角落的沙发里睡了，只有边玩手游边陪我的沅星皓依然无比清醒。

我突然想起来，沅星皓认识的人多，偶尔也会去夜店玩，便随口问道：“你知道金爵王朝的江鲁峰吗？”

沅星皓一边操控手机，放大招杀敌，一边说：“你也听说过他吗？他可不简单。”他东一句西一句的，和我说着听来的“江湖传闻”。

我继续烧纸，边烧边听。火盆越来越旺，我的心却越来越沉。

据沅星皓说，江鲁峰名下有家财务公司，其实是带着黑社会性质的高利贷公司，常常故意设下套路，引人欠下高利息的贷款，再用极端方式获得远超他们本金的收益。

“所谓极端方式，殴打是最低级——喝厕水，吃狗屎，拍有辱尊严的视频，什么法子最能让人心惊胆战地迅速还清本息，他们就用什么法子。”

我抿紧唇角，听得胆战心惊：辰辰如果真是落在江鲁峰的手上，那怕是凶多吉少。

“对了，你要是对这种社会阴暗面的传闻有兴趣，可以去沪城论坛搜帖子看，网上藏着不少八卦。”

沅星皓提醒了我。烧完纸，我握着手机搜索了金爵和江鲁峰的名字，谁知意外跳出来一个关联人物——洛瑞行。

洛瑞行，就是那个请我吃冰激凌的好看小哥哥，那个喜怒无常、来头神秘的富家公子。他竟是城中首富洛震的独子。

我搜索了洛瑞行的个人资料以及家世背景，阅读了所有和洛家父子相关的信息。我甚至还查看了洛氏的年报，和能搜到的和他们父子有关的绯闻八卦以及各种捕风捉影的传闻。

原来，之前长期立足传统房地产和商业的洛氏集团，最近有意进军娱乐文化领域。而金爵王朝背后是一家名叫纵横文化的娱乐公司，这些年踩着法律的边线，在江鲁峰的经营运作下，俨然已是本地区的文化娱乐行业龙头。也正因为如此，纵横文化成了洛氏考虑的合作伙伴之一。但也有人推测，洛家父子真正想搭上的，是江鲁峰身后那座靠山。

——这就怪不得，混社会的江鲁峰会与贵公子般的洛瑞行称兄道弟了。

我看着屏幕上洛瑞行的照片，心里突然有了一个不是办法的办法。也许，我认识的所有人里，只有洛瑞行最有可能帮我找回妹妹林辰了。

出殡仪式结束后，我回了趟出租屋。洗了把脸、换了件衣服，我便坐公交，来到洛瑞行的公司楼下“蹲点”。

我忘了听谁说过，一个人虽然不会永远无条件地帮助另一个人，但他会帮你第一次，就很可能会帮你第二次——所以，这就是我的“办法”：找洛瑞行，然后求他。

我等了很久很久，因为担心上厕所会错过洛瑞行，连水都不敢喝。临近深夜的时候，我终于看到洛瑞行开着一辆敞篷跑车缓缓驶出停车场。

在车子驶出道闸，即将加速的前一刻，我敏捷而迅速地冲了出去，横挡在路中央。用洛瑞行的话来说，我当时就像一只自寻死路的羚羊，突然出现在他车前，杀了他一个措手不及。

在我即将被撞飞的刹那，洛瑞行狠狠踩住了刹车。虽然我还是被撞得摔坐在地，但那撞击力并不强。

洛瑞行还在发愣的当儿，我已经从地上弹了起来，冲到车旁，扒着车门恳切地问："能再帮帮我吗？"连番打击再加上挂心辰辰，我的嗓子已经哑了，声音粗粝得自己都觉得陌生。

洛瑞行蹙眉看着我，眼底的愠色转浓："怎么，看我像个冤大头，你转行碰瓷了？"

"不不。"我摇头道，"我是来求……求你的。求你帮我，求你帮我找找我妹妹。"我从小不爱求人，不会服软，可为了辰辰，我不得不放下所谓的自尊。

洛瑞行看着我，突然笑了："我这个人渣败类，能帮你什么？"他记恨着我上次口不择言冲撞他的话。

"上次是我不对，我嘴贱，我不识好歹……我不知道自己说什么做什么，要怎么弥补你才会原谅我，但是真的，请你大人有大量，再帮我一次！除了你，没人能帮我找到我妹妹了。"我的眼底蓄起泪水，没有尊严地、死皮赖脸地哀求道，"求求你，求求你……"如果尊严能换回我妹妹，那就尽管拿去吧。

洛瑞行沉沉地看着我，但很快又撇开脸，像是厌恶看到眼泪："你走吧，别做无用功了。我不是那种小姑娘掉几滴眼泪就心软的人，更不是什么慈善家。"

"求求你，我真的是没办法！我妹妹还那么小，她真的会害怕呀……"我紧紧抓着车门，眼泪汪汪地哀求他，就差给他跪下磕头了。

洛瑞行不为所动地挂挡。见他要开车走人，我急忙起身一跃，扑进车里，整个人几乎是落在了他的怀里——谢天谢地，他那天开的是敞篷跑车。

"你……你怎么会是这样胡搅蛮缠的人？"上一次洛瑞行骂我"脑残"，这一次他说我"胡搅蛮缠"，我的行为似乎一次次刷新他对我的认知。

"我也不想这样，"我卡在方向盘和洛瑞行的身体之间，努力侧着脸看着他，咬了咬唇，难受地说，“我也想特别优雅，特别矜持，就像我和你说的那样，做个气质不凡的人……可我妹妹失踪好几天了，除了来求求你，我没有其他办法了。”

洛瑞行大概是这个世界上见过我最多丑态的人了吧？我们见了三次，除了第一次偶遇，第二次和这第三次，我的姿态都难看至极。

“人口失踪就去报警，我能做什么？”洛瑞行不耐烦地反问我。

“能能能，我知道你能！我在网上看到过你的照片，你是洛震的儿子，洛瑞行……”我越说越小声，怕他不高兴我查他。

果然洛瑞行冷笑一声：“你可真有本事！”接着，他又皱眉嫌恶道，“你先起来行吗？这个样子算怎么回事？”

“好。”

我努力直起身子，可手不知撑在哪里，又被洛瑞行一把按住：“你能不能别乱动？”他按了一下座椅左侧的按钮，电动座椅自动后退，我能活动的空间立刻宽敞了许多。

我迅速爬到副驾的位置坐下，系上安全带，抱着豁出去的心情，厚着脸皮耍无赖：“你不答应救我妹妹，我就不下去了。”

洛瑞行看着我，露出森森白牙冷笑：“你一定不知道，我生平最恨别人威胁我。”

显然我又说错话了，吓得立刻噤声，生怕被他一脚踹下车。

洛瑞行倒也没再赶我，他瞥了噤若寒蝉的我一眼，唇边露出抹得意的笑容，重新开车上路。

夜风吹在我的脸上，像冰凉的丝绸拂过我的皮肤。我不知道洛瑞行在想什么，也不知道他要把车开去哪里。

我来找洛瑞行之前，预估成功的可能性大概和中彩票差不多。可我还是得试试，因为不试试，我连最后一丝希望也抓不住。

深夜的城市很安静，跑车的轰鸣声像巨兽在咆哮，更衬得我的内心荒凉无助。

“你失去过至亲吗？”我抛出一个问题，却不是要洛瑞行回答，自己继续道，“半个月前我爸爸车祸，突然成了植物人。三天前，我妹妹失踪，妈妈因为着急找她，被电瓶车撞得颅骨损伤严重，就这么走了。我一定要找到我的妹妹，因为我不能再失去亲人了。”

“我把自己当作男生长到17岁，什么都要做得比男生好，因为我爸爸说，儿子就是比女儿好，而我不服——但现在我服了。我要是个男的，我现在就提着刀去把江鲁峰砍了。可我是个女的，我去就是送人头，要不是你，上次就是白白去领羞辱，自己送自己入地狱。”

“我再给你道个歉吧。对不起，对不起——第一个对不起是为上次骂你的事，第二个对不起，是我拖累你，欠了江鲁峰一个人情。”

洛瑞行驾驶跑车开上了沿江大道。天依然是暗沉沉的，但东方的天际隐隐泛起几缕光，造成一种天将亮的假象——其实才凌晨三点半，离天亮还有好一会儿呢！

“你以为你是个男的，傻乎乎提个刀去砍他，就不是送人头了吗？”洛瑞行单手控制方向盘，另一只手支在车门上，语带嘲讽地说，“还有，现在你这是在对我使‘苦肉计’吗？”

他的反应和怀疑让我的自尊心像被蜜蜂的尾针扎了一记，又痛又狼狈，简直无地自容。我自嘲道：“没有，就是单纯给你道个歉，希望你别再因为我的不识好歹而生气了……以后要是再遇到江鲁峰欺负人的事，你还是要拔刀相助啊！别因为我蠢，害得别人遭了殃。”

我灰了心，自己在心里预判了这次“求助计划”的失败。“你在前面停车吧，我不打扰你了……不管你信不信，我真不是没脸没皮的人。我这样厚脸皮，看着很得寸进尺的样子，是因为我真的没别的办法。”我又想哭，却忍住了。

洛瑞行看了我一眼，照我说的那样靠边停车：“现在换‘欲擒故纵’了？”

我没有反驳，垂着眼开门下车。我站在路边，朝车里的洛瑞行最后一次真诚致谢：“谢谢你，再见！”

他没作声，也没动，依然沉沉地看着我。我心如死灰，但又故作平静地朝洛瑞行摆摆手，甚至还努力挤出一个笑容，然后背对着他，沿着江滩往前走。江边风很大，吹鼓了我的衣衫，吹乱了我的发丝。

1，2，3，4，5……我走出大约二十几步，洛瑞行的跑车突然打开雪亮的大灯，照着我的后背，照亮我前方的路。我心中一跳，收住脚步，听着洛瑞行下车关车门，一步一步走向我的声音。

他从身后拽住我的手腕，用力一拉，使我转身与他面对面。洛瑞行站在我眼前，微微垂着眼眸看着我，眉头却是皱起的："我可以帮你找你妹妹的下落，"他启唇道，"但，你别高兴太早，我有条件的。林星，我是个商人，绝不会做明摆着赔本的买卖。"他松口答应帮我，可不知为何声音里带着不甘和恼怒。

"你说。"

洛瑞行定定地看着我，突然朝我走近一步，然后俯下身凑近我，单手扶住我的脸。他的眼神有些游移，像是不确定自己的心意，又像在探究我的决心到底有几分。

他说："我没有比江鲁峰善良多少，你确定你还要和我谈交换条件吗？"

洛瑞行的肢体和语言无一不充满暗示，他甚至是恶意引导我朝着某个特定的方向想象那个条件。

我垂在身侧的手不自觉地捏成了拳头，眼眶微微发酸、发疼，但我没有落泪，深吸了一口气，点头应允道："嗯。"

"你妹妹真的那么重要吗？比你自己的人生还重要？她走失有几天了，现在很可能已经发生不幸了，你还要赌赌看吗？"洛瑞行似乎想要动摇我的决心，"你现在放弃，至少保全了自己，你若是执意要我帮你，也许不仅找不回你妹妹，连自己的人生也要搭进去。"

"嗯，赌，拿我的所有赌。"我笑了一下，看着洛瑞行的眼睛，一字一句道，"我的家人都很重要，妹妹、妈妈……现在我妈妈先走了，妹妹就变得加倍重要了。所以，我一定要找到她，不惜任何代价。如果我不赌这一把，而是选择了独自苟且偷生，那我接下来的人生都将活在愧疚和自我鄙视里。这样活着，不如死了。”

“我不要你的命。”洛瑞行深深地看着我，下一秒，他松开手，后退一步道，“好，我帮你找妹妹，不过，交换的条件我还没有想好，以后想到了，你照着做就是了——没问题吧？”

“没问题。”我偷偷松了一口气，“要我给你立个字据吗？毕竟口说无凭。”

洛瑞行勾起唇角笑了一下，像是一眼看透了我拙劣的小心思：“你怕我反悔吗？你放心，我洛瑞行虽然称不上一言九鼎，但答应的事，也不会轻易反悔——至于你，你要是赖我的账，我保证你的下场比落在江鲁峰手上还要惨。”

我立刻保证道：“我林星虽然是个女的，但一样‘君子一言，驷马难追’。”

第九章 我的初恋

我爱的白衣少年，原来也有阴暗、想要对我隐瞒的一面。这原本就是真实人生里的常态吧？

洛瑞行开车送我回学校的路上，天真的亮了起来。黎明比我预计的降临得早。整条江面被霞光铺满，太阳光芒万丈地跳出千层万叠的云层，像一个金光灿灿的圆盘。

虽然辰辰还没下落，但洛瑞行答应帮我找她，我的这桩心事算是卸下了一半，心里那根弦终于不再紧绷到像总处于将断未断的边缘。

我趴在车门上，迎着初晨微凉的风，望着不远处的江面突然坦承："刚才我转过身的时候跟自己说：我只走一百步，如果我走完这一百步，你还没有下车叫我，或者在那之前你就开车走了，那我就跳江里去，死掉算了。"说完我停顿了一下，接着又补充道，"我不是想以死相逼，让你为难，是我真的想着死了算了。因为活着太辛苦了。保护不了妹妹，我之后的人生就没有了意义。"

洛瑞行心无旁骛地开着车，似乎丝毫不为我曾想赴死的绝望所动。我不由心中默想：幸好我从没打算用死亡来让他答应帮我，因为那是无用的——他的血，是冷的吧？

不知过了多久，等红灯的时候，洛瑞行突然说了一句："我知道。"

"嗯？"

"我知道如果我不答应，你会跳江。林星，也许你的主观意识不是想以死相逼，但客观来讲，你确实做了这样的事。"洛瑞行扭头看着我，冷漠地说，"我的教养让我无法做到见死不救，而我又讨厌水，讨厌冷，所以——恭喜你，你赢了。"

我睁大眼睛看着洛瑞行，突然明白了他下车和我说那番话时，为什么语带恼怒和不甘。

我再一次误解了洛瑞行——至少他的血，没我所认为的那么冰冷。

初晨的校园原来那么宁静，所有草木都披着一层青黛色的纱，教学楼在微亮的曦光里显得格外庄严肃穆，湖边的胡杨树身姿挺拔，有早起的师姐在晨跑，有勤奋的学霸选了一处风水宝地，开始进入无我境界地练习口语。

我经过一棵棵高大的胡杨树下，我经过奔跑的学姐，我经过把英语说得跟机关枪扫射似的学霸……我经过所有熟悉的一切，心里却隐隐知道，自己脚下的路延伸出去，指向的是我未知的宿命。

我还没想好怎么和乔杨说最近发生在我身上的这一切时，乔杨的妈妈先一步找到了我。

她加了我的微信，约我在学校附近的咖啡厅见面。

这家咖啡厅只有卡座，且每一个卡座都安了可以拉起来的帘子，自带隐秘和暧昧的气氛。这里倒是情侣约会的好去处，可当我和乔杨妈妈一起出现时，就有一种说不出的古怪。

乔杨妈妈倒是很淡定，她落座前先环视一周，然后拉上帘子，笑盈盈地问我："林星，你和杨杨是不是经常来这里？"

"没有。"我局促地答道。

"是也没关系。我给杨杨充足的零花钱就是希望他过得开心，他用来请女孩子喝咖啡、谈恋爱都无关紧要，只要他开心就行。"乔杨妈妈有她自己的答案，我回答什么并不重要，她也不会相信。但我真的没撒谎：乔杨喜欢打球，我喜欢看书，我们俩最常约会的场所是球场和图书馆。

"阿姨，您找我……有什么事吗？"乔杨妈妈主动找我，自然是有话要交代。

"其实也没什么事。"服务生送上咖啡，乔杨妈妈停下话头，待对方离去后，才又看着我浅笑道，"只是我最近听杨杨说你家里出了点事，然后我托我朋友打听了一下。嗯……好像还挺麻烦的，是不是？"

我安静地听着。

“杨杨雅思成绩你知道吗？8.5分呢，我真为他骄傲！”乔杨妈妈闪亮的笑容还未完全退去，又话锋一转，“所以他啊，肯定是要出国的。”

她刻意注视我的眼睛，见我没说话，继续道：“杨杨一出去，没有三年五载是不会回来的，那到时候你要怎么办？他年纪轻，男生又比女生成熟得晚，在国外有了新的生活，新的历练，想法多半是会变的。所以照我看，你们两个在一起不会长久的。阿姨也是女人，知道女孩子青春最宝贵了，耗不起的。早分晚分都是分，那不如快刀斩乱麻，挥剑斩情丝。”

“怎么斩啊？”我平静地问，心里莫名有种想笑的感觉。

“我家杨杨就是心软，对女孩子不会说重话，更不可能提分手，所以换你跟他提，怎么样？……阿姨知道你家最近发生了一些事，生活上有点困难吧？你要是有需要，阿姨可以给你提供点帮助，但请你高抬贵手，别再拖累我家杨杨了。”

“帮助？”我机械地重复着她话里的最后两个字，其实那一瞬间脑海里空白一片。

“说白了，就是钱。”乔杨妈妈微跷着兰花指喝了一口咖啡，肢体语言里的优越感又强了几分。

我突然醒了，笑了一下，问：“多少啊？”

她脸上出现“我就知道你关心这个”的神情，正中下怀的喜悦里又掺杂了一些不加掩饰的鄙夷：“我不想用钱来影响你的判断，毕竟我知道杨杨对你还是很认真的……我可以先给五万，如果你和杨杨分得干净，我再追加五万。”

我抿了抿唇，嘴角上扬的弧度越发明显。

乔杨妈妈以为我嫌少，神情复杂，既有对我的贪婪早有预料的得意，又有被羞辱的愤怒感。她语气僵硬地解释道：“我们家都是读书人，书香门第的，比不上那些做生意的财大气粗。何况，你最好也掂量掂量自己，别把自己估价太高了……当然了，阿姨也不是小气的人，认识我的人都知道，我最爽气了。你要是和杨杨一刀两断断得干净，我可以再加。”

“不用了阿姨，这五万您也收着，不用破费了。”我拨了拨头发，顺手抹掉了溢出眼角的泪痕。我站起身，收起笑容平静地说：“我会和乔杨分手的，您放心，我不会影响他的学业和前程的，我……早就该做这件事了。”

在和洛瑞行达成“协议”之后，我模模糊糊地觉得好像哪里不对劲。后来考虑要怎么告诉乔杨这件事的时候，又有一种似乎怎么说都不对的感觉，是乔杨妈妈的出现点醒了我。

事实上，在我和洛瑞行达成了那个条件未明的“协议”时，我就同时选择了放弃自己和乔杨的爱情了——一个“受制于人”的我，怎么能同时拥有爱情呢？

很多事情都发生得很巧，我离开咖啡厅后就去球场找乔杨。而在球场门口，我刚好看到文芊夏拿了一瓶水递给乔杨，含笑看着乔杨仰头喝水，然后又温柔体贴地递上一张纸巾。

乔杨的神情很平常。我知道，他喝水是因为那水是队友买的，每个人都有，而那张纸巾，他是拒绝的，但文芊夏坚持递过去，他又拒绝——如此反复，倒像是拉拉扯扯了。

这仿佛是上天为我量身定制的分手场景。

我深呼吸，酝酿了三秒钟情绪，然后一脚踹开了篮球场的铁丝门——“咣当”一声，即使是在喧闹的球场，也一下子就吸引了众人的目光。

我把身上的双肩包用力掼在地上，径直走到乔杨面前，夺过他手里的水瓶，泼了他一脸。在文芊夏失声惊呼的时候，我又把剩下的水倒在了她的头上，动作一气呵成。

泼乔杨我是借题发挥，而泼文芊夏这事，我早就想做了——几年前她找人羞辱宝拉的时候我就想这么对她了，这次也算阴差阳错的一次清账。

“阿星，你，你怎么了？”乔杨抹了把脸，不知道自己做错了什么。

“我是你女朋友，你还喝别的女的递给你的水，还跟她在这拉拉扯扯的，你当我是凉的啊？还有你！”我掉转枪头指向文芊夏，戳着她的肩膀咄咄逼人，“你又不是我们学校的，你来这干吗？撬墙脚啊？文芊夏我跟你说，你这辈子啊，也只配捡我扔掉的东西！”

“阿星，你是不是来大姨妈了？”乔杨还是很蒙，在我身后拽我的胳膊。他唯一能想到我发这么大火的理由，就是我生理期到了。

我虎虎生威地甩头瞪向他，演技炸裂：“没骂你你难受啊？还是我骂她你心疼啊？乔杨我告诉，你别总觉得是我先喜欢你，你就得意洋洋的。我跟你说，我喊的开始，我也喊的结束，我们俩之间，一直是我赢！对我来说，你就是一个招之即来挥之即去的玩意！行了，现在我宣布：这一秒钟，我、甩、了、你！”我演泼妇，天赋异禀。

乔杨看着我，慢慢地涨红了脸。

我太了解乔杨了。他什么都好——一方面是因为他天生完美，另一方面，也是因为他自己追求完美。而一个追求完美的人，一定是爱惜羽毛的，我像个泼妇一样骂街，又如此当众落他面子，他必然无法接受。即使心里充满疑问，在那个当下，他也会按着我设计好的剧本走，而之后他醒悟过来想反悔时，木已成舟。

围观的人越来越多，文芊夏被我泼成那样还不赶紧擦擦头发、擦擦脸，只是楚楚可怜地站在一边，甚至还温言软语地劝我：“林星你误会了，你和乔杨可千万别因为我吵架啊！我们都那么多年好朋友了，你怎么还误会我们啊？”

“阿星，你知道你自己在说什么吗？你要和我分手？”乔杨不敢置信地问我。

“嗯，我的话说得很清楚了。我对你很失望，所以，我们分手。”我怕自己演不了多久，说完就转身欲走。

乔杨一把抓住我的手腕，不让我离开。他瞪着我，问道：“林星你到底在干吗呢？”

“分手啊，甩你啊，不要你了啊！你听不懂中文吗？”我与乔杨对视，在我以为他即将爆炸的时候，他的表情突然由怒转喜，忽而笑了：“林星，你是不是故意整我呢？我要是生气了，他们一会儿就会举着牌子说我被整了，然后你变个生日蛋糕出来，是不是？”

我愣在那里，这才想起，当天恰巧是乔杨的生日。我的心在那瞬间被狠狠攥住，痛楚让我鼻子发酸，但慢慢的，那疼痛就被稀释了。

这应该会成为乔杨有生以来最糟糕的生日记忆吧？

我在心里偷偷说了声“对不起”，然后用力甩开他的手，冷笑着说：“你想太多了，我对你哪有那份心思？我玥明白白告诉你：我现在不是在和你玩整人游戏，是真的分手——你醒醒吧。”我转过身，努力克制着胸腔要碎开般的痛感，昂首挺胸地离开了球场。

我走啊走，机械地僵硬地走啊走，一直走到校门口，意识才复位。

我有些恍惚，身体突然莫名发冷，然后眼泪开始成串成串地落下来。我刚才像个刽子手，亲手斩断了自己的初恋。

“林小姐，洛总请你上车。”

我泪眼蒙眬地抬起头，洛瑞行的司机小丁站在我的面前，而那辆熟悉的黑色奔驰车就停在不远处的树阴下。

我跟着小丁走到车门边，打开门，洛瑞行正坐在里面。

他带来了一个坏消息：辰辰真的失踪了——她不在江鲁峰那儿，而是真的没了下落。

洛瑞行言出必行。他送我回学校后，立刻动用所有关系去寻找辰辰，可终是无果。据江鲁峰说，确实是他的人掳走了辰辰，但后来也是真的不知所终。辰辰到金爵后被锁在一间空办公室里。因为只是个小孩，所以也没派人专门看守她，谁知半个小时后，她就不见了——办公室门仍然锁着，可是辰辰却消失了。

最后一个见她的是一个叫露露的“公主”，她看到辰辰抱着一个娃娃，被一个男人牵着进了电梯。她没有看到那男人的脸，但确定不是常客，因为背影很陌生。

“监控呢？有没有拍到正脸？”我问。

洛瑞行摇了摇头：“金爵的监控只保留七天，有些敏感的当天就删了。”

“其他线索呢？”我双手握紧成拳，盼着洛瑞行还有别的办法。

“没有线索……暂时，只有这个结果。”

我沉默了一下，心里空白了几秒钟，然后悲伤以瞬间膨胀的方式朝我袭来。我的手握紧又松开，然后又再次握紧，眼泪夺眶而出。

“你再去问问江鲁峰，他肯定说谎了！他带走我妹妹没有这么简单，他是存心报复。不然那时在金爵，他不会说他不知道我爸还有我这个女儿，还说我跑不掉，也得替我爸还钱——他是要逼我在他那卖啊！你去问问他，他肯定还知道别的什么而没有告诉你！”我抓着洛瑞行的手臂，刚燃起的希望又破灭的落差让我失控地冲他吼了起来。

洛瑞行看着我，依然慢条斯理，冷静得近乎冷酷地说：“我知道他的说辞有为自己开脱的色彩，但后面发生的事我找人确认过，是真的。你妹妹先被江鲁峰的人掳了，然后又被他以外的人带走了。”

我连最后一丝希望也失去了，整个人像被戳了一针后泄气的皮球一样瘫软下来。我双手捂住脸，过了一会儿才轻声问道：“真的找不到了吗？”

“是，目前来看，是这样没错。”洛瑞行顿了顿，又道，“我让人查了那整条街的监控，拍到的角度都不好，只知道是个男人，一米七五到一米八之间，戴了帽子和口罩，其他特征无法辨认。过了一个监控盲区的路口，他们两个一起消失了。”

过了很久，我木然地“哦”了一声。

洛瑞行说，他会让人继续追寻我妹妹的下落，哪怕是大海里捞一根针，他也会信守承诺替我查下去。可我的心依然像断了线的风筝一样，不知道何处可以安放。

我失魂落魄地从洛瑞行的车上下来，在路边坐了一会儿，终于想起来给宝拉打了一个电话。

不到半小时，穿着明黄色卫衣的宝拉像一颗巨大的柠檬，从一辆小摩的上蹦下来，朝我跑来。

“林星。”她叫着我的名字跑到我身前，一把挽住我的胳膊，什么都不说，什么都没提，一开口就是，“你还没吃晚饭吧？走，我请你吃好吃的去！”

我们去吃了一顿热乎乎的火锅。氤氲的热气和鲜辣的食物，好像稍稍抚慰了一下我悲伤的心。

那天晚上宝拉没有回学校，我们在校门口附近的酒店里开了一个房间。我洗了个热水澡，情绪平复很多。我告诉宝拉，我和乔旸分手了，我泼了文芊夏一脸的水。她这次是无辜的，但我早就想这么做了。

宝拉在我身后帮我吹刚洗完的头发，手指温柔地掠过我的发丝。她软软地笑了笑，但没说话。

后来我们一起躺倒在一米八的大床上。关灯准备睡觉了，我挨着宝拉又说：“宝拉，我今天伤心透了，幸好你在我身边……”我本来想说谢谢，后来又觉得矫情，只是眼泪悄无声息地滑出眼角。

宝拉好像有夜视眼似的，在黑暗中用她软软的指腹抚去我眼角的泪痕。她轻轻说：“林星你知道吗？我最喜欢看你活得‘劲儿劲儿’的样子——我说的‘劲儿劲儿’的，你懂那个意思吧？就是那股天不怕地不怕，什么事好像都难不倒你的劲头，一身打不败的浩然正气。哪怕是你故意欺负人，我都觉得你肯定是有道理——就是这么明辨是非地想要挺你到底。”

“你知道我，从小就不起眼，长得胖乎乎的，脑子也不好，我妈总说我笨，我心里也知道，特别自卑，觉得自己什么都做不好。可是多神奇啊，你竟然成了我的朋友！你是谁啊？林星诶！全校最好看最聪明的林星诶！和你成为朋友，可能是我这辈子最幸运的事了。被文芊夏欺负一下算什么啊，和你成为朋友才比较重要。”

“我以前是不是没和你说过啊？我对你，其实有点默默的、盲目的崇拜，嘿嘿！”

“你刚才和我笑嘻嘻地形容怎么往文芊夏脸上泼水的时候，心里肯定难受死了吧？毕竟你要分手的人，是乔杨师兄啊！可能连乔杨师兄都不知道，你有多喜欢他，可我却是知道的。但我又想象了一下你说的那个场景，又觉得你当时的样子，肯定帅呆了。文芊夏她确实对乔杨师兄有想法嘛，她活该。”

“最近你身上发生了那么多事，我什么都帮不上。你难过的时候还记得打电话给我，我真的开心极了。真的，林星，陪着你，可能就是我唯一能为你做的事了。”

“我下个月过生日，生日愿望都许好了。我啊，就想快点看到我的好朋友林星，继续变得‘劲儿劲儿的’，永远保持那股不服输，不认输，天塌下来也要蹦起来蹿一蹿的劲头。”

宝拉想哪说哪，我安静地听着，眼泪却越流越凶。

宝拉擦不过来，摸黑扯了床头柜上的纸巾给我。她捧着我的脸，有些着急地问：“我是不是说错什么了？你怎么越哭越厉害了？我……我本来是想安慰安慰你，给你鼓劲打气的……我确实是个笨猪啊！”

“你不是笨猪……你属于传说中的大智若愚啊！”我吸了吸鼻子，对宝拉说，“我觉得你说得太对了！这些事怎么能打倒我林星这么酷炫的girl啊？我妹失踪了，但她不一定是出事了，我还要找她呢……还有我爸，还有欠款，还要好多事等着我处理呢，我不能，不能就这么被打倒了！”

酒店的窗帘遮光性一流，房间里黑得伸手不见五指，但那一刻，我好像又看到了光。

我和宝拉聊到天亮才沉沉睡去，醒来的时候已经是第二天中午了。宝拉回学校了，她给我留了张字条，说是上午有辅导员的专业课，点名一次不到平时分就没了，她不敢翘。等下午上完课她再过来找我吃饭。

我起床后又发了会儿呆，不想去上课，退房后在楼下吃了一碗面，然后才回寝室。

我刚走到寝室楼下，就看到了乔杨和文芊夏——一个等了我一晚上，一个陪了他一晚上。

我走过去的时候乔杨几乎是在凶文芊夏："你赶紧走！我找林星说事，你在这干吗？不是给我添乱吗？"

"林星昨天好像对我们有误会，我在这可以给你解释啊！"文芊夏神情疲惫，但语气依然温柔懂事。

"不用了，你回去吧。林星现在肯定是在气头上，你会越描越黑的。你赶紧走吧！"乔杨等了一夜，大概是又急又乏，不然他很少对女生这么没有绅士风度。

我酝酿了一下情绪，迅速进入"战斗时刻"。我在他们身后发出一声嘲讽意味十足的冷笑："描什么呀描？本来就是黑的。"

听到我的声音，乔杨立刻转身，声音里有隐忍的怒气和关心："你去哪了？一晚上没回寝室吗？"

"嗯，出去网吧包夜开黑了。"我高中时就爱打游戏，偶尔和男生好友一起去网吧包夜。乔杨以前最不喜欢我玩游戏了，但我们已经到了这种时候，他最不爱听什么，我当然就挑什么说了。

果然，乔杨一听眉头就皱了起来，语气也坏了起来："你知不知道，你打了一晚上游戏，而我在这里等了你一晚上？"

"又不是我让你等的，你装什么情深似海啊？你这是在给我制造困扰你知道吗？我们昨天已经分手了呀！"我故作无辜道。

"那不算，我没同意！"乔杨终于忍不住冲我吼起来。他曾是那么一温文儒雅的白衣少年，此刻竟被我逼到失控的边缘。

文芊夏试图寻找存在感，站乔杨身边看着我，小白兔般柔弱地解释："林星，你这次真误会我和乔杨了……"

"你闭嘴！"我不给她说话的机会，"我们俩的事有你什么事？哪凉快哪待着去！以前要不是怕乔杨觉得我欺负你这伪白兔，我早就修理你了。你自己做过什么，自己心里清楚。”

文芊夏被我骂得脸色一阵红一阵白，她怕是从来没当众受过这样的委屈。

“林星你别对别人撒气，我们的事不祸及旁人。”乔杨忍不住出声阻止我。

“不祸及旁人？”乔杨的话让我火冒三丈。我明明是在演一个因妒生恨而愤然分手的女生，可不知怎么，演着演着，我的妒意我的怒气真的涌了上来。

“她哪算什么外人啊？严格说起来，她可是我前辈啊！”

乔杨的眼神闪了一下，语气略有迟疑：“你这是……什么意思？”

“什么意思？要我挑明吗？”我看着乔杨的眼睛，一字一顿地说，“文芊夏是你前女友这事，你真以为我不知道吗？”

空气突然安静下来，时间像被冻结了一般。乔杨愣在那里，而他身后的文芊夏则木着一张脸，嘴角却浮起一抹若有似无的笑意。

“乔杨，你是我的初恋，可严格算起来，我却不是你的初恋，甚至还因为你，做了一次我最讨厌的‘小三’。”这一刻我的心，真真切切地痛了起来。

乔杨和文芊夏曾经短暂地在一起过，在我高三他大一那会儿，而他以为我不知道。

我高三的时候，乔杨大一，我每周给他打一个电话。

我一模二模成绩不稳定，又突然多了林跃这个莫名其妙的“哥哥”，所以那段时间情绪很差。有时候电话一拨通，我就开始哭；有时候乔杨开个玩笑，我都能反应很大地怼他一通。

高三后半段的时候，我和乔杨的通话就少了，每次通话时间也不如之前。

我一直以为一切如常，等我考入乔杨的大学，我们再见面的时候就好了，所以沉下心学习，埋头苦读。

乔杨大一那年生日，我踩着零点给他发了条生日祝福的短信。本来一切还挺好的，可中午我溜出学校给他打了个电话。在电话里，我们因为一件挺小的事意见相左，吵了起来。

乔杨有点疲惫地说：“林星，你能不能别总这么无理取闹的？”

我当即就恼了，一边哭一边骂他：“你才无理取闹！你混蛋，你……你不讲义气！”

我们各自挂上电话，不欢而散。而在我“无理取闹”发脾气的同一天，温柔懂事的文芊夏坐了两个小时公交，用攒起来的零花钱买了一个生日蛋糕，突然出现在乔杨面前。

其实文芊夏见到乔杨的时候已经快半夜12点了——他和舍友喝酒吃饭打牌，闹到很晚才回来。

舍友在求宿管开门，而乔杨看着坐在男生宿舍门口的地上，为了等他回来，等到差点睡着了的文芊夏，心里突然一软。

文芊夏揉了揉惺忪睡眼，看了一眼时间，然后在昏黄的路灯下冲乔杨温软一笑：“还好，没到12点，还来得及。”她让乔杨捧着蛋糕，然后划了一根火柴点燃蜡烛，在盈盈烛光里对乔杨说：“生日快乐乔杨！希望你永远都快乐，而我能永远看着你这么快乐！”

那一刻，是男生都会感动吧？

舍友们站在好不容易哀求宿管才打开的铁栅栏门前，勾肩搭背地看着他们，起哄道：“亲一个，亲一个！”

乔杨还在犹豫，文芊夏已踮起脚尖，颤抖着纤长的睫毛，在男生的嘴唇上蜻蜓点水般碰了一下。

乔杨就这么开始了他的“初恋”。虽然他没有明确承诺什么，但自那之后，文芊夏就开始以他的小女友自居，说话亲昵，还会撒娇，不允许他和其他女生交往过密。

“我当时也知道这场开始不对，但很怕伤害对方，优柔寡断，以致没有及时阻止，所以一错再错。”这是乔杨后来和我解释时说的“劈腿”原因。

我发现这件事的时候是大一——我借着酒劲，逼着乔杨承认喜欢我，我们正式在一起的一个月后。

怎么发现的呢？是在乔杨的QQ空间访客记录里。

乔杨不用QQ空间，我也从来不查看男朋友的手机、QQ之类的通讯记录，可那天不知怎么，在看宝拉的日志时，东点西点，点进了乔杨的空间。

他的空间一片空白，访客也不多，但有一个小号引起了我的注意。我好奇点进去一看，发现是个女生，她的空间里都是她自己写的恋爱日记。从和男朋友确定关系第一天起，到他们结束关系的最后一天为止。

我越看越觉得不对劲，直到我看到那女生的自拍——照片是女生对着镜子自拍的，手机遮去了她大半的脸部，而男生则被P上了一个泰迪熊头，可即使是这样，我还是一眼就认出照片上的女生是文芊夏，而那男生则是我的男朋友，乔杨。

我的目光停留在女生写的分手日志发布时间——真巧，就是我逼乔杨承认喜欢我之后的第二天深夜，我们第一次正式约会之后。

也就是说，文芊夏是乔杨的第一个女朋友，而我成为他的第二个女朋友时，他们还没有正式分手——我是“小三”。

我通体冰凉地坐在电脑前，脑海中好像有乱糟糟的一团团云絮，但过一会儿，好像又什么也没有，因为我想不起来自己刚才想了什么。

混乱，难受，窒息一般的，还有浓浓的被欺骗、被背叛的感觉。我曾以为我和乔杨是彼此的初恋，我们的爱情纯粹、洁白、神圣，可那时才发现，原来不是这样。

我像吃了一只苍蝇。

发现文芊夏的这个小号后，我躲了乔杨几天。男生真是心大，他还真以为我是忙社团的事情才没空见他。

后来我想着这不是办法，还是两人见一面吧。见到乔杨之前，我设想了无数种自己质问、控诉，甚至冷笑着把证据扔他一脸的画面，但见到乔杨，他穿着白色帽衫，站在女生宿舍门口那棵梧桐树下，冲我朗朗一笑时，我突然就怂了。

我怕眼前这美好毁于一旦，我怕这白衣少年，从此再不属于我。

反正他们已经结束了，如果我当作不知道，是不是就可以当没发生过？……嗯，就当没发生过吧！

我在那一瞬间决定吞下这枚带刺的酸果，与乔杨像往常那般嬉笑打闹，假装一切只是平行世界发生的事，而和这个世界的我是无关的。

我只敢在闲聊时半开玩笑半认真地问他："喂，说真的，我到底是不是你初恋啊？你高中肯定没有早恋啦，那初中呢？大一时候呢？"

乔杨愣了一下，反问我："你怎么不问小学呢？没有没有啦，你是我第一个真正喜欢的人。"他看着我的眼睛，眼底竟然澄澈一片，说得跟真的似的。

可他说得越真，我的心就越痛——我爱的白衣少年，原来也有阴暗、想要对我隐瞒的一面。这原本就是真实人生里的常态吧？可在初恋至上的少女林星眼里，那是白粥里的一根油腻腻的头发丝。

所以一年后，我当着文芊夏的面，红着眼睛问乔杨，"我和你在一起的时间，有没有和文芊夏与你在一起的时间有重叠"时，心痛是真的。

那种难过从没有消失，它们只是迟到了。我要的也不是乔杨痛哭流涕的忏悔，只是想要他的坦白，他的一声对不起。

乔杨不说话，沉默地看着我，然后低下头，终究是了了我的心愿："对不起。"他又解释道："我知道自己不能再拖了，所以第一次约会结束，就整理了自己和芊夏的关系……"

"太晚了。"我在心里告诉自己，"戏"还得演完。

"你就这么瞒着我，让我做了人人不齿的第三者，乔杨你让我恶心了你知道吗？"我声嘶力竭地控诉道。

乔杨哀伤而无助地看着我，眼睛红彤彤的。

“虽然事实上你是第三者，但林星，我从没怪过你。”文芊夏突然插嘴说，像个不计前嫌、宽容大度的“原配”。

“谢谢你啊！”我笑了起来，看着她说，“你真让我甘拜下风。”被乔杨分手，看着乔杨与我交往，竟然还能温柔乖巧地做他的红粉知己，不急不躁，不吵不闹。今天我和乔杨都把话说到这个份上了，她还在一旁劝说、解释——要不是知晓她的城府，我真会以为她是一心中藏着大爱的天使。

我确实不是文芊夏的对手，我先前能“赢”她，无非是沾了乔杨喜欢我多一点的便宜。

“乔杨你走吧，我恨你，我们真的完了。”这句话里，“恨你”是假的，“我们完了”却是真的。

我不再理会乔杨和文芊夏，转身上楼回了寝室。我瘫在床上闭上眼睛，宛如死去了一般，只有眼泪是鲜活的，源源不断地流淌着。

这眼泪，是为我和乔杨的如今而落，也是为乔杨曾经对我有所欺瞒而落。

第十章 2000万的负债和一张"卖身契"

"我们是来吃饭的？"我愣愣地看向洛瑞行。

"不然呢？"洛瑞行微微眯起眼睛，他靠近我的身体，看着我邪气地问，"你以为，是来吃你的吗？"

昏昏沉沉的，我不知自己睡了多久。我只记得自己做了一个梦，在梦里，灰色的雨一直下，我在泥地里跋涉，前面有一栋亮着灯光的小木屋，可是我迈不动腿，抬不起手，近在咫尺的温暖，我却无法靠近。

突然响起的手机铃声将我惊醒。

“喂……”我意识混沌地接起电话，听清对方的话后，一下子从床上弹了起来——医院来电话，说我爸爸的状况突然恶化，让我赶紧去医院。

我急匆匆地冲下楼，可没走出多远，就被几个人堵住了去路。

“林星，你爸欠我们的钱你打算怎么还？我们家里可都困难着呢，你今天可得给我们一个说法。”

我愣了一下，很快明白过来：那个医院的电话是假的，债主进不了宿舍，以此骗我下楼。

我扭头就想跑，但其中一个人眼疾手快，一把就揪住了我的头发。我头皮一紧，痛到差点后仰着摔倒在地。

那人拽着我的头发，瞪着我，唾沫星子几乎全喷在我脸上：“想跑？欠钱不还是吧？存心赖账是吧？真是什么样的人有什么样的女儿！”

“我不是不想还，是现在真的没钱……欠你们的钱我都记着，以后肯定会还给你们的。”我无力而委屈地辩解。

“以后是什么时候？我看你就是想赖账！新闻里有人捡纸箱卖钱也要还钱，你竟然想跑？现在的大学生一点诚信意识也没有，素质这么差了吗？”有人大声嚷嚷开去。

“就是！我们今天可不能白跑一趟，得有个说法，或者给她点颜色看看！”

……

骂声，指责声，兜头而来，我的脑袋里嗡嗡作响像是有千万只苍蝇在我脑袋里安营扎寨。

寝室楼下原本进出的人就多，债主们骂骂咧咧，连说带演，没一会儿就聚起一帮看热闹的同学。

“怎么又是林星？她不是上午才在这和她男朋友吵了一架，怎么现在又在跟人吵架啊？”

“对啊，她惹上谁了啊？这些人好凶啊！”

“我听他们说还钱，不会是网上说的那种裸贷吧？”

“看不出来啊，以前她好像说过她家是做生意的，家庭条件很好的嘛！”

“嗨，吹牛呗，打肿脸充胖子，这种虚荣的女的多了去了！诶，你说她要是裸贷的话，那网上会不会有她的资源？”

“应该有吧……哇靠，你好色啊……”

恶意的揣测和各种闲言碎语像讨厌的虫子，前赴后继地飞向我、涌向我，从我的耳朵眼睛鼻子嘴巴里爬进去，沿着身体的每一道细小缝隙向里钻，向里挤，使我不得不听。

我的头发依然被人攥在手里，维持着仰脸朝天的狼狈姿势，眼睛只能绝望地看着灰白色的天空。那一刻我竟然走神了，幻想着自己突然有了魔法，然后越缩越小，越缩越小，直至消失不见。

“你们干吗呢，这么多人欺负一姑娘啊？……嘿，这姑娘我认识啊，林星！”恰逢沅星皓送当时的女朋友回宿舍，他立刻挺身而出，“你们谁啊？有话能不能好好说？干吗对一个女孩子动手动脚的？哎，阿姨，你这么拽她头发她很疼的，女人何苦为难女人呢？”

“谁是你阿姨？我90的，替我妈妈来要债的！”那90后的“阿姨”对沅星皓怒目而视。其他人则戳着沅星皓的鼻尖质问：“关你什么事呢？她家欠我们钱，你替她还啊？”

“你手指指谁呢？老子是你能随便指的人吗？”沅星皓生气地拍掉对方的手，露出“爷可不好惹”以及“爷现在很生气”的表情。

“呵，小姑娘很能啊？跟谁怕你似的，我就指你怎么了？”

众人皆是一愣，接着围观人群里爆发一阵哄笑声：“他是男的！”

沅星皓生平最恨人说他“娘”，他涨红了脸，满脸受了奇耻大辱的表情，撸着袖子冲过来要干架。

正闹得一团乱的时候，我突然瞥到小丁的身影。他及时插身在沅星皓和债主们之间，安抚道：“各位少安毋躁。我是林小姐的朋友，从现在起她的债务由我全权负责，各位能不能借一步说话？”

我已经恢复了人身自由，被沅星皓护在身后。越过他的肩膀，我看到小丁不知和债主们说了些什么，那些一分钟之前还想把我撕了泄愤的债主们突然与小丁握手言和，然后离开了。

“人不可貌相啊，这人挺能的啊！”沅星皓斜着肩膀侧身看我，“你什么朋友啊？”

我支吾着，还没来得及回答，沅星皓的女朋友就冲了过来，充满敌意地瞪了我一眼，然后揪住他的耳朵往外拖：“你不是说送我回寝室后就去自习室好好学习吗？你现在在干吗？呦，学人家英雄救美啊？”

“轻轻轻点儿！姑奶奶您干吗呢？……”

沅星皓一边讨饶，一边冲我摆手告别，被他女朋友揪走了。

看热闹的人群散了，我披头散发地站在原地，小丁朝我走来。“是洛先生让你来的？”我问道。

“对，洛先生查过林添丁先生的所有欠款以及欠款人身份，他怕他们找你麻烦，所以刚才我送他回公司后，他又让我来学校看看，怕你这边有事……这不，真给他猜对了。林小姐，你放心吧，也就这几天的事，那些人不会再来找你了。”

“哦。”

“林小姐，”小丁又毕恭毕敬地喊了我一声，看着我说，“洛先生说，他今天大概7点能处理完工作上的事，7点半的时候想和你一起共进晚餐，不知可否？”

不知可否？

小丁开车，我坐在后排，望着窗外如流水般倒退的夜色，不由又想起他出于礼貌询问我的这句话。

去不去见洛瑞行，我是没有选择的。如今我和洛瑞行，他是刀俎，我为鱼肉。

一个小时前，与洛瑞行共进晚餐时，我拘谨地、忐忑地举杯向洛瑞行再次表示感谢：“我不知道要怎么感谢你……”

“不知道的话，那就别谢了，况且，我也不是无偿帮助你的。”洛瑞行品了一口红酒，然后敲了敲桌子，他的助理小夏赶紧跑过来，将准备好的一沓文件放在我面前。

“我让人拟了份协议，你看一下。你签字之后，我就代你及你的父亲全权处理你家的资产及债务问题，我将成为你们林家唯一的债权人。”洛瑞行的语气云淡风轻。对他来说，这只是无数生意里的一小桩，甚至还是赔了也不在乎的量级，但对我来说，那一纸合约决定的，是我的人生。

“那，我欠你的，要怎么还？”协议里没有和这个方面相关的明晰条目。

“你爸名下还有一块位置不好的地块，没有做过抵押，我要了，至于其他的……”洛瑞行稍作停顿才缓缓吐出两个字，“不急。”

我仍在犹豫，洛瑞行提醒我：“这协议，对你有利而无害，我替你还钱，以后便没人来找你麻烦——还是，你怕我找你麻烦？”

“不……”我下意识地否认，假装低头认真看协议，其实心里乱糟糟的，根本理不出头绪。

洛瑞行修长的手指握着刀叉切着牛排，语气特别随意地说：“这样吧，你就当你的人生，一次被我买断了吧——这么想，是不是就容易理解我帮你的原因了。”

我手中的笔，快被我捏断了。我不甘心如此，但我与洛瑞行谈交易，他拿出了真金白银，而我除了廉价的苍白的青春，还能拿什么和他交换呢？事实上，我的青春能卖这么大一笔钱，是我“赚”了——屈辱地“赚”了。

我垂着眼，内心灰暗而茫然，对洛瑞行的感觉复杂难辨。他令人捉摸不透，似乎和善是他，恶毒也是他；冷静是他，暴躁也是他；理智是他，绝情也是他。

就像此刻，我也搞不清他是在帮我，还是在与我谈买卖。若是在帮我，那他帮我的方式，是让我饮鸩止渴；若是他在谈买卖，他又不像是那种糊涂的商人，选择这种多半是要亏本的生意。

不过，不管洛瑞行是出于什么目的，我都没的选择——就算眼前这合同是杯毒酒，我也得欣然喝下，因为不喝，我连眼前的难关都过不去。

有那么一会儿，无数画面闪过我的脑海，最后停留下来的，是下午债主们在学校，攥着我的头发，把我像个货物一样向路过的学生们一边展示，一边大声控诉我家欠债不还的那一刻——这样的羞辱，我不想再经历一次，还有那些半夜打来的陌生电话，贴在我家门口印有我全家照片的红字“通缉令”……我通通不想再遇到了。

“我可以提出一点小小的修改意见吗？”我小心翼翼地开口道。

洛瑞行像是从没想过我会提出这样的问题，眯眼看着我，微抬下巴说：“你说说看。”

“这份协议里，只写了你要在多少时间里，将我家的债务全部清理完毕，没有写我应该在多久的时间里还清对你的欠款。这个，不公平。我觉得还是写上比较好。”我想给自己留一点希望，希望我和眼前这个男人还有两清的一天。

洛瑞行不动声色地看了我几秒钟，然后挑眉应允道：“好。”他顿了顿，又道，“写时间，是对你的限制，不如写个数字吧，利息按今天银行的利率算。你靠自己能力还清的那天，你就自由了。记住啊，是靠自己的能力。”

一开始我还挺高兴的，直到小夏在一番计算后，把重新修改后的合同放在我眼前，我才发现自己的天真。

2000万。

那时的我快20岁了，连200块都还没赚到过，2000万人民币堆在一起是什么样子，我连概念也没有。我只知道，2000万，代表很多很多钱，可能穷尽我一生也赚不到那么多的钱。

我眼前发黑地在协议上签下自己的名字，小夏收走了其中一份。当我再次抬头时，洛瑞行举杯敬我：“林星，欢迎你。”

我不知道他欢迎什么，是欢迎我成为他的女人？还是欢迎我成为他的囊中物？后来我又一想，这两个答案的意思其实是一样的。

“谢谢！”我笑了一下，仰头喝光了杯中的红酒。

属于我人生的汹涌暗潮在平静的水面之下被一个一个阻截分流了，那些赶来劈我的雷也临时半路改道——这些，自然是托了洛瑞行的福。他甚至还做了很多我们协议之外的事，比如替我爸安排了条件顶级的养老院，使他得到更周全的照顾。

一开始，我忐忑而慌张，害怕洛瑞行突然来学校找我，要我“履行条约”。可日升月落，大半个月过去了，他给我的那部手机始终无声无息的，像一颗哑了的炸弹。

我小看了洛瑞行，或许也高看了自己——他不缺女人，而我也没有那么有吸引力。

我的生活好像一点没变，又恢复了往昔的平静，只是，少了一个乔杨。

乔杨的学分早就修够了，我与他分手后，他几乎以光的速度办理了出国的手续。

他出国前，我们在图书馆门口，轮滑社的社团练习场地上见了最后一面。

那天我正在练习一个新技术，练好了就是自在如风的帅气少女，练不好就会一直摔屁墩。我玩滑板的技术原本就普普通通，远远看到乔杨过来，更是心慌意乱，立刻摔了一个四脚朝天又灰头土脸。

乔杨走到我面前，试图伸手拉我，而我靠自己的力量一跃而起，故作豪迈地拍了拍身上的灰尘。

乔杨收回手，看着我的眼神里带着探究，让我觉得头皮一麻——他这样子，让我突然想到了他妈。我也是那时才发现，其实乔杨和他妈妈长得很像，相似的眼睛和嘴唇，连审视别人时的神情也一样。

“我不练了，回寝室了。”我拿着滑板，背上背包，礼貌地向乔杨告别。

“阿星，我们聊聊吧。”乔杨叫住我。

“聊什么？”我的语气很平静，没有抵触的情绪。

但我的平静如常和故作轻松的模样似乎激怒了乔杨，他下眼睑处的皮肤微微一跳，刻薄地说：“有人说，你搭上了一个有钱人，所以才找茬和我分手。”

“这个‘有人’是谁？文芊夏吗？”他的表情告诉我，我猜对了——那个瞬间，我的心像是被针扎了一下，“乔杨，是我对不起你，但你，也确实让我挺失望的。我累了，走了。”

“你别走！”乔杨拉住我的手腕，语气急了，“林星，我明天就飞美国了，短时间不会回来！”

我的脑海中有一瞬间的空白：“你要出国了？”

“嗯。”刻薄不是乔杨的本性，他眼底的哀伤滚滚上涌，“我和文芊夏不是你想象的那样……我是对不起你，但我不接受你因此和我分手，一定还有别的原因，是吗？你有苦衷的，对不对？”

我沉默不语。

乔杨看着我低喃：“阿星，你就那么狠心，让我带着这种心情上飞机吗？”

我心里一软——乔杨是知道我软肋的。他冲我凶、冲我吼是没用的，可他换那种小狗似的无辜眼神看着我，可怜兮兮的语气请求我，我的防线就会溃败。

“你不会是厌倦我了吧？别那么没耐心，我很有趣的，还有很多优点没给你知道呢！阿星，只要你说一声让我留下，我就留下。你提分手的事我们就当没发生过，好不好？而且我向你保证，以后少打篮球多陪你……”乔杨几乎是在哀求我。他那么骄傲的一个人，竟然被失败的爱情折损了骄傲。

我垂着头，手指微微颤抖，在我几乎就要向乔杨投降的时候，挂在胸口的手机响起新信息的提示音。我拿起手机，瞥了一眼屏幕，发现是乔杨妈妈发给我的。

“小林，阿姨很感谢你放过杨杨，也放过你自己，阿姨祝你和我们杨杨一样，前程似锦……”

我的心脏像被锥子锥了一下：是啊，乔杨还有似锦前程，而我的“前程”是2000万的负债和一张“卖身契”。

“谁发给你的微信？那个‘人’吗？”嫉妒和怀疑让乔杨变得异常敏感。

“你管不着。”我放下手机，态度变得强硬而冷漠，“恭喜啊！我没什么好解释的，你爱信就信吧。”我挣脱了乔杨的手，转身走了。

乔杨没有追上来，我亦没有回头。他似不会挪移的雕像，而我是永不回头的小鸟——我曾短暂地在他的肩头休憩，可现在，我们不得不告别了。

我抱着滑板独自走在回寝室的路上，心情很奇怪，好像有点难过，好像又不难过。先前我总觉得我们分了手，可以后总还有见面的机会。我偶尔能远远看上乔杨几眼也好，谁知他竟离开得这么快。

不知不觉，我走到了六食堂门口。看着“第六食堂”那个掉了漆的招牌，我的眼泪毫无预兆地落下来。

以前我和乔杨最常吃饭的食堂就是这“第六食堂”，因为我喜欢一号窗口的咕咾肉，五元钱就能打满满一份。乔杨每次都打两份——他不爱吃，可是总怕只打一份不够我吃。

突然有一天，我吃够了，看着眼前两份咕咾肉，向乔杨抱怨：“你干吗总是买两份？好啦，现在我吃厌啦，世界上我喜欢的东西又少了一个。”

“那也好啊，我的竞争对手又少了一个。”乔杨开着玩笑，眼底却不无隐忧。后来我才知道，他是担心有一天，我也会像厌倦咕咾肉一样厌倦他。

乔杨曾说，我是浓烈而善忘的人，喜欢什么的时候疯狂迷恋，厌倦之后就可以再也不碰，而他自己是慢热的人，喜欢什么，是一刀一刀在心里雕刻，慢慢加深印记。

他怕他太喜欢我，他怕我不再喜欢他，他怕我和他分手——现在，我没有不喜欢他，可是我们还是分手了。

洛瑞行的电话打过来的时候，我正哭得厉害，可他的电话又不能不接，我只好用力深呼吸，努力平复情绪后，调试出平静的语气，说：“喂？”

洛瑞行的听觉很敏锐，我只说了一个字，他就听出了我的异样：“你怎么了？”

“没……没什么。”我转移话题掩盖，“你……你有事吗？”

“我觉得你有事。”洛瑞行语气平静地陈述事实。

“我？我没事，真没事。”我深呼吸，将所有悲伤往心底深处压，字正腔圆地否认，甚至为了让我的“没事”更加可信，还“哈哈”地干笑了两声。

电话那头的洛瑞行以沉默回应，让演技拙劣的我像表演了一个笑话。

“我要见你，5分钟后，学校北门。”洛瑞行似乎懒得拆穿我的谎言，直截了当地下达命令后就把电话挂了，连最基本的通话礼仪都没有。

我愣了愣，然后心里飙着脏话朝北门跑去。

我们学校很大，5分钟时间，只够我匆忙赴约，连冲到厕所洗把脸的时间都没有。所以那天我见到洛瑞行的时候，背着双肩包，抱着滑板，穿着刚才练滑板时磕破膝盖的运动裤，红着一双眼睛，狼狈得像一个离家出走的小女孩。

洛瑞行西装革履，一身正装，更衬得他眉目英挺，像从什么港片里走出来的职业高管，惹得路过的女大学生们纷纷侧目。

我硬着头皮跑向他，然后拉着他的袖子低头就往小路上走——洛瑞行实在太惹人瞩目了。

洛瑞行也没反抗，随我拽着穿过小路，终于远离了学校范围后，他才收回自己的袖子，看着我，悠悠吐出一个字："丑。"

我心里一窒，却也只能憋着："……嗯。"他说得也算是客观事实，若论外表，我站一身高定的洛瑞行身边就跟一卖火柴的小女孩似的。

过了巷子，就成了我跟着洛瑞行走了。他主导方向，我落后他半个步子亦步亦趋。他先带我去了附近的商场，拿了一条正红色的收腰连衣裙和银色尖头的高跟鞋让我换上，滑板和双肩包被丢给了随后跟过来的小丁。

试穿的时候我顺便翻了一下吊价牌，立刻被吓得倒吸一口凉气，瞬间就忘了先前的悲伤。我小心翼翼地换上裙子，无比温柔地拉上拉链，生怕自己的指甲刮毛了裙子。那双高跟鞋很美，但我穿不惯，站起身走了两步，宛如踩高跷。

我走出试衣间，洛瑞行原本背对着我在和小丁说话，听到声音转身看到我，脸上并没有出现电视里演的那种惊艳的表情。他只抬了抬眉毛，平淡地说了一声："可以，就这么穿吧。"小丁立刻刷卡。

"再考虑一下……吧……"我不想要这裙子和高跟鞋，着急上前想要阻止时，脚跟一崴，整个人几乎是飞入洛瑞行的怀里，脸撞在了他的胸口上。

世界真安静啊！

我缓缓抬起眼，看到洛瑞行正面无表情地垂眸看着我。他薄唇微启，道："考虑什么？"

"我的意思是，不要……冲动消费。"我字斟句酌。

"不冲动，这笔账算你的。"洛瑞行说。

我听得一愣，随即脸色发白，却见他轻笑了一下，扣着我的手腕朝外走。

"你你等一下，我去换自己的衣服，这个我不要！"我几乎是以拔河的姿势拖住洛瑞行。

他终于忍不住白了我一眼："骗你的。我不想看你之前那个鬼样子，所以这裙子，我是给我的眼睛买的——懂？"

不是我付钱就行，我立刻点头。

出了商场，我和洛瑞行成了肩并肩。他依然握着我的手腕，没有打算放开的意思。我瞪着他的手，心里别扭，但心里没勇气更没底气甩开他。

“不问问去哪吗？”等红灯的时候，洛瑞行突然问我。

我的心突突地跳。这是我们正式签订协议之后的第一次见面，他主动找我，还能为了什么？

“你让去哪我就去哪呗，你订房间了？”我刻意用轻快的语气回答，假装自己也是见过大场面的女人。虽然事实上，我心里怕得要死。作为一名知识丰富的医科大学生，该知道的生理知识我全都知道，对这一天的到来也早有预期，可我还是会害怕，并且，还感觉屈辱。

我和乔杨谈了一年恋爱，最亲密的行为也只有亲亲抱抱举高高。要是早知道我们会那么快分手，我不如早点把他睡了算了……

想到乔杨，想到自己的人生，我的心里又难受起来，眼睛酸胀，可脸上强撑着笑意，用力吞掉自己的泪意。这是我自己选的路，既然已作出决定，那便要漂漂亮亮地走完。

洛瑞行细细看了我一眼，突然伸手想要触碰我的脸——我下意识地就撇开了头。

他的手在空中停顿了一下，我屏住呼吸，身体僵硬得如同时间在那个瞬间暂停了一般。但我反应过来后，又立刻笑靥如花地面向洛瑞行：“我差点以为你要打我。”

洛瑞行的手指，最终仍落在我的脸上，轻轻擦掉了我眼角残留的泪痕：“林星，你挺能演啊！但，戏过了，过犹不及。”洛瑞行淡淡道。

洛瑞行要带我去的地方，果然是酒店。

离那家五星级酒店越近，我的内心就越忐忑，手脚都有点不知道怎么放，差点走成同手同脚。

洛瑞行倒是泰然自若得很，带头走在前面，进门后，又径直穿过大堂。

呵，房间都开好了？老手啊，有备而来……林星啊林星，你马上要见识“大场面”了，嗯，保持镇定，没什么大不了的……不行，还是很紧张……怎么办，好想哭啊……哭屁啊哭，这也没什么，大家都是成年人，而且洛瑞行好歹不是那种秃顶油腻大叔……

我压制着内心的恐惧，内心分裂出好几个人格：一会儿像个旁观者一样在心里嘲讽和评判即将可能发生的事情，假装这些和我没有关系，一会儿担心害怕到想要立刻跑路，一会儿又试图安慰自己，推自己勇敢上“战场”。

洛瑞行先进入电梯，转身面朝我，我也步履维艰地进入了电梯，转过身看着电梯门缓缓合上的那一瞬间，心里有种“风萧萧兮易水寒，壮士一去兮不复还”的悲壮感和绝望感。

洛瑞行按亮顶楼的数字键，然后歪着头看着我问：“你脚扭了？”

“没，没呀！”他这问题问得真奇怪。

“那怎么你走路的姿势，像一只刚幻化成人形的大猩猩呢？”

“……”

电梯“叮”的一声，划破空气，门开了。柔软的地毯，温暖的黄色灯光，温热的食物香气，在我踏出电梯门的一瞬间，像给了我一个柔软而莫名的拥抱。

服务生在前面引路，将我和洛瑞行领至靠窗的最佳观景位后，微笑欠身：“祝你们用餐愉快。”然后礼貌退下。

“我们是来吃饭的？”我愣愣地看向洛瑞行。

“不然呢？”洛瑞行微微眯起眼睛，他靠近我的身体，看着我邪气地问，“你以为，是来吃你的吗？”

“当……当然不是。”这回答欲盖弥彰。我还是不敢动，怕自己一动，这美好的幻觉就消失了，或者这不是幻觉，可洛瑞行改了主意。

“这是自助餐厅，你想吃什么自己去拿吧！”洛瑞行的唇角勾着一抹弧度，似乎心情不错。说完这话后，他起身去拿食物。

我的忐忑和怀疑很快被落地窗外的景色吸引：我从没在这样的角度，俯瞰过这座生活了很多年的城市。

树木、街道、楼房还有行人，像被微缩后的玩具，又可爱又生动。彼时正黄昏，夕阳软软地悬在天际，余晖不分薄厚地洒向这座城市的每一个角落，温柔每一棵树、每一个人、每一朵花乃至每一只蚂蚁。那些被压抑在心底的伤心，那些让我烦恼和困扰的事，似乎在悄悄地失去颜色，慢慢消散。

洛瑞行转了一圈，又回到我对面。他手里拿着一个托盘，上面放满了白色花朵状的瓷碗，而每一个瓷碗里，都装着一颗冰激凌球。

“你那么爱吃冰激凌啊？”我惊讶地问，不由想起我们第一次见面时，洛瑞行邀请我一起吃的也是冰激凌。

洛瑞行没有回答，他把瓷碗一个一个放到我面前后，才抬首道：“给你拿的。”

“给我？”

“嗯，你不是很难过吗？吃冰激凌吧。这家餐厅有所有口味的哈根达斯，无限量供应。”见我似乎依然困惑，他又道，“以前有人告诉我：伤心的时候吃点甜的，会开心点。”

我很惊讶：洛瑞行竟然在意我的情绪，想要我开心点。他带我来这里，是因为在电话里听出了我的伤心吗？

我低着头，舀了一勺草莓味的冰激凌放入口中，冰凉而甜美的滋味在我舌尖绽开，像一朵烟花一样美妙。

“是你前女友告诉你的吗？”我口齿含糊地问。

“什么？”洛瑞行皱眉。

我以为他没听清，试图重复自己的问题时，洛瑞行突然舀起一大勺冰激凌塞进我嘴里，然后看着我的眼睛说：“我没有前女友。”原来他听清了，只是讨厌我的问题。

可，他为什么睁着眼睛说谎呢？明明我们第一次见面时，他正和人分手……

那一大勺冰激凌在我口腔里缓慢融化，我被冻得不断倒吸凉气，到底没好意思反驳他。

过了许久，洛瑞行才漫不经心地说："对有些人来说，做了亲密的事情，有了亲密的关系，就是'女朋友'，可对我来说不是。不管我有多少名义上的女朋友，她们都不是我认为的那种'女朋友'。"

他的意思是，他从来没有真正爱上过谁吗？……他和我聊这个，是不是有点太掏心掏肺了？

我有点搞不清楚洛瑞行为什么要和我说这些。也许，这是他给我的警示，或者是声明："我不会爱你"——可我也没想他爱我啊？

我迷茫地叉起一朵西兰花，轻轻咬了一口，然后含糊地应了一声："哦。"

"你慢慢吃，我走了。"洛瑞行当真喜怒无常。我不知道自己哪句话又得罪了他，或者哪个问题没回答好，使得他不快，总之很突然的，他把刀叉一放，起身告辞。

"我……送送你？"我匆忙而慌乱地跟着起身，因为不知道这种情况该怎么反应而说出了一句略显可笑的话。事实上，与欢送他相比，我更想坐下来，好好地独自美餐一顿。

洛瑞行像是一眼看穿了我的小心思，冷哼一声："算了吧，你继续享用——我可没这些冰激凌、烤鸡翅、西兰花什么的有吸引力。"

"……浪费是可耻的……"我小声嘟囔着，目送洛瑞行离开。重新坐下之后，我才后知后觉地想到：洛瑞行最后那句话说得，可真像是我和乔杨耍别扭时说的话啊——但他耍别扭的对象是食物？也太另类了吧！

我觉得有点好笑，可一想到乔杨，心又沉沉地落下来。但很快，坐在这座城市海拔最高的观景餐厅里，俯瞰四野，乔杨这个名字就像那些缩小了的房子、车子和小人一样，渐渐变得遥远和不真实起来，连与他有关的伤心也被拢上了一层纱，变得不那么切肤入骨。

令我惊讶的是，对于乔杨的离开，我竟没有消沉太久就又振作起来，该念书念书，该逛街逛街，该陪洛瑞行吃饭就陪洛瑞行吃饭，还时不时转发搞笑博主的微博，跟一串“哈哈哈哈哈”。

也许乔杨说得没错，我真的是“善忘”的人——可只有做个“善忘”的人，我才能丢下悲痛，站起来，继续前行啊！

但有一个人，对我的快乐很有意见。

文芊夏曾专程跑到我跟前讥讽我：“林星，你可真冷血啊，你的心是铁打的吧？你到底有没有真的爱过乔杨啊？”

我连一个白眼都懒得给她，我反问文芊夏：“和你有关系吗？你是已经‘凉’了的前女友，我起码还是个‘热’的。”然后我抱着滑板跑向沅星皓，夸张地手舞足蹈地告诉他：“那个动作，我练会了哦！你说，我是不是冰雪聪明？”

等文芊夏气鼓鼓地走远了，我才耷下肩膀，恢复正常的、平静的表情。

沅星皓给了我肩膀一拳，说：“你刚才不是还眉开眼笑的，怎么沐浴在本帅哥的美色之下，反而萎靡了呢？高兴一点嘛！”

“高兴高兴，可高兴了。”我又重新扬起一个笑脸。其实也不是不高兴，只是，也没有那么高兴罢了。

前两天，乔杨妈妈又给我发了乔杨的照片。说来也好笑，我和乔杨切断了联系，可反对我们在一起的乔杨妈妈却一再发送他的近况给我知晓。

她最新发给我的照片上，乔杨和一个中国女生坐在草坪上看书，他看得挺认真的，而女生在偷看他，眼神因倾慕而闪闪发光。

乔杨妈妈给我介绍说：“小林啊，你看这个小姑娘不错吧？长得也漂亮，家世也好，人也清白，关键是对我们杨杨一心一意的。阿姨相信你也是真心喜欢我们家杨杨的，不过真喜欢，就希望他过得更好是不是？你看我们家杨杨现在过得挺好的，你放心吧。”她这是怕我不死心，来温柔地补刀。

我平静地回复她：“阿姨，您以后不用给我发这些消息了，我懂。您放心，我不会打扰乔杨的。我也有新男朋友了。”

我的话真假参半，但我确实没打算也没时间打搅乔杨。

自到“自助餐厅”用大餐后，洛瑞行约我的次数迅速增多，一度占据了我所有的业余时间。一开始，我接他电话会紧张到手抖，怕他要我“以色侍人”，但几次之后，我接他电话的心情就变得又雀跃又担忧了——“啊啊啊，又要长胖了！”

洛瑞行每次约我，只有一件事，那就是吃饭。他对吃的说讲究也讲究，说不讲究也不讲究，因为他带我去的地方，有时候是五星级酒店、米其林餐厅那种，有时候是巷子里的苍蝇小馆、深夜才出摊的路边宵夜摊。唯一的共性，大概是好吃。

我陪洛瑞行吃吃喝喝，不用付出什么其他代价，也算美差一桩，只是唯一让我困扰的是：他爱送礼物。

有时候是蒂凡尼的小手链，有时候是香奈儿的小包，有时候是卡地亚的石英手表……还有一次，他甚至送了我一本很难买到的外文版的专业书。

洛瑞行送我那本专业书，我还是挺高兴的，但他送我其他奢侈品当礼物，仿佛一个个明晃晃的提醒——“你是我豢养的女人”。并且，这些远超出我承受范围的昂贵礼物，我只能接受，不能拒绝。

礼物很像“好心”，如果出于单方面的热情一直给予，丝毫不考虑接受一方的心情，其实是很没礼貌又给人增加负担的事。

洛瑞行第一次送我东西时，我推辞了，但没成功；第二次我试图拒绝，他当即黑了脸。

洛瑞行警告我：“你要么收着，要么丢掉，我送出去的东西，从不收回。”他顿了顿，接着又恶劣地补充道，“但你也不能把礼物退掉或者转卖，折成现金——我送你的，是我的钱，你欠我的2000万，必须是你自己赚的才行。”洛瑞行可真会戳人软肋，我惹他不高兴了，他就拿我签下的“协议”折辱我。

我当时年少，一下子就被逼出了眼泪，委屈地说：“我怎么赚2000万？你这是要我去干什么违法的事吗？”

“哦，”我的话像是提醒了洛瑞行，他冷冷地说，“明天你再补签一份附带条约：那2000万，你必须清清白白地赚才行。”

我瞪着他，这个时候，洛瑞行的心情好像突然又好转了。他又道：“要不，我给你定个小目标吧：要是这个学期你能拿到奖学金，我就减免你100万的债务。”

我原本又委屈又愤怒，眼泪在眼眶里转悠个不停，听了洛瑞行这话，突然一呆，眨巴着婆娑泪眼看着他。

“你怎么了？眼神发什么直？”洛瑞行皱眉问道。

“你刚才那话说得……好像我爸。”林添丁是那种不太懂得怎么做爸爸，怎么教育子女的父亲，他平时不关心我和林辰的学业，只会在考试前胡乱许诺：如果这次考试你们考了第一名，我就给你们买什么什么。

不知是我的错觉，还是窗外霓虹灯影的关系，当我说完那句话后，洛瑞行的脸色一下子变得五彩缤纷起来，一会儿红，一会儿绿的。

“我说错话了？”我小心翼翼地问。

“停车。”洛瑞行横过我的身前，拉开车门，然后——“滚！”我几乎是被洛瑞行一脚踹下车去。

我踉跄下车，他关上车门，绝尘而去。我左手拿着装香奈儿包包的手袋，右手抓了抓头发，望着车尾灯，气恼道：“有病吧！”

很久之后我才知道，洛瑞行很不喜欢我把他和我爸类比。他比我年长7岁，我面貌显小，当我天真无邪地看着洛瑞行的时候，他总觉得自己像拐骗小红帽的大灰狼——如此说来，洛瑞行倒真是一个怪癖多多，又良知未泯的……“大灰狼”啊！

第十一章

我愿意用钱买爱情，
我给他钱，他爱我

“听说你同学传你被一个老头包养了，我觉得有必要澄清一下。我不是老头，我也不想老周被误会。”

“……”

“你要是怕别人说，就说我是你男朋友。我准了。”

每次洛瑞行来学校接我，我会提醒他的司机把车停得远一点；他送我回学校，我总提前一个路口下车；而他送我的那些招摇的礼物，则被我塞在衣柜的最里层，终年不见天日。

我很小心，因为早早就知道人言可畏，流言蜚语有时候比刀剑更伤人——只是这世上，似乎真的没有不透风的墙。

有天晚上，我和洛瑞行分别后回寝室，隔着门就听到室友们热烈讨论八卦的声音。

"……怎么可能呢？"

"有图有真相……我觉得是真的。"

"这事真是太劲爆了！"

"空穴来风……诶，这成语是不是这么用的？"

我正寻思最近出了什么热搜呢，门一推开，室友们却瞬间安静下来。我心里"咯噔"了一下——这八卦和我有关？

背对着我的阮薇薇扶着栏杆，压着腿，因为不知道我的归来，仍继续着她们刚才的话题："我才不信林星会做那样的事呢！她爸挺有钱的，她自己又漂亮聪明，不至于为了钱做那种事吧！"

有人朝她打了个眼色，阮薇薇迅速扭头，看到我，脸上露出背后议论别人又被抓包的尴尬表情。

我笑了一下，转身关上门，若无其事地走回自己的位置。

寝室里，阮薇薇与我最好。她心直口快，藏不了事，冲到我面前直白地告诉我："林星你还不知道吧？有人在网上泼你脏水呢！说你在做'援助交际'。说得跟演日剧似的，不就是诬蔑你被包养了嘛！"

我多少有点心理准备，但听到阮薇薇的话，我还是眼前一黑。我垂着头假装整理桌面，实则手指都在发抖，偏偏还要维持镇定："谁那么无聊啊？……诶，他们在哪发的帖子，我看看？"

"算了林星，别看了。你没做过那事就行，误会而已，清者自清。"舍长秦伊说。

"没事，我看看他们怎么说的，当八卦看呗。"我用轻松的语调说。

"我发你链接！"阮薇薇说话间，已把链接发我手机里了。

一共两条，一模一样的主帖，分别发在学校论坛和我们院的贴吧里。

"太惊讶了，一直以为网上传的，在大学门口停着车，车顶上放瓶水就是'喝我水'='和我睡'，谁喝谁就是愿意做援助交际——这事原来是真的！"

这些文字后面是两张照片：一张是我正在拉黑色奔驰车的车门，另一张是我从白色宝马车上下来。第二张因为是雨天，司机老周从后备厢拿伞给我，也入镜了。我在他撑开的伞下，手里拿着印有某品牌logo的黑色纸袋。

豪车、奢侈品、有些年纪的中年人和年轻稚嫩的少女，画面组成令人遐想无限。

开帖的人还特别提醒大家：这老男人可不是林星的爸爸哦！她爸爸欠了巨债，昏迷不醒ING。

果不其然，评论不堪入目，说什么的都有。但最让我从心里发寒的是，点赞最高的那条评论里有我的详细信息：姓名，专业，连和乔杨的恋爱时间和分手过程都有，甚至我学籍档案里的1英寸照片，也清清楚楚地贴在上面。

我觉得自己像一只被扒了皮的山鸡一般，毫无尊严又毫无安全感地暴露在公众视野里。

我申请删帖，但管理员最后只把暴露我个人信息的那一楼给删掉了，帖子依然带着一个"爆"字飘在首页。

那天晚上我一夜未眠，躺在温暖厚实的被窝里，整个人却像一截冰棍似的，怎么都暖不起来。天快亮的时候，我终于熬不住地迷糊了一会儿，可头昏昏沉沉的，像有无数画面扑面而来，要塞入我的脑袋，又有无数人在我脑袋里蹦跳、喊闹，让我不得片刻安宁。

我知道，表面的平静终究不是真正的平静，该来的终究还是会来。

信誓旦旦说着相信我的阮薇薇，第二天突然说要向我借一件参加学院圣诞舞会的内搭。我正在阳台洗衣服，来不及阻拦，她就当着我的面打开了我的衣柜，还用手往两边一拨：那些被我藏在衣柜里，连包装都没拆的香奈儿、普拉达、卡地亚们暴露无遗。

我从阳台冲过来，猛地一下关上柜门——可已经迟了。

我看向阮薇薇，她脸色铁青地说："原来网上说的都是真的……我还不信呢！文芊夏和我打赌，说你肯定在寝室里藏了很多那些老男人送你的礼物……"阮薇薇有个死党和文芊夏同校同专业，可我不知道她们俩原来也有私交。

"呵呵，我真傻，可以说是很傻很天真了。"阮薇薇从惊讶到愤怒，又从愤怒变为嘲讽。

"不是这样的……"我的声音很无力，言语苍白得无法构成合理的解释。

"那是哪样？"阮薇薇的声音里带着浓浓的失望和厌恶，"林星，你知道我爸和我妈是为什么离婚的吧？我爸的小老婆比我都还要小两个月，当初看中我爸有钱，死命往他身上贴，真是不要脸！我和你说过，我最讨厌狐狸精了，为了钱，出卖自己，不管对方是什么人，有没有家庭……呵，亏我还把你当作朋友，刚看到那消息时为你愤愤不平，现在看来，我真是有眼无珠，蠢得让你发笑了吧？"

"薇薇……"

"别叫我的名字！"阮薇薇后退一步，看着我，冷冷地说，"你让我觉得真恶心，和你住在一间寝室里，真恶心！"她将门用力甩上，带着震惊和愤怒，还有被好朋友欺骗的委屈，走了。

我垂着头，阳光从阳台的窗户照射进来，有一小片打在我的手背上。我的手上还沾着肥皂泡，圆圆的小小的，一簇簇地黏在我的皮肤上，在阳光的照射下，像小小的透明的会发光的花球。

很漂亮，可这漂亮脆弱得不堪一击。

刚才阮薇薇的话里提到了一个我熟悉极了的名字——文芊夏。

原本我只是怀疑，网上那些帖子是文芊夏发的。因为评论里说我和乔杨恋爱分手过程时的细节太准确了，外人不可能知道得那么细，而阮薇薇的话，几乎是坐实了文芊夏的嫌疑。

高中时，她看我不顺眼，欺凌宝拉，挑拨我们的关系，如今她索性放开手脚，借着网络，将冰凉的利刃抵到了我的皮肤上。

只是，让我意外的是，向来喜欢装小白兔的文芊夏，这一次竟然亲自下场。也许隔岸观火对她来说已经不够过瘾，要亲手推我坠崖，才觉得解气。

下午专业课，我一进教室，就听到文芊夏故作关心地问："薇薇，你真的在林星衣柜里发现很多奢侈品吗？不可能吧？我之前是和你开玩笑的。我高中时和林星是同学，她可不是那种很cheap的女生。"她语带天真的怀疑，却使我被"包养"的传闻又加深了几分可信度。

阮薇薇沉着脸，没有吭声。曾和我有过过节的某个女生则嘲讽地说："是不cheap啦——香奈儿、卡地亚，哪个便宜啊？我们普通女大学生可买不起。"

"我还是难以相信，林星看着那么清纯……不过现在想想，她和乔杨分手的时候，那么决绝，那么狠心，谁能想到，原因会是这样。"文芊夏的声音自带一种少女的甜美，就算恶意攻击别人的时候，也充满了无辜感，何况她站在一个"围观群众"的立场，这番话说得也不算过分。但她提到了乔杨，给旁人提供了一条"新思路"。

果然有人接话道："真为乔杨不值啊，他和你分手选了林星，是鬼迷心窍了吧？"

"乔杨都不要了，可见林星还真不是'看颜值'的人，哈哈，有钱就好啦，叔叔伯伯爷爷都没关系。"

"什么叔叔伯伯爷爷的，现在流行叫'candy daddy'啦！"

"哎呀，你们别这样，被林星听到了，她该难过了。现在不止你们学校，我们学校也有不少人在关注这个事情，我真怕林星想不开呢！"文芊夏说这些话的时候已经看到了我。她与我对视了一眼，脸上的表情配合话语，是关切的意思，可眼底却是满满的轻蔑与挑衅。

“别说了，林星来了。”又有人发现了我。

“她来了又怎么样？敢做还怕被人说啊？”说是这么说，但她们的议论声到底是停了下来。

我深呼吸，挺直脊背，镇定如常地走到自己常坐的位子坐下，好像她们刚才谈论的那个人不是我。

文芊夏不肯放过我。她走到我面前，关心地说：“林星你还好吗？你比我想象的坚强很多啊！我还以为你不会来上课了。看到你好好的，我也就放心了。”

“我能有什么不好的？学生本职工作就是好好学习，我当然要来上课。倒是你，”我看着她，话锋一转，“你走错教室了吧？要到我们学校上我们专业，你高考时可得再加把劲，多考个一百来分呢！”

文芊夏神色未变，眨着清澈见底的大眼睛说：“我来看看朋友，校规里没说不行吧？”

“我校胸怀博大，倒是没说闲杂人等不能来串门，但我们要上课了，你还是赶紧出去吧。”我顿了顿，又道，“还有啊，她们没告诉你吗？你刚才靠着的那张台子，是我们的解剖台，解剖大体老师的——哦，大体老师你知道是什么吧？就是尸体。”

文芊夏脸色一僵，随即自然无比地扭头对阮薇薇说：“薇薇，我去自习室等你，你下课了我们一起吃饭。”她转了个身，突然又回过头，看着我放在课桌上的双肩包，故作困惑地问：“林星，薇薇说你衣柜里有香奈儿的包包，你怎么不背要藏起来啊？我还没见过真的香奈儿，你下次背出来，让我们这些没见过世面的女同学开开眼界吧？”

所有人，不管看没看我们，都竖着耳朵在偷听我们的对话。而文芊夏就是要我的同学们都知道且确认——我林星，是一个靠出卖青春换得奢侈品的，虚荣又低贱的女生。

可就算她已经成功抹黑了我的形象和声誉，我林星也不会让她得意。

我不怒反笑，看着文芊夏的眼睛说："我们班女生才没那么小心眼，我是怕你嫉妒啊！啊，对了，你不是很关心乔杨吗？想不想知道他近况？"我掏出手机，从云端相册恢复了那张已经被我删除的乔杨妈妈发给我的照片，放大了举到文芊夏眼前，说："他交新女友了，我祝福他。至于我为什么和乔杨分手，我爱钱还是爱人，我和他之间的是是非非，你这个外人，就别再关心了。我知道你今天刻意来说这些给我的同学听，无非你嫉妒我。芊夏，听我一句，放下吧。乔杨不属于我，但也不会属于你……啊，不是，话也不能这么说。'世上无难事，只怕有心人'，所谓'有梦想谁都了不起'。你继续加油吧！"

文芊夏的脸色变得很难看，却仍要笑给我看："林星，我嫉妒你什么啊？你挺能颠倒黑白的啊！"

"黑白自在人心吧。"我一眨不眨地看着她。

文芊夏终于悻悻地走了。我故作镇定地坐下来，手指却微微发抖。文芊夏弄臭了我的名声，我便猛戳她的痛处，我们这是伤敌一千，自损，也是一千，谁都没占到便宜。

专业课连上三节，最后一节课结束，已经6点了。先前每周这节课后，我们宿舍都会去下小馆子，因为这个时候食堂通常只剩一些残羹冷炙。

可那天，没有人等我。宿舍长秦伊远远地看了看我，眼神有点犹豫，阮微微推了她一下，催促道："快走吧，我饿死了。"她的背影里都是对我的敌意。

我朝秦伊点了点头，意思是我没事。她如释重负，和其他舍友们有说有笑地走了。

我背上书包，独自穿过校园，去食堂吃了一碗青菜肉丝面。大师傅的面条做得挺好吃的，汤头鲜美，青菜也绿油油的，看着就很有营养的样子。

我低着头，用筷子挑起一绺面条，热气熏入眼睛，眼泪啪嗒一声就落入碗里。

书包里的手机又开始震动，洛瑞行偏在这个时候来了电话。

我重新放下筷子，接通电话："喂？"

“刚下课吗？你在干什么呢？”

“吃面。”

“哦。”洛瑞行在电话那头顿了顿，才道，“我这个星期要出差，大概半个月，你在学校……好好学习。”

“好的。”

洛瑞行不再说话，我也没说话，我们就那么沉默下来。我对他无话可说，这时候也没心情讨好他。

过了不知多久，洛瑞行好像叹了口气，轻声说：“你继续吃面吧。”说完，他切断了电话。

我把手机丢进包里。面已经凉了，我也没什么胃口，呆呆地坐在偌大的、空荡荡的食堂里。

洛瑞行要出差半个月，这个消息对我来说是个好消息，因为至少有半个月，我不用提心吊胆地去赴约，心不甘情不愿地收下他的礼物，再鬼鬼祟祟地带回寝室。要是洛瑞行一直出差就好了，那我就可以不用面对他了……我暗暗地想。

如果之前我对和洛瑞行吃饭这件事，不反感不抵触，甚至还有点开心的话，那么当我被“包养”的信息传播开之后，那种压力从空中掉下来，直压我天灵盖之后，我便开始厌恶起自己必须对洛瑞行履行的这种“有求必应”。

我甚至开始无端恼怒洛瑞行，觉得自己的委屈，是因他而起：如果不是他总找我，别人就不会拍到那些照片；如果不是他逼着我收那些礼物，阮薇薇就不会在我衣柜里发现那些东西，坐实了传言；如果……如果……

我狼心狗肺地迁怒于洛瑞行，我把对自己无能，只能依靠他脱离困境，却又使自己陷入另一种困境的愤怒转移到他身上——因为只有这样想，我无处发泄的情绪才有一个出口，心里才会好过一些。

虽然，我明明知道，洛瑞行是无辜的。

洛瑞行消失的时间比他自己预估的还要久，我们连续有一个月没有见面。

在这一个月时间里，我完成了从上厕所也要呼朋引伴，到火锅也能一个人涮的惊天巨变。一开始，我是被孤立，到后来，我又主动疏远了一些朋友。有些关系变了就是变了，回不去了。

只有宝拉和沉星皓对我还和以前一样，玩笑照开，讨论某个女明星挤破头想嫁豪门而不得、女星陪酒价目表爆出、某某超模拔得头筹的八卦时也毫不避讳。

在他们眼里，我依然是他们认识的那个林星，而不是陌生人口中背着巨大人生污点的“林星”。

我猜他们是怕我想不开，那段时间两人都频频约我，从而有了我两大死党——宝拉和沉星皓的第一次友好会晤。

那天是宝拉生日，我们三人一起去龙川吃火锅，吃完火锅又去唱K。我点了三瓶啤酒，本意是一人一瓶，但宝拉和沉星皓都不喝，我便一个人喝了三瓶。

我有点醉了，但意识还是清醒的，借着酒劲，拿着话筒对宝拉和沉星皓说：“谢谢你们，不嫌弃我……承蒙错爱，爱错了人，每天都是情人节……呵呵！”

沉星皓“啪啪啪”为我鼓掌，称赞我：“说得好，才华横溢！”宝拉扶着我，一直试图让我坐下来，因为我拿着话筒，整个人晃啊晃的，她总担心我一头栽倒在玻璃茶几上——砸坏了KTV的东西可是要赔钱的。

“我，稳得很！我，还有话说——我林星，有你们做朋友，开心！来，拍个照，我要发朋友圈，炫耀一下我们的友情……”我坐在最边上，搂着宝拉，伸长了手把她身旁沉星皓的脑袋也用力一揽——沉星皓的脑袋就靠在了宝拉的颈窝里——“茄子！”我对着镜头欢呼大叫，按下了手机的拍照键。

拍完合照，我窝在沙发里，还记得用美图软件，帮宝拉把脸推小了一圈，给我们每个人加了可爱的兔子耳朵后才上传朋友圈。

接着我人一歪，倒在沙发上，像睡着了一样。

其实我的意识是清醒的，我听到宝拉在唱梁静茹的《丝路》：“如果流浪是你的天赋/那么你一定是我最美的追逐/如果爱情是你的游牧/拥有过是不是该满足/谁带我踏上孤独的丝路/追逐你的脚步/谁带我离开孤独的丝路/感受你的温度……”

沉星皓在假装自己是Bigbang，但词都是自己瞎编的，一顿胡唱，只有

"Bang Bang Bang"对得上。

我太累了，累得睁不开眼睛，但心里觉得很安定，因为我最好的朋友和我在一起。

这世界风霜凛冽，但到底有那么一两个人，那么一两片小小的屋檐，能让我短暂地停留和温暖。我知道，这不是我的久留之地，天明之后，我们又要独自面对自己的人生——但，有这片刻就好。

直到很久之后我才知道，那天晚上我一把揽过沅星皓，把他的脑袋靠在宝拉颈窝里的那个瞬间，是宝拉初初心动的开始。

宝拉对沅星皓，是被我"一揽钟情"，自此之后，再无旁人可入眼。可她也知道，沅星皓喜欢她，却不可能是以一个男人喜欢一个女人的那种心情。

纵览沅星皓交往过的历任女友，性格各异，各有各的奇葩，但无一例外的肤白貌美高颜值、细腰丰乳大长腿，和宝拉的样子南辕北辙。

我得知宝拉暗恋沅星皓，已经是毕业之后的事了。我曾非常惊讶地问宝拉："我是你最好的朋友，沅星皓也是我很好的朋友，为什么你不告诉我？"

宝拉温婉一笑，带着点哀伤地问我："告诉你干什么？我只是喜欢他，其他逾矩的事不会做的。"

"什么叫逾矩的事？"宝拉语气里那种妄自菲薄的意思让我生气。

"喜欢他，就已经是逾矩的事了，所以，我不能让你们知道。"宝拉轻声说，"你看看人家什么家世，什么长相，我什么情况，什么体重？这点自知之明，我苏宝拉还是有的。"

"宝拉……"我很想义正词严地告诉宝拉一堆"好看的皮囊千篇一律，有趣的灵魂万里挑一"这种正能量的鸡汤，可是不知道为什么，我才叫了她的名字，就哽住了。

生活不是鸡汤文，很多事不是靠"努力"的"正能量"就能解决的。

后来，宝拉迷上了一个男演员，眉目之间和沅星皓有几分相似。美甲店开起来之后，她的经济状况好了很多，便逐渐开始花式追星。

去年，宝拉费了许多周折，才以高价从黄牛手里买到一张男星的粉丝见面会门票。我送她去机场的路上，忍不住说："又不是十几岁的小姑娘了，怎么追个星还那么狂热啊？看几眼，唱两首歌，握个手，至于花那么多钱吗？"我自身负巨债之后就成了个"守财奴"，几乎不在不必要的人和事上耗费金钱。

宝拉笑了一下，她望着窗外飞逝的景物说："如果喜欢一个人，花钱就能看到他的人，听到他的声音，握到他的手，你不觉得这种对换真是又简单又便利吗？他赚到钱，开心，我看到他，又因为付出了金钱而不用觉得耽误了他、影响了他，我也开心。"

"哪怕他的笑容是你花钱买的，你也开心？"我问道。

"当然啦！"宝拉的笑容像咸味的冰激凌，"如果爱情也可以买到的话，我一定更努力地赚钱。我愿意用钱买爱情。我给他钱，他爱我，我便不会因为得到他的爱而感到有愧于他。"

——什么样的女生，会因为被爱而觉得有愧于对方呢？在她心里，自己到底是怎么样糟糕的存在啊？

"宝拉……"我握紧方向盘，心疼极了。宝拉那么好，可是她不知道自己有多好，那些她遇到的男孩子，也没有告诉过她，她有多好，反而不少还贬低她，羞辱她。

所以宝拉对沅星皓的喜欢，从来都是默默的，她连想象被爱都觉得是对对方的亵渎。

我替宝拉不平，曾借机问过沅星皓："你要不要这么现实？你能不能看一看人家女孩子的内在啊？"

沅星皓特别真诚地告诉我："我就是喜欢她们的内在啊，只是碰巧有我喜欢的内在的女孩子，都长得很好看，我有什么办法？总不能叫她们去毁容吧？"

他这回答，我竟无言以对。

其实严格说起来，沅星皓的女友里倒有一个女生以内在"取胜"，成了他心里的挚爱白月光——就是传说中的唐叮咚，但就连她，外貌也不差。

唐叮咚，住我隔壁寝室，学建筑，是个学霸，专业成绩年年全系第一，选修课也全部都是A。

沅星皓对她一见钟情。

宝拉对他初次心动的那天晚上，我喝多了，沅星皓送我到寝室楼下。那么巧，唐叮咚穿着小兔睡衣，趿着拖鞋下楼扔垃圾。结果还没靠近垃圾桶，她忽然尖叫起来："啊，有蟑螂！呜呜呜！"南方女生独有的娇嗔娃娃音，连惊讶害怕都让人心里一阵酥麻。

沅星皓忍不住多看了她一眼，然后"只因在人群里多看了你一眼"，他就此沦陷——唐叮咚一边嘤嘤嘤哭得梨花带雨，一边追着蟑螂猛踩，一边踩一边哭，一边哭一边踩的画面像一颗小石子，投入了沅星皓的心湖。

"操，这妞我喜欢！"沅星皓把我往寝室楼的方向一推，自己向唐叮咚搭讪去了。

我后来才想起来，宝拉和沅星皓是在同一天心动的，只是对象不是彼此——对宝拉来说，这是多么令人心碎的巧合。

我大二那年的冬天好像特别冷，天气预报说，圣诞节那天有小雪。

我独自在食堂吃饭时，听到邻桌女生热烈讨论圣诞舞会那天要怎么穿才又美又保暖时，才突然意识到，竟然又到了一年的尾巴上了。

对我来说，这一年发生了太多太多的事，以至于我都忘了自己其实才比去年长了一岁。去年这个时候，我还在和乔杨赌气，仅仅因为他吃了一个别的女生送他的平安果。但后来我又很快高兴起来，因为在圣诞舞会上，乔杨作为学生会会长跳开场舞，他径直走向我，微微倾身，向我作出邀请的手势。

我还有点不情愿，乔杨拉住我的手，用力一带，我就扑到了他怀里。周围的同学在起哄，我双手抵着他的胸口，脸热到好像发烧。

乔杨看着我的眼睛，笑盈盈地问："你在吃醋吗？"

我仰着脸看着他，嘴硬道："我还喝酱油咧！"

“我尝尝。”

我蓦然睁大眼睛，整个人热到好像要爆炸，大脑一片空白，心里只有一个念头——乔杨，他要当众亲我了吗？

可他缓慢靠近的脸，最后停留在离我鼻尖半寸的位置。他扬起唇角笑了一下，然后弹了一记我的脑门说：“你在想什么呢？专心跳舞。”

那天，我是整场舞会最受瞩目的女生，最幸福的女生，最闪亮的舞会queen。

仅仅时隔一年，一切都不一样了。

下午我躺在床上看书时，秦伊和阮薇薇从外面回来，没有发现我在。

只听秦伊问：“薇薇，去年圣诞舞会我们宿舍是约好了一起穿红色，今年我们要不再统一穿一个颜色？”

“好啊好啊，蓝色怎么样？”

“……诶，这要告诉林星吗？”

“林星？”阮薇薇突然停顿了一下，冷笑一声，“她还有脸去参加圣诞舞会？她现在应该夹着尾巴做人才是，抛头露面不是自取其辱吗？”

她们又聊了几句，提着暖壶下楼打水去了。我慢慢地从床上坐起来，抱着膝盖，原本空空的心里，慢慢地被愤怒，被不甘，被委屈填满。

我做错了什么？这样的人生，我有的选吗？我没有主动伤害过任何人，为什么我必须夹着尾巴做人？

我突然打定了主意：今年的圣诞舞会，我不只要参加，还要穿得漂漂亮亮，大大方方地参加！

我化了淡妆，睫毛刷得又翘又长，穿着冬日里最惹眼的白色羊绒大衣，神情却是最如常的样子。我在入口领了号码牌入场，会场里早已到了不少人，三五成群，关系好的围坐在一起，相识都不熟的打招呼寒暄。

我扫视了一圈，看到舞台偏左的下方还有几个空位，就朝那走了过去。可还未落座，隔壁就有女生把包扔了过来：“不好意思，这里有人了。”

我抬眼，看到一张陌生的但写着挑衅的脸。我没有理她，扭头寻找新的空位。这一次，我顺利落座，可原本坐在那个位子左侧的女生突然站起身，往旁边挪了两个位子才又坐下，对我一副唯恐避之不及的模样。

阮薇薇看到这一幕，笑出了声，毫不避讳地说：“林星竟然有脸来？不知道自己现在是H3N3啊？”

呵，原来我现在是病毒。我拨了拨头发，若无其事地微笑着剥了一颗奶糖放嘴里。

今年舞会的开场舞是个游戏环节，根据入场时领到的号码牌自动配成舞伴。那晚与我配对的男生，是同系另一个班的胡玮。

“7号，哪个美女7号？”他挥着手里的号码牌，充满期待地大喊着。

胡玮大一时曾追过我，我明确拒绝他后，他还给我发了一则长长的短信，说我永远是他生命里难以忘怀的“红玫瑰”。

我走向胡玮，他露出明显惊讶的表情：“你是7号？”

我点点头，笑了一下，心里多少有些庆幸，抽到7号的人是个熟人。

胡玮突然挑了一下眉毛，朝两边看了一眼，然后叉腰看着我问：“你说我怎么这么倒霉呢？抽签都能抽到你？你来干吗啊？你不知道自己现在什么身份啊？”

我的笑容还是一点点凉了下来：“什么身份？”

“婊子啊！”胡玮凑近我的脸孔，大声地说，“我以前竟然觉得你还不错，真是瞎了眼。”他把那张号码牌扔在地上，转身走到一边的座位区落座。

有人发出哄笑声，有人朝我指指点点。我也慢慢走回自己的座位。礼堂里明明很拥挤，可我像带了结界护体，到哪，周围都空了一圈。

来舞会之前，我以为自己很勇敢，我以为自己做好了完整的心理建设，但经过一整晚的冷落和异样眼神的关注之后，我的内心还是一个角落一个角落地坍塌了。

在别人眼里，我仿佛一个异类，站在那些青春鲜妍的女同学里，我是一朵沾了淤泥又自甘堕落的花朵，还不知廉耻。

我由赌气变成了委屈，又由委屈变得愤怒。我恨命运，恨我爸，恨我自己，最后把这些恨都抛到了洛瑞行身上。

“不如我们以后不要见面了吧？”

“林星，向来只有我说以后别见面了，你哪有资格？”我永远记得洛瑞行说这句话时眼神森冷的模样。

“你说我对你没意思，意思是指我没动你，你有点着急了吗？你怎么知道，我不是想把你养得可口一点，再细嚼慢咽地吃掉呢？”

我惊恐地睁大眼睛看着洛瑞行，身体无法控制地微微颤抖起来。

洛瑞行的这番话，让我突然想起某一天清晨，天才蒙蒙亮，他就用连环call把我从睡梦中惊醒，喊我一起去吃某家早点铺子的生煎包。

我匆匆洗了把脸，走出校门的时候宛如一抹游魂，到那早点铺子的时候仍睡眼惺忪的。但我进门的瞬间就醒了——清晨6点，生煎包嗞嗞叫着出锅，老板在葱盆里抓一把青葱碧绿的葱花，再抓一把墨黑油亮的芝麻，温暖的食物香气瞬间在空气中四处弥漫，唤醒我沉睡了一晚上的胃口。

那是属于凡尘俗世的烟火气息，是食物最具想象力的瞬间。洛瑞行说：“这一刻，其实比真的吃到嘴里更有滋味。”

他是行家，无论是做生意还是尝美食——也许，对他而言，落难的我，不得不仰仗他的势力才能苟存下去的我，就是那锅刚刚出炉的生煎包吧！这么久以来都对我以礼相待，或许是在等一个时机。像等一锅生煎包出锅，像等一朵花开放，像等一个冰激凌的最佳赏味期。如果我足够聪明，应该把他等待的时间尽量延长，而不是激怒他，让他产生想要毁灭我的念头。

他带着盛怒走了，我抱着那盒姜饼小屋，从雪地里站起来，深一脚浅一脚地回到寝室。我身体僵硬地爬上床，在冰冷的被窝里躺了好一会儿，才鼻子一酸，哇哇地哭了出来。

我闹了一场，但终究还是得趴在洛瑞行的脚边，请他原谅我，因为只有他才能“拯救”我，用他数之不尽的财富，和深不可测的权力关系网。

之后，我担心的、恐惧的事情一直都没有发生，只是洛瑞行对待我的态度远不如前。如果说在圣诞节之前，洛瑞行待我尚有三分和善和温柔的话，那么我闹了那一场之后，他虽然没有与我秋后算账，但显然少了耐心，常常我一句话说错，他就立刻翻脸。

要不说人心本贱呢？洛瑞行好好待我的时候，我还不时拒绝他，甩脸给他看，他对我动不动就不耐烦之后，我倒收敛起自己的任性，学会了做小伏低。有时候他长时间不召见我了，我还得抱着维系客户的心情，主动给他请个安，和他约个饭什么的。

后来的我和洛瑞行还是会吵架，还是会不欢而散，但我到底没敢再像20岁那年的圣诞节那般，狠狠激怒他。因为我终于明白，我激怒他，不如自己干脆地寻一条舒服点的死路。

时间如风沙，掩埋一切，与我有关的传闻在半个月后渐渐平息下去。我以为这一页可以翻过去的时候，又有人再次爆料：“这才是林星的男朋友，英俊多金，之前那个只是司机！司机！”配图是我望着一个穿衬衫的男人，男人背对着镜头，看不到脸，但从背影就能看出身材挺拔，肌肉匀称，绝不超过35岁。

我看着那张照片，太阳穴“突突”直跳：这张照片明明是洛瑞行要求我拍的，怎么会被传到网上？

我跑到寝室顶楼，给洛瑞行打了个电话：“为什么那张小夏姐姐给我们拍的照片，会在网上出现啊？你手机丢了吗？”我小心翼翼地问。

“没丢，照片是我让人发的。”

我：“？”

洛瑞行在电话那头顿了一下，又道：“听说你同学传你被一个老头包养了，我觉得有必要澄清一下。”

“澄清？你这算澄清？”我觉得自己的血压瞬间就升高了。

洛瑞行在电话那头字正腔圆地说："我不是老头，我也不想老周被误会。"

"……"这话说的，好像他跟老周有私情似的。

"你知不知道，这件事好不容易才平息一些，你这么做，害我又成了被同学议论的对象？"我一边说，一边握紧了手机。

洛瑞行像何不食肉糜的昏君般说："有什么好议论的？你要是怕别人说，就说我是你男朋友，我准了。"他的语气，好似他给了我多大的恩赐，作出了多大的牺牲似的。

我委屈又愤怒地想捶破宿舍楼顶："洛先生，说一个谎，是要用一百个谎来圆的，而我在这个方面没有天分，肯定是要露馅的。到那时候，我就是一个满嘴谎言又被老头包养的虚荣无耻的女大学生负面典型了。"我鼻子一酸，轻声说，"我是不好，可我没有那么不堪。"

电话那头，洛瑞行久久没有再出声。我揉了揉眼睛，又开口道："没事了，这事我会自己解决的。不好意思打扰你了，再见。"

我等了等，待洛瑞行也说了"再见"后，才把电话切断。

我回到寝室继续看那张帖子，果然，洛瑞行所谓的"澄清"，不止没帮我洗刷被老头包养的传闻，反而被人添油加醋，说我勾搭手段高超，半年内又搭上了第二任大金主。不过，这个帖子当天晚上就被删掉了。

只是，删掉也没用，我在学校里又"红"了一次。

想也知道，那个帖子是洛瑞行让人删掉的，算是他的"善后之举"吧。另外，他还做了第二件事——送了我一只爱马仕的背包。

那是我人生中第一次摸到传说中的顶奢品牌包包，心情很复杂。以前我只在明星街拍里看到过的品牌，不管我喜欢不喜欢，愿意不愿意，洛瑞行都差不多给我买齐了。如果没有他，我大概在40岁之前都没资格拥有这些物质。

我该感谢他吗？我该。当然不是谢他送我礼物，而是谢他拯救我，又未为难我，但因为他而起的那些风波，带给我的那些屈辱和痛苦，也是真的。

林星是属于洛瑞行的，林星的青春，已被洛瑞行用2000万预定。他在我名誉的外衣上，深深地打上了属于他的烙印。

洛瑞行有时候很天真，以为所有情绪都能被物质抚平，所有伤口都会随时间流逝而痊愈，却没有想过我在学校的处境，哪是那么容易被改变的。

其他人异样的眼神和非议我可以不在乎，但在宿舍十几平方米的狭小空间里，被排挤的感觉实在太令人难受了。只要我存在，气氛就会变得很诡异。

托洛瑞行的福，他给我的零花钱很丰厚，我索性在学校附近租了一处僻静的小公寓，从寝室搬了出来。

我搬得很匆忙，在寝室收拾东西时，恰巧只有阮薇薇在看剧。她看到我进门，立刻戴上耳机。

我正低头专心地收着东西时，突然“啪”一下，一件毛衣开衫被甩在了我的桌子上。我抬起头，看到阮薇薇摘了耳机，抱着胳膊看着我，鄙夷地说：“你的东西还给你，我嫌脏。”

那件毛衣是我送给阮薇薇的，因为以前她总说我的衣服好看，喜欢我的穿衣风格。我看她好像特别喜欢这件，就送给了她。

我低头看着那件毛衣看了许久，终究是没说话，没有为自己辩白一句。

我把毛衣叠起来，收进箱子里，一起带走了。

第十二章

“你想保护我？”

“嗯。保护你。”

洛瑞行这人真的很奇怪，有时候温柔善良得像个天使，有时候又刻薄恶毒如魔鬼，完全不按牌理出牌，想一出是一出，完全随心所欲。

医院给我打电话，说林添丁醒了，要见我。

我立刻请假，转了三次公交车，终于到达我爸所在的养老院。这里他转院的时候，老周载我来过一次，去年过年的时候，我在病房里，吃着泡面度过了除夕夜。

这是我第三次来看我爸。

我在病房门前停顿了几秒钟，才推门进去。我爸躺坐在床上，原本望着窗外，听到声音，扭头看向我。他瘦了一些，头发花白了一大片，但看着状态还不错。

财富并不万能，但有真的比没有好——因为洛瑞行爽快地支付高额看护费用，我爸才能得到周到而专业的照顾，我才得以没有后顾之忧，经历如此巨大的人生变故后，依然能够继续学业。

之前我幻想过很多次我爸如果醒来，我会如何气愤而委屈地埋怨他、控诉他，但等真的到了这个时候，我的心竟突然一软，好像也不气了，也不恼了，委屈也忘记了，只是眼泪忽忽地往外冒。

“爸……”我吸着鼻子走到他跟前，“你终于醒了。”

我爸看着我，因为长期昏迷的后遗症，说话还不利索，只能一个字一个字地往外蹦着问我：“你妈呢？林跃呢？公司，怎么样了？”

说到妈妈，我的眼泪掉得更凶了：“奶奶和妈妈都走了，辰辰失踪了……林跃是个骗子，他卷走了公司仅剩的一些钱，用公司的名义欠了很多债，在你出事后就再没出现过。公司的资产能卖的都卖了。”

我说一句，我爸的脸色就白一分，我不忍再说下去。可接着，他说了一句让我瞬间就爆炸的话。

他说：“林星，你……你骗我的吧？你别诬陷……诬陷林跃。我知道，你对他，有偏见，但他，不是，那样的人。”

我突然就不想哭了，同时觉得自己刚才因他苏醒而起的心软、依恋的情绪真是幼稚可笑极了。“他不是那样的人，那他人呢？我可找不到他。要不你发动你的‘父爱’，找找他，看他会不会出现？”我冷笑起来。

我爸呼吸急促，但双眼仍写满怀疑：“你肯定……肯定，是，骗我的。”

“我骗你干吗？有意思吗？”我看着他的眼睛，冷酷地说，“爸爸，你认清现实吧：你的好干儿子，把我们家底都掏空了。”

“不、可、能！”我爸挣扎着要从床上起来，“我……我去找……他！”

“找？去哪找？”洛瑞行不是没让人找过，可林跃原本就处心积虑、谋划周全，事发之后早已不知所终。

“有一件事你可能不知道，”我干脆把所有真相都赤裸裸地丢掷在他眼前，“林跃不是他的本名，是他后来改的。他接近你，认你做干爹，都是一个套。”

洛瑞行的人虽没找到林跃，但查到了他的底细。林跃本名安冲，在结识我爸前一个月才改的名，其用意显而易见。

林跃是来替母“复仇”的。他的母亲名叫安蕊，曾是我爸林添丁的某一任情妇，三年内为他怀孕数次，但每次查出来是女儿后就被迫打掉，随后被我爸抛弃。

带着孩子又因多次堕胎而健康受损的女人，之后的人生过得非常悲惨，不得不靠男人生活。被购买，被抛弃，从一个地方搬到另一个地方，像一件廉价的二手家具。在这种环境中长大的安冲，极度善于察言观色，外表踏实努力乖顺，但心中装满了仇恨，而这仇恨又有一个非常明确的对象——林添丁。

其实在安蕊的所有男朋友中，我爸算是待他们安家母子最好的男人，和他们相处的时间也最长，但给的希望越丰盛，抽离的时候就越痛苦。

失去庇护的安蕊带着安冲，生活水平一落千丈，这落差，在安冲的心里砸出一个仇恨的深坑。

“他叫安……安冲？”我爸蓦然睁大眼睛——他显然对这个名字还有印象，小时候他还抱过安冲，带他坐过云霄飞车，给他买过玩具枪和遥控赛车。

“你还不明白吗？你前任情妇的儿子，做了一个局，要你家破人亡，要置你于死地。现在的结果是，他成功了。”我看着他，睚眦欲裂，“爸，因为你想要一个儿子的执念，你先是家外有家，让妈妈和我还有妹妹伤心。现在你的便宜儿子来复仇，使得辰辰失踪，妈妈去世，还害得自己在这床上躺了这么久！开心吗？惊喜吗？……对了，你还不知道吧？你的车祸也不是意外。司机被抓，判了刑，可是主使他的人没有找到。虽然没有证据，但我猜，和安冲脱不了干系。他不只要你的钱，还要你的命。”

“你……你骗我！”我爸双目血红地看着我，冲我大吼，“说谎的女人，是要被割舌头的！你去，去把林……林跃，找来！”

“说谎的女人要被割舌头，那说谎的男人呢？活该家破人亡吗？可他的家人又有什么错？你种的孽因，却要妈妈和妹妹来承受……而到了这个时候，你还不信你干儿子是个骗子。”我的情绪彻底失控，“爸，我是你女儿啊，你为什么宁愿相信一个外人也不相信我？你为什么不相信女儿也能好好照顾你和妈妈到老，你为什么一定要一个儿子，害得我们家走到这般境地？”

“闭嘴！你有……什么资格，说我？不是……我的错，不是我的错！”我爸青筋暴跳地瞪着我，忽而往身后一倒，咬牙切齿地说，“……我，知道了，一定是，两个女儿！算命的……说，说过：儿子，是福星，女儿，是灾星，是来讨债的！”

我像看着一个可笑的怪物般看着病床上那个我该叫作“爸爸”的男人，心里冰凉一片。

“你在这好好养病吧，别气坏了身子。你要是气死了，我这讨债的，找谁要债呢？”说完这番话后，我摔门而出。

从养老院回来的路上我淋了雨，又心火难消，大病一场，在出租屋里不知昏睡了多久。当我醒来的时候，发现自己不是躺在40平方米的简装小套房里，而是睡在一间有着落地窗的空旷卧室里，被褥柔软得像一朵蓬松温暖的云。

这房间的装修很素净：墙壁是蓝色的，家具是白色，灯也是白色的，像一朵漂浮的莲花，床头的柜子上有一个水蓝色的大花瓶，清水养着一大束洁白的马蹄莲。

我起身下床，赤脚走到客厅，看到一个熟悉的身影——洛瑞行端坐在沙发上，穿了一件灰色的衬衫，神情略显严肃地对着笔记本屏幕，正在处理工作上的事情。

他抬眼看向我的时候，我还有点恍惚，以为自己是在做梦。

“穿鞋，或者回床上去。”洛瑞行皱着眉头，看了一眼我的赤脚，又抬起头命令道。

我的目光四下搜寻，还在想拖鞋可能存放的位置时，洛瑞行已经起身，拿了拖鞋放到我脚边。

“谢谢！”我赶忙道谢。

“你应该谢的。”说完这句，洛瑞行又回到原位坐下，眼看屏幕，嘴里却又吩咐道，“厨房有温着的粥，去喝一碗。”

我好像渐渐习惯了洛瑞行傲慢自大的样子了，也习惯了他命令式的口吻。摸了摸肚子，我刚好也饿了，顺从地去厨房盛了粥，坐在餐桌旁呼哧呼哧喝了起来。我的头其实还有点晕，嗓子也疼得厉害，像含着一块炭，但几口热粥下肚，好似魂游之后又回到了这人间。

“你差点死掉。”洛瑞行突然响起的声音差点呛到我。他的公事处理完了，走到我身侧，拉开椅子坐下。

“唔……是吗？”我并不觉得有多严重。

“你高烧40度，没人在你身边，如果我发现得晚一点，你运气差一点，现在可能已经凉了。”洛瑞行说。

我在粥里找到一块鲍鱼，丢到嘴巴里，满不在乎地说：“谢谢你的救命之恩，大恩大德没齿难忘。”我根本不怕死，或者换句话说，我巴不得自己睡一觉就撒手人寰了，一了百了。

洛瑞行没有说话，过了一会儿，他才轻唤我的名字：“林星。”

“嗯？”

他抬起右手落在我的发丝上，然后凑近我的耳边低吟道：“你是不是还没意识到自己犯了什么错？”

我的鸡皮疙瘩瞬间立正站好——洛瑞行的声音听着波澜不惊，但我有预感，此刻的平和，类似于兵书上的“先礼后兵”。

他离得我那样近，我真怕他作出什么不理智的行为，立刻真诚致歉：“对不起。”我不知道自己做错了什么，但是先道歉就对了，声音模样都要乖巧可人。

“你为什么道歉啊？”洛瑞行不打算放过我，他看着指间缠绕着的我的发丝，继续问。

“嗯……给你添麻烦了？”我大胆猜测，小心措辞。

洛瑞行轻“哼”了一声：“你一直很麻烦——再蒙。”原来他知道我在蒙答案。

“我……不爱惜自己，差点挂了。”这条肯定中——我要是就这么撒手人寰了，洛瑞行的2000万等于打了水漂。

“你倒是不傻。”洛瑞行把手从我的头发上拿开，起身去给自己倒水，背对着我说，“既然不傻，那么林星，好好活着。我会不高兴的事，你别做。”

他怕我死掉吗？还是担心“2000万”？

我看不懂洛瑞行，他有时候好像很关心我，但又常常甩脸色给我看，出言讽刺我，提醒我我是欠他的，摆正自己的位置。像之前，他在乎老周的名声，似乎都多过我。

“好，我知道了。我会长命百岁，除非把欠你的都还上了。”我阳光灿烂地微笑，顺从是良策。

洛瑞行顿了一下，才又开口道：“你那个出租屋跟个狗窝没什么两样。把那边房子退了，从今天起，你住这吧。”

我愣了一下，随即轻声应道：“好啊！”洛瑞行不喜欢拒绝，而我就算拒绝他，也证明不了什么，何必再自找苦吃？

洛瑞行赏给我住的公寓地处繁华市中心，高档小区，楼王位置，装修素雅别致，一看就不是普通设计师的手笔。房租他分文不收不说，还请了阿姨专门照料我的起居饮食，生病期间还有家庭医生按时上门管理我的健康。在这样的悉心照料下，我不出一个星期就又活蹦乱跳的，上秤还重了两斤。

在我生病的这一星期时间里，学校里关于我的负面消息又多了一条：传说我怀了“金主”的孩子，被逼着堕胎，所谓的“病假”，实则是在休养身体。

人果然是一种善于“习惯”的动物。我被误解、被诬蔑的次数多了，竟渐渐产生了抗体，听到这条最新的流言时，我只一笑而过。

我只跟沅星皓澄清了一次：“我要是堕过胎，我跟你姓，叫你爸爸！”

沅星皓急忙摆着手说：“别这么客气，别这么客气，我都要受宠若惊了。”

“……”他这理解能力和语言表达能力，有时候可真让我有吐血的冲动啊！

“最痛快的报复，是以牙还牙，而最优雅的报复，是我永远不会成为你这样的人，还要活出一段比你更精彩、更热烈的人生！”

这是我12岁的时候，被我爸因为琐事狠狠打了一顿，当天晚上躲在被窝里，写的一篇痛斥亲爹的日记里的最后一段。

在乔杨离开之后，我的校园生活始终笼罩在各种各样的流言里，且大部分人对此深信不疑，但我从未放弃过自己，折损过自己。

大学5年，除了大一谈恋爱耽误了点学习，剩下4年，年年考第一，但也年年拿不到一等奖学金。因为大学里拿奖学金，除了成绩，还要人缘，要同学投票支持。

很可惜，我因此错失了光明正大赚洛瑞行400万的机会。但没关系，学了越多知识，见识了越多人世后，我开始觉得凭自己能力赚2000万，也并非毫无实现可能的梦想。

大四的暑假，我盘腿坐在地毯上，吹着空调，看一会儿专业文献，刷一会儿手机——劳逸结合嘛，洛瑞行则坐在我身后的沙发上看电影。

我原本靠着沙发坐得歪歪扭扭的，直到看到江鲁峰被捕的新闻，突然坐直了身体。

“你做的？”我踌躇再三，把手机递到洛瑞行眼皮子底下，小心翼翼地问。我曾下定决心，如果自己之后走运得势，一定要江鲁峰付出代价。谁知他的好日子竟然这么短，我大学还没毕业他就失势了。我余生的目标之一，还未努力就莫名达成了一项。

洛瑞行瞥了一眼，淡淡地说：“我做什么了？我可没犯法，犯法的是他。”

“诶，你们公司最后和江鲁峰的合作，是不是没成？”我旁敲侧击。

“他走的是歪门邪道，道不同不相为谋，很正常。”洛瑞行敷衍我。

“不是说他上面有人吗？怎么这次，没罩着他啊？”我继续追问。

“上面有人？你是说他家楼上有人吗？”洛瑞行的冷笑话比空调冷气还冷。他咳了一声，面无表情地说：“人人都可能成为弃子。”我还想问，他一枚白眼飞过来，我立刻噤声。洛瑞行打定主意，拒绝与我深聊这个话题。

不知为何，我总觉得江鲁峰入狱这事一定和他脱不了干系。而他背着被人骂“过河拆桥”的恶名，也要出手的原因，是什么呢？有没有一丝丝可能，是为了替我报仇？

我的心，因为这个可能性而发生了轻微的动摇，像被什么柔软的东西触碰了一般。

有时候，脑子发昏的瞬间，我也不是没想过，洛瑞行对我是有那么一点真心的，像男人爱上一个女人那样的真心。

他帮助我解决债务，送我礼物，带我品尝好吃的食物，甚至，他可能为了我，谋划了好一阵，最后终于把江鲁峰送进了监狱——如果他对我有那么一点点真心的话，那么所有一切都有了合理的解释。

如果洛瑞行是爱我的，我会爱上他吗？一个控制欲暴强的霸道总裁？

就在我对洛瑞行的好感值暴增，一度脑壳坏掉以为我们之间要产生“真爱”的时候，洛瑞行的第一个闹上新闻的绯闻对象出现了，他也由此正式开启了“热搜”之旅。

在那之前，我对洛瑞行的感情生活所知甚少，在那之后，我只要打开微博搜索洛瑞行的名字，他最新的感情生活就会随网页跳出来，出现在屏幕上。

让洛瑞行上头条的第一个绯闻对象叫楚珂，20岁的影后，一鸣惊人。楚珂有一张标准的巴掌脸，皮肤细白，鼻梁不算高挺，但有个微微翘起的鼻头，搭配她一双顾盼生辉的大眼睛，像童话故事里那种精灵少女。

她和洛瑞行被拍到在三亚的私人沙滩上，以落日为背景，情不自禁地深情相拥。偷拍的照片比杂志封面还有大片感，阅读量和转发数都创下纪录。

我是在食堂吃饭时刷到这条新闻的，米饭里刚好有颗石头，硌了我的牙，我的心也随之“咯噔”了一下。

我一直知道洛瑞行可能有别的“女朋友”，但从没想过，有一天，我竟然会因为他有“女朋友”这件事而感到胸口发闷。

第二天周末，我在图书馆里坐了一天，也等了一天。这周有个著名神经外科专家应邀给本城一个病人做颅内动脉瘤栓塞术，只有那家医院的少数主任医师有幸见习。我听说洛瑞行和那家医院的院长有交情，便央求他，能否破例允许我在手术室见习。

洛瑞行答应了，可他最后忘了替我安排，因为他转身就和楚珂去了米兰，陪她参加时装周——我无足轻重的小心愿，自然被抛之脑后了。

洛瑞行从米兰回来后“接见”了我，送给我一条珍珠项链。那条项链的每一颗珠子都浑圆明亮，光泽温润动人，搭配收腰的小黑裙应该是极美的——我记得，楚珂的某一套时装周造型就是如此，模仿赫本在《蒂凡尼的早餐》里的经典造型。

“你怎么了？不喜欢吗？”洛瑞行看出了我的异样。

“没怎么，项链很喜欢。”我自己将珍珠项链衬在脖子上，微笑地看着他说，“只是想起最近看的电视剧，里面的人鱼哭的时候，眼泪会变成珍珠。我在想这么大颗的珍珠，人鱼一定哭得很伤心。”

“少看那些没有营养的电视剧。”洛瑞行顿了顿，又道，“对了，上次你拜托我的事……”

“小事，忘了就忘了。”我装作不在乎的样子，打断他，不想听解释，“米兰好玩吗？”

洛瑞行点头道：“好玩。”

我也点点头：“想想也是，景美人美，两相得宜。”

“我怎么觉得你今天有点奇怪？”洛瑞行微蹙眉头，唇边却漾起一抹笑，“不高兴我和楚珂一起去米兰吗？”

我夸张地“哈哈”两声：“我谁啊？我哪有资格不高兴？”

洛瑞行看着我的眼睛，像要看穿我的灵魂似的，可他没有纠缠在这话题上，很快换了个话题：“你明年就毕业了吧？有没有什么计划？”

“能有什么计划，”我说，“不就是努力找工作呗。我实习的市一院很可能会要我，不过我听说他们工资不高，就算接到offer也不一定会去。”

洛瑞行抬眼看我：“你……不想出国读书吗？”

我愣了一下，突然想起那个洛震安排给洛瑞行的相亲对象方雪歌，大家闺秀，有钱有颜，读的不知是哈佛还是麻省，总之是世界名校就是了——我与她之间，大概差了10个楚珂吧！我笑盈盈地看着洛瑞行说：“哪敢想呢？总不能你好好养着我，我就真当自己是什么富家千金了吧？当然，如果你希望我去镀个金身回来，那我当然没问题。”

洛瑞行瞪着我，一脸好心被当成驴肝肺的表情。“随你。”他顿了顿，又道，“我注册了一家影视公司，已经签了楚珂。”

“哦？又开拓新的事业版图啦，恭喜恭喜！”我笑着问他，“对了，我还没问你，楚珂真人美不美？我还没亲眼见过什么明星。”

洛瑞行看着我的眼睛，似乎想看透我隐藏的心思，少顷才再次启唇道：“美。”

这个回答显然是真诚的，可我的心情突然就差了起来。我简直是颗呆瓜，自己给自己挖了个坑，“咚”一声跳进去，才知道疼。

“哦，有机会，带我见见。”说完，我又立刻补充，“我的意思是，带我见见世面。”我也不知道自己在掩饰什么，但隐隐觉得，有些情绪只能掩埋，不该出现。

“好。”洛瑞行答应得很痛快。

三天后有场豪门婚礼，新郎是身家百亿的富二代，新娘是圈内人缘颇佳的二线女明星，宴开百席，星光璀璨。

洛瑞行不知从哪弄了张请帖给我，让我去“见世面”，而他自己则携带妆容精致、娇俏可人的楚珂盛装出席。他们绯闻正盛，这次共同亮相，风头几乎盖过台上一对新人。

我坐的位子离主桌不远亦不近，刚好能够看清台上的婚礼仪式和不远处洛瑞行与楚珂的侧影。洛瑞行与楚珂的互动不算亲密，但他们两人并肩而坐的存在感太强了，一个眼神交汇，一次交颈密语，都能引人侧目。

我喝着杯子里粉红色的蜜桃酒，只觉得涩，尝不出甜味。

“你是一个人来的吗？”坐在我右侧，一身白色西服的男人问我。

我扭头看向他，眼神轻轻瞟过他西装上的那枚钻石蝎子的胸针——我认得这枚胸针，有次无聊翻那些拍卖行寄给洛瑞行的图册，这枚钻石蝎子胸针也曾在册，标价不菲。

“嗯。”我点点头，不愿多谈。

“我也是一个人来的。”他见我没有接话的意思，又大方地自我介绍道，“你好，我叫邱司明，是个整形医生。”

我心中突然一动：“邱先生，整形医生是不是都赚挺多的？”

“嗯？”

看到邱司明露出微愣的表情，我才反应过来，自己这问题问得多么冒昧。“对不起，我唐突了。”我拍拍脑袋，“不知怎么，有种脑袋里都是糨糊的感觉。”

邱司明好脾气地笑，拿走我手里的蜜桃酒，让服务生倒了一杯水给我：“这酒喝着像果汁，其实后劲也不小。”

“谢谢！”我不好意思地道谢。

很巧，邱司明和我是同门师兄妹，只是他已毕业数年，事业小成，而我依然在读。在知道这份渊源之后，邱司明对我更是畅所欲言，他描述的医美行业内幕让我大开眼界，传说中顶级整形医师的年收入令我瞠目结舌。

我和邱司明相谈甚欢，婚礼还没结束，我已决定“改行”，下个月就去他的整形医院实习。

“你住哪？我是送你回家，还是回学校？”婚宴接近尾声时，邱司明问我。

“啊，不用了，有车送我。”老周发了信息给我，在离婚宴一个路口的地面停车场等我。我扬了扬手里他的名片，说，“反正我们很快又会见面的。”

邱司明笑了一下："那，期待再次见面的时候。林星，再见！"

"邱医生，再见！"

我没有让邱司明送我到停车场，怕惹出什么麻烦。我带着礼貌的笑意，独自穿过马路，小跑向老周的车，拉开车门——下一秒，我几乎是被拽了进去，然后车门"砰"的一声被关上。

洛瑞行坐在行驶的车里，像座冰雕一样。他冷着一张脸，一只手仍拽着我的手腕，另一只手从我手里抽走了名片，看了一眼："邱司明？院长？"他松开了我的手腕，可接着的动作，是迅速打开车窗，把那张名片丢了出去。

"还给……你干吗啊！"我几乎扑到洛瑞行身上，但来不及抓住被夜风迅速吹没了影的名片。

"你紧张什么？"洛瑞行斜睨着我，"一张破名片，有那么稀罕吗？"

我恼怒地坐回自己的位子，看着窗外不出声，洛瑞行也没再搭理我。老周送我们回到公寓，我默不作声地下车，踩着高跟走向电梯，他也跟了上来。

出了电梯，我背对着洛瑞行用力按着密码锁，他倒好像消了气，在我身后慢条斯理地说："林星，你说是不是我的问题？不然你也跟了我不少时候，怎么眼皮子还那么浅？那个姓邱的不是好人，不值得你结交。"

自大狂！控制狂！我真想把洛瑞行关在门外——可我不敢。我拉开门，待他进门后才把门关上，然后又打开鞋柜把拖鞋扔到他脚边，才悻悻道："可能是我烂泥扶不上墙吧，你给我一堆珍珠我还以为是鱼目，看到一颗鱼目还以为是珍珠。"

"哼，你知道自己蠢，不分好歹，倒也不算无可救药。"洛瑞行冷笑一声。

眼前这男人，傲慢、无礼、霸道……我气到要爆炸，却不得不强压怒火，一边侧首摘钻石耳环，一边假惺惺地问他："楚珂呢？这时候，你们不是应该在共度良宵，干吗在我这里浪费时间？再说了，我和邱先生真没什么，又不是你和楚珂那种，会抱在一起看日出日落的关系。"说着说着，我又气恼起来，一是气洛瑞行又花心又霸道，二是气自己竟然会因为这样的事而情绪波动。

"你果然吃醋了。"洛瑞行的语气里竟然带上了笑意。

"什么果然，什么吃醋，你想多了吧？"我下意识地否认，并且瞪他一眼，

“我只是觉得很不公平，你这是‘只许州官放火，不许百姓点灯’。”

洛瑞行扬了扬眉毛，无比理直气壮地看着我说：“我就是州官，但你？想点灯？做梦都不许想！”他的语气温和，但威严隐含，这并不是一句我可以当作玩笑忽视的话。

我到底还是怂了，气势弱了几分，解释道：“不知道你在气什么，我拿邱先生的名片，不过是要一个工作机会。”

“他那家整形医院业内顶多算是三流，你找他要什么工作机会？林星，是我高看了你，还是你太看不起自己？”洛瑞行问我。

“三流又怎么样？赚钱就行。”我给自己倒了杯水，情绪已恢复了平静，“我要转行，去做医美，邱先生能带我入行。”

“你要转行？”洛瑞行抬眼看向我，“我给你的零花钱不够吗？”

“很够，但我马上毕业了，得靠自己的能力赚钱了。”我还欠着洛瑞行2000万，他最近没怎么提，不代表这件事会消失。我得想办法尽快把自己的“卖身钱”赚出来。

“我养着你不好吗？我对你也没什么要求，待你……也不算坏吧？”洛瑞行走到我面前，摸着我的头发，轻声问道。

我见过他摸Loki的头，问它最近吃得好不好的时候，也是这样的手势和类似的语气——我在他眼里，和Loki到底有没有区别？

我尽量不着痕迹地躲开他的触摸，背对着他说：“你待我很好，可我不想……不想永远是个只能被你保护和饲养的人。也不想像我妈妈一样，把所有希望寄托在一个男人身上，却没有自己的人生。到头来，我爸只觉得她没用，想不起她为我们全家所做的牺牲和付出。而我爸爸出事之后，妈妈因为没有任何应对的经验，一点办法也没有。”

“你怕我像你爸爸一样，突然没法护着你了吗？”洛瑞行皱眉看我，“你这算是杞人忧天，还是在咒我？”

我想了想，说：“也许在你眼里是杞人忧天吧。毕竟你什么都有，想得到的都能得到，所以从来不知道失去是什么感觉。可我知道，并且非常讨厌那种感觉。我，想自己成为，像你一样强大的人。”我紧张地笑了一下，“也许有一天，你会需要我的帮助也说不定。”

洛瑞行依然沉默地看着我，我一眨不眨地直视他，真诚地继续道：“洛瑞行，如果有一天你需要帮助，我希望自己成为能够帮助你、保护你的人。”说着说着，我自己都惊讶起来——原来我对洛瑞行，还存了这样复杂而盛大的心意，而我自己都不知道。

是……感激吧？感激他对我的帮助，感激他对我的馈赠，感激这些年，在他的引领下我的飞速成长。

“你想保护我？”洛瑞行却笑了，像听了一个很有趣的笑话。

“嗯，保护你。”这心意一旦形成，竟越来越清晰。我一字一句地说：“我希望当你需要援手的时候，我已能够有能力帮助你，就像我无助的时候，你帮助我那样。”这些话我说得太过咬牙切齿，明明是类似表“忠心”的话，却说得分外像是诅咒。

“林星，你的想象力很丰富，但那是不可能的。”洛瑞行凑到我的耳边，又缓缓启唇道，“你把想要逃离我的掌控这件事，说得也太清新脱俗又感人肺腑了吧？”他吐字时的呼吸轻轻拂过我耳际的皮肤，温热而酥麻，像有只蝴蝶在我耳边轻轻扇动它的翅膀。

我扭头看着洛瑞行，拉开一点距离，与他四目交接——可我仍看不清他在想些什么。

我半开玩笑半认真地问洛瑞行：“你这样不求回报地养着我，到底有什么乐趣啊？是不是如果我是一个特别有钱的男人，也会喜欢这种，类似于搞个小笼子，养一只小金丝雀的游戏？”

洛瑞行看了我许久，突然笑了：“林星，你不是金丝雀，你顶多是只不服管教，又不识好歹的小麻雀。”说完，他突然又冷下脸，抬腿向门口走去。

“你去哪？”我下意识地问。

“当然是去找楚珂了。”洛瑞行语气冷淡地说，“至少，她不会甩脸色给我看，不会咒我以后人生不顺，落魄到要你拯救，更不会问我什么养鸟养雀这种蠢问题。”

房间里只剩我一人了。我叹了口气，心知自己又得罪了洛瑞行。

洛瑞行又是许久不接见我，但这次他生气归生气，却记得我的心愿，给我安排了一个三甲公立医院整形科的实习机会。

外科手术与整形手术有相通之处，但到底术业有专攻。我先从医助做起，每天都是换药、拆线、查房、配台，剩余的时间一半用来恶补整形知识，另一半用来准备毕业论文。

带我的主任是全国著名的鼻整形专家，不知道是不是洛瑞行打了招呼，还是她真的觉得我有天赋，我是所有实习生里最早开始动手实践的。

最喜欢我的一个专业课老师知道我拒绝了留任市一院的名额，改学整形后，气得好几个星期没理我。他恨铁不成钢地在微信里骂我：“林星，你这是自甘堕落，太令我失望了！”

我被包养的新闻在学校里传得甚嚣尘上的时候他都没说过我一句，我改行这件事却把这年近60岁的老先生气得不行。

在所有同届的学生里，他说我做外科医生最有天赋，学业上也最勤奋。他曾期望我毕业后能学以致用，悬壶济世，谁知我半道跑路，直奔“钱途”而去。

老师不肯接我电话，我只好发了长长的微信给他，感谢他几年来的悉心栽培，以及我发自真心的抱歉：老师，对不起！

但我没法告诉他：我真的需要钱，我要在尽量短的时间里，以合法的方式，赚到尽可能多的钱。

我那条道歉的信息最终没有发送成功——老师因为太过失望，把我拉黑了。

我的“大五”过得兵荒马乱的，学校、医院两头跑，一头都不愿落下。身边的同学陆续确定了毕业后的去向，有去三甲医院当医生的，有继续读研的，还有出国深造的，只有我依然只是一个“实习生”。

他们吃散伙饭的时候，我在看书；他们在KTV聚会唱歌的时候，我在手术台上取耳软骨；他们在学校摆摊，卖带不走的书籍和衣物，享受最后的校园时光时，我在一刀一刀地雕假体。

拼命努力之后总有收获，但独自奔跑的小孩，也总有感觉孤单的时刻。

很快我就迎来了毕业。毕业那天，所有同学都被家人朋友围绕，穿着学士服，捧着鲜花或者证书与他们在学校的每一个角落合影留念，只有我是一个人。

我失去了妈妈，遗失了妹妹，而作为爸爸的林添丁，他即使有心也无力来参加我的毕业典礼。

拍完集体合照后，要好的同学们一起去吃最后一顿散伙饭，唱通宵KTV去了，没人邀请我，而我也不好意思厚着脸皮凑上去。

我摘下学士帽，收起笑容，独自走在林荫道上。我想象了一下，如果妈妈在，看到我今天毕业，在实习工作安排得那么满负荷的情况下，我的毕业论文还拿了最高分，应该会开心得落泪吧？辰辰呢？一定是叽叽喳喳地围着我转，一边崇拜羡慕，一边不服输地说："姐姐姐姐，我长大了一定比你强！"

想着想着，我的眼泪就开始无法控制地掉下来。我边走边哭，直到有人故意挡住了我的路——我往左走，他也往左挪一步；我向右走，他也向右挪一步。

我有点恼怒地抬起头，却看到洛瑞行那张傲慢冷淡的脸孔。"你……"我惊讶得说不出话来。

"我在这附近谈事情，路过。听说你今天——毕业？"洛瑞行看了一眼别处，又将目光落在我的身上，然后伸手拿过我手里的学士帽替我戴上。他端详了一阵，忽而笑道："你穿学士服戴学士帽的样子，像个蹩脚的魔术师。总让我怀疑你会从帽子里掏出一只兔子，长袍里飞出一群鸽子。"

"魔术师就魔术师呗，为什么还要加上蹩脚？"我正嘟囔着，下一秒却被洛瑞行揽住了肩膀，转身——"看镜头。"

"咔嚓。"小夏姐姐按下单反相机的快门，将这一刻定格：我睁大眼睛，微微无措和慌张地看着镜头，而洛瑞行离我很近，好似为了配合我的身高而弓着背，眼角眉梢竟染着些许温柔和与有荣焉似的喜悦。

我后来才琢磨出来，那天洛瑞行是特意赶来参加我的毕业典礼的。我不知道原因，也许是预想到了我的形单影只吧！

洛瑞行这人真的很奇怪，有时候温柔善良得像个天使，有时候又刻薄恶毒如魔鬼，完全不按牌理出牌，想一出是一出，完全随心所欲。

拍完合照，他开车载我离开大学城，直奔机场。

“去哪？我明天还要上班……”我吞吞吐吐的，怕扫了洛瑞行的兴致，惹他生气，但又不想因此耽误明天的工作。

“你可真忙，显得我时间很多似的。”洛瑞行瞥了我一眼。

我赔着笑：“不是不是，我怎么能跟您相提并论？我是瞎忙活，您是真正做大事的人。”

洛瑞行嗤笑一声：“林星，你自己是不是没发现？你每次在心里骂我的时候，都会对我用敬辞。”

真难伺候！我很想翻洛瑞行一个白眼，硬生生忍住了，瞄了一眼小夏姐姐送过来的登机牌：“我们去日本？”

洛瑞行没说话，小夏姐姐看了他一眼，温柔地说：“小洛总送你的毕业旅行。他假都帮你请好了，你放心玩就好了。”

“这样啊！”我心里七上八下的，问道，“小夏姐姐，你也一起去吗？”

“公司还有事，我就不去了。你和小洛总玩得开心。”小夏姐姐送我们至安检口，然后挥手道别。

这一路上，我都没怎么作声。

出境的长途旅行，我和洛瑞行，这意味着我们要长时间单独相处——这简直比明天就要考试，而我一页书都还没看还要恐怖！哦，还有，住宿怎么办？睡一起吗？

之前刚开始住洛瑞行的公寓时，我也有过这样的担心。可他似乎只是爱在客厅看电影，晚上12点之前一定离开，像一个午夜之后就会变身的灰姑娘她哥似的。

可这是长途旅行诶，感觉一切充满变数。

从登机到起飞，从起飞到落地，我整个人都处于紧绷状态，大脑似缺氧般一片混沌。

直到我发现洛瑞行安排的这趟日本之行的第一站，竟然不是大名鼎鼎的东京，不是风光无限的北海道，不是充满生活气息的大阪，而是神奈川时，我才傻傻地问出声：“咦，是《灌篮高手》里的那个神奈川吗？”我趴在车窗上，看着向后逝去的路边街铺招牌——那上面带头的日文分明写着“神奈川”的字样。

“不然呢？日本还有第二个神奈川？”洛瑞行的声音还是很欠扁，可我兴奋到可以完全不在意这些细节了。

《灌篮高手》是我中学时最喜欢的动漫，里面的流川枫是我除了被乔杨捡到的那本漫画书里的凯鲁王子之外，最喜欢的动漫人物了。有很长一段时间，我的QQ头像都是一张流川枫穿着紫色卫衣，在海边骑自行车的图片。

我突然回过头，看着洛瑞行，不确定地问：“你……有我的QQ号吗？”

“没有。”洛瑞行回答得很干脆。

“那……为什么第一站选神奈川？”神奈川并不是除了动漫迷之外的大多数人，来日本旅行会首选的城市。

洛瑞行沉默了一下，镇定地回答我：“因为其他城市，我去厌了。”

“哦。”我应了一声，讪讪地回过头，心想：也是，洛瑞行哪没去过？日本这么近，他不知来过多少次，说不定每次都还有温香软玉陪伴在侧……想到自己也不过是“温香软玉”里的一个，而且很可能是最不入流的那个，我心里就堵得慌，可也只能假装毫不在意。

当你低人一等的时候，连表达真实情绪的资格都是奢侈。

第十三章 所有深爱，都欲盖弥彰

“林星，你是不是气坏了？嫉妒坏了？”

我动弹不得，恼怒地把脸撇向一边，没有作答。

“其实我真的挺在乎你的想法的……林星，只要你说，你不想再看到我的绯闻，我就不让这些事发生。”

洛瑞行没有带我入住五星级酒店，我们在日本的第一晚，是在一家温泉民宿里度过的。温泉民宿是日式传统风格，原木色，榻榻米，超大的露台和餐室，每一个房间都能看到绿意葱茏的溪谷。

让我忐忑了一路的同房问题没有发生——洛瑞行预订的是套房。两个房间虽然相通，但有一扇移门相隔，我们可以共处一室的同时，拥有各自的私人空间。

一起吃了一顿气氛还算愉快的晚餐后，洛瑞行回房间处理突发的公事，我独自换了木屐和浴袍去泡露天温泉。

6月的日本正处雨季，整个下午都阴云沉沉，但很幸运，我泡完温泉回房间后，那日份额的雨才落下来。

淅淅沥沥的雨下起来就不停。我推开窗，趴在窗台上看着眼前满山满谷的雨气，觉得一切都很不真实。

“你在想什么？”

我慢了半拍才回过头，看到靠在门边的洛瑞行。他刚洗过澡，头发还是湿的，松松垮垮地披了件浴袍，胸口裸露一大片小麦色的皮肤。

我收回无处安放的视线，继续望着窗外说：“我觉得自己像在做梦一样……我竟然在神奈川诶。”明明上午还在熟悉的学校，晚上却在小时候最喜欢的动漫里最常出现的一座城市里；明明几个小时前，无人与我拍毕业照时，我还难过得像世界末日一样，这一刻又觉得世界这么大，生而为人，能够看这些美景、尝这些美食，还是有点意思的。

洛瑞行走到我身后，轻声说：“林星，你有时候真是傻气得可爱。”

“哪里傻？”我问得心不在焉，或许是这环境，让我觉得莫名放松，心情愉悦。

“正常女生，不是应该把重点落在我说了‘可爱’这件事上吗？”洛瑞行顿了顿，才轻笑道。

我后知后觉地回过头，突然发现洛瑞行站得离我很近。我微微抬头看着他，他则低头俯视我，一如我们长久以来不对等的关系。

独处异国一室，刚洗完澡的松弛的身体，窗外淅淅沥沥的雨声和浓郁的夜色——所有这一切叠加起来，使得室内的气氛变得微妙和暧昧。我偷偷咽了一口口水，不由自主地紧张起来。

老实说，虽然洛瑞行给了我很足够的时间用来做心理建设，但临到眼前，还是会心里发虚。

虽然已经不是稚嫩的少女，也早就知道终有这一天，可我还是会怕，内心还是会不由自主地涌起一种无法撇除的屈辱感。

我不讨厌洛瑞行，可我们并不是真正的、平等的恋人关系。气氛再美妙，也无法掩盖我们之间交易的本质。

洛瑞行的眼神在我脸上轻轻地扫着。他似乎从没有那么长时间地看过我，一寸一寸地看，像在检阅我的成色，或者，就像吃早晨刚出锅的生煎包之前，凝神听那“嗞嗞”的声音一样，又耐心又细心。

我紧张得手指偷偷握成了拳，虽然强迫自己不要移开眼神，硬扛着与洛瑞行对视，可我仍能清晰地感觉到自己慌得连睫毛都在微微颤抖。

窗外的溪谷里，山风吹过湿透的树林，雨点滴滴答答地打在叶片上，打在屋檐上，落在窗台前的露台防腐木上。整个世界都湿答答的，就像我长满青苔的心情一样。

洛瑞行俯下身，单手托住了我的后脑勺，靠近我的脸庞——在我以为他就要吻上来的时候，他突然笑了：“林星，你这么一副视死如归的表情，是要干吗呢？怕我强暴你啊？”虽然脸上的表情是“笑”的意思，但洛瑞行的眼底却是凉的。

我感觉到似乎有“腾”的一声，自己的脸烧了起来。我脸红不是因为害羞，而是自己的心情被洛瑞行彻底看穿。我连否认都说不出口，只是僵硬地看着他，一副要把自己生生憋死的样子。

“我没兴趣做强迫人这种下作的事。”洛瑞行松开手，说，“所以林星，你大可不用我一靠近你，就露出这种如临大敌的表情。”说完他转身回了隔壁房间。

我耷下肩膀，沉默着，没有叫住洛瑞行，亦没有像电影里演的那样，跑上去，从后面抱住他、挽留他。

太过违心的事我容易做得有破绽，洛瑞行不会喜欢的。

第二天我早早起床，洗漱完毕后，洛瑞行那边还是悄无声息的。我等到9点，肚子饿得咕咕叫，还在犹豫要不要去叫洛瑞行起床时，手机响了。

洛瑞行发了条微信给我：我有事，先回国了。你在附近转转，小夏下午的飞机，她会陪你继续你的毕业旅行。

我看着那条微信，盘腿坐在地板上，低着头，觉得心里空空的——说不出这种感觉，到底是轻松还是失落。

我给洛瑞行回了三个字：“谢谢你！”

他也回了我三个字：“不客气！”

我们这对“宾主”，可以说是十分有礼貌了。

十天时间，我和小夏姐姐一起差不多游遍了日本。

老实说，两个女孩子的自由行，要比我小心翼翼地跟着洛瑞行这样的大少爷一起豪华游要自在许多。但不知道为什么，在镰仓看紫阳花时，在东京逛街时，在京都的神社里祈愿时，在北海道的花田里比着剪刀手拍照时，有那么几个瞬间，我会突然想起洛瑞行。想一想，要是他在的话，他会是什么表情，又会和我说什么样的话。

在奈良喂小鹿的时候，我突然问小夏姐姐："姐姐，洛瑞行和楚珂什么时候开始交往的？"我也不知道自己为什么会问这个问题，但既然问了，便只能装作出于单纯的八卦的样子。

"啊，他们没有交往啊！"小夏姐姐否认得很自然。

"我又不是记者，你干吗那么防着我。"我笑嘻嘻地说，"照片都拍了，石锤啊！"

"真的没有。"小夏姐姐很认真地说，"绯闻的料是我们自己放的。小洛总不是要成立影视公司吗？楚珂是公司签的第一个大牌，炒新闻而已。"

"小洛总原来是看不上这种事的，但没办法，不知道为什么他和大洛总吵了一架，大洛总掐了他的一笔投资，所以这次新公司投的这个电影项目，只能成功不许失败。所以他就配合着演这一出，不止省了一大笔宣传费，效果还特别好。不得不说，小洛总很懂媒体和大众想看什么，想听什么。"

我愣了愣，还是不信："会不会是他们假戏真做了，你不知道啊？"

被我这么一问，小夏姐姐也皱着眉头思考了一下："也不是一点可能没有……可是，"她看着我，反问道，"林星，小洛总的女朋友，不是你吗？"

"我？"我僵了一下，讪讪地笑，"我哪配得上洛瑞行啊！"我只是被他买下了青春的一个"宠物"而已。

"感情这种事，说不好。而且小洛总什么都有，他和我们凡人不一样，完全不需要考虑配不配得上这种，他只要考虑喜欢不喜欢就好了。"

我默不作声，小鹿舔着我的手心，软而潮湿。

小夏姐姐接着说："我觉得小洛总挺喜欢你的。"

"是吧。"我含糊地应着，心里莫名难受，像被什么无形的东西困在一个狭小的空间里，动弹不得。

我在日本的最后一夜，还收到一条奇怪的无名短信：毕业快乐，前程似锦。我还在猜测是谁玩的恶作剧，过了一会儿，对方又发来第二条：阿星，我是乔杨。

我愣在那里，瞪着“乔杨”两个字看了许久许久，然后点击“删除”，把两条短信全部删除了。

沅星皓和唐叮咚是在我毕业旅行期间分的手。这事还是宝拉在微信里告诉我的，她给我发了一张沅星皓的朋友圈截图，他只发了两个字——“再见”。

我说：“他会不会是在说别的事啊？他追到唐叮咚之后宝贝成那样，怎么舍得分手？”

宝拉说：“虽然也不是完全没有可能，但我觉得沅星皓肯定是分手了，而且还很伤心。因为如果是别的什么事儿，像他这种心里不太能藏住事的性格，不会只发两个字。”

我听出了些许端倪，问道：“你这么了解沅星皓啊？宝拉，你有情况啊……”

过了许久，宝拉回了我六个字：“朋友嘛，别瞎想。”

晚上我约了沅星皓和宝拉一起出来玩。沅星皓果然有问题，竟然拒绝了我，我连威逼带利诱的，才把他哄了出来。

沅星皓比我早一年毕业，毕业后在沅教授的公司从基层做起。原本说好了做三个月，然后升部门主管。谁知道三个月后，他表现太懒散，沅教授一怒之下，都一年了，还把他丢在基层趴着。

我们仨吃了心爱的火锅，然后我说找个清吧聊天，沅星皓说：“清吧有什么意思？今天小哥哥带你们两个小土妞开开眼界吧！”

20分钟后，我和宝拉坐在夜店的卡座里，看沅星皓疯了一样站台子上蹦迪。沅星皓长得好看，又有点舞蹈底子，跳得不逊于男团练习生，全场女生为之疯狂。甚至还有个大胆的，脱了内衣甩上台。

宝拉喝了一口橙汁，说：“你看，是分了吧。”

我叹了口气：“你说得没错，是分了。”

我和宝拉没沾酒，沉星皓一个人喝了个烂醉，我们把他扛出了夜店。那个地段很难打车，连拖带拽地挪了几百米，我和宝拉实在没力气了，干脆在路边坐下来。宝拉心细，还去旁边24小时便利店买了水和驱蚊水。

沉星皓看到那瓶驱蚊水，突然暴哭起来，哭成他以前最反感的那种“娘们兮兮”的样子。

我和宝拉后来才知道，唐叮咚的体质特别招蚊子，每年夏天都要备好几瓶驱蚊水。宝拉买的那种，恰好是唐叮咚从小用到大的牌子。

沉星皓没有具体说他和唐叮咚分手的原因，我只是从他支离破碎的叙述中，拼出一个事情的大概。

经历一波男追女逃、鸡飞狗跳却又羡煞旁人的甜蜜校园恋情后，沉星皓和唐叮咚一起毕业了。

唐叮咚不是本地人，工作后，她在建筑院附近的老小区租了一套面积很小的顶楼公寓，冬冷夏热，家具电器都是古董级别的，但她打理得很干净温馨。

我看过沉星皓特意发在朋友圈的对比照片：唐叮咚改造前，那套小公寓破旧肮脏，而经她一番成本不超过三千元的重新布置，整个房子像焕发了新的生命。

她丢掉了原来脏到看不出图案的旧窗帘，换了她从淘宝定制的斑马吹粉泡泡的卡通窗帘，在满是岁月痕迹的桌子上铺了一张黑白格纹的桌布，床垫套了柠檬黄的床笠，斑驳的墙上贴了简易墙纸……

唐叮咚家境普通，但她聪明又努力，对生活充满一种莫名的热情。

沉星皓也曾说，一开始，唐叮咚吸引他的是反差萌，但最后让他深陷的，却是她这种无论身处什么环境，手里握着什么条件，都要让自己像小公主那样生活的劲头。

她不是公主，却想成为公主，但办法不是努力找王子，踩着王子的肩膀成为公主，而是打心眼里就认为自己是小公主，然后努力提升自己，让自己配得上小公主的身份。

在学校的时候，他们两人很甜，虽然也吵架，但连吵架都是甜的，像两道相撞的彩虹，炸出了无数彩虹糖——无非是为了游戏里谁多砍了谁一刀，唐叮咚叫了谁一声“哥哥”；为了女生夏天的裙子是不是太短，而男生处理其他女生的示好时拒绝得够不够快准狠……

分歧是在毕业半年后展露的。唐叮咚的工作很忙，常常加班到深夜，第二天8点半又要准时出现在办公室打卡。沅星皓却还是吊儿郎当的，对工作不怎么上心，甚至还埋怨唐叮咚，为什么为了工作而忽视他?

“诶，其实你不用这么努力，你嫁给我之后，我的就是你的，你什么都会有的。”沅星皓总是这么说。他当然是真心的，可是唐叮咚不是那种听了这样的话会开心的女生。

她反问沅星皓：“你有什么？有你爸吗？你爸就是我爸吗？”

沅星皓涨红了脸，摔门而出。那是两人第一次大吵，虽然后来很快就和好了，但彼此都看到了横亘在中间的裂缝。

原来“在一起”这件事啊，不是互相用心地爱着对方就可以了。

从那之后，沅星皓尽量迁就唐叮咚，也试图认认真真地在他爸的公司好好上进——但他真的做不了那种朝九晚五的工作，坚持了一段时间，觉得很辛苦。

可唐叮咚在职场成长得飞快。她不久之后就拿到一笔颇为丰厚的项目奖金，从那套破公寓里搬了出来，搬到了租金翻倍，但房子状况好了不止一倍的新公寓里。

一个月前，唐叮咚升职了，是全公司历史上升职最快的毕业生。

一个星期前，唐叮咚对沅星皓提了分手。

没有移情别恋，没有第三者，没有吵架，只是女生觉得，彼此不再合适。

“星皓，我曾以为你是命运给我的嘉奖。你就是童话故事里白马王子的真人版，长得好看，家境富有，又对我千依百顺，没有人比你更好了。”

“那你有病啊，为什么要分手？”沅星皓困惑极了。

“我喜欢看童话，但我从不信童话。你没有发现吗？一直以来，我想要什么，就自己努力去争取。”唐叮咚说。她的外表是一颗甜甜的大白兔奶糖，可内心比大多数男生还要理性、果断。

“我没有让你不要努力、不要争取吧？以后结婚了你如果还想继续工作，我也可以支持你。”

唐叮咚看着沅星皓，依然摇头道：“我不能继续和你在一起了……沅星皓，我很嫉妒你。”

“你拿到一副好牌，什么都不用做就拥有一切，而我无比努力，也未必能挽回先天的劣势。我每次加完班，看你等在路灯下对我没心没肺地笑，都会怀疑自己的努力是不是有意义。当然，我理智上知道自己所做的一切都是对的，而你也没错，但感情上，无法控制自己嫉妒你。你会引爆我的负面情绪，所以，我们必须分手。”

“唐叮咚，你是不是加班加得脑壳坏掉了？我又不是你的竞争对手，我是你男朋友啊！就算我拿的是副天赐好牌，我也愿意全部与你分享，我的就是你的，为什么你总要和我分得那么清？”

“不知道，可能，我真的有病吧。”唐叮咚失落地说。

“她有病，脑壳有包！”沅星皓讲这一段的时候，脸上的表情又痛心又荒诞，“她说她嫉妒我——你们说这是什么理由？”说完这些，他又“呜呜”地哭起来。

我叹了口气。唐叮咚倒真是一个奇女子，从她嘤嘤嘤哭着暴打蟑螂开始，就出人意表，最后以这样的理由和沅星皓分手，倒也算有始有终。

只是我觉得，在爱情的语境里，所有要分开的理由，都不过是“不爱了”，或者“不那么爱了”的一个表象。

我给沅星皓递了一张纸巾，一回头，看到宝拉抱着胳膊，眼神发直地看着地面发愣，只是眼泪掉得比沅星皓都凶，满脸都是泪。

“宝拉……”我心里一紧，轻轻地叫了她一声。

宝拉飞快地抬起胳膊擦掉眼泪，然后才若无其事地看向我：“嗯？”

我在那个刹那，确认了宝拉对沅星皓的深情——所有深爱，都欲盖弥彰。

从日本回来后，我和洛瑞行失联了一段时间。老实说，我有点想他，可也就是空闲的时候心里想想而已，其他时候我都没闲着，全身心地投入新行业的学习实践中。

我看新闻报道，洛瑞行也没闲着，绯闻依然满天飞。

之后我们再见，吃饭、聊天，他到我家看电影，一切照旧。偶尔我讨好他，他龙心大悦，偶尔我忙于工作，怠慢了他，他便讽刺我几句，扫兴而归……

日本之行没有改变我和洛瑞行的关系，我们依然不尴不尬的，不远不近的，看似疏远又关系紧密，看似亲密又内心遥远的，这么相处着。我不知道要到什么时候，洛瑞行才会耗尽对我的耐心。

这段时间的好消息是，我通过了淘汰率极高的实习考核，留院转正了。但工作了一段时间后，我发现三甲大院在整形上趋于保守，多以正畸、修复为主，与我想要深入学习和涉足的医美方向有所偏差。所以半年后，我又主动辞职，去了当时规模最大的某连锁整形医院。

说起来，我能顺利跳槽仍要感谢邱司明。有一次他来我们院拜访一位面部正畸的前辈专家，我们再次相遇。这次他没有给我名片，而是直接加了我的联系方式。

邱司明第一次约我，我找了个理由推了。后来我有个专业方面的问题，刚好是他擅长的领域，厚着脸皮给他打了个电话，问了很久。所以第二次他再约我时，我答应了——一是为了还他人情，二是他约我，是去参加一个业内的交流聚会，而我也想多认识一些行业内的人，拓展人脉。

每个行业都有所谓的“圈子”，入了“圈”，机会和资源才能流转起来。我也是在这场聚会上，认识了后来就职的那家连锁整形医院的董事长。

那天聚会结束，邱司明开车送我回家。在我报出地址之后，他脸上露出一个在礼貌尺度之内的惊讶表情："真巧，一年前我想买房，看过你们小区的房子，环境是真好，但价格，也是真棘手。"

"是呢！"我微笑着，没有意义地附和了一声。我不想骗邱司明，但也不想告诉他：那是洛瑞行的物业，我只是被他圈养在那个金丝笼里的一只"小麻雀"。

我主动换了一个话题。邱司明甚有风度，没再提起任何关于房子的话题，也没试图打探我的身世背景，我们一路上相谈甚欢。

邱司明的车开到小区门口时，保安照例要登记访客信息。我按下车窗，原本想刷脸进入，一抬眼，却看到了洛瑞行。

他不知为何竟然站在路边抽烟，看到我露脸，他径直走过来打开车门，拉了我的手，让我下车。

我的心顿时提了起来。我不觉得自己做错了什么，却依然有种不道德的感觉。我匆忙而顺从地从邱司明的车上下来，心里忐忑不安，很怕洛瑞行当场爆发，让我难堪——他之前已经警告过我，他是"州官"，我是"百姓"，他能"放火"，而我连"点灯"都是做梦。

"林星没事吧？这位是……"邱司明似乎担心我，也下了车，试图拦住洛瑞行。

洛瑞行顿住脚步，似笑非笑地看着我，扬了扬下巴，故意提醒我："林星，他问你呢——我是谁？"

我看了他一眼，对邱司明说："他是洛瑞行。"然后又对洛瑞行介绍道，"这位是邱司明，邱医生。"

洛瑞行捏了一下我的手——他显然不满意我对他的介绍。我怕三人僵持在门口造成围观，又担心附近有狗仔，只好又开口道："瑞行是我的……"可我又实在找不出合适的身份来介绍他，张口结舌地停在那里。

"男朋友。"洛瑞行迅速补充。他改拉手为揽肩，对邱司明虚伪地笑道：

“谢谢你送林星回家。林星你也真是的，这种小事劳烦外人做什么？家里的司机都是随叫随到的。”他话里话外，都在暗示我和他关系暧昧。

我木着一张脸，没有作声。

邱司明看了看我。他当然知道，这已经超过他作为一个初识的朋友能够插手的事情了。他朝洛瑞行伸出一只手，说：“小事一桩。洛先生，再会。”

洛瑞行没有握邱司明的手，邱司明的眼神冷了一下，悻悻地收回手。

“再会就免了吧，我又不做整形。”洛瑞行揽着我转身。

我觉得抱歉极了，偷偷回头对邱司明用唇语说了一句“对不起”。

邱司明冲我摆摆手，露出一个宽厚的笑容。

我气炸了，显然洛瑞行也是。

我们进了电梯，他就放开了我——手收回得很快，好像不想和我有多一秒钟的身体接触。我又气恼又委屈，全身紧绷，空气也像要凝固了一般静止而黏稠。

进了门，我换鞋、换家居服、卸妆，一副忙得没空搭理洛瑞行的样子，而他当然不会允许我无视他，使他自己那么没有存在感。

我戴着猫耳朵的发箍洗完脸，一转身，发现洛瑞行霸着浴室门口。他挑着眉毛问我：“怎么，不开心了？”

我硬邦邦地回他：“不敢。”

“嘴上说着不敢，脸色倒是甩得很诚实。”洛瑞行冷哼一声，皱眉道，“可你有什么好生气的？我早就告诉过你，那个姓邱的对你不怀好意，你离他远点。你别告诉我，你看不出来他想追求你？”

“是，我承认邱司明对我是有好感的，但他没做什么，也没说什么，今天我们也不是单独出去，不过是一起参加一个同行的聚会。”我嘲讽地笑道，“我不知道，原来自己连这点正常社交的自由都没有。”

洛瑞行沉沉地看着我，我突然靠近他，眯着眼抬头看着他的眼睛，挑衅般地问他：“洛瑞行，我在你眼里，有那么抢手吗？还是，你连起码的自信也没有？”

“什么？”我看得出，洛瑞行真的被我气到了，眼角下的皮肤微微抽动，但不知为何，最后他竟没有爆发出来。他只是怒极而笑，冷气森森地说：“你抢不抢手我不知道，我有没有自信你也无需知道，我只是怕你没智商，是人是鬼分不清。”

“你骂谁鬼呢？”我很气洛瑞行侮辱我的朋友——我和邱司明私交不多，但他待我友善，自然算是我的朋友。

“如果沅星皓算人，邱司明自然是鬼。”

我一愣，突然想起来，我和沅星皓是真交往密切，但洛瑞行似乎从未怀疑过我们。

“为什么不跟邱司明说我是你男朋友？你让他知难而退，我自然不会太过干涉你们的正常往来。我不高兴的，是你明知道他喜欢你，想要追求你，而你还跟他出去。”洛瑞行补充道，“还有，他不是好人。”

“这么背后诋毁别人，可有损你洛少爷的风度啊！”我讽刺他，靠着身后的洗漱台，声音清冷地说，“还有，你是我男朋友吗？真的是吗？我脸皮还没这么厚。”

洛瑞行愣了一下，但很快气势汹汹地说：“就算不是真的，你就这么告诉他，让他死了这条心，又能怎么样？”

我笑起来，眼泪不争气地涌了上来：“洛瑞行，不要以为只有你要面子，我也是要的呀，我基本的自尊心还是有的呀！你打开手机看看你和楚珂的绯闻，我说你是我男朋友，不是自己打脸吗？说谎也不说得像一点！”

“楚珂不是我的女朋友，那绯闻是假的。”

“真的假的我不知道，但新闻写了，你们刚去香港，甜蜜同游。”

洛瑞行愣了一下，突然笑了：“你很关注我的绯闻啊……但我真的没和楚珂一起游香港。我们之间炒新闻为新公司预热的目的达到了，自然就‘分手’了。接下来，她要闭关拍电影，等电影要上的时候，会再炒一波和男主角的新闻。但她和我，不会有除了老板和签约艺人之外的关系了。”

我不敢相信洛瑞行竟然睁着眼睛说瞎话，立刻拿起手机，输入关键词，搜索上午我没看完的那条花边新闻。我点开那条新闻的标题，举起手机朝向洛瑞行：“你自己看，有图有真相。”

洛瑞行刷了两下我的手机，然后又把屏幕反转向我：“你自己看，真的不是和楚珂。”

我瞪大眼睛，看着手机屏幕上先前没看仔细的那条八卦新闻——下一秒，气到几乎把自己炸上天！

是，洛瑞行没有和楚珂甜蜜游香江！因为，他换了一个女的！新闻里写：蜂腰细臀大长腿，肤白发长大眼睛，同回酒店，激战十八小时未出门！

“确实不是楚珂。”洛瑞行火上浇油，还卖乖似的重复道。

我像头暴怒的狮子，气得说不出话来，忍不住上去一把推在洛瑞行的胸口上，想把他赶出我的浴室，我的领地，我的视线，我的世界。

但洛瑞行很轻易就接住了我的冲势。他抓住我的肩膀，一个转身，我就被他压在了墙上。洛瑞行笑眯眯地看着我，像一头大尾巴狼般问我：“林星，你是不是气坏了？嫉妒坏了？”

我动弹不得，恼怒地把脸撇向一边，没有作答。

洛瑞行又捏着我的下巴逼迫我与他对视，收敛了些笑意，轻声说道：“其实我真的挺在乎你的想法的……林星，只要你说，你不想再看到我的绯闻，我就不让这些事发生。”

我胸中有股无名之火翻腾不熄，不由冷笑道：“看不到就代表事情没有发生吗？换衣服一样换女人，不是富二代们的本性吗？我算什么咖，你何必为了我压抑自己的天性？洛先生，请你勇敢地、自由地、快乐地做自己吧！keep real！”我的语气充满一种不要命的嘲讽意味。

洛瑞行脸色沉沉地看着我，低声问：“你真不在乎？”

“不在乎，你开开心心地‘做自己’好了。至于邱司明之类的，你放心，食君之禄、忠君之事，我不会再惹你不快。”

我和邱司明的关系，基本也到头了。我不是洛瑞行的唯一，却和他如此暧昧，住着他的房产，用着他的司机，不立刻一刀两断，合理的结论不就是如此吗？而我这种“虚荣拜金”的女人，不会是邱司明这种有为青年想要认识的女生。

“好，很好，很懂事。”洛瑞行眨了一下眼睛，眼神冷下来，“我也会，如你所愿地‘做自己’。”

洛瑞行“做自己”的结果，是一个月上了七次热搜，每一次女主角都不同。经此一役，他彻底擦亮了“花花公子”的人设。

“前男友”渣得如此彻底，“强忍悲痛，兢兢业业地拍戏，只是偶尔休息时的放空才流露些许真实情绪”的楚珂，倒因此怒刷了一波路人好感，圈了一大波“前任是渣男”的粉丝。

我不愿自己因为这些事情生气，几乎把所有时间和精力都泡在医院里。除了正常的吃饭睡觉，其他休息时间我都取消了，同事里谁要临时顶班，找我准没错。

其间，邱司明又约了我几次。在我多次婉拒后，他有些微微的恼意：“林星，我就那么令你讨厌吗？”

“不是呀，我只是，只是……”我一时找不到合适的理由。

“那你是介意我知道了你和洛瑞行的关系，怕我对你有异样的看法吗？”邱司明声音含笑，格外温柔地继续道，“林星，你小看我了，我不会介意的。每个人都有自己的苦衷。”他表现了异于常人的宽容大度。

但邱司明越大度，我便越想保持距离。他不是认识我多年，熟识我为人的宝拉，也不是没把我当异性，纯粹欣赏我为人的沅星皓。只凭几面之缘，在揣测了我和洛瑞行的特殊关系后，越发紧迫“追人”且同时坦言“不介意”——邱司明的异常，让我心生警惕。

我再次拒绝道："邱医生，我没有苦衷。谢谢你对我的帮助，以后希望我们还能在专业范围内做交流。"

"林星……"邱司明欲言又止，但最后只说了一声，"再见！"

我和邱司明最后一次见面，是在医院附近的咖啡厅。

起因是我在朋友圈询问某份科研论文哪里可以查阅，邱司明第一个打电话告诉我，他有。明明可以电脑传送，可他却坚持要亲自给我。

我拿到资料，表示了感谢，送上事先准备好的一对某品牌袖扣作为小小的谢礼。可邱司明看也没看就把那个黑色的小礼盒放到一边，只抬眼看着我问："林星，为什么对我那么绝情？"

我的眼睛微微眯起来。认识邱司明以来，我一直觉得他是一个有风度的、宽厚的好人，可他见了洛瑞行之后，好似是为了印证洛瑞行对他的负面评价，言行都变得怪异起来。

"邱医生，我们之间似乎还没有到使用'绝情'这种词汇的地步吧？"我维持着最后的礼貌。

"是因为洛瑞行吗？你是他的女人，而他不让你和我来往？他是不是对你说了什么？说我不是好人？"邱司明问道。

我心里生出几丝反感，忍不住开启防御机制："算是吧……所以邱医生，我们以后不要见面了。这次是我做得不对，以后不会再麻烦你了，多谢！"

我准备起身，邱司明按住了我桌面上正拿手机的手，轻声而语带暧昧地问道："林星，为什么他可以，我不可以？你不试一下，怎么知道我不如他呢？"

他这话彻底激怒了我。我冷着脸用力抽回自己的手，可起身时不知怎么，头晕得厉害。我控制不住自己的身体，晃了一下，手掌撑住桌子，才避免自己腿一软，摔倒在地。

"你好像有点不舒服，要不再休息一下？"邱司明唇角含笑，起身走到我的身边，按住我的肩膀让我坐下。

我又跌回沙发座上，心中又恼又怕，看着刚才入座时，邱司明已为我点好的咖啡，问道："你……在咖啡里，放了什么？"

"没有啊！林星，你一定是连日加班，太累了。"邱司明柔声说，但他放在我肩膀上的手没有收回。眼前这男人依然温文儒雅，可仔细一看，眸光不善。

我的头越来越晕，心跳越来越快，脑海里不由响起洛瑞行先前对我的警告："林星，他不是好人。"

我当然知道情况不妙，用尽最后一点力气，把咖啡杯扫在地上，整个人挣扎着想要站起来。但邱司明只用了一成的力气，就轻易抱住了瘫软的我。我困得连眼睛都睁不开了，手脚无法动弹，但仍能听到声音。

在失去最后的意识之前，我听到服务生过来询问的声音，而邱司明镇定自若地解释："我女朋友吃了含嗜睡成分的感冒药，有点不舒服。结账……"

我像从幽深的潭底浮出水面，猛地睁开眼睛，大口大口喘气，意识还未全部归位之前，恐惧迅速占领了我的大脑。

——但，似乎情况没那么糟。

我看到熟悉的蓝白色，床头的香熏加湿器吐着白色的水雾，空气里是我熟悉的日本扁柏的味道。

我坐起身，看到洛瑞行坐在落地窗旁的桃粉色丝绒沙发里，戴着一副银色边框的平光镜，正抱着笔记本电脑打字。

已经是晚上了，房间里只开了一盏小灯，遮光的窗帘没有拉起，透过白色的纱帘，隐隐能看到夜色里的点点灯火。

我不敢问自己怎么回了家，坐在黑暗里，就那么不远不近地看着洛瑞行，仿佛还在梦里面。原本以为是个噩梦，不知怎么他闯了进来，那噩梦就转了调，变得不那么可怕了。

洛瑞行像我的食梦貘，一口一口吃掉了我的噩梦，使我转危为安。

"醒了？"洛瑞行合上笔记本，看向我。

“嗯。”

“饿了吧？出来陪我吃点东西。”

“哦，好。”我小声应着，那个瞬间突然很想哭。这种心情，很像我小时候被人欺负了却一直忍着不哭，直到我妈出现，摸着我的头发问我为什么一脸不开心时，我才放声大哭。那样的哭泣，是因为看到了信赖的人，因为终于确认自己是安全的，被保护的——而洛瑞行竟然成了我心里这样的存在。

蟹粉小笼包、油豆腐细粉、元盅鸡汤、千层油糕、红烧牛肉汤面、虾仁蛋炒饭……餐桌上，摆了满满一桌小食。

我用手碰了碰碗沿，惊讶地说：“还是热的啊？你怎么知道我什么时候醒？”

洛瑞行在我对面坐下，拆了筷子，递给我，说：“送过来，凉了倒掉，再送。”

我瞪大眼睛，心想：真是纨绔子弟，不知人间疾苦，也太奢侈浪费天打雷劈……

“骗你的。我饿了，算算时间，你也差不多该醒了，就叫人送来的。你不醒，我就自己吃。”

“……哦。”

洛瑞行淡淡地扫了我一眼，说：“你是不是又在心里骂我？”

“没……没有。”我连忙低头，假装夹东西吃。他没再“追击”，我们安静地面对面，好好吃饭。

喂饱了肚子，我收拾桌子，洛瑞行打开他新买的投影仪，查找喜欢的电影。

我从厨房拿了他喜欢的矿泉水给他，然后在他身边的沙发上坐了一会儿，终于还是忍不住问道：“那个……我怎么回来的？”

洛瑞行没回头：“抬回来的。”

“邱……”

“别提这个名字，恶心。”洛瑞行皱着眉头打断我，顿了顿，才又开口道，“他是惯犯了，只是没人揭发他。我教训了他一顿，以后应该不敢再找你了。”

“你怎么……”你怎么知道我遇险了？——但这问题只问了一半，我就想到了答案：太简单了，洛瑞行自然是在我身边安排了人手。以前我总反感他对我的一切无一不晓，但这一刻，我真的无比感激他“变态”的控制欲。

“你……你怎么还没骂我？”我太好奇了，忍不住问了这个讨骂的问题。依我对洛瑞行的了解，他已经提醒过我，我还着了邱司明的道，他一定恨铁不成钢，气到想撕了我。可这次他的反应太奇怪了，刚才竟还对我这么好声好气的，几乎可以称之为温柔了。

洛瑞行似乎被我气笑了：“我真的可想揍你了，但……你说得对，如果一个人无辜被另外一个人伤害，应该谴责伤害别人的人，而不是责怪受害者没有好好保护自己。那人是个人渣，你差点出事，是因为你蠢，而蠢是天生的，不能怪你。”

我：“……”

怎么说呢，我真的很感谢洛瑞行，也真的很想同时谢谢洛瑞行他大爷的。

洛瑞行说邱司明是惯犯，我虽然只是虚惊一场，但不想就这么算了，因为怕再有受害者。

那几天暗中跟着我的人是小丁，我找了个机会向小丁套话。他嘴很严，但耐不住我旁敲侧击，外加威逼利诱，最后透露了一点口风。

邱司明在某个小圈子里颇有名气，因为他手上有不少和不同漂亮女生的“那种”视频。他有特殊癖好，视频中的女生多半是昏迷和醉酒状态。

或许是因为有“把柄”在手，那些受害者吃了亏，竟然大部分都默默忍了，而小部分想要闹的，也被邱司明用威胁和利益摆平了。

他和洛瑞行早有过节。有次他“钓”到一个富家千金，刚好是洛家世交的下一辈，洛瑞行搅了他的好事。

发现我和洛瑞行“特殊”的关系后，邱司明兴奋了。

只是，螳螂捕蝉，黄雀在后。

那天，邱司明半搂半抱着我，才踏出咖啡厅的门，就被人截住了。

洛瑞行的车子停在偏僻又无监控的巷子口，我歪倒在车里，而邱司明被他生生打断了三根肋骨。

“洛总亲自动的手，三拳，三根肋骨，酷！”小丁一脸崇拜。

我吞了吞口水，问他：“洛……洛总不怕被告吗？”打断三根肋骨，算轻伤了，证据确凿，是可以判刑的。

“他做了一身脏事，要是不想身败名裂，怎么敢惹洛总？”

我放下心来：也是，他是谁啊？洛瑞行啊！

我还是不甘心就这么放过邱司明。后来阴差阳错之下，我在网上的爆料大号上看到一则被性侵的匿名投稿，背景信息和过程细节都和邱司明高度吻合。

女生年纪很小，也没什么家庭背景，怕事情闹大了对自己以后发展不好，但又气不过，所以匿名爆料发泄。我千方百计联系上她，后来又通过她陆陆续续加了十几个被邱司明诱骗过的女生。我说服她们报警，出钱帮助她们请律师，并最大程度地保护了她们的个人隐私。

奔波了大半年，邱司明终于被抓，之后也受到了应有的制裁——当然，这都是后话了。

第十四章 小王子星球上的那棵玫瑰花

“我觉得爱情是一个人丢一个人捡。只是多可惜，我连捡也捡不着。”

唐叮咚爆出婚讯：两个月后，她将和某身家百亿的电商平台CEO在巴厘岛完婚。CEO比唐叮咚年长将近20岁，媒体哗然。

唐叮咚给我寄了张请柬，并在电话里强调："无需贺礼，人到即可。"

我很煞风景地问她："你给沅星皓寄了吗？"

"没有。"唐叮咚的回答很有她一贯的风格，"没有必要了。所有前任都应该跟死了一样——我之于他该如此，他之于我，也该如此。"

"他还是很……念着你。"我选了一个比"爱"温和很多的替代词。

"我知道。"唐叮咚顿了顿说，"我和他分手的时候，也还是很爱他，可我知道这爱就快要消失了。我和星皓是很不一样的人，我们注定会越走越远，结局已经是注定的事，那长痛真不如短痛。"

沅星皓对唐叮咚即将嫁人这事，比我预想中平静。

其实分手后他变了很多，收起了懒散贪玩的心性，一心一意扑在工作上——他这样的改变，最高兴的人莫过于沅教授。沅星皓很快就得到提拔，从基层一跃到了管理层，跟着副总学习。

唐叮咚的婚讯在微博爆出之后，沅星皓没有一朝被打回原形。他仍努力工作，只是从前，他结束工作后就回家蒙头大睡，而自唐叮咚婚讯传出后，他开始流连夜店，热衷举办各种"奇葩大会"，举着酒杯哈哈大笑。

我问沅星皓："你不累吗？我每天下班只想躺平，你怎么体力那么好？"

"你想试试吗，我的好体力？"沅星皓甩了甩头发，一脸狂拽酷炫地朝我发射魅力。

我一巴掌拍在他的头上："正经点！"

“哎哟。”沅星皓摸了摸自己的后脑勺，抬起脸仍是嬉皮笑脸的神情，说的话却令人心碎，“可我躺平了也睡不着呀。一闭上眼，脑袋里都是她的样子，可爱的，开心的，绝情的，冷酷的，势利的……老实说，我现在其实没有那么难过，但是不知道为什么，就是没办法一个人待着，怕静。之前我也试过不要这么灯红酒绿的，按时回家修身养性，可连着三天没睡着，睁着眼睛到天亮……喂喂喂，林星，你那是什么表情？”

“没。”我眨了眨发酸的眼睛，对沅星皓露出一个笑容。

“你可别同情我，我真不是你想的那种情圣。我对唐叮咚已经没什么大感觉了，就是……就是，有点不服吧。”沅星皓对我笑得一脸灿烂地继续道，“你说她是不是瞎啊？比钱，我爸身家虽然只有对方一半，但我家的钱都是实打实的，而那个人的钱，大部分都是投资人的。电商平台还在烧钱阶段，都没盈利，他得赶紧上市、小心套现才能随便花。那如果比人吧，明摆着，我一当龄小鲜肉，对方一大叔。”

我看着沅星皓，突然有点明白唐叮咚要和他分手的原因了——沅星皓爱她，可是沅星皓无法了解她。

“唐叮咚如果知道你那么想她，大概会有点伤心。”我说，“以我对她性格的少少了解，她肯定不是为了你们之间的50亿身家差而踹了你选了那个大叔的。沅星皓，我可以和你打赌，唐叮咚绝不会回家乖乖当少奶奶的。她长得太有欺骗性了，但你应该比我清楚，她内心比大多数男人都勇敢，都有野心。”

沅星皓没说话，喝了一口酒，转脸又嘻嘻笑道：“说这些干吗，又和我们没关系。”

两个月后，我代替沅星皓出席了唐叮咚在巴厘岛举行的婚礼。我请了一个星期的假，还约上了宝拉，想着婚礼结束后，我们可以顺道旅行。

宝拉已经有两三年没怎么给自己放过假了，她一开始有点犹豫，听说是去参加唐叮咚的婚礼，立刻就答应了。

穿着大师设计、全手工缝制的高定婚纱的唐叮咚，美出一个新境界。以前她只是甜美娇俏，而现在的气质里多了几分清丽和大气。

那天傍晚，在巴厘岛柔软的白色沙滩上，我和宝拉坐在一起。她第一次主动提起了自己对沅星皓的感情。

宝拉问我："林星，你说爱情是什么？"

"爱情啊，大概就是两个人在一起很开心，想要以后每天都在一起吧。"我想了想，又自嘲地笑道，"其实我也只谈过乔杨一个男朋友，说不好。"

宝拉看着大海，轻声说："我觉得爱情是一个人丢一个人捡。只是多可惜，我连捡也捡不着。"

她声音里那种自怨自艾的语气让我心疼又让我难过："我不喜欢你这种想法……宝拉，你是个宝藏女孩，你得自信一点，勇敢一点，别人才能看到你的好。"

宝拉笑了笑。

巴厘岛的落日真美，落在宝拉的眼睛里，她的眼睛像会发光一样。

我握住宝拉的手，说："你减肥吧！减不掉的我帮你做溶脂、冻脂、抽脂——免费！"

宝拉只是笑，眼底有一点点泪光，却没有说"好"。

我后来才慢慢意识到，每个人都有自己的困境，在别人看来"只要努力做了就能解决"的事，对当事人来说，可能连"开始"都需要巨大的勇气——因为他们没信心会成功，不相信自己能赢。就算"开始"了，大大小小的挫折又会很快将他们打回原形，更加印证"看吧，我就是不行"的想法。

他们像困在没有盖子的玻璃缸里的青蛙一样，以为头顶是玻璃天花板，再努力也无法跃出其中，所以他们只抬头仰望，却从不曾真正地蹦一次。

比"胖"更可怕的是，"胖"所带来的外在评价摧毁了宝拉内心的自信和期待，让她以切断所有"妄想"的方式来获得自欺欺人的平静——而平静，即是她的"幸福"。

除了沅星皓和洛瑞行，我身边也没有其他男性友人了。所以我抱着求知的心态问过洛瑞行："你们男的，是不是一定不会爱上一个女胖子？哪怕她各方面都和你很合拍？"

洛瑞行一脸"什么蠢问题"的嫌弃表情，但他还是回答我："我不会对一个胖子产生兴趣，但如果是爱上之后，她才开始长胖，"他看着我，挑了下眉毛，说，"我可以接受。"

我还想问洛瑞行，在他眼里到底多胖算胖，但他一句话把我堵了回去："你别问了，感觉你的问题会拉低我的智商。"

我："……"

我工作第三年的时候，已经做到了拥有37家连锁整形医院的集团内部，综合业务能力最好的几个医生之一。我的收入水涨船高，照这种增长速度，我努力存钱，谨慎地做一些投资，很有希望在45岁前还清欠洛瑞行的钱。但我这种安稳的工作生活到了那年春天，因为一件小事，发生了变故。

有个叫小叶的20岁女生，因为她的主刀医生临时请假，被转到我的手上。前期问询和手术方案都已经确定，我只负责动刀。我看了前期的问诊记录，发现她要做眼综合、垫鼻子、垫下巴，还有自体脂肪丰胸等好几个不算小的手术，但我看她的穿着打扮，不是那种时髦的少女。相反，小叶朴素而害羞，带着小地方长大，初到大城市不久的不确定和不自信感。

我忍不住多问了她两句，才知道小叶不是自己想要变美才来整形，而是她的男朋友嫌弃她长得丑，说了好几次她才下定决心在自己脸上动刀。

我不赞同这样的整形动机，但作为医生，我也不好多说什么，只是又问了一句："所有手术做下来，费用不低呀，你男朋友给你出吗？还是你自己存的钱？"

小叶结巴着小声说："是……是贷款的……我男朋友给我介绍了一份新工作，做直播的主播……姐姐，你知道直播吗？他们说现在做主播开直播很赚钱。公司会帮忙把我捧成一个网红，但我现在这长相不行。我男朋友和公司的人都说我得先整形，公司会借钱给我。我变漂亮之后，就在那个公司做直播，赚了钱慢慢还。”

我一听就知道不靠谱，让小叶把手术延期，回去再仔细考虑一下。我还用电脑搜索了几个关键词，跳出来的第一条是广告，但第二条就是小叶这种“整容贷”的新闻报道。

新闻报道里的“公司”和女生们的说辞都和小叶说的大同小异，但最后结果，是这些女生们付出远高于市场的价格做了整形，恢复期还没过，“公司”就已经人去楼空，留给她们的，是不断利滚利的一纸医疗美容分期贷款合同。

小叶神情凝重地放弃手术，离开了医院。

我原本想把这事压下来，谁知小叶的男朋友竟找上门来，大闹我的办公室，把我臭骂一顿，说我挡了他的财路，还拐跑了他的“女朋友”。

我懒得和这种人渣废话，想报警，我们分院院长盛国辉把我按住了。他安抚了那个人渣男友，然后一转身，把我请进了他的办公室。

我和盛国辉大吵一架。

原来院里一直有这样的“灰色利益链”存在，只是我不知道。我们院向来客流稳定，盈利颇丰，我认为没必要赚这样的黑心钱，可盛国辉却批评我“不懂事”，说了不该说的话，有损本院名声。

他把我痛骂了一顿，接着话锋一转：“林星，我知道你技术好、清高，但一个公司要持续经营，有人做体面的、有技术含量的活，也总要有人做些不那么干净的、上不了台面的活。这些事，你就睁一只眼闭一只眼。你技术没话说，形象也好，我正和董事长商量，把你打造成我院的超级明星医生。”

我忍他很久了——路边餐馆厨师出身，因为和董事长能攀上点不远不近的亲戚关系，为人又长袖善舞，竟一路坐到了一院之长的位置，现在竟想以利益引诱我放弃自己的行事准则。

“我不稀罕做什么‘超级明星’。”我说，“我只想知道，董事长知道这些事吗？你不怕我告诉他，他让你吃不了兜着走吗？”

我似乎说了一句蠢话，盛国辉失笑道：“你以为我为什么有这么大的胆子？

老实告诉你，我赚的也是辛苦钱，以后真要查起来，我就是个背锅的。但没办法，谁叫人家是老板，我只是个打工的。”接着他又和颜悦色道，“其实我真不明白你为什么要那么愤慨。虽然那些姑娘是背了点债务，但她们确实变漂亮了呀？我们院的技术和服务还是有保障的，你不知道还有些做黑整形的，那真是……我们赚的是合法收入，她们付钱，我们让她们变漂亮变自信，有什么错？作为女人，你应该很清楚，漂亮女人比丑女人的人生路要顺畅多了。你以为院长真因为你技术好，才给你开全院最高的工资，还想着捧你吗？还不是你长得好看些，不然，你技术再好，也得在自己脸上比画几刀，才有希望入得了我们董事长的眼……”

我听得直恶心。

盛国辉走过来，拍着我的肩膀说：“林星啊，你还是太年轻了。你闹什么闹啊？这个行业就是这样的，难道你现在改行吗？”

“我不改行。”我脱了白大褂，甩在地上，“但我可以不在这个行业里像你们一样做这些肮脏事！”

宝拉低着头，正凝神给一个大波浪美女的指甲上贴钻，我在一边捶自己的头：“啊啊啊……耍帅可真贵啊！如果盛国辉说的要打造我的事是真的，那我的收入起码会在现在的基础上再翻几个跟头！啊啊啊，我是不是傻啊，我为什么要辞职啊？”

宝拉被我“啊”得手一抖，镊子尖的小钻掉在了桌子上，好脾气如她，也忍不住白了我一眼：“这位林小姐，请你安静点，也请你看开点——再给你选一次，你还是会选耍帅的。”

“嗯？”我愣了一下。

“你那么疾恶如仇的，怎么可能在知道这中间猫腻后，再与他们同流合污？”宝拉说。

“哇，你说了两个成语。”我惊叹。

宝拉差点用手里的镊子当场戳瞎我。

被宝拉称为“莫姐”的大波浪好奇地看着我问：“你是做什么的啊？”

“整容啊！不过莫姐你这么美，不需要啦！”在宝拉的地盘，我习惯性开启嘴甜模式。

莫姐喜笑颜开：“也没有啦，我一直觉得自己山根有点低，想稍微垫一点。但是吧，现在整容医院水太深了，我一怕做坏，二怕被宰，还是算了。”

宝拉说：“莫姐你早说啊，如果林星没辞职的话，我就推荐你去她院里做了。林星是我十年闺蜜，以前读书的时候脑子就好使，雕假体跟五星级大酒店主厨雕胡萝卜似的，栩栩如生！”

宝拉这比喻打得，我满脸黑线，但莫姐倒是一脸心动，惋惜道：“要是你自己有家诊所就好了。”

说者无心，听者有意，我心里突然“叮”了一声，看向宝拉，而她也正抬眼看着我。

“你觉得……”

“完全OK！”宝拉说，“我能撑得起美甲店，你开家医美诊所那就更没问题了。”

“就这么定了，谢谢莫姐！你以后去我那做鼻子，我给你六折！”我踌躇满志地握拳，就此下定创业的决心。

我斗志昂扬，如同打了鸡血一般准备创业，但很快发现，这世界不是靠“鸡血”的力量运转得起来的。

一开始我想，开诊所无非需要两个必要条件：一是资金，二是人才。我自己就是行业翘楚，而资金方面，我有存款，再向宝拉借一点，沅星皓那里撸一点他吃喝玩乐买豪车的钱，应该也差不多。

谁知道问题远比我能预想到的多得多。租房子、装修、审批各种执照、购买仪器、招人、设计logo……之前从未接触过的杂七杂八的事情一股脑儿朝我扑了过来，我硬着头皮，一件一件解决。

当我迈出创业的第一步的时候，就已经骑虎难下了——我不止把自己的存款都投了进去，还为此多欠了洛瑞行两百万——他知道我要开诊所之后，给了我一张支票。

“我要入股，你不许向沅星皓借钱。”洛瑞行也知道，除了他，我只认识沅星皓一个有钱人。

“可……可能会血本无归……”我有点心虚，又有点开心，洛瑞行竟然没有反对我开诊所，还给我“投资”，他是看好我此番创业的前景吗？

“不要紧。总比你向别人借钱好，传出去，别人还以为我的公司出了什么问题。”洛瑞行冷酷地戳破我美好的幻想。

“哦。”既然如此，我拿钱的手也不再发软了。“算你股份。”我手写了一份“股权书”给洛瑞行，签字并按了手印。

洛瑞行大概从来没见过这么草率的“股权书”，瞟了一眼，丢进抽屉里：“收了。”他又推了两张名片给我，“嗯，这是我的法律顾问和会计师团队电话，你有事可以联系他们。”

那一刻，我突然觉得洛瑞行真是帅破天际——“你是上天派来给我的救兵吗？”他的法律顾问团和会计师团队加起来何止百万年薪，我竟然拥有了随便差遣他们的权力。

洛瑞行似乎不觉得有什么，只向后靠在旋转座椅上，十指交叉，眯眼看着我说：“林星，你真是个怪物——送你钻石，似乎远不如让你能够差遣我的工作团队让你开心。”

我嘻嘻一笑：“钻石是锦上添花，团队是雪中送炭，两个都好，我都喜欢。”

时间过得真快啊，我好像只是泡了个澡，打了个盹，一年又一年，就这么过去了。在这短短两三年时间里，我的“灿星耀月医疗美容诊所”已经迅速壮大成为颇具规模的“灿星耀月医疗美容医院”，从只有我一名执业医生、几名小护士，到现在医护人员全加起来有近百人。

几乎和我创业同时，洛氏进入资本市场，经过几次并购和跨界合作，股价一路走高，财富暴涨。

洛瑞行虽早在几年前就离开了洛氏，但他投资成立的几家公司发展得也不落下风。新近成立的影视公司投资拍摄的第一部电影，虽然在电影节颗粒无收，但票房喜人，主演楚珂跻身一线女星行列。

接着，洛瑞行又以楚珂为例，用极为有利的条件签了江豆尧等一批新人。他眼光独到，几部小投资的网剧、几部综艺真人秀，又投了两部全新人出演但制作精良的电影后，手里原本寂寂无闻的新人纷纷崭露头角，以较少的投入做到了口碑和粉丝齐收。

之后，他留下江豆尧和另一个新人，转卖了其他几个新人的经纪约，从中又赚了一笔。

洛瑞行的成功投资不止如此，我也是看新闻才知道，他还因为喜欢打电玩，顺手搞了一个游戏公司。之后手游用户暴涨，他当玩具买下的公司瞬间就站在了风口上，轻松融资过亿美元。

几年前，新闻报道里的洛瑞行还是一个能力有待考量的富二代；三年前，狗仔们热衷于撰写他的桃色新闻，偷拍他与新女友约会的画面；而如今，主流财经媒体也开始认可洛瑞行在商业领域的才华。

我作为他麾下“金丝雀”里书读得最多的那一个，虽然耳濡目染，学到了些皮毛，但终究及不上他天赋异禀——原本觉得胜券在握的谈判，经过数轮博弈，竟被我在最后关头谈崩了。

和医美集团的最后一次谈判，我被对方贬低“灿星耀月”的价值，试图压价的言语激怒，失去应有的冷静。事实上，他们有意收购，只是想压低价格，而我也有意被收购，底价空间仍有。但我被激怒后咬定一个高价想以此证明“灿星”的价值，对方见无转圜余地，在商议后宣布放弃此番收购。

谈判结束后，我被沮丧感包围。一回家，就把自己泡在浴缸里，贴了张面膜，闭上眼睛，半沉入水里。

我沮丧的不只是谈判失败，我失去了一次性还清2000万欠款的可能，更是因为我突然意识到，自己在商场上，原来战斗值那么低——真要计较起来，大概活不过一个片头曲。

我能创业成功，也许真要感谢自己运气爆表，遇到了大红之前的江豆尧。

在这个自我认知陷入低谷的时刻，不知道为什么，我竟然很想见一见洛瑞行。

我拿掉脸上的面膜，从浴缸里起身，披了件蝴蝶印花图案的真丝睡衣，盘腿坐在落地窗边给洛瑞行拨了一个电话。

“喂。”

“是我，林星。”我吞吞吐吐的。

“我知道，有来电显示。”

“……”

“遇到什么麻烦了吗？”洛瑞行问道。

“怎么这么问？”我心想他消息也太灵通了吧？到底安了多少眼线在我身边？

“没事你很少主动找我，”洛瑞行顿了顿，像是认真回想了一下，“而且，你最近好像也没得罪我。”

我冷汗涔涔，只能顺势装可怜：“唉，我把合作谈崩了啦……”

“把舌头撸直了说话。”

我真想回怼洛瑞行一句：你要是那么欣赏一级甲等的普通话，之前那个出生于福建却满口软嗲台湾腔的新晋女主播是怎么回事啊？——不过，我忍了。

“你晚上有空吗？不知道我有没有这个荣幸请你吃饭？”我觍着脸说，“希望洛总赏光，不吝赐教。”

“这么客气啊！”洛瑞行淡淡道，“林星，你在我这的运气一向很好的。”

“……哦，谢谢，感恩！”我挂上电话，心里琢磨着：刚才洛瑞行说什么？他竟然说，“林星，你在我这的运气一向很好的。”——听起来，好像我是他纵容和宠溺的女人一样。

他确实待我不赖，可再好，我也只是他众多金丝雀里平凡无奇的一只，他百花盛开的后花园里莫名占了一席之地的狗尾巴草一棵——而不是，最独特的那朵玫瑰。

我想做小王子星球上的那棵玫瑰花，而不是他来到地球后，看到的满园玫瑰。

我想着想着，突然抬手拍了自己脑门一记：想什么呢，林星！疯了吗？

晚餐的气氛还不错，我和洛瑞行边吃，边复盘了我在这场谈判中的得失。

我不是没有胜算的，但还是输了。

洛瑞行给了一些他的建议，以及我实际应对时所欠缺的谈判技巧，可同时他也说："塞翁失马，焉知非福。我看过你那个医院的财务报告，营收状况好得超过我的预估了。'灿星'最大的优势是口碑特别好，在本城的区域品牌号召力远远超过其他同类医院。据我了解，你们医美行业的平均获客成本是3000元每人。这个成本其实还挺高的，因为最终会转嫁到用户身上。而'灿星'算下来，获客成本低于平均值的一半。出色的品牌认知度是你们最大的优势。"

我若有所思："怎么才能把这个成本降到最低值呢？"较低的获客成本，其实也意味着那些想变漂亮的姑娘能更容易地找到收费合理、适合自己的有资质的医院。

洛瑞行看了我一眼，突然说："我想吃虾。"

我立刻殷勤地给他夹了三只。他瞥了我一眼，微笑着没动，我如此冰雪聪明，立刻心领神会，伸手剥虾：掐头去尾，一只一只去壳，再小心放入他的碗里。

"洛总慢用。"我谄媚地笑，心中却想：之前真是太小看自己了，我林星要是狗腿起来，我本人就是狗腿的化身。

"流量时代刚刚开始，你可以考虑做一个O2O的产品，即Online To Offline，将线下的商务机会与互联网结合，让互联网成为线下交易的平台。"

我对互联网所知不多，但隐约觉得它能帮助我实现心里的一个小目标：让想要变漂亮的姑娘，更快速便捷地找到适合她的整形医生。

我转行医美是为了赚快钱，但做了上百台因为误信"黑医"而整形失败的二次甚至三次修补手术后，我逐渐产生了这样的想法。

与洛瑞行会面后，我恶补了相关知识，研究了市面上已经有的、与我的构想类似的App后，正式决定要投身这“第二次创业”。

我才和沅星皓说了这个想法，他就一口水喷了出来：“你要成立科技公司？做App？林星你记不记得，大二开始，你电脑中病毒都是我给你装的机？”他就差没直说：你林星一“科技小白”想做科技公司大佬，痴人说梦吧？

我这人最大的特点就是“心有猛虎”和“敢于做梦”，连说带比画地揪着沅星皓说了两个小时。

沅星皓虽然常戏称自己是个不学无术的“暴发户的儿子”，但他并不是真的仅限于此。听到后来，他的眼睛亮了起来，也觉得可行，且要求入股。

“我不想在我爸那蹲着了，有点憋屈，我们一起干吧！我可以向老头子借点钱。我出钱，你做运营，我还有人——有个发小，在‘巨硬’做技术，大神级的！我把他骗过来给我们做技术。完美！”

“沅星皓！”我大叫一声，“你是我的大福星！”

就这样，我和我的好朋友沅星皓，成立了“双星科技有限公司”，做了一款基于社区分享类的App“灿颜”，后来，我们又增加了新的内容，重新战略定位，变成“内容+社区+媒体+电商”四位一体的服务平台。

洛瑞行先前说不让我向沅星皓借钱，但他现在成了我的合伙人，他便睁一只眼闭一只眼的算了。我还厚着脸皮，修改了之前写给他的“股权书”。洛瑞行当时都被我气笑了，说我公司还没开起来，股权倒是算得精。

我变得比从前更忙，与洛瑞行的相处时间少到只有我依惯例电话“请安”，和他偶尔约饭，聊的也多半是工作上的事。

我们从疑似“包养”的金主和小金丝雀的关系，逐渐变成了商场上师父和学徒的关系——这关系，可真纯洁。

公司的App正式上线那天，我发了条朋友圈，自己给自己“吆喝”。有人点赞，有人留言祝贺我，而自我拿回他钱包里的合照后，就再没露脸的乔杨给我留言：林星，我还能为你骄傲吗？

我回了他一句景美高中的校训：“今天我以景美为荣，明天景美以我为荣——同为景美毕业学子，你当然能以我为荣啦！”

为了以防洛瑞行通过特殊途径看到我的回复，我还加了狗头表情包自保。

往日深情，今时只是过眼云烟，我也只能以嬉笑的方式给予他礼貌的回应了。

说来也奇怪，乔杨出国那几年，我偶尔会想起他，在伤心的时候，在绝望的时候，在午夜梦回的时候，总觉得他是我毕生的遗憾。可当他重新出现在我面前，对我诉说了他对我的深情与不舍之后，我却再也没有无端想起过他。

乔杨曾是我对年少美好时光的念念不忘，但当他试图“重温旧梦”时，我只想阻止他，逃离他。

我恍惚意识到，自己已经变了，不想再回到过去了。少年乔杨仍在我心里，但我已不再对我们之间被中断的未来而耿耿于怀了。

我们那未完成的“未来”只存在于幻想中，而我真正的“未来”，我正努力创造着。

“双星”很快就引起了几家投资公司的注意，当然这其中也少不了沅星皓的运作和努力。他揪局办“奇葩大会”有一手，西装革履地说服别人，把我们一个小创新、一个普通布局吹得天花乱坠方面更是天赋异禀，几乎到了舌灿莲花的地步。

不出所料，我们第一轮融资2000万，可谓旗开得胜。

合约签署完毕后，我压抑不住心里的喜悦，给洛瑞行发了条短信：“2000万。”发过去了，我才意识到这个数字的特别之处——不知道，洛瑞行是否注意到了这个黑色幽默般的“小彩蛋”。

他几乎秒回：“有空吗？喝一杯。”同时发过来一个定位，就在这附近的一家日式小馆。

我回复："速到。"

那家日式小馆很小，照搬了在日本常见的居酒屋装潢格调。店内面积虽小，但打理得井井有条，食物、器物无一不精美有致。

我一进门就看到了洛瑞行的背影。黑发，白衬衫，平直的肩线，伸过去拿酒瓶倒酒的手指白皙修长——不知怎的，这个我看过无数次的背影，此时此刻，竟让我心底生出几分温暖来。

服务生用日语朝我问安，将我朝里引，洛瑞行回头看到我，朝我勾了勾手，示意我过去。

洛瑞行先替自己的杯子满上，接着给我也倒了一杯："祝贺你，林星。"

我带着笑，抿了一口，递了一个纸袋给他："当作谢师礼吧。"

我给洛瑞行带了件小谢礼——一只百达翡丽的男表。

洛瑞行看着还挺高兴的，但当他将原本戴着的表摘下，试戴我送的表时，我有点后悔自己送了这画蛇添足的"礼物"——虽然我不知道他手上那只手表价格多少，但以洛家的作派，总不会比我在商场随手买的便宜。

贫穷限制了我的想象力，也许在我眼里已经很昂贵、很棒的手表，在洛瑞行眼里不过是和小孩子的塑料电子表差不多的东西吧！

我拨弄了一下头发，像参加考试却准备不足的小孩一般不安。

洛瑞行倒好像真的很喜欢我挑的这份礼物。他试戴后并没有摘下，反而低垂着眼眸把原本的那只收在盒子里放好。

"哎，我不懂表，也不知道你喜欢什么。"我结结巴巴地说。

"这个就很好。"洛瑞行晃了晃手腕，微笑道，"谢谢你的礼物。"看得出，他的开心是真的。

我有点发愣，突然意识到，这似乎是我送给洛瑞行的第一份礼物。

这些年他陆陆续续送了我很多东西，我需要的或者我不需要，但我从没想过要给他买什么，大约潜意识里根深蒂固地认为，洛瑞行是什么都不缺的人。其实我后来也不缺东西了，想要什么，撇除不舍得的因素，大部分也都买得起——可洛瑞行还是一直送。我不确定这是他对待女生的习惯动作，还是……一种心意？曾被忽略了的心意？

我与洛瑞行碰杯，清酒入口，清爽而带着点果香。我的心微温，像被温泉浸润。

“你今天怎么落单啊？”我心情轻松，随意开了个话题，“江豆尧新戏杀青，新闻采访里说她会给自己放个小小的假期。”话题是我随便找的，但细想起来，洛瑞行似乎有一阵……不，是好久没上热搜了，网上流传的他最新的绯闻女友依然停在江豆尧这里。照洛瑞行以前的“效率”，早该换了好几拨新人了。

“她是艺人，我是她老板，我给她批假就行了，不需要随侍在侧。”

“哦。”他口风可真紧，回答得滴水不漏的。我没再追问，默默喝了一口酒。

“你介意啊？”洛瑞行突然问道。

我下意识地看向他，发现他正专注地看着我。“唔……多少有点吧。”我有点慌张。我不知道洛瑞行想听到什么答案——老实说，我有点想讨好他，让他开心。

今天算是我大喜的日子，我隐约预感到，自己的人生将从此不同，可洛瑞行看起来有些低落。

“有点？那是多少？”大约是酒精的关系，洛瑞行单手托颊地看着我，神态竟然有种少年般的青涩娇憨感。

“如果是其他人，那些什么锥子脸的网红，一堆黑历史的三流小明星的话，我还是很介意的……但江豆尧的话，就还好，一点点介意吧。”

“为什么江豆尧就还好？”洛瑞行追问到底。

“因为你们在一起，她红了；她红了，我的美容诊所才火了；我的美容诊所火了，我的收入才暴涨起来。”我说，“她算我的福星，所以，我很难介意她和你在一起。”

洛瑞行扭头喝酒。不知是不是我的错觉，他的眸光似乎暗淡了两度：“我说你，还真是爱财如命。”

“君子爱财，取之有道。”我不认为爱自己付出了辛劳和智慧而赚取的合法收入有什么错。

“好一个‘君子爱财，取之有道’。”洛瑞行与我碰杯，微笑道，“敬你——过去永不放弃的林星，未来无限可能的林星。”

新公司运营起来千头万绪，我和沅星皓变身“空中飞人”，一周起码飞四趟，整日忙得焦头烂额。但正当我们专注自身发展，全心全意努力推进第二轮融资时，网上出现一篇攻击“灿颜”数据造假的通稿。文章用看似中立的笔调，明踩“灿颜”，暗捧我们最大的竞争对手“焕美”。

“焕美”比我们早进入市场，目前的装机率也好过我们，只是差距在不断缩小。在融资方面，他们快我们一步，已走过C轮融资。之前我们两家公司井水不犯河水，这次不知为何，对方突然掀起公关战。

我这边双管齐下：一边让人询问删稿价格，能删的、阅读量较高的帖子先删掉；另一边找人出措辞严谨、数据准确的稿子辟谣，力证对方诬蔑，我方没有造假嫌疑。

我忙完这一通，一上午时间就过去了，有个重要的会议也因为这突发事件不得不取消。

我往办公椅上一倒，很不悦地向沅星皓吐槽：“‘焕美’是不是当我们好欺负啊？这种明显扣屎盆子的事也做得出来？”

“有什么好奇怪的。”沅星皓向来比我沉不住气，这次倒是表现得异常冷静。

“你是不是知道点什么？”

沅星皓露出一抹高深莫测的微笑。他发了一份文件给我，指着屏幕问：“看到‘焕美’C轮融资的领投公司了吗？”

“看到了，但好像没听过。”我以为自己孤陋寡闻。

“没听过很正常，因为它今年刚成立，董事长是——‘洛芊夏’。”沅星皓拉长了语调，“你的老相识文芊夏小姐，已正式改名‘洛芊夏’。坊间还传闻，洛震给了她两个亿，说是让她在商界磨炼的‘学费’。”

我愣了愣，这“真相”似乎既在意料之外，又在情理之中。“文芊夏疯了吗？就为了和我置气，这么烧钱？”

“不是自己赚的，当然不心疼，反正烧光了，回头再问她亲爹要就是了。嘻嘻，我决定和你一起创业的时候，多少也是这种心情。”

“……”

沅星皓又突然叹了口气：“啊，不过，她这爹可真阔气，比我家老头子出手大方多了。爹比爹，气死爹！创业太苦了，我真想继续当我不学无术的暴发户的儿子。”

我忍不住笑了，走过去和沅星皓一样瘫在沙发上，在快节奏、高压力的工作节奏间喘一口气。“星皓，我一直忘了问你：你干吗跟我蹚这趟浑水？守着你爸那些基业多好，就够你老沅家吃好几辈子了。”我问道。

沅星皓哼笑了一声：“老沅家的基业，我守得好，是我爸江山打得好；我守不好，那我就是一没用的败家子——我才没那么傻呢！”他停顿了一会儿，又淡淡道：“人家那么拼，我也不能混得太灰头土脸不是？”

我想了一下才反应过来，他说的“人家”，是指唐叮咚。

唐叮咚嫁给那个年纪可以当她爸爸的“创一代”后不到一年，就给人添了一个白白胖胖的儿子，太太地位稳固。但她的野心可不止于此——生产刚过百日，唐叮咚就以完美身材亮相，以女主人的身份出席了“创一代”在美国举办的慈善宴会，一口流利且标准的英语折服众人。之后更是接连出击，迅速在大众视野里，建立起一个年轻貌美又有头脑的企业女主人形象。

不得不说，唐叮咚真是少见的，目标明确，且执行力超人的女生。

“你还在爱她啊？”我半开玩笑半认真地问。

“爱个……屁！”沅星皓从沙发上一跃而起，“我爱工作！起来，一个字，卯起来，干！”

第十五章 我想你了，不行吗？

“你是不是得了斯德哥尔摩综合征，爱上洛瑞行了？不然，为什么为了他，大动干戈？”

如果房间里飞进了一只苍蝇，我不在乎它的到来与离去；但如果它绕着我“嗡嗡”个不停，那就非常讨厌了。

文芊夏就是那只飞进我房间的苍蝇——我对她早已无感，没有恨，没有厌恶，只是她时不时蹦出来刷一下存在感有点烦人。

两个月后的国际医学美容大会上，我们狭路相逢。

已改名为“洛芊夏”的文芊夏，以“焕美”COO的身份出席这场医美界人士的大会，并在开幕式上惊艳亮相。

文芊夏的脸应该又做了微调，丰了太阳穴和苹果肌，轮廓甜美，五官精致，一袭红色露肩礼服衬得她宛如一朵绽放的红玫瑰，在以男性为主的参会者里成了当之无愧的焦点。

新入职的小助理扶了扶眼镜，对我说：“林总，你怎么不穿裙子，打扮得漂亮点啊？你穿得跟男人一样，很吃亏诶。”

我不由谆谆教导她：“我穿得这不叫男人，叫职业、干练、专业and less is more的时尚。”这话当然是瞎扯的，但我不在意的心态却是真的。

这相似的状况，很多年前乔杨的生日会上就已经发生过了。那时的我觉得难堪、自卑、坐立难安，可现在的我，哪怕被文芊夏比了下去，也再不会有那样的心情了。我一切如常，只因我知道自己真正的价值在哪里。

下午的运管峰会上，我做了关于流量正给医美带来的改变的演讲，全方位展现了“灿颜”作为网络服务平台的优势。演讲的效果很不错，会后，立刻有几家北方市场的医美界“大鳄”主动接触我们，想进一步了解入驻App的合作事宜。

大会为期三天，我和文芊夏作为同类型医美交易平台的直接运营代表，有几次面对面的机会。我小心翼翼，如履薄冰，生怕文芊夏又放我冷箭，但这次她很安静，没给我下什么绊子——只是暗地里，以高返利的承诺，撬走了几个原本已经倾向和“灿颜”签合同的整形医院。幸好，我最看重的几家并没有临时反悔，将独家入驻我们“灿颜”。

小助理愤愤不平，在我面前把文芊夏臭骂一顿：“她除了漂亮还有什么？什么也没有了！没有职业道德，挖人墙脚，蛇蝎美人！”

哪有人一边骂对方，还一边夸人家美的？小助理真是蠢出了萌点——但我很快发现她不止蠢萌，还很白目，竟给我订了和文芊夏同一班次的返程航班，而她自己因为一早就有工作，提前一晚就飞了回去。

过安检后时间尚早，我在书店买了本书，独自往咖啡店的方向走去时，与文芊夏迎面而遇。她穿了一件紧身的白色洋装，戴普拉达的新款墨镜，红唇雪肤，不少路人频频回头，相当吸睛，大概许多人都在猜她是哪个大明星。

“林星。”文芊夏踩着细高跟，很大方地与我打招呼。

我自然也不能小气，笑道：“真巧啊，洛总。”

“对啊，我们之间真是缘分不浅。”文芊夏将墨镜推高到发顶，拨了拨刘海，一双大眼越发妩媚动人。

我露出礼貌的微笑，等待她与我道别——但她似乎没这个打算，反而一副要与我在机场话家常的架势。

“林星，乔杨的电影定档了你知道吗？下个月18号。16号的时候有场首映，你会来吧？”

“我没有受到邀请。”我继续微笑。

“你放心，乔杨会给你寄邀请函的。”文芊夏说，“毕竟，你可是这部电影女主角的原型啊！”

我应对自如：“哦，是吗？那女二应该是你吧？戏份多不多？”

文芊夏差点没翻我一个白眼——但她忍住了，白眼只露了半枚就收了回去，仿佛一记失败的媚眼。她悻悻道："电影嘛，源于生活，高于生活。女二是乔杨虚构的人物。"

"是吧？"我不知道说什么，没有意义地附和着。乔杨对文芊夏也真够狠心的，我突然有点同情起她来。

"你不问问我为什么会成为'焕美'COO吗？"我以为对话可以终结的时候，文芊夏又开了新话题。

"听说大洛先生给了你两个亿。"我点到即止。

"这只是'条件'，却不是'原因'。"文芊夏笑盈盈地看着我说，"真正的'原因'是，它是你的'灿颜'最强有力的竞争对手。林星，我就爱跟你争。你猜这次，我们谁会赢？两年，或者三年后，谁的公司还活着？"

作为同类型的互联网交易平台类公司，前期占领市场的过程，就是一个不断"烧钱"的过程，"烧"到最后，活下来的，就是赢家。很多起势不错的公司，最后都死在"没钱"这两个字上。文芊夏显然也知道这一点，她更自信自己身后的"大树"会支持她笑到最后。

"林星，如果有一天你走投无路，欢迎你来我的公司和我谈收购事宜。不过，价随市走，此一时彼一时，你越早决定越好。"文芊夏扬唇微笑，勾了勾手指。她身边看似助理的男人，迅速递上她的名片。

我没有接，看着文芊夏说："现在整个市场还处于初步发展的阶段，我们互不打扰地共同把市场做大，才是对整个行业真正有益的事。在彼此还弱小的时候就痛下杀手，你这是杀敌一千，自损八百。就为了我们之前那些小恩小怨的，不值得吧？"

文芊夏笑得更甜了："怎么不值得？我光是想象你输光所有，惨淡收场后的样子，就开心得不得了。林星，我今日不同往昔——我输得起，可是，你呢？你猜你的一腔心血付诸流水的时候，我亲爱的哥哥，会不会为了你与我们的爸爸为敌？"

文芊夏摆明了要尽全力置我于“死地”。我真的好奇极了：“我真的不明白，我都和乔杨分开这么多年了，你对我还这么穷追猛打做什么？”

“你怕了？”见我没作声，文芊夏更得意了，“这好像是我第一次在你脸上看到恐惧和犹豫。看来什么乔杨，什么爱情，都比不过你的公司。林星，你真是一个铁石心肠的女人。”

“你看错了，我刚才的表情不是恐惧和犹豫，而是担忧——为这个行业担忧，为刚刚做起来的市场担忧。从读书起就忙着学习怎么玩弄人心的你，懂不懂什么叫‘先天下之忧而忧’？哦，对了。”我向文芊夏走近一步，轻附在她耳边说，“要是比脑子，你可是一次都没赢过我。”

“哼。”她冷笑一声，回敬道，“林星，我们走着瞧。”

飞机落下云层，窗外的景致从平流层的阳光万里变成了瓢泼大雨。

我取了行李，走到机场出口，远远看到打车处早已排起长龙。正发愁时，一辆银灰色的SUV在眼前停下。

“林星。”下移的车窗内，露出一张男子清俊的笑脸。

“方洵？”我愣了一下，才想起这个名字。方洵是乔杨的好朋友，高中时我们也一起玩过几次。我又歪了一下头，果然看到坐在驾驶位的乔杨——他正看着我，朝我点了点头。

“现在不好打车，你上来，让乔杨送你。”方洵笑嘻嘻地说。他一如从前，还是那么没心没肺的样子。

我迟疑了一下。乔杨又开口道：“我们顺道，你不用那么紧张。”

“就是嘛，再见亦是朋友。”方洵似不知道我和乔杨之间的恩怨纠葛，还以为只是普通的前男女朋友。

我看了看天色，怕耽误之后的行程，便不再扭捏：“那就麻烦了。”

“哪里的话。”方洵利落地下车，抢着把我的行李放入了后备厢。

我坐在后排，一路上几乎没主动开口，开始时方洵问一句，我答一句，后来大部分时间听方洵和乔杨聊天。方洵在英国多年，他们也许久未见。

我听了一会儿，因为连着几日奔波，竟然听得困了，最后倚着车窗睡了过去。

我醒的时候，方洵已不在车内。我仍坐在后座，身上多了一件男生的外套，乔杨坐在驾驶位，不知在想什么。车载音箱以微不可闻的音量播放着我年少时最喜欢的五月天的歌单。

窗外大雨如注，狠狠砸在窗玻璃上，模糊了一片。

音乐是有记忆的，记着年少时我们听歌时的心情，或欢喜，或悲伤，或满足，或失落。

我盖着乔杨的外套，安静地看着座椅后他露出的一小部分背影，觉得自己像一条沉入深海的鱼，而乔杨不过是我对过去耿耿于怀时产生的幻觉。

“醒了。”乔杨的声音打断了我的失神。他回头看我的眼神如此时的空气，潮湿的、微凉的，也是我所陌生的。

我和乔杨到底隔了几年的时光，我们其实已经是熟悉的陌生人了。

“嗯。”我笑了一下，“我竟然睡着了。这是哪？”

“你家楼下。你没醒，我想你应该是最近太累了，便没叫你。反正我之后也没安排。”乔杨说。

“呀！”我想起来我是有安排的，晚上还有个重要的合作要谈。我连忙把身上的外套递给乔杨：“谢谢你的外套，谢谢你送我回家，我得先回去换身衣服，之后还有工作要处理。”

“你等一下。”乔杨冒雨下车，从后备厢里取下我的行李，拿了备用的伞打开，替我遮雨开门。

“我自己来。”我去接他手里的行李箱，却被他塞了伞在手里。

“你拿着伞吧。”乔杨推着我的行李箱，冲过雨幕。

我慢了半拍才跟上：“你等我一下……都淋湿了。”其实乔杨的车就停在我家一楼入户大厅对面，只有五六米的距离，但雨太大，他的衣服还是淋湿了一大片。

“再见，林星。”乔杨目送我过电梯。

在电梯门合上的瞬间，我又突然按下开门键：“乔杨！’我突然想到一个问题，而这问题让我很不自在，必须当场问个明白。

乔杨抬眉看我，我亦回望着他，问道：“你怎么知道我住这的？”在不知道的情况下，被人清楚地知道自己的家庭地址，这不是一件令人愉快的事。

乔杨低头笑了一下，再度看向我，说：“你若真心想知道什么事，那多半是能打听到的。”他顿了顿，又道：“你放心，我不会打扰你的。快回去吧，别着凉了。”

电梯门再度缓缓合上，乔杨最后的笑脸依然温和有礼，可我的身体却依然僵硬，无法快速从戒备的状态松弛下来。

所有过去，组成了现在的我们。我是一只惊弓之鸟，一个响指都会使我竖起羽毛。洛瑞行对我的了如指掌已够让我不快了，若再多一个乔杨，我无法坦然。

回到家，我把行李箱丢在门口，换了鞋先进卧室，准备拿换洗衣物洗澡。走到半道又想起来洗漱包还在行李箱里，又折身的时侯，才发现客厅里有人。

我瞪大眼睛看着坐在落地窗前，大白天晃着红酒杯独酌的洛瑞行，吓了一跳。我拍着胸口走过去，半真半假道：“你吓死我了。”

“平生不做亏心事，半夜不怕鬼敲门。”洛瑞行淡淡地说。

“什么啊，我林星行得正坐得端，一辈子没做过亏心事。”我大言不惭地说完，才突然想起来，洛瑞行坐的那个位置看下去，刚好是入户大厅门口那条道——所以，他看到乔杨送我回来了？

我莫名就心虚起来，虽然并不认为搭了乔杨的顺风车，算是什么亏心事。“你今天怎么大驾光临了？”

“想你了，不行吗？”

虽然明知道洛瑞行是在逗我，用的还是那种不紧不慢，平静到毫无波澜的声音，但“想你了”这三个字从他嘴里说出来，还是让我的心跳漏了半拍。

“行行行，你说什么就是什么。”我见招拆招，满不正经地答他。

洛瑞行没再作声。他神情恹恹的，似乎懒得搭理我。我心想他没立刻找我兴师问罪，应该是没看到乔杨送我回来吧？……不行，以防万一，我还是坦白从宽，先解释一下……

“刚才下了飞机……”

“我走了，你去洗个澡吧。”洛瑞行起身，打断了我的话，“别着凉了。”

“诶……”

洛瑞行将未喝完的酒杯放在料理台上，走了。

“什么啊！”我嘟囔着，趿着拖鞋洗澡去了。

洗完澡，我一边化妆，一边开着免提，听异业合作的同事向我汇报最近在接触的几个品牌和合作方案。处理完这些杂事后，我又给小夏姐姐拨了个电话——前几日在外参加国际医美大会，临时要订一个场地，我的助理订不到，最后还是她帮的忙。

“上次谢谢你啊小夏姐姐，你不知道你帮了我多大的忙。”我说，“我给你带了件小礼物，待会儿我让同事放你公司前台，你记得取一下。”

“林星你太客气了，只是举手之劳。”听得出，小夏姐姐接到我的电话还是很开心的。

“反正你是帮了我的大忙，这份大恩，我记着呢！”

“你呀，也别太拼了。”小夏姐姐笑道，“工作重要，小洛总也很重要啊！你怎么能为了工作，把和他的约会都取消了？”她压低嗓门说，“我看他刚才回来，情绪很不好的样子。”

“约会？”我一头雾水。

“今天是小洛总生日，你们不是本来要去费里尼吃饭？小洛总早早让我订了位的……啊不说了，小洛总找我，拜！”

小夏姐姐匆匆收了线，我却陷入沉思——所以，今天洛瑞行原本是要和我约饭的？那他又为什么突然改变了主意？还是因为乔杨吗？

他醋劲也太大了……不会真爱上我了吧？我想着想着，竟然笑出了声——笑自己的荒谬。

洛瑞行，他只是不甘心吧？因为未曾真正地得到过我的全部。

晚上，我照计划见了合作伙伴。大家把酒言欢，气氛十分融洽。

饭局结束，将合作伙伴送上车后，我看了看表，时间还不算太晚。我想起小夏姐姐之前那个电话——今天是洛瑞行的生日。

说起来是我失职，洛瑞行每年都送我生日礼物，可我连他的生日是哪一天都不知道。我甚至怀疑过去有许多次，都是他在自己生日那天订了餐厅和我吃饭，我却以为只是普通的见面。

虽然我记得洛瑞行说过，他是不过生日的，因为觉得自己的出生并不值得庆祝，可我总觉得，没有一个人希望自己是不受欢迎、不被爱地在这世上走一遭。

路边的烘焙店大部分货架已售空，我只买到一块很小的红丝绒蛋糕。我想了想，在包装时，特意让店员在盒子上贴了一张贺卡，还扎了一个很迷你的红色蝴蝶结。

我提着蛋糕去了洛瑞行常住的酒店，可他不在。我以前没来找过他，酒店里的人也不认识我，我只好在大堂的沙发上等他。

洛瑞行有个“怪癖”，据说他25岁从洛家大宅搬出来后，一直住在这家酒店的套房里，没有另外的住所。他身上的孤独感、疏离感，与他长久地独居于酒店也有关系吧。

我等到凌晨一点半，洛瑞行都没有出现。我实在困得不行，便拆了那块红丝绒蛋糕的包装，边走边吃，离开了酒店。

谁知蛋糕才吃了两口，我刚走到酒店门口的大喷泉池边，洛瑞行竟出现了。他醉醺醺地从车上下来，小丁伸手要扶他，被他推开了：“你，你下班吧，我没事。”说完他踉跄着转身，朝酒店大门走来。

洛瑞行抬眼看到我时，像一下子被吓醒了。他快步走到我面前，眼睛瞪得大大的：“你来这里干吗？”接着又突然用力捏住我的脸颊，往两边扯了一下，然后眼神突然迷茫地软下来，嘟囔着，“诶，不痛？到底是真的还是做梦？”

我的脸好痛！可我不能骂他，还得好声好气地关心他：“你喝了多少啊？”

“不记得了……你是真的林星？你来干吗？”说完，洛瑞行又突然凑近我，抹了一下我的唇角，举着手指头问我，“这是什么？”

“唔……奶油。”我舔了舔嘴唇，举起手里的蛋糕，“本来给你买的，你很久没回来，也过了十二点，我就当宵夜了……谁知道你这么神出鬼没，我才吃了两口，你就出现了。”

“为什么，给我买蛋糕？”洛瑞行愣愣地问我。

我突然发现喝醉的洛瑞行比平日的他可爱多了，表情呆呆的，像是一枚英俊的傻瓜。太过聪明而洞察人心，让人想要远离，一点点醉意，七分明白三分糊涂，反而显得可亲。

我忍不住笑起来：“小夏姐姐说，今天……不是，昨天是你生日。你原本是想约我吃饭的吗，怎么取消了呢？”

“所以，你买了蛋糕？”洛瑞行看着我，“还这么小一块，看起来不超过20块钱？”

“很好吃的！”我瞪他，“你不喜欢吃拉倒，反正时间过了，我也已经拆开自己吃了。”

“不行，这是你买给我的。”洛瑞行握住我的手腕，像个小孩一样与我争食，可眼神却始终落在我的脸上，灼灼的，似有小小的火苗在眼底跳动。

“那好吧，给你。不过我已经吃了两口，你别嫌弃。”我笑着举起蛋糕，一只手托着盒子，另一只手拨开上面的包装。

“我不要吃。”洛瑞行又说。

我停下动作，挑眉看着他：“不要以为你现在有点醉意，就可以这样出尔反……”我的尾音消失在洛瑞行的唇舌里。

他吻了我。在深夜的酒店门口，在巨大的喷泉池边，在微凉的夜风里，他的吻，带着软软的酒味。

他揽紧我，我手里托着的红丝绒蛋糕被挤歪在我们胸口，奶油糊开一片。

这竟是我们的初吻。

不知过了多久，洛瑞行才松开我。他的额头抵着我的额头，我们俩呼吸紊乱，各自大口喘气。

我的脑袋还处于糨糊状的时候，洛瑞行突然推了我一把：“我喝醉了……你快走吧。”说完他头也不回地走向酒店，徒留我一人，在漫漫夜色里，从火热，到冷静。

回到家，洗漱完毕，我在床上翻来覆去好久都没睡着，想着洛瑞行，想着那个吻，想着自己被吻时的心情，好几次都坐起来，用力拍了拍自己脑袋又重新躺下。

我惊讶，自己对洛瑞行的感觉似乎变了；我懊恼，没在洛瑞行推开我之前推开他，显得自己落了下风……我胡思乱想着，陷入混沌的梦魇中。

我一晚上没睡踏实，第二天果然起晚了，直到被手机铃声惊醒：“喂？”

“林星，你冷静点听我说，”沅星皓的声音有一种异常的镇定，“我们的网站被黑了。”

“什么？”我瞬间就醒了，迅速起床，边换衣服边问，“怎么回事？”

“你别着急，我已经作出紧急部署，技术部的人已经都到位了，正在全力修复，估计中午就能正常运行。”沅星皓骂了一句脏话，又道，“你先过来，我们商量一下接下来怎么办。”

“好，等会儿见。”我放下手机，立刻起床，回公司，投入战场。

“灿颜”网站被“黑”的原因很简单，因为在同名公众号分析哪些男星做了

“变脸”手术时，用了某鲜肉三张对比图。

说起来，这位鲜肉也算娱乐圈一朵“白莲花”，人设是纯真的热血少年，天生丽质难自弃。整容？即使是明摆着的现实，在粉丝眼里，那也是万万不可能的。但我们专业整形师从今夕对比照分析，他百分百在脸上动过手脚，且动的地方还不少。

我们的公众号内容原本只有几万的阅读量，但被营销号搬到了微博上，立刻炸了。不止该公众号文章刷爆十万，微博上的转发更是一路走高，话题阅读量过亿。

黑粉狂欢，路人起哄，而真爱粉愤怒了——他们群情激愤之下，“灿颜”就被黑了。

表面上的剧情大致是这样，但“粉丝”不加引导，是不会产生这么巨大的影响力的。我细看转发量最高的那条微博评论，掺杂了大量数字账号和挑唆类的留言。

我和沅星皓迅速兵分两路。他亲自拜访该小鲜肉的工作室团队，诚恳致歉，达成私下谅解协议：我们删帖，诚恳道歉，他们不再追究，并安抚粉丝。而我坐镇公司，在公众号和网站等平台发布澄清公告，陈述事情发生的起因、经过与结果，警告有心之人停止散谣，必要时候会以法律的方式讨回公道。

小鲜肉整容是真，他的团队也希望这件事尽快翻篇，所以痛快地答应了我们的提议，只是要求我们在道歉信里承认对小鲜肉有过整容行为属于判断失误。

我方最后折中了一下，道歉文写得极为诚恳，但道歉的原因写得模棱两可——不是因为先前判断有误，而是未经核实小鲜肉是否真的整形，就用了十分确定的句式。

娱乐圈的新鲜事每天都层出不穷，小鲜肉的粉丝不再愤怒地推波助澜之后，这波新闻的热度很快就过去了。“灿颜”的运营照旧，公司形象也不算受影响，反而因为好奇而搜索登录官网的人数一度达到峰值，也算意外之喜了。

沅星皓还是有点后怕，时不时登录我们的官网，检查一下是否一切正常。

“我感觉我有了强迫症。”中午一起在公司食堂吃工作餐时，沅星皓一边刷官网，一边对我说。

“你省点力气吧，接下来肯定还有仗要打。”我说，‘对方的‘小动作’既然动了，就不止如此。”

果然没多久，网上又出现许多投诉通过“灿颜”预订整形手术，结果手术失败，又投诉无门的爆料账号。而就在我们被负面新闻围攻时，“焕美”迅速推出一个“全额补贴整形费”的活动。他们做一单亏一单，基于医美这个领域的高客单价，他们每个月的补贴额相当可观。

虽然这么做能快速开辟市场，提高占有率，但“创业型公司”原本就是“烧钱”的同义词，“焕美”这一方式，无疑是向已经在熊熊燃烧的钱堆里倒火油。

文芊夏这个COO，估计把所有精力和所有财力，都用来攻击“灿颜”了，而不是思考如何把市场做大，把公司做强。这完全是小孩子打架的做法。

我被整得焦头烂额，一个账号一个账号地核实爆料真实性，一个案例一个案例地发澄清通告。其中有一个爆料是确有其事，我又让下属联系用户，帮助她一起向医院维权。

整容有风险，我们不能保证所有用户都能在手术后获得理想效果，但若属于医疗事故，我们必然和他们站在一起。

沅星皓问我：“我们要跟进‘焕美’的补贴活动吗？他们最近的数据很好看。”

“算了吧。”我说，“知道金毛狮王最厉害的那招‘七伤拳’吗？虽然是必杀技一般的存在，但内力不高的人若练了，伤人也伤己，何必呢？我们还是先练好自己的内功吧。冬天熬过去了，就是春天，但那些熬不过冬天的，不用我们动手，自己就会和市场say byebye。”

有个网综节目第二季将开录，他们的企划部联系到我们，商谈合作事宜。

我看到下属发给我的计划书时，并不觉得有合作的可能性，虽然他们第一季上线时获得了过亿点击量，在一定范围内“爆”了一下，可是冠名费实在太贵了，只是起拍价就令人咋舌——直到，我发现他们确定邀请的嘉宾里有江豆尧。

不久前，江豆尧刚在一个深度访谈类节目里大方承认整形，笑谈自己以前小眼睛、饼脸，接不到工作，整形过程虽然痛苦，但是之后开始有工作，被大家认识，实现自己想做一名演员的梦想。当时与她同时参加这个访谈节目的还有另一名被广泛认为整形，但死不承认的女明星，导播还故意在江豆尧说这番话的当下，给了那个女明星一个近距离大特写。

节目播出当晚，江豆尧这段“是啊，我整过形啊”的直白回答，和身旁女明星表情微妙的大特写被制作成短视频迅速登上热搜头条。江豆尧也因此收到大量“耿直女星”“真实不做作”的好评，狠狠拉了一波路人好感度。

江豆尧、整形、综艺节目……这倒也不失为一个宣传的结合点。我思量了一番，决定参与这档节目的冠名权竞拍。

冠名权竞拍那日，我看名单上列出的所有竞拍公司都已到位，但竞拍迟迟不开始。直到超时15分钟后，文芊夏姗姗来迟，主持人才激情澎湃地开场。

文芊夏落座前，遥遥地递了一个眼神给我，然后唇角微扬，露出一个挑衅的笑容。我叹了口气，心想这次怕是没戏了——文芊夏一定会与我抬杠，而我不想做冤大头，以超过市场行情的价格得到冠名权。

预设了竞拍失败的结果后，我反而放下心来。先按兵不动，直到价格上了一个台阶，多数竞拍者已经放弃时，才第一次举牌。果然，我举牌之后，文芊夏迅速跟进。

几番暗战后，冠名费已经比底价翻了一倍不止。

“8000万。”我直接加价15%，全场哗然。

“好，谢谢这位女士的出价。8000万一次，8000万两次！”拍卖师巡视全场，手里的拍卖锤已高高举起，准备重重落下。

“8500万。”文芊夏站起身，亲自举牌喊出这个数字。所有人都惊讶地回头看她，闪光灯闪灭个不停，节目制作人在一旁乐得合不拢嘴。

“8800万。”我淡定地再次举牌。

“9000万。”

“9200万。”我又加了200万。

“9500万。”文芊夏给出了最后的价格。

我心想，差不多了，再往上喊，我还真怕她不玩了。

“9500万一次——”拍卖师把眼神投向我。

我微笑着耸了耸肩，然后朝着文芊夏的方向做了个鼓掌祝贺的动作。拍卖师心领神会：“9500万两次，9500万三次！恭喜‘焕美’，以9500万的价格获得本节目第二季的冠名权！”

我正准备“黯然退场”，文芊夏上台和节目组签署冠名协议，还特意握着话筒对我喊话：“‘灿颜’的林总，不好意思咯。”

不知谁给她的错误信息，以为我对这场竞拍势在必得——事实上，我只希望在一定价格范围内“势在必得”，毕竟我们公司还处于创业期，没那么财大气粗。

我不好意思扰了文芊夏的好心情，也笑道：“客气客气。”

我从停车场开了车出来，意外接到乔杨的电话——他答应退回到朋友的界限之后，真的再没打扰我，上次在机场也是偶遇。

“林星，你是不是在新谷大道附近？我刚才看到你的车了。”

“嗯，是啊！”我想起来，很多影视公司都在这一区。

“你看，能不能抽时间和我喝一杯咖啡？”乔杨顿了一下，我没出声，他又道，“如果你时间紧，只要给我10分钟就行。”

“哦。”乔杨的小心翼翼和退而求其次，让我突然不忍——他毕竟曾是我放在心底深处最柔软的位置的少年。我叹了口气，又扬起声音道：“我刚好有一个小时空闲，哪见？”

20分钟后，又是星巴克，我见到了乔杨。他先到，已为我点了抹茶星冰乐。我坐下，喝了一口，甜腻腻的味道让我几乎以为回到17岁。

抹茶星冰乐是我17岁时的口味，如今站在二字头的尾巴上，我的口味早换成了美式咖啡。我的味蕾已经无法承受这样单纯的甜蜜，我的身体也很难在日常活动中代谢掉这满满一杯的热量——17岁，到底已经走远了。

“你最近还好吗？我看新闻说，你的电影定档了？”我问道。事实上，这个消息是文芊夏上次在机场时告诉我的，但我刻意跳过了她的名字。

“嗯，18号上映，16号有场首映。”乔杨直直地看着我，说，“我这次约你，也是想亲自邀请你参加首映。这是邀请函。”他推过来一个设计简洁而有质感的信封。

“哦。”我低垂眼眸，看着那封邀请函，又喝了一口抹茶星冰乐，心里盘算着找什么理由拒绝才好。老实说，我不想去首映式。我不是不为乔杨第一部电影上映而为他感到开心，但那电影与我有关，我觉得尴尬。

物是人非，何必在电影里重温旧梦？我怕自己在电影院里如坐针毡，五味杂陈。

乔杨像是看出了我的犹豫，在我拒绝之前，他先一步说：“你考虑一下，不勉强。但从我的角度出发，真的非常非常期待能在首映现场见到你。”他沉沉地看了我一眼，利落地起身告辞：“再见，林星。”

他这样，我反倒不好意思痛快地拒绝了。

我在公司的地下停车场接了一个投资公司的电话，刚切断，江豆尧的电话又进来了。

“小林姐姐，我诚挚邀请你参加《星光灿烂》的首映式。”她在电话里声音娇俏地说，“我第一次当院线电影的女主角，一番哦，你一定要来。”

我有些尴尬地笑道："我又不是什么大人物，干吗一定要去首映？等电影上映了，我包场请所有员工看就是了。"

江豆尧甜笑道："那我先谢谢小林姐姐啦！不过首映式你一定要来哦！"她换了认真的语气，"一方面你我都知道，这电影的原型是你。我拍的时候，也参考了小林姐姐你平时和我说话的感觉，另一方面嘛，我欠乔导一个人情。"

"小林姐姐你不知道，选女主角的时候，原本定的是另一个女明星，我算半路截胡的。之前网上传得挺难听的，还把我以前拍的电视剧里的画面做成动图，在微博狂转，说我演技烂得还不如喜羊羊。幸亏乔导力挺，说我很有潜力，演得很棒。"

我没作声，以为是乔杨派她来当说客。江豆尧像有隔空猜心思的超能力，她又快速补充道："小林姐姐你别误会，不是乔导让我来的哦！只是我和导演闲聊，问他你会不会参加首映式的时候，他说他不知道。我听得出，他挺想你来的，所以，我想给乔导一个惊喜，算还他人情。"

"我……那天可能没空。"我拒绝得很隐晦，对江豆尧，我说不出太直白的拒绝。

听声音就知道，江豆尧急了："小林姐姐，你就答应我吧，这是我第一次拜托你吧？你给我个面子啦！网上都说我是你手上整出来的'后天美女'，我虽然没回应，可也一次没否认过。圈里和我亲近的朋友问我整形的事，我都是大力推荐你家的医院。啊对了，我最近公开整形的事了，以后帮你打广告更便利了哦！"

江豆尧的"攻势"实在很难抵抗，我败下阵来："哎，我去还不成嘛！"

"耶！"江豆尧开心得像是在电话那头跳了起来。她随即自夸道："我真是一个了不起的少女！"

我哭笑不得。都说娱乐圈复杂得如同一个大染缸，但江豆尧在这染缸里蹚了这么久"浑水"，却还是天真可爱如初见。

"啊，对了，"江豆尧临挂电话，又提醒我，"洛总最近好像在低潮期，你有空多慰问慰问他。”

“哪……哪个洛总？”我装傻，心跳得飞快。

江豆尧的声音甜甜的，宛如一颗草莓味的冰激凌：“小林姐姐，你不会以为我真的不知道你和洛总的关系吧？这个世界很小的啦，没什么真正的秘密。不过洛总手眼通天，所以圈外的人只知道一些他愿意给他们知道的事而已。”

我愣了一下，突然觉得，也许自己才是“天真”的那一个。

“你……不介意吗？”我迟疑地问道。要是这么说起来，我和江豆尧其实曾是“情敌”，虽然事实上，我和洛瑞行的关系比旁人想象的还要“复杂”一些。

“介意什么？吃醋吗？”江豆尧笑嘻嘻地说，“洛总没告诉你啊，我和他是假的啦！我还是十八线小嫩模的时候他签了我，说会捧红我，要求是都得听他的。我想想也没什么损失，先红了比较重要诶。”

又是……炒作？

我的心情很是复杂：洛瑞行这个人真是……有够爱玩老梗的。

我到底还是出席了乔杨的新电影首映式。

那天乔杨穿得很简单，衬衫、仔裤、球鞋，但站在盛装出席的男主角身边竟也毫不逊色，而江豆尧作为绝对女主，一袭收腰小粉裙，衬得她又美又仙。她承认整形的热度还未过去，当晚是绝对的主角。

主创简单亮相后，电影便开始了，采访和互动都安排在放映结束后。

观影过程中，我果然看得如坐针毡，却不是因为昔日恋情被搬上银幕的尴尬，而是隐隐地愤怒。

我看到一半提前退场。在地下停车场，我给乔杨打了个电话。两分钟后，他匆匆地从电梯口跑出来，四处张望着寻找我的身影。

我按了下喇叭。

“早上，豆尧很肯定地说你会出席，我还以为她是逗我玩的，原来是真的。”乔杨高兴地问我，“你刚到吗？没关系，现在上去也行，电影结束还有主创见面会和一个小酒会……"

“你先上车，我想和你谈一下。”我说。

乔杨愣了一下。他上车，关门，这狭小的空间里又只剩他和我了。“怎么了？”他问我时，脸上仍有未退的温软笑意。

我努力让自己的声音听起来没有多余的情绪：“为什么要在电影里丑化洛瑞行？”事实上，我的平静之下隐藏着愤怒：文芊夏说乔杨的电影里没有她，但这电影里却有一个和洛瑞行身份背景一模一样的男二角色。

男二姓“洛”——在电影里连全名都没有，被众人以“洛先生”相称。年长、富有、市侩，甚至是下流。他要挟陷入困境的女主，将她诱奸，又设计陷害男主，令他远走他乡……电影我没看完，但入场前的宣传册里写了，男主和女主历经波折，最后终成眷属，而男二客死异乡。

“他只是让我签了‘欠款协议’，但从来没有要挟我，合同是我自己决定要签的，后果我当然要自己承担。他没有诱奸我，也没有陷害你，你这部电影能顺利上映，投资方里还有他名下的公司！你怎么可以把与他同姓的角色，塑造得这样下作？”我越说越气愤。

从我开始发难起，乔杨一直处于无声倾听的状态，但听到这里，他突然笑了一下：“林星，这是电影，虽然说了是改编自我们的故事，但其实已经很不一样。我这么写洛先生这个角色，是为了冲突更强烈，故事更精彩，你没有理由这么指责我。”

“就这样而已？”我皱眉看他，心里狐疑不决。

“就这样，而已。”乔杨的眼神一片澄澈，就像当初我问他自己是不是他的初恋时，他回答我“你是我第一个喜欢的人”一样真挚。

我移开目光，看着前方问：“有没有补救的办法？剧情能补拍重剪吗？”其实我知道答案，但还是不死心地想得到再次确认。

“你说呢？”乔杨嘲讽的笑意渐浓。

“那，字幕总能重新做吧？请你把电影里的‘洛先生’改成‘骆先生’，尽可能减少一些影射的痕迹吧。”我说。

我不知死活的时候，气到昏头的时候，也曾用难听的字眼骂过洛瑞行，可我不愿旁人误解他，哪怕一丝一毫。乔杨若是在电影里把江豆尧演的那个角色塑造成一个虚荣、拜金的女孩，我对他不会有丝毫怨言，但他不能那么编派原型是洛瑞行的男二。

我对乔杨是有亏欠，但洛瑞行没有欠过他分毫。

乔杨没有答应也没有否决我的提议，他只是语气缓缓地问我："林星，你现在，很习惯这么盛气凌人地说话吗？"

我愣了一下："我只是表达了自己的想法，提了一个可行的建议，这也算盛气凌人吗？"

"也许对你来说，那不算盛气凌人，也许你已经习惯用这样的方式和你的下属对话……林星，你刚才的样子，让我突然意识到，你确实是一名出色的高管，有高管该有的气势和魄力。之前我总觉得，你那些头衔是闹着玩的，在我心里，你永远是那个聪慧、狡黠且率性天真的小女孩。"乔杨的神情看起来有点难过，"从前，我的小女孩，她不是这样的，她也不会用这样的语气与我说话。"

我停顿了一下："乔杨，别和我说从前，我们都长大了，回不去了。"

"是我执迷不悟，不撞南墙不回头，也是我高估了自己，还以为我对你，仍有影响力。"乔杨扬唇微笑，可那笑却像是苦的。他的执拗，像极了曾经在我心底一直叫嚣着"遗憾"和"痛苦"的小声音。

只是，我比他早醒了。

"乔杨，没有人是永远不变的。真正的'阿星'早已变成了'星爷'，而你和我，也早就不是十七八岁的少年和少女了。我承认，这些年很多'改变'我是被迫接受的，但仍有很多'改变'，是我主动让它们发生的。我挺喜欢现在的我的，有时候强势，有时候柔软，听得进诤言也做得出选择——远多过十七八岁，简单明快，莽撞冲动的我。我怀念过去，可我不想回到过去，也不想把曾经经历过的事情，再重新经历一遍……"我突然哽咽，因为发现自己曾认定的人和事，早已在时光的流逝里变换了模样，而我曾经坚信不疑、深深怀念的事情，其实漏洞满满，也不是我真正想要的结果。

在成年人的世界里，“永远不变”这四个字，像一种执念，也像一则传说——它有可贵之处，但不是所有“不变”都值得歌颂，所有“改变”都应该被唾弃。

“以前我总以为，家里要是没有发生那些事的话，乔杨，我和你，我们一定会在一起，一直到白首。但我现在发现，其实如果没有那些事，我们也不一定能走到最后。以前你就常说，毕业了我们就结婚，你负责赚钱养家，我负责貌美如花。那时幸福的感觉太强烈了，所以没有多想，但事实上，乔杨，我不是那种甘于在家里为丈夫孩子奉献所有的女生。我妈妈奉献了所有，可她并不幸福，她不希望我像她那样，我也不想像她那样，抹灭了自己，站在一个男人或者几个孩子身后——我想和他们站在一起。我喜欢自己掌控自己命运的感觉，虽然现在的我，还不能完全做到这一点，但我知道，自己是有做到的可能的。而你，”我看向他，“并不欣赏和喜爱这样的女性，我说得对吧？”

“不对。”乔杨想也不想地否认，“林星，你这是在为自己变心找理由。你怎么知道，我一定不会赞同你去做你想做的事情？你怎么知道我不愿让你站在我的身旁？”

我提醒他：“乔杨，首先，我们已经分手很久了，我无需再为自己的‘变心’做辩护；其次，就算你愿意支持我，那么你妈妈呢？”我看着他，眼睛酸涩，但眼神不改，“也许你不知道，你妈妈找过我。她是控制欲很强的长辈，而我最不愿的，就是有人想要左右我的选择。如果我们真的能在一起，乔杨你想过这个问题吗？我和你妈妈，你要站在哪一边？”这简直是千古难题。

乔杨沉沉地看着我，无法反驳。

我笑了一下：“不过这世上没如果……命运已经替你免去了这份麻烦。”

“你说你不愿被人控制，现在还不是被洛瑞行捏得牢牢的？”乔杨到底意难平。

我仿佛吃东西被噎住，喉头被堵了一下，顿了顿才道："这是我林星人生里的一个BUG，而我一定会尽快修复这个BUG。"

"是吗？我看未必。"乔杨静静地看着我，似笑非笑地问道，"你是不是得了斯德哥尔摩综合征，爱上洛瑞行了？不然，为什么为了他，大动干戈？"他明明是在嘲讽我，可眼眶却一点一点地泛红。

昔日温润如玉的少年，而今也懂得了如何"一剑封喉"般地刻薄人——我不怪他。可乔杨嘲讽我的话语，仍然像锋利的飞刀一样深深扎入我的心脏。

我们都变了，那些不变的情谊，就永远地留在回忆里好了。

"再见了，乔先生。"我恢复平静，冷声送客，"你诬蔑了洛瑞行，你小看了我。"

"林星，我们是不是真的没可能了？"乔杨问了我最后一个问题。

我看着他，说："你知道答案。"我和乔杨如今的样子，当真相见不如怀念。

乔杨深深地看着我，然后古怪地笑了一下："林星啊林星，你连最后的机会都不给我，我真是输得彻底……"

他这话让我困惑，但我未作反应，他已离去。

多年前，我被迫和乔杨分手的时候一定没想到，有一天，自己会因为洛瑞行和乔杨反目——我林星的人生走向还真是荒诞。

我开回自家楼下的停车库，在车里又坐了一会儿，耳边回响起乔杨那句："你是不是得了斯德哥尔摩综合征，爱上了洛瑞行？"

我叹了口气，拿包，锁车，上楼。

我爱上洛瑞行了吗？

我爱过洛瑞行吗？

我爱洛瑞行吗？

答案似乎昭然若揭，可我不愿面对。

第十六章 你嘴巴太恶毒了，我在帮你消毒

"洛瑞行，我要是一辈子还不上欠你的钱怎么办？我的公司，要是开垮了怎么办？"

"还不上就还不上，垮了就垮了吧，我还能饿着你？你信不信，就算洛氏也垮了，我也有办法养活你。"

电梯门打开的同时，我的手机响了——江豆尧回了我的短信。当我发现乔杨的新电影恶意影射洛瑞行的时候，第一时间给江豆尧发过一条短信："你知道'洛先生'那个角色影射的是谁吧？怎么可以这样拍？"

我没指望江豆尧会回复，但她大约是中途补妆，看到后就立刻回复我："小林姐姐，我只是个新人演员，随时可以被替换，哪有改戏的胆？还有哦，洛总是'星光'的重要投资方之一，你以为他对这电影拍了什么会一无所知吗？他自己都没说话，我何必多此一举？"

我在家门口，愣了半晌。

鞋柜旁歪着两只Silvano Lattanz的男鞋，客厅里传来电影里的人物对话声音。

我换了拖鞋走到客厅，投影屏幕上正在播放《少年派的奇幻漂流》，而洛瑞行躺在沙发上，已经睡着了。

我在洛瑞行身旁的地毯上坐下，蜷着腿，细细地看着洛瑞行的睡颜。记忆里，我好像从未见过睡着了的他。和清醒时的戒备、冷漠、喜怒无常很不同的是，睡眠状态下的洛瑞行像逆生长了一般，显得格外年少。

刘海长长地搭下来，落在眼皮上，和纤长的睫毛相映成趣，鼻梁挺直，彰显男性的气质，但嘴唇却因为睡姿的关系，微微嘟着，如同稚气的、气鼓鼓的小孩子。

我看着洛瑞行，只觉得心里发软，还有些慌张。我从来没有过这样的感觉，就连年少时，和乔杨在一起时最好的那段时光，我也从没如此喜悦的同时又如此哀伤过。

我伸出手，拨开落在洛瑞行眼皮上的几缕长刘海——明明动作轻微，可洛瑞行的眼睛却突然睁开了。

我吓了一跳，尴尬地收回手。洛瑞行瞪着我看了许久，闭上眼睛，又再度睁开，然后才淡笑着，声音暗哑地说："你回来了。"他的意识还未彻底清醒，因此语气格外温柔，像恩爱多年的丈夫对晚归的妻子的话语。

我心里突然难受起来，因为觉得这样的时光美好，可又心知注定短暂。我们四目相交，房间里很安静，只有屏幕上，成年后的PI充满遗憾地说："All of life is an act of letting go， but what hurts the most is not taking a moment to say goodbye."

如果我和洛瑞行的人生也是一部电影，那这一刻，剧情似乎应该进展到接吻了，毕竟电视剧里都是这么演的。但一想到这，我就想起他生日第二天凌晨扰乱我心神的那个吻，顿时就乱了方寸。我心想：这不好，我还没真的想明白，不能再让相同的混乱状况发生了。

我急忙面红耳赤地起身："渴了吧？我给你去倒杯水。诶，今天没有应酬吗？而且才9点，你怎么就睡着了？早知道你过来，我就不出门了。"我慌张或者心虚的时候，容易变得话多。

"最近公司有点事，我昨天睡得少，今天下午就提前下班了。酒店待着无聊，就想过来看会儿电影，谁知睡着了。"

除了酒店，我这里算是洛瑞行的一处"小行宫"，所以他但凡买了什么喜欢的私人用品，都会往我这搬。客厅的影音设备就是在洛瑞行的不断升级下，现在已经豪华得堪比一个私人影院。

"啊，对了，"我状若随意地提起，"我晚上去看了江豆尧拍的那部新电影。"

"哦。"洛瑞行的反应很冷淡。

"你知不知道那部电影里，有个角色是影射你的？"江豆尧说他是知道的，可我还是想问一问他。

“知道。”还是很冷淡。

我终于沉不住气了，站到洛瑞行正对面，挡住他看电影的视线，问道：“那你为什么不阻止？你不是还是投资方吗？可以撤资啊？”

洛瑞行抬眼看着我，表情依然平静得没什么波澜：“那不是乔杨导演的第一部电影吗？我以为，你想有个可以怀念的，嗯……‘纪念品’？诶，你能不能先让开？”

“不能。”我惊讶极了，不敢置信地看着洛瑞行，“喂，他影射你是个又卑鄙又下流的人诶！”

“戏如人生，人生如戏而已。”洛瑞行心不在焉地答着，见我没有想要结束这对话的意思，他又看向我，突然笑起来：“你今天怎么了？反应这么大。卑鄙下流又怎么了？也许我是呢？还有，你忘了吗？你也这么骂过我。”他又皱眉努力回想，“好像更狠？人渣？”

“……”他记性可真好，很多年前的事了，竟然还记得那么清楚。

“你让开点，别挡着我看电影。”他皱着眉头歪了歪头。

我挪了挪位置，却还是忍不住问他：“你不是和我说，‘只许州官放火，不许百姓点灯’的吗？你竟然出钱让乔杨拍电影怀念我和他的过去？到底是你疯了还是我疯了？”

洛瑞行没作声，我的心顿时提了起来——我这问题问得，显然是“哪壶不开提哪壶”，但我又压不住自己的好奇心。洛瑞行这行为，太奇怪了，不像他的作风。

“我确实讨厌他，也讨厌你想着别人……可我也知道，我管不了人心。林星，你应该挺怀念那个姓乔的吧？至今还留着和他十几岁时的合照。哦，还有那个什么？‘长长的伤痕’？”洛瑞行的视线依然落在投影屏幕上，语气平淡地说，“所以，一年一次特赦——你‘点灯’的时候，我把眼睛闭起来就好了。”

我从乔杨那拿回来的合照，后来不知被我随手收在了哪里——原来，洛瑞行看到过。

洛瑞行说得那般轻松，可这不像他。我的心好像被谁温柔的指尖轻轻触碰了一下：他这番话里，我听出几分他对我，与旁人不同的深情厚谊。

我声音闷闷的，轻声说：“我并不想他能拍成这部电影，我更不喜欢他影射你，把电影里的‘洛先生’拍成一个坏人……但，还是谢谢你！”谢谢你，洛瑞行！

“谢什么？反正我能赚到钱。”他朝我露齿一笑，“之前媒体试映反响不错，有家公司两个亿保底发行——所以还没正式上映，我已获利不薄。”

“……”我突然发现和洛瑞行好好聊天这事，有点难。所以我们俩兜兜转转，浪掷时光、心意不明地耗了这么久，我有责任，他也不是全然无辜。

“对了，听说你们公司想赞助一档综艺节目，但冠名权竞拍失败？”洛瑞行看着我问。

“嗯……”他的耳目也太多了。

洛瑞行从沙发扶手旁的小几上拿了份文件，递给我，说：“你投这个节目吧。和你之前投的那档节目同类型，但节目流程更有新意。制作班底实力很强，总导演我见过，年轻、有创意、有实力。视频网站砸了重金对标之前那档节目，今年第一季，价廉物美。”

我又惊又喜，洛瑞行继续道：“还有，因为特别看好这档新节目，我把江豆尧之前的合约推了，和这个节目签了第一季十二期的常驻嘉宾。”

“洛瑞行，你是圣诞老人吗？”我心花怒放。

“圣诞节还远呢！”洛瑞行的唇边泛起一抹笑，皱眉看我，“有那么高兴吗？”

“有，这是我今天听到的最好的消息！”

洛瑞行瞥着我，似笑非笑且意味深长地说：“林星，我怎么觉得让你快乐的原因，只有工作啊？”

我愣了一下，而后才半开玩笑半认真道：“生命不止，工作不息。”

我发愣的原因，是因为洛瑞行的话让我联想到一句歌词："你要旅行/我还不能去/你不开心/我还是不是原因/总不确定/我还能够靠你多近/两个人翻来覆去……"

送走洛瑞行后，我在沙发上呆呆地坐了一会儿，心想：完了，我对洛瑞行的感觉真的变了。

以前抗拒他的时候，觉得他每一句话都在羞辱我，而如今，他只说了一句简单的话，我都能联想出无边的情谊来。

洛瑞行介绍的资源，果然不是盖的。我们几乎以底价获得了那档新网综的冠名权，而节目上线三期后，以江豆尧的表情包为导火索，迅速引爆网络。无数公众号从各个角度采写这档横空出世的现象款网综时，也免不了夸赞一句冠名商"灿颜"的"火眼金睛"。

除此之外，我们团队还做成了两件大事：一件是第二次融资顺利完成，虽然数额少于之前预计，但，好歹融到一笔足以解决燃眉之急的投资；第二件是我们接触了一批美妆类微博大V，与其中几个有医美需求的博主建立了深度合作。她们以体验者和科普者的身份成为我们的用户，并把整个过程发布在她们的微博和公众号上。

网络的传播力是惊人的——被大V@的医生一夕爆红，而"灿颜"也迎来一大波实打实的用户。

投资人的钱到账那天，我和沅星皓都松了一口气：我们先前憋着，在公司里营造一种欣欣向荣的气氛，事实上资金吃紧，投资人的钱再不到位，财务部就快开不出第二个月的工资了。"心脏不好，没法创业，我这一天天的，跟高考走钢丝似的。不行不行，下午我得请个假，回家躺着，养两天。"沅星皓抱怨道。

"哪有时间让你躺着，明天还要出差呢！你就在这沙发上凑合凑合得了，闭上眼睛，幻想一下马尔代夫的沙滩吧。"我背上包，贴心地让智能音箱播放海浪的白噪音。

“诶，你这是要去哪？”沅星皓看着我问。

“谈个大买卖。拜！记得明天出差。”我叮嘱完沅星皓，匆匆离开了公司。

我还没来得及告诉沅星皓，我决定把“灿星耀月”卖了。

两年前曾想收购“灿星耀月”的医美集团又向我伸来了橄榄枝。他们经过内部慎重讨论，决定重启收购计划，条件比之前优厚许多。

这次，我没有要求控股权，很快就同意了他们的收购计划，唯一附加条件是必须和“灿颜”继续进行独家的长期战略合作。

“焕美”曾发通稿攻击“灿颜”，说我作为“灿颜”的CEO，名下有两家整形医院，借着平台便利导流，攻击我“既当裁判又当运动员”。这文章自然是刻意抹黑“灿颜”作为互联网服务平台的公正性，但我觉得也不是完全没有道理。

下午见了医美集团的谈判官和法律顾问，我和他们协商修正了部分合作细则后，痛快地签署了买卖协议。

“灿星耀月”卖了个极好的价格，我要是就此退休，这笔收入也足够我富足地过完余生了。

我林星，终于有钱了，终于能够自由了——这是我期盼了很久很久的事情，只是初衷好像在这岁月的流逝中，渐渐变了模样。

最开始时，我想离开洛瑞行，是真的“离开”：最好从此以后，老死不相往来。洛瑞行让我觉得被束缚，被威胁，他解决了我的麻烦，却与我那段最糟糕的经历紧紧捆绑在一起。他的存在就是在提醒我的卑微与无能为力。

但时至今日，我仍那么迫切地想要“离开”洛瑞行，却是因为只有“离开”，我们才能真正地“相逢”。

只有有能力离开洛瑞行后，依然活得漂亮，我才能够充满底气地告诉他：我站在你的身边，是因为我爱你，请你也爱我，用同样珍贵的爱情。

不然，我怕他给我的只是施舍，或者和其他女生差不多的，廉价的感情，他想从我身上得到的，只是普通的慰藉，而不是举世无双的爱情。

对，我有钱了，足够多的钱，让我可以有底气面对自己心里最真实的心意：我爱上洛瑞行了。而我仍和年少时一样，对爱情充满敬畏和憧憬：“我如果爱你——绝不像攀援的凌霄花，借你的高枝炫耀自己。”洛瑞行有他的“铜枝铁干，像刀，像剑，也像戟”，那么我也要有我“红硕的花朵，像沉重的叹息，又像英勇的火炬”。

我只有取得与洛瑞行平等的资格，才能真正获得爱他的资格。

我努力工作，实现心中所愿，不是为了爱洛瑞行；但我只有努力工作，奋力靠近心中所愿，才能充满底气地爱洛瑞行。

洛瑞行之前曾问我：“林星，我怎么觉得让你快乐的原因，只有工作啊？”

我却不敢告诉他真正的原因：看起来天不怕地不怕的林星，孤身面对这荒芜世界时也会感到怯懦，感到自己的弱小，我在工作中不断获得的成就感，是我的底气，也是我的勇气。底气让我无谓，勇气伴我前行，去披荆、去斩棘。

时间似乎跑得越来越快，日子像指间流沙，没留下什么，时间已匆匆过去了大半——我的生日竟然又快到了，而转让“灿星耀月”的钱款也及时到账，宛如我送给自己的一份生日贺礼。

我与洛瑞行又有一阵没见了，他最近似乎很忙，不知与洛氏爆出的两则负面报道有没有关系。我犹豫了很久，还是给他打了个电话，以生日为借口，邀他见个面，一块儿吃个饭。

洛瑞行拒绝了：“你和你朋友玩得开心就好。礼物如果你没有特别想要的，我会让人准备好送过去的。”

“哦。”我有点失望，恹恹地应了一声。

洛瑞行是敏感的，他顿了一下，问：“怎么了？”

我原本想说“没什么”，然后和他再见，可最后不知怎么，还是又问了一遍：“你明天真的没空吗？中午？那晚上呢？我可以等。”

电话那头是长长的沉默，然后洛瑞行突然含着笑，“哦”了一声。这个“哦”，他发的是第二声，静待下文的意思。

我当然心领神会，又补充道：“没有朋友，没有其他人，就你和我。”我顿了一下，放缓语气说，“不知道是不是年纪渐长，越来越过不动生日。明天与其说我想过生日，不如说只是想和你吃个便饭。”

又是一段不短的沉默后，洛瑞行迟疑地问我：“你是不是在和朋友玩大冒险？”他竟然怀疑我的殷切，是因为“游戏”。

“当然不是。我只是突然想起来，这些年我的生日要么一个人过，要么和沅星皓宝拉他们一起，还没有试过和你一起。怎么说，你也算我命里的大贵人。”我用略显夸张的用词掩饰自己心里的忐忑。

洛瑞行有好几秒钟没有说话，我以为他还在想拒绝我的理由，谁知他最后竟迟疑地问我：“林星，你是不是有求于我？有什么就直接说吧，我考虑一下。”

我真的被洛瑞行的戒备心给气笑了：“没有，真没有什么目的，我就是特别纯真无邪地想跟你过个生日。我很有诚意，还提前向宝拉学了几道她的拿手菜，不会让你失望的。”

“就这样？”

“就这样。”

“咦？”洛瑞行微微惊讶地拉长了语调，停顿了一下才轻笑道，“好吧，拭目以待。”

我握上手术刀有一代名医风范，我握上菜刀……就是一只弱鸡。

红烧鱼块的鱼头被我劈飞了，煎炸鱼块的时候大概是为了报复我，油花溅得我直嗷嗷。蒜蓉虾的蒜蓉剁得我心烦气躁，一刀下去蒜粒满菜板滚，完全不听使唤。白灼生菜总没有难度了吧？可是不知道为什么，我每一步都按宝拉给我的菜谱步骤走，最后捞出锅的时候和她做的碧绿葱翠、鲜爽可口完全不一样，黄黄的叶片耷拉着，咬起来湿答答的，软乎乎的。

洛瑞行到的时候，我正在试图把一只小番茄雕成一朵玫瑰花——想我雕过多少根假体，刀功还是很不赖的。

可洛瑞行一句话就打破了我的幻想。他站在厨房门口，看着我手里的小番茄和雕刻刀，微微皱着眉头问：“你在刻……小老鼠吗？可是番茄色的小老鼠，好像有点恶心。”

我：“……”

我放弃了，就这样吧！

幸好宝拉聪慧过人，在我试做的时候就给了我一条良心建议：“到时记得叫几个外卖，就算你做的菜‘全军覆没’，总不至于两人饿着肚子大眼瞪小眼的。”

我开了香熏机，放了小野丽莎的歌单做背景乐，还开了一瓶洛瑞行放在我这里的，标签设计得最好看的红酒。

我把那瓶酒拿出来的时候，洛瑞行的眉毛扬了一下：“你还真识货。”

当我得意而卖力地把开瓶器尖头部分钻入软木塞，然后转啊转啊，只听“咚”一声——软木塞朝下，掉进了酒瓶里。

洛瑞行下意识地闭眼扶额，低叹一声：“暴殄天物。”

我沉默着给他斟酒，突然后悔自己发起这场莫名其妙的生日宴请。

但后来，跳过我笨拙的部分，气氛渐渐好起来。我和洛瑞行聊工作，聊行业发展，聊自己在创业上的勃勃野心，也聊身边白目同事的趣事，聊文芊夏对我采取的“自杀式”的商业打击，聊我当前的困局和虽然知道前路困难重重，但我一定会“负隅顽抗”的决心。

我很想和洛瑞行聊一聊我的生活，他的生活，可不知道为什么，那些关于我们自己的话，像禁忌一样无法出口。

我还半开玩笑半认真地问洛瑞行：“诶，万一公司真被我做上市了怎么办？

我可能会一跃成为女首富哦，那时候……”我没有把话说完。

“那时候，我就再也掌控不住你了——是吗？”洛瑞行抿了一口红酒，微微笑道，“我确实很不喜欢失去……对你的控制这件事，本质上说，我是个讨厌任何‘失控’的人，但如果你真是天上的一颗星星，杯星，我不想成为你陨落的原因。”

他看着我，眼神温热，像夏日海风舒爽的海边，不灼人的热浪一波一波地涌向我。我微笑着，嘴角上扬，弯起微微酸涩的眼睛。

洛瑞行说这些话的时候，我们已经“享用”完了我糟糕的厨艺，转移到了沙发前的地毯上席地而坐。我深深地看着洛瑞行，想要努力把他说话时的每一个神情都牢牢记住，印刻进心里。

恐怕我和洛瑞行之间，将有一场分离——可能只是单纯我心理意义上的分离，也可能，是洛瑞行被触怒后的，真正的分离。

下午，我已把2000多万欠款汇入洛瑞行的账户，律师在处理一些文书上的手续——我压着，让他们明天再转告他们的小洛总。

洛瑞行应该会不高兴我的先斩后奏吧？可我还是决定了先瞒着他，和他一起过完这个生日再说。

我们以后会怎么样仍是未知，我只希望能与洛瑞行拥有这最后一刻的好时光，当作这些年，我们不清不楚地在一起的完美终结。

“你说过，你不想成为像你妈妈一样把人生的希望寄托于他人的人。我不喜欢你总想着离开我，但我也不会做那个折断你翅膀的人。”洛瑞行喝得有点微醺了，声音里带着点骄傲的懒音，“你既然爱折腾那就折腾吧，我倒要看看，你能折腾到什么时候。关门大吉的时候可别怪我没告诉你，90%的创业型公司活不过第三年。啊，对了，生日礼物还没有给你。”他摇摇晃晃地起身，从扔在沙发上的外套口袋里掏出一个长条形的盒子。

“什么啊？手表还是手链？”一改从前的故作欢喜，这一次，我真是兴致勃勃地打开，然后一下子睁大了眼睛——是一把镶钻的、白金打造的手术刀。

洛震和文美然结婚那天，洛瑞行载着我负气飙车，发生了一场不大不小的车祸。在等待救援时，他问我想过什么样的人生，而我隐藏起真实的心情，笑嘻嘻地告诉他："我啊，就想过土豪般的人生，挥金如土也不担忧会有囊中羞涩的一天。对了，手术刀也要换纯金镶钻，锋利且blingbling的。划开皮肤的时候，像划丝绸那般顺滑美妙，然后哄更多土豪找我做天价整容手术，一刀一million。"

他记得我说过的话！原来他都记得，并且一件一件地为我实现……我是他放在心上的人——这么明显的事，为什么我直到现在才发现呢？

"还行吧？哪天你的公司要是资不抵债了，你还能重操旧业，给土豪开个双眼皮什么的。"洛瑞行的声音低哑中含了笑意。

"洛瑞行，我要是一辈子还不上欠你的钱怎么办？我的公司，要是开垮了怎么办？"我垂着眼眸，轻声问道。

"还不上就还不上，垮了就垮了吧，我还能饿着你？你信不信，就算洛氏也垮了，我也有办法养活你。"洛瑞行的语气里，有一种无视人世艰难的强大自信。我一眨不眨地看着他，觉得这一刻，他连狂妄都很迷人。

不知是不是我的眼神鼓励了洛瑞行，他突然又摸了摸我的头，接着用那种哄小孩的语气低笑道："林星呀，你比LOKI，还是重要一些的。我既然不会饿着LOKI，自然也不会饿着你。"

若是从前，我一定又觉得洛瑞行在侮辱我，暗自内伤，但如今，在我的自我认知里，我成了和他平起平坐的关系之后，我才听出他语气里的亲昵和不得不用玩笑掩饰的深情。

站的角度不同，看到的世界，原来也这般不同。

我抬眼看向洛瑞行，他也正看着我——薄唇粉润，眼神温软而绵长，相当的……秀色可餐。

我突然凑过去，轻轻地啄了一下洛瑞行的嘴唇。他呆住了，我也呆住了。

我是想吻他一下的，可是太笨拙了，动作很像一只在找虫子的啄木鸟。

这是我们的第二个吻，我第一次主动。

他问我："你……你在干吗？"洛瑞行竟然慌了，连"责问"都问得结结巴巴。

"你嘴巴太恶毒了，我在帮你，消毒。"我红着脸小声说。所谓一本正经地耍流氓，说的就是我此刻的状态吧？

洛瑞行瞪着我，好像被我轻薄了一样，我也瞪着他，可心里一点底也没有，手脚都是软的。我怕他看轻我，我怕他觉得我有所图。

算年纪，我和洛瑞行都不算小了，但这些年我们浪费了太多时间在对峙上，比谁比谁更酷上，真正面对感情时，甚至不如多情少年们老练。

洛瑞行没有让我慌很久，就如排山倒海一般将我扑倒在地毯上。他低下头，唇瓣快要触碰到我的那个瞬间，又迟疑地问我："你……没有喝醉吧？"

我快哭出来了。这么久以来，洛瑞行甩我脸色，喜怒无常，时不时言语恶毒，神情刻薄，可他真的一次，一次都没有强迫我做过任何我反感的事情。哪怕到了现在这一刻，他仍怕我是一时糊涂。

我恍惚想起我们第一次接吻，洛瑞行最后用力推开了我——他是怕自己因喝醉失控而勉强了我吧？

他不要我有一丝一毫的不甘愿，他不要我对他的感情里，带着一分一毫的游移。这既是属于洛瑞行的骄傲，也是洛瑞行给予林星的尊重。

我怎么那么笨呢？

有滴眼泪滑落我的眼角。我揽着洛瑞行的脖子，把他拉向自己，含糊道："你尝尝，我……有没有酒味？"

等我醒的时候，已经是第二天上午了。我睁开眼睛，只觉得浑身酸软。房间里光线昏暗，窗帘拉了一半，从没彻底拉拢的缝隙望出去，整个世界雨气弥漫。

我的记忆和身体一起渐渐苏醒，和洛瑞行亲密的瞬间在我脑海里闪回，我有点打不住地弹起来，正襟危坐……唔，成年人的人生，真是，太刺激了。

但——洛瑞行呢？

我穿上衣服起身，赤脚走到门口，发现洛瑞行只披了一件衬衣，赤裸着胸膛坐在窗边。他手里无意识地把玩着手机，眼神却空洞而荒凉。

我又一阵脸热心跳——一夜之间，我还没适应彼此关系的改变。我一边走向洛瑞行，一边在心里给自己加油鼓劲：都是成年人了，还是大龄成年人，没什么大不了的……嗯，要大方，要自然，假装不是第一次的样子……啊不对，其实应该也不用假装很老练的样子吧……

我胡思乱想着，不知不觉已走到了洛瑞行身旁，他竟还没发现我。我鼓起勇气，学着电视剧里的女主常会做的样子，想扑上去环住他的脖子，谁知洛瑞行突然像被刺猬扎了一样蹦起来，一把推开了我。

我跌坐在地上，感觉自己尾椎快摔裂了。我哭笑不得地问洛瑞行："你干吗呀？差点误……杀我。"我想开个玩笑，可只讲了一半，意识到洛瑞行的神情很不对劲。

没有昨夜的温柔与怜惜，只有至寒至冷的愤怒和冷酷。

他举着手机，居高临下地看着我问："你和我的律师已经把程序都走完了？你还让他瞒着我？为什么？怕我不同意？还是给我一个'惊喜'？"他哼笑了一声，又追问道，"你是不是觉得我很可笑，被你玩弄于股掌之间？你对我勾勾手指头，我就像条狗一样摇着尾巴扑过来？"

洛瑞行完全误解了我，他的猜测实在太可怕了，明明事情不是这样。我张口结舌地解释："我没有觉得你可笑，也没有玩弄你，我只是……"

"只是什么？"他粗暴地打断我，"只是有点好奇，想知道你这么轻易就脱离了我的掌控，我会多狼狈？还有，昨天晚上是什么？你同情我，看我这些年可怜，给我的赏赐吗？啊……不对。"洛瑞行露出森森白牙，笑得像个邪气的暴君，"你不止还了2000万和利息给我，还额外多付了500万——那是你给我的度夜费吗？我的服务，你还满意吗？"

多给的500万，是我结给洛瑞行的最后一笔投资收益——整形医院他也有股份，但他陷在自己暴怒的情绪里，抗拒我的任何解释。

我张口结舌，最后放弃了解释。

我平静地看着洛瑞行，又心痛、又伤心地问他：“你为什么会这么想呢？你为什么要把我想得那般冷血无情，刻薄恶毒，而不相信我已经爱上你了呢？”

洛瑞行像是受到了极大的震动，瞪着眼睛看着我，但过了没几秒钟，他哈哈大笑起来，眼眶逐渐变得通红。

“你爱上了我？你玩什么把戏？新式骗局吗？以前，是我把你踩在脚下，你讨好我，应付我，与我虚与委蛇。你以为我不知道？感觉不出来？这些年你那么努力，不就是想要离开我吗？而今你终于赚到了2000万，把欠我的一次还清，你终于可以痛痛快快地甩我一句永别了——你竟然还问我，我怎么就不相信你爱上了我？”洛瑞行冷笑起来，“在你眼里，我是如此愚蠢的男人吗？”

我怔怔地看着他，无言以对，只是眼泪大颗大颗地滚落。

洛瑞行眯了眯眼，咬紧了后槽牙，道：“林星，你这次玩得太过了。你既然还清了欠款，好好与我道别，我自然能做到与你一别两宽。你何必要最后玩弄我一次？报复我，用这样的方式，过瘾吗？”

我被洛瑞行一句接一句的质问堵得说不出话来，并不是我理亏，而是气急交加，不知要怎么说他才会信我。

我的胸口快速起伏，最后终于忍不住冲他吼起来：“洛瑞行，你岂止是普通的愚蠢，简直是蠢上加蠢！”

我和洛瑞行像两头愤怒的狮子一般互相敌视的时候，有人按响了门铃。洛瑞行快步走到门口，接过门口的人送来的什么东西，然后又再度回到我眼前。

是药。

洛瑞行拆开药盒，迅速抠了一颗药握在手心。

我警惕地看着他：“你要干吗？”

“吃了它。”洛瑞行冷漠地看着我，“我不要小孩，更不要你的小孩。我不能让这种意外发生。”

他语气里的嫌恶让我感觉受到了巨大的侮辱。“我不吃！”我转身要跑，却被脚下的毯子绊倒。洛瑞行抓住我的脚踝，继而压制住我的四肢。他单手把我两只手交叉固定在头顶上方，另一只手把那颗白色的药丸塞在我的嘴里，逼我吞下去。

我用尽全力扭头、蹬腿，却还是敌不过他的力气。最后我终于控制不住地大哭起来，无助地、哀伤地号啕大哭，又委屈又愤怒。

我也没有做好要当妈妈的准备，可是洛瑞行逼我吃药丸的样子那么冷酷、那么凶狠，让我有如被万箭穿心。

洛瑞行看着痛哭的我，突然松了手，颓败地瘫坐在地上。我把藏在舌头下的药丸吐了出来，连滚带爬地后退着躲到墙边，抱着自己的膝盖，依然痛哭不止。

我真的伤心极了，失望极了，不知道为什么事情会发展到这一步。

洛瑞行朝我走了两步，我下意识地又往角落里瑟缩了一下，身体语言写满了抗拒和害怕。他终于收住脚步，站在离我三步之遥的位置。

洛瑞行看着我，平静而冷漠地说："林星，祝贺你，终于可以逃离我这样的人了……再见。"他转身安静地穿衣，穿鞋，站在玄关的地毯上，背对着我说，"这套房子送给你了，你要是愿意，可以一直住下去，不想要了，转手卖掉就行。另外关于昨晚的事……要是有任何意外，打电话给我的助理。"

洛瑞行走了，房间里彻底安静下来。窗外的雨似乎下得更大了，雨点噼里啪啦地打在落地窗玻璃上，砸出一朵一朵破碎的透明的雨花，层层叠叠的，又迅速汇聚成蜿蜒的细小的溪流，不断向下流淌。

像眼泪一样。

餐桌上，洛瑞行带来的那把绯红色的奥斯汀玫瑰似乎娇艳更胜昨日，被清水养在透明的玻璃花瓶里，像一群甜美娇嗔又娇贵的大家闺秀——与此刻孤单而狼狈的我，形成了鲜明的对比。

我的内心犹如经历了一场海啸，一片狼藉。可当闹钟准点响起时，我缓缓抬起了头——今天是工作日，依然是平凡而忙碌的一天，记事本上密密的“今日行程”还等着我一项一项地划去。

流泪掉得差不多了，我起身，去浴室洗了一把冷水脸，化了一个掩饰情绪和脸色的淡妆，从衣柜里拿出白色的香奈儿套装，像从前的每一天一样，若无其事地去公司上班。

“林总，早上好。”前台的小姑娘只有22岁，笑脸清新甜美，像一颗半透明的水果糖。

“早上好。”我微笑着回应，挺直脊背，高跟鞋踩在奶白色地砖上的声音，又清脆又利落。

我的伤心是真的，我的崩溃也是真的，可是自从妈妈走了之后，我就不再是大哭，就有人心疼，给我擦泪，给我煮面吃的小女孩了。成年人的崩溃多半不是声势浩大的一场雪崩，而是发生在深深的冰水之下的冰层沉默地消融——除了他自己，无人知晓，也无需被人知晓。

那一周的周末，我从洛瑞行的房子里搬了出来，让助理替我在公司附近租了一个小套房，方便上下班。

沅星皓诧异地问我：“怎么，你和洛瑞行闹掰了？”

“这不是很正常吗？”我滑动鼠标，看着这个月的财务报表，带着点自嘲口吻地说，“我和他本来就是很脆弱的‘金钱’关系，现在我有能力还钱了，自然银货两讫。”

“不是吧？”沅星皓坐在带轮子的办公椅上，挪动双腿，像个残障人士一般滑到我眼前，“虽然读书的时候，大家都说你是被包养的，后来你自己也说，你欠洛瑞行一大笔钱，可我始终觉得你们的关系没有那么‘纯粹’。男人的直觉，我觉得洛瑞行对你，不一般。”

我的心像被什么东西蜇了一下，痛得好像心脏有一瞬间的麻痹——我一度也以为是这样，但结果呢？我缓了口气，才平静地说：“他的‘不一般’挺多的，不缺我这一个。”

“不该啊……”沅星皓扭紧眉头，像一个卜错卦的大师。

我顿了一下，然后皱着眉头抬眼看向沅星皓：“说来也奇怪，你和宝拉都在我面前说洛瑞行好话，你们不觉得他看起来就不好相处吗？你们不会脑补一下我这些年和他在一起，可能过得满肚子委屈吗？”

沅星皓眼睛看着上方，似乎在很努力地“脑补”，但神情很快不对劲起来。我立刻飞了一叠A4纸到他脸上：“不要脑补奇怪的画面！”

“好好好，不脑补不脑补！”沅星皓收敛起嬉笑的神色，正经道，“对了，告诉你一个好消息，‘焕美’之后应该没精力针对我们了，我们可以过一段好日子了。”

“怎么，文芊夏的脑子进化成人了吗？”如果别人的创业是“hard模式”，文芊夏以其一人之力，把我的创业难度生生提高到“harder模式”，我很难在提到她时有好语气。

“那倒没有，难度太高了。”沅星皓当然与我同仇敌忾，“不过她那边的资金链好像有点问题。我之前偷偷布在他们那的眼线说，他们老大早就对文芊夏那种激进的扩张模式颇有微词。那个网综冠名的事，就是她自作主张。其实那会儿，‘焕美’的资金就吃紧了，但因为文芊夏自个儿带资，背后还站着洛家，老大就勉强忍了，心里大概还想着她第三轮第四轮继续扔钱进来。”

“他们第三轮融资不是结束了吗？文芊夏又投了多少？”

“你肯定猜不着。”沅星皓用手在胸前比了颗蛋给我，“挂零。”

“啊？她那两亿烧完了？”不然文芊夏怎么可能不跟投？毕竟她COO的位置就是用投资买来的。

“没这么快，应该是洛家出了问题，相关的资金都被冻结了。前两天我回家和老头子吃饭，他说我们这是走了‘狗屎运’，莫名其妙就解决掉一个竞争对手。”沅星皓说，“他还提醒我，要是手里有什么事和洛家有牵扯的，赶紧处理了。他说洛家可能要被清算了，他们上头那个大靠山，已经被控制了，下一个可能就轮到洛震了。”

我怔了一下，有点不敢信：“洛家家大业大，人脉深厚，不会说倒就倒吧？”

“家大业大也不能踩红线啊！而且，你没看新闻吗？洛震三个月前就开始陆续出手商场、酒店之类的物业，质优价廉，挥泪大甩卖。显然是闻风而动，准备套现跑路。但现在这情况，也不知道能不能跑掉。”沅星皓叹了口气，“这政商结合在一块，好的时候是真好，但等到清算的时候，倒得也是最快的。”

我想起来，从大半年前开始，洛瑞行就变得超乎寻常地忙碌，也和我说过好几次，他公司“有事”。

“那……如果最坏的情况发生，洛瑞行会被牵涉吗？”我还是会担心他的处境。

沅星皓意味深长地看着我，说：“这可不好说……得走着看。不过从我了解的情况来看，洛瑞行应该和这件事关系不大。毕竟洛家的问题主要集中在发家的前十年，那时候洛瑞行还是个小孩，之后又一直在国外，22岁回国，后来又在不同领域开公司，和洛震走的不是一条道。”

我仍是不放心，拜托沅星皓：“你路子多，帮我看着一点洛家这事的进展，有什么消息记得告诉我一声。多谢！”

“你跟我还说什么谢不谢的。”沅星皓看着我，欲言又止，最后又宛如一个敏捷的残障人士，坐在带轮的办公椅上，挪动双腿，回隔壁他自己的办公室了。

互联网时代，“黑料”的传播速度和病毒传播一样。

某位大人物被控制的消息先于官方消息被广泛传播，接着，有人起底大人物的生平，还将与他关系密切的几个人和数十家企业做成了树状图。洛震与之联系之紧密，令一众吃瓜群众惊叹，接着纷纷抱着看好戏的心情，一边热烈讨论，一边等待后续发展。

洛瑞行因为之前频繁携流水般的“女友”上热搜而成为部分男网友的“眼

中钉”。洛家的危机传播开来后，有人直接将微博ID改成了“洛瑞行今天坐牢了吗？”“一文不值的洛瑞行还能泡到女神吗？”之类，幸灾乐祸之情溢出屏幕之外。

我看到狗仔最新一次拍到洛瑞行，是深夜，他穿着圆领白T，独自在路边的24小时便利店买了一包烟，站在路口抽完了一支，然后步行回家——洛家出事后，他就搬回了洛家大宅。

狗仔下了个很刻薄的标题：《昔日洛氏太子爷，今日落魄街头，抽廉价烟，消解千愁！》

我原本想像以前那样，披个马甲怼一怼狗仔，但点开评论后，网友大片大片的肆意谩骂和恶意调侃让我心惊。甚至还有有心人上传了电影《星光灿烂》的截图，盛赞这是部良心之作：电影中的商界大佬“洛先生”，影射的正是“洛瑞行”，在洛家出事之前，主创就敢于揭露“洛瑞行”的丑恶面目，堪称“勇士”。

我心中五味杂陈：乔杨到底还是没有修改字幕，男二的姓氏依然是“洛”。也许，他不照我的意思修改是对的，因为这部早就下线的电影，沾着洛瑞行名誉的血，第一次登上了热搜和各大视频网站的热度排行榜。

我还特意点开乔杨的微博看了一眼：他正在加拿大看下部电影的场景，九宫格里有八张是风景照，最后一张是他戴着墨镜，对镜微笑的照片，一派岁月静好。

第十七章
贱贱的，渐渐的，爱上你

“他想离你近一点。他以一种奇怪的，忐忑的心情，爱着你。”

我和文芊夏最后一次碰面，又是在机场，发生得很有戏剧性。

我为了省时间，也为了省钱，坐红眼航班去见国外的投资人，而我猜文芊夏会选择坐这个时间段的航班，除了行程匆忙，她想尽快出国之外，没有第二个原因了。毕竟先前，她可是非头等舱不坐的千金小姐，也由此可见，洛震是真的惹上了大麻烦。

在空旷的候机大厅里，戴着墨镜独坐一隅的文芊夏显得格外引人注目。

我径直走过去，问道："你去哪？"

文芊夏侧着脸，不愿面对我，只抱着胳膊冷笑一声："我去哪和你有什么关系？林星你现在可真长志气了，以前向来是我堵你，堵得你无路可走，现在换你来堵我了。"

"我堵你干吗？你又不欠我钱。"她如临大敌的样子，让我忍俊不禁的同时，还多了几分心酸。

正值洛家的多事之秋，文芊夏分外敏感："那你想干吗？落井下石？看我笑话？我告诉你林星……"

"我只是想问问你，知不知道洛瑞行怎么样了？"我打断她。

"洛瑞行？"文芊夏愣了一下，终于扭头看我。她摘下墨镜，眼神滴溜溜地在我身上转了一圈，轻笑道："原来你还是关心我哥的呀！看来你比我想象的要有人性一点。"

"他现在怎么样了？"我好声好气地继续问道。

文芊夏靠在椅背上，扬着下巴说："洛震的新闻应该很快就会出来……洛瑞行说他不走，所以应该会被要求协助调查吧。"

"你和你妈妈，前两年才进入洛家，就算洛震最后真判下来了，也不会牵扯到你们母女。你不留下来关注一下事情进展吗？”

文芊夏冷笑一声：“林星，你少站在这里装好人了！我为什么要浪费时间留在国内，陪那帮公务员喝茶？开开心心地去度个假不好吗？洛瑞行就不一样了，洛家就算倒了，那家上市公司还在，洛震名下的股份自然就成了他的，我又分不到多少，何必操这份心？”

看来从文芊夏嘴里也问不出什么和洛瑞行有关的消息，我结束对话：“打扰了。”

“林星。”我转身要走，文芊夏却突然叫住了我。我再度转身，她看着我说：“我们以后应该不会再见了吧？”

那又如何？我扬了扬眉毛，出于礼貌，继续倾听。

“所以，我想告诉你一个秘密。”她站起身，平视我的眼睛，嘴角扬起一抹罂粟花一般有毒的甜笑，“我和乔杨，曾是恋人的关系。”

我还以为她要说什么——“这不是秘密。”我平静道。

“不，我不是说他大学的时候，我是说几个月之前。”

我微微睁大眼睛，文芊夏的笑容越开越盛：“这你不知道吧？乔杨回国前一年，我去他的城市旅行，与他重逢，我们便在一起了。后来他准备回国，他说仍忘不掉你给过他的羞辱，他要报复你，所以要求我与他转地下情。明面上，我对他痴心不改，他却心心念念的都是你，你每次出现，眼里只有你。如果你被他重新追回，他便会狠狠丢弃你，踩碎你的自尊。”

我越听，越觉得冷，手臂上起了一片鸡皮疙瘩。虽然我早知自己与乔杨已是过眼云烟，不再留恋，但文芊夏揭穿的秘密，还是让我心惊。

“哦，原来是这样。”我自言自语着，心里却突然想起我和乔杨最后一次见面，在电影院的停车场，他对我的凝视，以及那个古怪的笑容：“林星啊林星，你连最后的机会都不给我，我真是输得彻底……”——他古怪的原因，是因为所有深情，只是一个局吗？

“乔杨比我想象的还要没用，你竟然对他丝毫不动心，我一下子就倒了胃口。”文芊夏鄙夷地笑了一下，“林星啊，你弃之如敝屣的男人，我自然也是看不上的，何况他早就变了！”

“哦。”其实我对她将要说的话已不感兴趣了，机械地应着。“乔杨变得有多渣你知道吗？”文芊夏越说越激动，眼底渐渐生起怨怼之情，“你不知道。你都不知道的他，只有我知道！我最了解他，我最爱他……可乔杨是怎么对我的呢？他和我在一起时是什么样子的呢？背着我出轨，脚踏两只船，撒谎不眨眼，一点一点耗光了我对他的真心。后来我才想明白，你抛弃了他之后，他就成了一个没有心的人。”

“他是成年人，应该为自己的人生负责。”我艰难地为自己辩白。

文芊夏当然是听不进去的，此刻，她只是需要一个听众，而那个听众必须是在她整段青春里，被她当作情敌深深恨着的我。“我原本想着，乔杨要是能令你狠狠伤心也好。你摧毁了爱过你的乔杨，摧毁了我爱过的乔杨，你必须付出代价。谁知道，你竟然这么冷血，乔杨一点胜算也没有。我真是太失望了。不过你也别得意，别高兴，你以为自己魅力无边，乔杨还对你痴情不改？都是假的！你少得意了，你比我好不了多少，如今的你在他心里，不过是一个报复无门的仇敌，哈哈哈。”文芊夏大笑着。

我确实失望，却不是因为得知乔杨对我的深情只是一个陷阱，而是他竟然可以将昨日情谊利用得那么彻底，设下圈套，只是为了羞辱我、摧毁我。

“谢谢你告诉我这些。”我看着文芊夏，平静地说，“我终于可以对乔杨毫无愧疚之心了。”

关于洛震被警方控制的官方新闻报道很快就出街了。据新闻披露，洛震3月的时候就被警方控制，小范围监视居住，9月被正式刑事拘留，同时间，洛瑞行接受调查。

洛家大宅坐落在这座城市银杏树最多的东南区，一到秋天，满街、满道的银杏叶，金灿灿的，热热闹闹的，把萧瑟的秋冬都衬得温暖动人起来。

洛瑞行的头发长了一些，两颊凹陷了一些，穿着亦不如我记忆里那般讲究，灰色大衣是去年旧款，肩膀上落了一片银杏叶也懒得掸掉。

我坐在车里，看着他站在曾被拍到过的那家24小时便利店门口抽烟。过了一会儿，小夏姐姐推门出来。她买了两杯速溶咖啡，一杯给自己，一杯递给洛瑞行，两人边走边聊。

我望着洛瑞行，笑了一下，随即眼泪落下来——他以前是不会喝这种“廉价咖啡”的。他曾说速溶咖啡甜得发腻，像浓妆艳抹又脑袋空无一物的18岁少女。

我还曾奇怪地“咦”了一声：“亚裔男性不都喜欢18岁少女吗？你这么形容的话，难道你更偏爱轻熟女和熟女？啊，不对啊，和你一起上热搜的，每次都是少女脸啊？”

洛瑞行眨了一下眼睛，镇定地说：“浓妆艳抹又脑袋空空的少女我讨厌，但我喜欢清水出芙蓉、言之又有物的聪明少女。”

——他向来贪心，比旁人要得多，但他确实有能力过这样的生活。而他如今这般随意，想必不是他撑不起过往那般的奢华生活，而是洛家境况变了，洛瑞行的所有心思扑在洛震的案子上，对这些身外之物便看得轻了。

小夏姐姐将洛瑞行送到门口，便与他挥手道别。我下车，走到小夏姐姐面前，向她问了声好。

“林星？”小夏姐姐看到我，又惊又喜，“你在这附近谈事情吗？还是……”她多少知道我和洛瑞行已形同陌路的事实，不敢往深了猜。

我递给她一张我的名片：“小夏姐姐，我也不知道自己能帮上什么忙，但如果有需要帮助的地方，你打给我……可以不用让洛瑞行知道。”

“林星，我知道你是重情重义的人，和小洛总其他那些女朋友不一样……诶，我也不知道你们两个怎么回事……”

我微笑着告别：“小夏姐姐，有事打我电话，我先走了，再见。”

之后，我一次都未接到过小夏姐姐的电话。往好的方面想，洛瑞行大约是尚有余力面对这场直奔洛家而来的大劫难吧。

很快，洛震由公安机关执行逮捕，而关于洛瑞行的调查则尘埃落定，他被证明与此案无关。

转眼到了第二年夏天，发生了两件事情：一件是洛震的罪名下来了，巨额行贿及逃避追缴税款罪，被判了五年；第二件是我和沅星皓的“灿颜”完成了C轮融资，估值高达20亿，最大的竞争对手“焕美”一蹶不振后，“灿颜”一家独大，各类数据在医美类App里独占鳌头。

“灿颜”终于活过了洛瑞行向我描述过的，创业公司的“死亡第三年”。

C轮融资结束后，我特意安排了一天做“团建”——本公司的“团建”特色就是吃火锅。

“龙川”的外卖，淘宝买的最新桌游，会议室的大屏幕用来打游戏……我还请了宝拉和她店里的姑娘们到公司，给我的姑娘们做美甲。

我已许久未见宝拉。自从和沅星皓做了公司，我和宝拉的“Girl’s Night”就被迫取消了。

宝拉刚进门的时候，我没有第一时间认出她——她明显瘦了，虽然和普通姑娘相比依然肉嘟嘟的，但整个人比之前精神很多。

“宝拉，你瘦了！”

“对啊！”宝拉笑眯眯地应道。

“啊，你不是不减肥的吗？还说自己肯定减不下来。”我为她感到高兴的同时，又有点好奇。上一次在巴厘岛的沙滩上，在皎洁的月色下，她的神情灰暗得如同没有明天。

“嗯……有人陪我减。”宝拉害羞得像个一百五十斤的孩子。

“啊？”我差点跳起来，“你恋爱了？天呢，你恋爱了！”不知道为什么，我在听闻这个好消息的第一时间竟然很想哭。我太为宝拉感到高兴了：“快告诉我，他叫什么？是个什么样的人？天哪，我为了工作，也错过太多了吧？”我接连追问，喋喋不休得像个八卦记者。

“就是一个……普通人。我妈老让我去相亲，每天说说说，我被她说得抑郁症都快暴发了，就又灰头土脸地开始重新相亲。我只想应付一下我妈，让她消停消停，谁知道……”

“谁知道遇到了你的‘对先生’！”我好激动，宝拉——我最好的闺蜜的爱情故事，我简直太有代入感了。

“嗯……他是和我一样的普通人，长得一般，身高一般，学历一般，没什么特别出色的地方，但和他聊天，我觉得很舒服。他没有因为我胖扭头就走，很有礼貌地聊了半个小时，然后我们一起看了场电影。回家后还发问候的短信……一开始也没有很喜欢，但也不抵触，后来慢慢就开始了。”

“真好。”我词穷，但眼风瞟到跟只花蝴蝶一样招摇而耀眼的沅星皓，心里又忐忑起来，“那你对沅星皓……”

宝拉被幸福浸润的神情没有什么太大的改变，只是眼神变得柔软起来：“你还记得我很喜欢的那个男明星吗？我对沅星皓的喜欢，也变成那样了。真正恋爱之后，我才发现从未开始过的暗恋，就像一场内心的独角戏。我真的喜欢他吗？也许是吧，但也许有另一个可能：就是我只是非常非常想成为像他那样漂亮的、讨人喜欢的、会发光的人，我非常非常想要被一个那么受人瞩目的人喜欢，以此肯定自己的价值。”

“这样的感情，应该不算真的爱情吧？当我找到了我自己存在的价值，我就可以平静地处理我对他的感情了。”

我仍是有些担忧：“宝拉，你的价值不是由被人喜欢这件事决定的——不是沅星皓的喜欢，也不是你现在恋爱的那个人的喜欢。”

“我现在知道了。”宝拉的脸依然圆圆的，眼睛也圆圆的，连笑容好像也是圆圆的，“我最感激大熊哥的一点是，他帮我重新建立了自信，他让我明白了，我最大的价值在于，我是独一无二的苏宝拉。”

“大熊……哥？”我又感动又欣喜的同时，似乎闻到了一丝恋爱的酸臭味。

“哎，我对他的昵称啦！我是小猪妹，他是大熊哥……”

“……”我努力保持微笑，内心只觉得“冷冷的狗粮在我脸上胡乱地拍”。

“啊对了林星。”宝拉打开包包，翻啊翻，翻出一张喜帖给我，“我……我准备春节的时候结婚了。”

“啊，这么快？”我有点经受不住宝拉扔给我的这接二连三的爆炸信息。

宝拉害羞得几乎要钻到我的办公桌底下去：“我也不想这么快，可我……可我怀孕了……”

“什么？”我的心态崩了，“宝拉，你这是‘弯道超车’啊！”

和“灿颜”的渐入佳境不同，昔日风光无限的洛氏集团如今内忧外患，步履维艰。在经历停牌又复牌后，股价一路走低，洛震一手建立的商业帝国岌岌可危。

在洛震出事前，洛家父子的亲子关系可谓差到极点，不止一次被狗仔拍到父子相见却“冷口冷面”的照片。但洛震出事后，洛瑞行是他唯一的依靠。他甚至因为不忍父亲一生心血付诸东流，全身心投入洛氏的运营管理中。

事实上，彼时的洛氏只剩一个空壳，大部分业务停摆，股价走势低迷。但洛瑞行以最快的速度出售了自己名下的优良资产，强势注资洛氏，在短短数月里，他全力救市，成功击退了某公司的恶意收购，员工人心回归，洛氏逐渐企稳。

洛瑞行向来是媒体的宠儿，那段时间关于他的深度报道层出不穷，大多数都对他赞誉有加，称他是“商业奇才”般的存在，以一己之力，力挽狂澜，青出于蓝而胜于蓝。

有一篇写洛瑞行的公众号文另辟蹊径，以小说般的贴身写法，描述了如今睿智、强势、冷酷的洛氏第二代掌舵人并不愉快的成长过程。

据证实，洛瑞行的妈妈那一支姓董，妈妈董沐雪是外公董正康的独女。

董正康出身大户人家，接受的是传统大家长式的教育，他尊崇的是“夫为妻纲”的家庭模式，宠爱独女，但认为她无需精进学业，反正最后的归宿是嫁人，相夫教子。

董沐雪在这样的环境中长大，自然把嫁一个好丈夫当作人生头等大事。

洛震年轻时英俊机敏，董正康看中他出身贫寒不得不依靠他，可以为他所用，而董沐雪对他是真的一见倾心。

婚姻开始时自然也有过甜蜜时光，但洛震不是那种甘于被一个女人困住的男人。他先与前任文美然藕断丝连，后来事业进入爆发式发展，不再受制于董正康之后，他也愈加放飞自我。

在洛瑞行12岁之前的记忆里，妈妈董沐雪美丽而消瘦，郁郁寡欢，眉眼间始终笼罩着一层愁云。但他仍觉得童年是幸福的，因为妈妈对他极温柔，生活上也照顾得无微不至。董正康几次想要把洛瑞行接到身边亲自教导，都被董沐雪拒绝了。

可洛瑞行12岁那年，董沐雪抑郁成疾，终香消玉殒，病逝时只有34岁。

洛震忙于事业，董正康遂了了心愿，将洛瑞行带在身边，亲自管教。

洛瑞行快乐的童年就此戛然而止。

洛瑞行17岁出国念预科，第二年进入剑桥学经济学。

那时洛震的商业帝国只具雏形，但知道洛瑞行要上剑桥后，他便火速在剑桥边上的富人区置办了一栋独立洋房——可董正康不许洛瑞行入住。他甚至要求除了第一年，之后三年的学费与生活费，洛瑞行必须靠自己的能力赚取，称之为“磨炼”。

为此，洛瑞行大学四年每一天都过得像只旋转的、一刻都不停歇的陀螺。

那篇公众号文章的结尾说：“站在金字塔顶端的洛瑞行，早已不是许多年前，在妈妈葬礼上哭得几乎晕厥、成绩单上只能考到中游位次的小男孩了。……如今，他在公众面前展现的各种才能与秉性，与他外公对他的严苛教养方式密不可分。但不知在洛瑞行的心底，他是否真正感谢这样的严苛给他带来的改变？”

我从未听洛瑞行讲过他的童年与少年——细究起来，其实他很少对我述说他自己的事。这些年我们的人生纠缠在一起，但我对他，因怀着天然的抗拒而了解甚少。

我和他之间的关系，就像很多年前我们的初次偶遇一样，中间隔着一块单向玻璃：他了解我的一切，我却对他所知有限，甚至还不如那个翻阅了洛氏父子所有公开采访问答的公众号作者。

我心有所憾，但也知时光流逝如水，从不回头。我和洛瑞行，似乎已消失在彼此的生活里，像沉入水底的石块，带着各自的伤痛和秘密。

这一年的夏天格外凉爽，蓝天如洗，流云如纱，街道两旁的树木郁郁葱葱，树冠膨胀得像大朵大朵的绿色浮云。

在这样一个天气绝好的晴天，林添丁从养老院的七楼楼顶跳了下来，抢救无效死亡。

我调看了监控，看到他在生命的最后10分钟，独自徘徊在天台的栏杆旁，挥着手臂，不知在对着虚无的空气说着什么。然后10点04分，他翻出围栏，坠楼身亡。

我去了顶楼，站在我爸站立过的栏杆外，俯身向下望了望，不知道他在生命的最后一刻，心里想起的是谁？是否曾有过那么一瞬间的后悔和醒悟？

我想着这些，心里突然细细地疼了起来。

这些年，我每年去养老院看我爸一次。起先他还能认出我，我们常常一言不合就吵起来。他骂我不孝、不吉利，是“扫把星”，而我针锋相对，骂他是刽子手，是全世界最愚昧的男人，害了妈妈和妹妹。

后来，他终于彻底地糊涂了，看到我便拉着我的手叫妈妈的名字，以为自己只有20岁——那时候还没有我，也没有辰辰。我觉得心酸的同时，又感到几分痛快：他衣食无忧却没有亲人在侧，也算是晚景凄凉了，这就是报应吧？

所有对父母的痛恨都是会反噬自身的黑暗负能量，我的痛快，转眼又在回家的路上转变成内疚和自责，为我自己的不孝和苛刻。

我反复受着这样双面的煎熬，直到我爸跳楼，所有一切都终止了——这煎熬终究化成了一枚长在我心底深处的刺，它贴着肉生长，不疼，却将始终存在。

护工曾告诉我，我爸常常躲起来偷偷哭，像个小孩一样揉着眼睛，说想“慧慧”。

“慧慧”是我妈的乳名，据说外婆还在世的时候常常喊她“慧慧，慧慧，我的小慧慧”。可妈妈嫁人后不到一年，外婆就走了，就再也没有人叫妈妈的乳名了。

我以前一直觉得我爸对我妈没什么感情，只是把她当作一个不太称心如意的生育工具。直到我爸糊涂了，我才在这些雪泥鸿爪的片段里，发现他也曾像外婆那样，疼惜地唤过妈妈的乳名——爸爸也曾在他青春年少的时候，胸膛里跳动着一颗滚烫的心，爱过还是少女的我的妈妈。

可最后，我们家里所有的美好，都被他的愚昧给毁灭了。

他越可怜，越怀念，我越觉得愤懑和难受。我可以不再恨他，可我真的永远无法原谅他，连死亡都很难改变。

养老院有看护失责的嫌疑，但院长态度诚恳，护工愧疚和害怕的眼泪也如此真实，这些年他们的工作也无可指摘，我放弃了追责。

死亡像一次清空，生活过，经历过的一切，宛如一场幻觉。

我只是奇怪地问了院长一个问题："洛氏集团的洛瑞行董事长，也有亲人住这里吗？"我在那监控视频里，意外看到了洛瑞行的身影。

"林小姐认识洛先生？哦对了，你看我这记性，林小姐的父亲当初也是洛先生安排进来的。"院长擦着汗，说，"洛先生的外公10年前不幸中风，成了植物人，之后一直住在我们院里。他每个月会过来看看他外公。"

"我能看看……洛先生的外公吗？"

我像在玩拼图游戏一般，在和洛瑞行不再有关联之后，从报章杂志里，从没有认证的公众号文章里，从网上复制粘贴、真假难辨的小道消息里，从与他有过接触的人的回忆里，一点一点拼凑出洛瑞行的少年时光。

董正康的护工姓陈，陈阿姨照顾董正康多年，从他丧妻后独居开始，一直由她照料他的生活。董正康变成植物人，卧床不起后，她原本想回老家养老，是洛瑞行挽留了她。

"他对我说：婶婶，你老家也没别的至亲了，儿子在大城市，自顾不暇，你不如继续照顾我外公。这里有其他看护帮你，你要做的事不多，但只有你在，我才放心。”陈阿姨提起洛瑞行满是感激，“小行是个好孩子，他知道我其实也没地方去……他给我开了很高的工资，让我生活无忧，还能补贴我那个不成器的儿子。”

“阿姨，瑞行到他外公家的时候，已经挺大了吧？”我不敢问太细，怕她起了戒心，只抛出一个模糊的话头。

陈阿姨这个年纪的人，只要没起疑，其实很爱与人聊天回忆：“那时候的小行啊，说小不小，说大也不大。你别看他现在这样，小时候挺爱哭的。他外公对他特别严厉，刚来的时候总哭，可哭了被他外公发现了，又少不了一顿责罚。”

在陈阿姨琐碎的叙述里，我的眼前依稀出现一个瘦弱苍白的少年的影像。

在妈妈身边时，他曾是无忧无虑的小鸟，虽然隐约知道父母感情不睦，但董沐雪从不迁怒于他，未曾影响他的快乐。但到了董正康这里，他便被迫要从一只小鸟快速成长为巨鹰。

少年洛瑞行，前12年懒散淘气，学业不精，妈妈离世后，外公对他的要求陡然严苛起来。

他每门功课必须满分，少一分便被罚不许吃饭；生病也不许哭闹，因为哭闹是女生的权利；下着大雪的凌晨，他被董正康从被窝里拖出来，赤着上身在院子里晨跑……

董正康在外孙洛瑞行身上，实现了自己当一个严父的梦想，而他的目标，自然是“虎父无犬子”。

女儿只要听话可爱就好，因为她成年后的生活是相夫教子；儿子必须严厉管教，精英化教育，因为他长大后要搏击长空，闯出一片天地才是真男儿。

其实，不是苛待女儿才是“重男轻女”，这般相异的教育和期许，也是写在骨子里的“重男轻女”。

“小行很乖、很听话，虽然常常觉得委屈，觉得累，但很少忤逆他的外公，直到他去国外读了大学。有一天，不是假期，他突然回来，找他外公大吵了一架。”

“发生什么事了？”

“好像是他谈了一个女朋友，但是分手了。”陈阿姨也是从爷孙俩的争吵中，拼凑出事情的轮廓。

大约是洛瑞行在打工的时候认识了一个台湾来的女孩子，两人恋爱了。董正康虽然不许洛瑞行住家里的独立洋房，让他租房、打工、自己挣学费，但其实暗中派了人看着他、保护他。

董正康第一时间知道洛瑞行恋爱了，还调查了女生的身份，不过是台湾南部一个卖芋头冰的小老板的女儿，长相平平，家境平平，资质也平平。

他不喜欢那个女生，但没有让洛瑞行分手，只是拜托在英国的朋友，安排了一个有房有车的男子以客人的身份接近女生，继而追求她。

在打工为生的初恋男友，和物质条件殷实的新追求者之间，女生的态度很快发生了改变。

洛瑞行不傻，发现端倪之后怒不可遏，和董正康爆发了有史以来最严重的一次争吵。

“之后小行好几年没回家，后来他再回来的时候，他外公，董老爷，就这样了。”

我爸的葬礼，我办得很简单。没有按照老家的传统丧葬仪式进行，我也没有披麻戴孝。

我租了一个灵堂，摆满白色的菊花，所有前来参加送别的亲友只要穿黑色即可，在门口领一枝白色玫瑰，送别林添丁。

我在追悼会上作了悼词，原以为自己不会哭，谁知道最后竟然哭得泣不成声。

我的爸爸也走了，带着我所有的爱和恨，留恋和埋怨，通通消失不见了。

葬礼结束，沅星皓开车送我，他问我：“去哪？”

我说：“你要是不急的话，开着车带我随便兜兜吧。”

“好嘞。”沅星皓打着方向盘，轻松驶上主路，“让你感受一下本少爷的车技。”

他的车技我没感受到，但是“路痴”倒是表现无疑——当我发现他越开路越堵的时候，终于忍不住问他：“正常人对‘兜风’的理解，不该是往外环或者车流少的地方随便开开吗？你为什么非往市中心怼？”

“嘿嘿。”沅星皓尴尬一笑，“我拐错了第一个路口，然后又拐错了第二个路口，第三个路口来不及变道……半推半就，不知不觉，就堵在了这里。”

我看着沅星皓好几秒钟，说：“你除了长得好看和讲义气，很擅长把投资人哄开心之外……优点真的不多了。”

沅星皓的脸皮一如既往的打不穿、击不破，笑道：“这些优点还不够致命吗？……啊不，我是说，还不够耀眼吗？像太阳一样伟大，一蹦出来，我所有的缺点就都不是缺点了。”

我也笑起来，抬眼看了看四周，发现街道场景熟悉极了。沅星皓一路胡开，竟不知不觉开到我之前的“家”附近。

“家”里仍是老样子，只是桌椅家具上积了厚厚一层灰，房间里了无生气。我和洛瑞行最后一次见面时送我那束奥斯汀玫瑰，在我走之前倒悬在阳台上，如今已成了一把干花。

洛瑞行没有再回来过。

触景伤情，我只待了五分钟就离开了。

在小区里遇到我们楼的管家，她突然叫住了我：“林小姐，好久不见，你搬去别处了吗？”

“嗯，你好。”我含糊地应道。

“洛先生也很久没回来了，物业还有你们的快递，要不你一起拿回去吧？”

“……好。”我跟着管家到了物业，她从堆放快递的货架上搬了三个纸盒放在桌上。我只拿写了我名字的两个，刚想告诉管家，洛瑞行的快递等他下次回来时自己拿吧——但在看到他的收件人地址时，愣了一下。

他的收件地址里的房间编号，不是我住的那一间，而是我的楼上。

“这个地址好像写错了。”

管家凑过来看了一眼：“没写错呀！”她笑眯眯地看着我说，“林小姐，你不知道吗？除了先前你住的这一层，你上面一层的业主也是洛先生。”

我失魂落魄地回到车上，告诉沅星皓，原来洛瑞行买了上下两层房子，一层送给了我，而另一层……或许他之前说住酒店的事是骗我的，他其实一直住在我的楼上。

沅星皓感叹道：“洛瑞行可真有钱……对你也相当大方了。”这两套房子以现在的行情算，加起来已经过亿了。

“重点不是这个吧？”我问道，“他为什么要这么做呢？”

“要么他真的很喜欢这个小区或者看好这个小区升值潜力，要么……”沅星皓看着前方，说，“他想离你近一点。他以一种奇怪的，忐忑的心情，爱着你。”

我怔怔的，说不出话来。

我和洛瑞行还“在一起”的时候，我曾觉得他的每一句话，每一个动作，都是在侮辱我；等他真的侮辱了我，我们形同陌路之后，我捡拾到的关于过去的蛛丝马迹却又一遍遍告诉我：他爱我。

这真是天大的讽刺，和……遗憾。

席卷全球的金融风暴爆发前，我最后一次见洛瑞行，是在我得知他曾是我“邻居”的一个月后。

在“亚洲年度商业人物”的颁奖典礼上，洛瑞行是该奖项设立以来最年轻的得主——那也是他在商业成就上最巅峰的时刻。

当颁奖人报出“洛瑞行”的名字后，身着浅灰色Giorgio Armani西服的洛瑞行起身，上台。他在话筒前站定，扫视全场，然后开始致辞：“我没倒下，洛氏也没倒下，但我们还可以做得更好——比仅仅‘没倒下’好更多更多，只是需要一些时间。谢谢评委给我的鼓励，谢谢时代给予我的机会，谢谢在困境中依然选择与洛氏并肩同行的‘战友们’，给予我们复原的时间，给予我们无尽的帮助。

这个奖是一个鼓励，我们将做得更好，我们能够做得更好，也祝福祖国明天更灿烂。”

我坐在会场里靠近角落的位置，只能从大屏幕上看到洛瑞行意气风发的模样，由衷地为他用力鼓掌。

“灿颜”得了一个“新锐App”的小奖项。颁奖典礼结束后的酒会上，我正和几个同行聊天，洛瑞行突然穿过人群，径直朝我走来。他的气势太强了，像是身上自带圣光，周围的人迅速找借口退避，我一下子就成了孤身一人站在原地。

我不躲不闪，迎视着洛瑞行的目光，静待他开口——除了我自己，没人知道我心跳快得像要从嘴里蹦出来。这是我们那次“不愉快”之后第一次面对面。

眼前的洛瑞行丰神俊朗，他奇迹般地挽回了洛氏集团的劣势，引领着这艘巨轮朝着好的方向迈进，事业顺利而使他整个人显得格外意气风发。

分秒之间，我已做好了“以不变应万变”的打算。

洛瑞行扬起墨泼般的浓眉，举杯敬我：“干得不错，竟然活下来了。”他指的是“灿颜”。

我淡淡一笑，也举杯敬他：“彼此彼此，祝贺洛总。”他不再是洛氏集团的“小洛总”，而是唯一的“洛总”。

“真心的？”洛瑞行凝神看我，他靠近我一步，附在我耳边轻声道，“你真心希望看到我一切顺利吗？不觉得我被击倒在地，你心里才更痛快？你在我这受的委屈，才算了了吗？”

我心口一滞，满嘴苦涩，却无法和洛瑞行言说。关于他深爱着我的猜测，又在这瞬间被打消了。他如此多疑，怎么可能曾用那么深的情谊爱过我？

我的唇角浮起一朵笑花，深深地看着洛瑞行，不卑不亢地说：“洛总，我在你这受的小小委屈，和你曾对我的帮助相比，不值一提。我是真心祝福你的，我对你，永远心存感激。”

洛瑞行怔了一下，他望着我，像是要从我脸上找出我真心与否的蛛丝马迹，可我不打算给他机会：“洛总，失陪了。”

“慢着。”洛瑞行叫住我。他从贴着心口位置的上衣口袋里掏出一张旧了的名片，投入我的酒杯，“还给你。林星你记住了，我再落魄，也轮不到你来可怜我。”

我看着酒杯——那张名片是我的，我留给小夏姐姐，让她需要帮助时打给我。

洛瑞行真是幼稚。他贴身带着我的名片，揉旧了也不扔掉，就是为了有朝一日狭路相逢，以这样恶劣的方式还给我吗？他始终觉得，我想要帮助他的心意，是一种诅咒吗？

我灰了心，抬眼对洛瑞行平静地应允道：“好的，我记住了。”我很快就离开了灯火辉煌的宴会厅。而我身后，洛瑞行又被新一波的人围拢。大家相互寒暄、敬酒、祝贺，好不亲热，又好不热闹。

人得意时，自然是花团锦簇的。

时势造英雄，可时势也毁英雄。

洛瑞行高调领奖之后没多久，金融危机爆发了。刚刚缓过来，尚有外强中干嫌疑的洛氏集团不堪这致命一击，股价暴跌，银行收紧贷款，资金链断裂，负面新闻再度连番爆出……连锁反应带来的影响是毁灭性的。

洛瑞行终究不是神，这一次，他无力回天。他还为他的极度自信付出了更为惨重的代价，连最后的止损机会都失去了。

最后时刻，洛氏集团被清盘，洛瑞行不止失去了洛震创下的商业帝国，更连自己的退路也失去了。

我的消息是滞后的，只知道洛氏情况不妙，却不知道已经到了穷途末路的地步。

小夏姐姐给我打电话的时候，我正在开会，听各部门的阶段性汇报，手机开了静音。会议结束后，我站在会议室的落地窗前，回拨了过去。

“林星，”小夏姐姐在电话里着急地说，“你能去英国看看洛总吗？我已经离职了，不再是他的助理了……他的近况应该很不好。”

我顿了一下，故作冷淡地说：“哦，应该没事吧？”

“诶？”小夏姐姐似乎对我的漠然有些吃惊，她又着急道，“具体情况我也不知道，但我担心……洛总长期严重失眠，他靠服用大量安眠药入睡，有时候也会服用镇痛剂，这样的状况持续有一段时间了，我怀疑他药物成瘾。”

“怎么……怎么会这样？”在我印象里，洛瑞行是一个对所有有可能“失控”的事物心存警惕的人。这样的人，怎么会让自己陷入药物成瘾的险境？

“应该是从你离开之后开始的，大洛总的判决下来之后加重了。之后金融危机，公司被清盘，洛总就彻底失控了。”小夏说，“之前，我每周给他在英国的住所打一个电话，他都会接，可从上个星期开始，电话一直处于无人接听状态，我很担心洛总是不是发生了什么意外……我知道我的要求很冒昧，但林星，你是这个世界上，我认识的人里唯一可能还关心洛总的人了。你记得吗？是你说，如果洛总需要帮助，任何时候，我都可以找你。”

我沉默地望着窗外，不远处又有一栋新的写字楼正在拔地而起，一派繁荣景象。沅星皓从会议室的门旁露出一个脑袋，问我：“晚上加班，林星，你吃什么口味的盒饭？”

我看着他，轻声道：“盒饭不吃了，叫Michelle帮我订一张晚上飞英国的机票。”

小夏姐姐在电话那头也听到了，忙不迭地说：“谢谢你林星，你愿意跑一趟，真是太好了！”

“该我谢谢你，”我说，“你给了我一个机会。”

第十八章 我这颗小小星辰，因你而开始闪耀

"你不用感谢，也不用痛恨——没有这场金融危机，你是高高在上的商业巨子；发生了这场金融危机，你是我林星的心中日月。瑞行，有或没有，你的人生都是最好的。"

我又坐了红眼航班，连夜直奔洛瑞行在英国的住所——剑桥附近的独立洋房。多年前，洛震为洛瑞行置下，想供他念大学时居住、他却一天也未入住过的地方，如今倒成了洛瑞行最后的庇护所。

我按了很长时间的门铃都无人应答，最后使出洪荒之力，拿出要把门拍碎的架势用力拍门。

门突然开了，可还没等我看清洛瑞行的样子，他就要关门——我身手敏捷地插进门缝里，胸骨被门重重压了一下，才阻止了它的重新闭合。

谢天谢地，洛瑞行还活着。只是，他瘦了许多，发须凌乱，眼神灰暗，穿一件肮脏的白T恤，整个人看起来邋遢极了。

洛瑞行躲避着我的眼神，还想尝试第二次关门时，我大喊："啊，我骨折了，骨折了骨折了！"夸张的呼痛声让他产生了几秒钟的犹豫，我趁机又往里面挤了挤，像一条滑溜溜的带鱼。

洛瑞行很快就放弃对大门的把守，他转身上楼，然后"砰"一声，关上了卧室房门。

这次，我倒没急着追上门去——洛瑞行还能下楼开门，可见身体状况暂时还没到生死攸关的地步。

我花了两个小时时间整理房间，倾倒垃圾，把鸡粥煮上，把来的路上买的生鲜食物放进冰箱。等我把一楼清洁完毕，粥也好了，香味四溢。

我上了二楼，开始敲洛瑞行卧室的房门。"咚咚咚"敲了半天，果然不出所料，洛瑞行在房里装死。

我深深吸了一口气，戏精上身，带着哭腔喊道："洛瑞行你快开门啊！你以为我漂洋过海来找你是为了什么？你不想知道我们的孩子怎么样了吗？"

房门瞬间被打开了，洛瑞行铁青着脸，眼睛瞪圆了看着我，脱口而出："你不可能有我们的孩子……"他看到我并不悲伤的表情，瞬间意识到自己被骗了。

他想再度逃回房间的时候，我从他身后紧紧抱住了他。这一抱，我眼泪就下来了——洛瑞行瘦得腰只有细细一圈，以前漂亮的人鱼线应该都不见了吧？只剩下嶙峋的肋骨。

"放手。"洛瑞行大概多日未进食，手脚无力，一时之间竟拽不开我的手，只好冷冷地命令我。

"不要。"我吸了吸鼻子，拒绝得很干脆，手臂箍得越发的紧。

"你想干什么，来看我笑话吗？现在看到了，你满意了？"洛瑞行几乎是气急败坏地说着这些话，同时不顾我仍抱着他，奋力朝窗帘紧闭、光线昏暗的房间里走去，像一只受了伤，急于躲到黑暗洞穴里的兽类。

他一边掰着我的手指，一边说："林星，我，我轮不到，你来可怜我！"

我想起来我们上一次见面，洛瑞行正处在人生的巅峰，他把我的名片还给我的时候，说的也是这句话——骄傲的、嘲讽的；而今他陷在泥潭里，一样的几个字，说得那般咬牙切齿、斩钉截铁，似乎这样就能维护他最后的尊严。

"我就要可怜你！我终于有机会可怜你了，还不抓紧机会，你当我傻啊？机不可失，时不再来！"我紧紧箍着洛瑞行不撒手，嘴上故意说着反话。

"你，你放手！"洛瑞行气红了眼，他陡然停住脚步，转身用力推开了我，"快滚，不然……不然我报警了！"

我被他推倒在地，后背撞到门沿，痛得脸都皱了起来。洛瑞行却以为我又是装的，居高临下地看着我，愤怒而警惕："你别装了，快起来。"

"我，我真的起不来，好像撞到了脊椎。"

洛瑞行迟疑了一下，向我走了半步，又停住了："不可能，没那么严重。"

"你扶我一下，我真的站不起来了。"我哭着，向洛瑞行伸出手。

洛瑞行看着我，像要努力看穿我的"表演"，身体却又朝我靠近了一点，蹲下了身。

我的手指触到了他的衣角，几乎是一瞬间的事，我就扑到了他怀里，攀住了他的脖子。

洛瑞行几乎被我扑倒，他半抱着我，气虚体弱，很勉强才稳住身体。他气坏了："林星，你又耍我？"

"没有耍你，真的很痛，刚才也是真的感觉站不起来了，只是，"我狡黠一笑，"现在好像又好了。"

洛瑞行又暴怒又不解地问我："耍我很有意思？看我笑话很有趣吧？可这值得你漂洋过海，这么大费周章的吗？"

"值得啊！但不是看你笑话看得值得，而是，我想你了，想见见你，再费力都值得。"这是我第一次，亲口说出自己对洛瑞行的思念，轻快的语气，却让泪水盈满眼眶。

可洛瑞行不信。"想我了？是你疯了，还是我疯了？"他恶狠狠地笑，"林星，你玩够了，就滚吧。如你所愿，我现在失去了一切，和一个活死人没有什么区别了。"

"我再说一次，洛瑞行，我不是来玩你、笑话你的——你是真的想我滚蛋吗？"我看着洛瑞行，收敛起自己嬉笑的神情，正色道。

洛瑞行一眨不眨地看着我，残忍地说："当然。你，赶紧滚，有多远，给我滚多远，我不想再看到你！"

"你下去喝一碗我熬的粥，我就滚。"我咬着牙说。

洛瑞行像在考虑，眼神阴沉地瞪着我，我目光澄澈，望着他，用无畏的神情证明我心昭昭，日月可鉴。

"你说的？"

"你知道，我向来说话算话。"我的语气是那般斩钉截铁，洛瑞行信了我。他跟着我下楼，勉强喝了半碗粥，但很快都呕了出来。

我端茶递毛巾又清理地面，忙前忙后，洛瑞行却完全不为所动："粥我喝了，你可以滚了。"

"你又都吐了，不算。"

洛瑞行无言地看着我，而我一脸无辜。

我在洛瑞行这里得到可以待到晚饭后的默许后，开着他的车去附近的超市买了更多食材，晚上给他做了口味清淡的三菜一汤。我的手艺依然不佳，但自从失败的生日宴请后，我又练习过几次，勉强能入口吧。

我上楼叫洛瑞行吃饭，发现他昏睡在床上，一动不动，床头柜上、地上，到处是空的药瓶——有止痛药、安眠药，还有一种抗抑郁的药。

我以为洛瑞行自杀了，第一反应是扑过去探他的鼻息——还好，他还活着。我打急救电话的时候手指发抖，手机掉落在了地毯上，我又扑过去捡。

洛瑞行醒过来，他按住我的手："我没事，你别……没事找事。"他皱着眉头，嫌灯光刺眼，又抬手关掉了头顶的吊灯。

我那时已是满脸都是泪痕，确定他没事后，强装镇定地说："你，你快下楼吃饭，吃完了，我可以滚。"我真的很怕洛瑞行死掉，他死掉了，这个世界上就没有第二个他了。

钱钟书曾对妻子杨绛说："从此以后，我们只有死别，再无生离。"可对我来说，我愿意接受自己和洛瑞行"生离"——哪怕互相怨恨，互相猜疑，也绝不想和他"死别"。

活着才有希望，而死亡是真正的终结。

洛瑞行歪在床上看着我，他气色很差，可眼神却闪着幽深的光。我不想他看到我的眼泪，不想被他看透我的恐惧和软弱，可眼泪不受控制，在黑暗中汹涌滑落。

洛瑞行看了我许久，然后撇开了眼。他强撑着起身，淡淡道："走吧，吃饭。"

晚饭他仍吃得很勉强，每个菜都吃了，可每个菜也只是尝了尝的程度。我知道洛瑞行胃口不好，也知道自己厨艺不精，便笑着保证道："你好好养身体，我好好练手艺，我们共同进步好不好？"

洛瑞行没说话，我又继续自顾自地提议道："啊对了，漫威有新电影上。你明天中午要是能吃下半碗饭，我陪你去看电影好不好？"

洛瑞行终于忍不住冷笑出声："林星，你当我三岁小孩哄？还有，哪有明天的事？你待会儿就得滚了。"

他言语刻薄，态度恶劣，可我不以为意，就当他熊孩子耍嘴皮子。

晚餐结束，洛瑞行看着我收拾餐桌，哼着歌洗碗——我不时回头看他一眼，发现他也在看我，就厚着脸皮对他粲然一笑。

我真不是做家务的料，洗了三个盘子、两个碗——一共五个，打碎了一个。

洛瑞行幽幽地说："那套碗，是拍来的古董。"

我身体一僵，尴尬地抹了抹灶台上的水渍，心虚地说："大不了……我赔你。"

"不用你赔。"洛瑞行起身说，"你滚就行了——你，不会说话不算话吧？"说后半句话的时候，他充满压迫感地看着我的眼睛。

如果是从前，我心里早没了底气，可如今时移世易。"当然。"我嘻嘻一笑，就地打了一个滚，然后蹦起来，拍了拍手说，"滚完了。"

见洛瑞行没有反应，我又道："哦，滚得不够远吗？我再给您滚一个远的？"

洛瑞行迅速拉住我的手臂，阻止我再次"滚蛋"。他似乎完全没想到我会用这招对付他，咬着牙，嘲讽我："林星，如果我没记错的话，你都30岁了吧？你以为自己还是十七八岁的少女，装白痴也能算可爱的年纪吗？你30岁了，耍这种无赖，啧啧啧，真是，令人作呕。"

我有种被万箭穿心的感觉，但这时候不能翻脸。我看着洛瑞行，义正词严地说："你管我恶心不恶心，反正我遵守了自己的诺言。'滚'也'滚'了，但我不会'滚'走的。除非……"我弯了弯眉眼，又露出一个笑脸，"除非你真的不需要我了。"

"我现在就不需要你。"洛瑞行冷冷道。

"你需要不需要我，不是你说了算的，是我说了算。时间到了，我自然会走。"我说。

洛瑞行的脸色又变得铁青。我见他放在椅背上的手指握紧又松开，心悬了起来——但他到底没有翻脸将我赶出去。

我就这样，连哄带骗还带耍无赖的，在洛瑞行的身边待了下来。

深夜的时候，我给沅星皓发了一条短信，告诉他英国这边的情况。我短期无法回国，也无法专心处理工作，洛瑞行的债务也需要处理，我决定转让自己在“灿颜”的所有股权。

“抱歉，沅星皓。”

沅星皓很爽快地回我：“转给我——不过钱先欠一部分，我没那么多。还有，你什么时候回来，股权什么时候还你。没钱的话，就拿工作成绩换。”

我握着手机许久，发过去一张“发射小心心”的表情包。

我见了洛瑞行的私人医生，详细询问了他的健康状况，拜托他，不要再开过量的安眠药和止痛药给他。我还偷偷换掉了洛瑞行的药片，装了维生素进去。

我哄着洛瑞行吃饭，陪他散步、看电影，就算他不搭理我，我也坚持和他聊天，聊祖国的各种美食，聊逛超市时遇到的趣事，聊我以前做医美时看到的人间百态。

洛瑞行的戒断反应很严重，有时候会疯了一样踹门、砸墙，甚至砸自己的头。有天晚上他痛到打滚，我紧紧抱着他，一遍一遍安慰他：“没事的，没事的，会好起来的……瑞行，一切都会好起来的……”

洛瑞行突然箍住我，一个翻身，将我压在身下。他掐着我的脖子，恶狠狠地说：“你怎么这么烦人？像瘟疫一下，沾染上了，就挣不脱了吗？你为什么不滚远点？”

我快喘不过气来，拍着他的手，让他松开。

洛瑞行终于松了手，可下一秒，他俯身吻下来，粗暴的，恶劣的，带着要毁灭我的破坏欲。

我放弃抵抗，承受着他的粗暴，只是眼泪不断地滚落。

洛瑞行终于停了下来，脸依然埋在我的颈窝里，身体在发抖。我慢慢伸出手，覆盖在他的脊背上，一下一下地拍着，像年幼时妈妈安抚哭泣的我那样。

“你知不知道，我现在这样，最不想被看到的人，就是你……我不要你看到我这样。”

“我知道。”我说，“你那么傲慢自大，就喜欢我看到你光芒万丈的样子，站在高处、睥睨天下的样子——这样子的你，我以前都已经见到过了，也牢牢记住了。现在有点厌倦了呢，就让我认识一下不一样的你吧。小小的，弱弱的，别别扭扭的你……我很小气的，不想让别人看到这样的你，只想我自己看着你，我自己陪着你。”

“为什么？为什么是你？”他坐起身，靠着沙发，看着我的眼神像一头受伤的狼。

“因为我充满自信啊！”这句话很像一个冷笑话，但我是真心的。我停顿了一下，抬头看着天花板上不知什么物体反射在上面的阳光的影子，低声道，“还因为，我发现，我爱你。”

洛瑞行的眼睛慢慢瞪大。我的这句告白，让他的内心受到了极大的震动，但短暂的震动后，他又轻蔑地笑出了声：“呵呵，林星，你贱不贱？我有钱有势的时候你不巴着我，好好讨好我，总想跑；现在我不止变成个穷光蛋，还欠着一屁股债了，你倒黏着我不肯走了？还倒贴上来，说你爱我？你是又想了新花样耍我、戏弄我，还是说，你真的就是贱，贱到骨子里了？”

“应该是贱吧……我真贱。”我轻声应着，“我就是这样贱贱的，渐渐的，爱上你的。”

以前在洛瑞行身边时，我觉得自己是“人在屋檐下，不得不低头”，很多话都是强迫自己，厚着脸皮才能对他说出口，现在看来，倒也算练出了一种别样的技能——靠着那时练出的这“技能”，我才能在现在的洛瑞行身边待下来，被他虐千百遍，还依然顽强不倒。

我赌我自己不会输。

洛瑞行许久都没再说话，我扭头看向他，发现他撇着脸，看着别处，可朝着我这边的整只耳朵，红得很可疑。

呀，他脸红了。

每周我都会开车送洛瑞行去复诊，然后我们再一起去超市大采购。恢复初期，洛瑞行不习惯人群，不愿看到陌生人，总是戴着一顶黑色的鸭舌帽，在附近的冰激凌店坐着等我，看看书，或者打打手游。

有一次，我提着两大袋东西走到停车场的时候，突然听到有人叫我的名字："林星？"

在异国他乡，听到有除了洛瑞行之外的人喊我的中文名字，我的心里那瞬间是惊喜的，可抬起眼，发现那人是乔杨后，笑容又渐渐褪去了。

文芊夏告诉我的那个"秘密"，我依然如鲠在喉。我对乔杨不再有爱，也称不上恨，但心里始终扎着那么一根刺。

他毁了我对初恋的美好回忆——也许我之于乔杨，也是如此的存在吧！

"你也在英国？来多久了？"乔杨像是没有察觉我的异样，像个久别重逢的朋友那般问道。

"两三个月了。"我淡淡道。

"你的公司要开辟英国市场？"他好奇地问，但随即又觉得不合理，"不对啊……"

"瑞行在这里，我过来陪他。"我陈述一个事实。

"哦……"乔杨的声音渐渐地散去，像一滴墨水滴入水里，又渐渐洇开了。

"我还有事，先告辞了。"我对乔杨没有任何好奇，所以也没有什么问题可以问，且连客套的话都不想说。

"林星，是不是因为我没有改电影里'洛先生'的姓氏，所以你连做普通朋友的机会都不给我了？"见我要走，乔杨终于不再故作无事。

"算是原因之一吧。"我看着乔杨不解的眼睛，平静地说，"文芊夏告诉我一些事情……乔杨，我们算两清了。"

我抱着最后一丝希望，但当我说出"文芊夏"的名字后，他眼底的震动像一记铁锤，捶碎了所有怀疑。

"乔杨，祝福你以后的人生，能够真正幸福快乐，而我们，"我一个字一个字地说，“老死不相往来。”说完，我转身就走。

“等等！”乔杨还想说什么，他伸出手，似乎想要按住我的肩膀以阻止我的离去，却被戴着黑色鸭舌帽的男人挡开了。

是洛瑞行啊！

“你怎么过来了？”我看到是洛瑞行，立刻展开笑颜。他看着我，突然把手里星星形状的雪糕塞在我嘴里，然后很自然地接过我手里的满满两大购物袋。

“喂……”乔杨试图解释什么，洛瑞行转过身，阴沉地看着他，说：“看到林星提着那么重的东西，也不知道帮忙拿一下，你还有什么好说的？”

乔杨无言以对。我微笑着吃着洛瑞行给我买的星星形状的雪糕，边走边吃，嘴角几乎咧到耳朵旁。

“你怎么过来了，等我等着急了吗？”

“不是。”洛瑞行走在前面，过了少顷又解释道，“我过来看看车，听说最近有偷后视镜的贼。偷了藏起来，再勒索车主。”

咦，这好像是国内的新闻啊？我眼珠子一转，又问道：“你怎么想起来给我买雪糕啊？是因为看到是星星的形状，所以想到我了吗？”

“不是！”

我的猜测又被洛瑞行否定了。

“那……什么意思啊？”

“我是买给自己吃的，谁知道你买那么多东西，我帮你提了，就没手拿雪糕了，所以便宜你。”洛瑞行很努力地自圆其说。

“嗯，说得跟真的似的。”我说。

洛瑞行回头瞪我，我立刻笑着讨饶：“好啦好啦，是真的是真的。”

洛瑞行似乎慢慢地好了起来。我们一起买菜、做饭，一起逛街、看书，淅沥沥的雨天，我们便在家里一部接一部地看电影。

我陪洛瑞行重看了我们几乎断绝往来那次看的《少年派的奇幻漂流》，有句台词让我泪流不止——“All of life is an act of letting go，but what hurts the most is not taking a moment to say goodbye."

"人生就是不断地放下，然而痛心的是，我都没能好好地与他们道别。"

我握紧身旁的洛瑞行的手，庆幸我们都还没到不得不放弃的时候，所以我们还有时间，到生命终结前，花光余生的时间，用好好相处来道别。

洛瑞行问我："如果不是我跌到了谷底，你会主动回来找我吗？"

我想了很久，最后老实地答道："应该……不会吧。"

我们之间曾有过太多误会与怀疑，我们都别扭而小心地保护着自己的深情与脆弱。所以洛瑞行若平步青云，我只会远远观望，衷心祝福，扭过头，我也有我的精彩人生要拼搏；可如今他一朝踏空，坠下云端，我自然是要来寻他、助他，做那个给他托底的人。

因为洛瑞行，曾经也为我的人生托过底。

"你这个狠心的女人。"洛瑞行瞥着我，怏怏地说，"这么看来，我还要感谢这场金融危机，让我一无所有咯？"

我笑眯眯地看着他，说："你不用感谢，也不用痛怅——没有这场金融危机，你是高高在上的商业巨子；发生了这场金融危机，你是我林星的心中日月。瑞行，有或没有，你的人生都是最好的。"

"心中日月？"他眨眼看我，像是没有听明白我的意思。

"是呀，你是我心中的日月。我这颗小小星辰，因你而开始闪耀。"我终于长成了自己喜欢的那种带着光芒的人，可这光芒的源头，是洛瑞行。

洛瑞行听了我的话，不由笑着皱了皱鼻子："肉麻。"

"习惯就好。"我笑道。

这段时间，我时不时地朝洛瑞行"告白"，告诉他，他在我心中是如此的重要。他每每听到，总是若无其事，但我知道，他心里是开心的。

只是，至今，他都没有对我说过对等的告白。

我开始明白为什么我们在一起那些年，明明互有好感，却总是在猜忌和较量——因为洛瑞行，他真是一个很铁齿的男人，内心的不安全感，超过一百个初恋失败的少女总和。

不知洛瑞行是被我的“厚颜无耻”逗笑了，还是因为我那句“你是我林星的心中日月”而龙颜大悦——他笑得眉眼舒展，可嘴上仍刻薄我：“你把自己和亿万财富类比？这可通货膨胀得有些厉害了，早些年，你的人生不过值2000万。”

他这人，言辞之间还是不懂考虑别人的心情，但我已能一笑置之了。

“洛瑞行，你买下我青春时，可是丰神俊朗的青年才俊，现在呢？快要变成油腻的中年大叔了。可我林星呢？依然娇艳欲滴花一枝，还能再开18年那种。”我笑嘻嘻地看着他说，“不是我通货膨胀，是叔叔你——已成‘负资产’。”

“你叫我什么？”洛瑞行瞪我。

“叔叔。”

“什么？”

“叔叔叔叔叔叔！”我吐舌，做了个鬼脸。若真要毒舌起来，我也不输洛瑞行。

他果然被我气到，咬牙切齿地伸手要来捉我，我早一步跳起来，哈哈大笑着跑开了。

尾声

我爱你，我的小星星

“LOK我出国前就送人了，有人养它，而你，没人接收的话，还是我自己养着吧。”

洛瑞行离开安眠药也能入睡的时候，我们一起去尼斯度假。

在尼斯的海边，洛瑞行钓鱼，一坐就是大半日。我待得无聊，起身去买饮料，回来的路上，顺手在路边折了一枝玫瑰拿在手里。

我重回到洛瑞行身边时，他正因长时间没有鱼咬钩而蹙着眉头，似乎有些焦躁。见我回来，洛瑞行有点气恼地说："我明明钓鱼很厉害的……也不知道为什么，每次在你面前表现就很差。"

我抚平他的眉心，想笑，又不敢笑，抿着嘴角望着大海，喝了一口甜甜的果汁，眼眶却微微发热、发潮。

洛瑞行一把年纪了，在爱情这件事上，却始终如少年一般别扭。他总想表现完美，但又总有掉链子的时候，然后又孩子气地气恼自己——可我懂他的幼稚，他的气恼，和因为太过珍重而显得些许笨拙的行为。

"你半路折的？"洛瑞行一边重新甩下鱼钩，等待大鱼光临，一边瞥了一眼我手里的玫瑰，叨叨我，"你这行为不好。想要花的话，等会儿我买给你就是了……虽然我欠款是不少，但买花钱还是有的。哦对了，这次旅行结束，我们回国吧。我和朋友要谈一个项目，如果成了……"他以闲聊的语气，和我说着下半年以及未来的工作安排。

"我们也没有那么穷，你放心吧。LOKI我出国前就送人了，有人养它，而你，没人接收的话，还是我自己养着吧。"说到最后，洛瑞行还是没忍住，笑眯眯地刻薄了我一句。

中午的时候，尼斯的海像块透光的蓝色软水晶，而此时，夕阳西下，余晖在海面涂抹上大片大片瑰丽的色彩。

景色真美，很适合用来求婚。

我举着那枝路边偷折的玫瑰，突然转向洛瑞行，对他单膝下跪道："洛瑞行，你曾用2000万买我一段青春，现在我，也有2000万存款，买你余生可好？"

洛瑞行怔怔地看着我的眼睛，一眨不眨的。他过了许久才轻声道："我不年轻了，我的余生可远没有你的青春值钱……林星，这买卖，你注定亏本。"

我笑起来，故作好奇地问："咦，那你的余生值多少？我重新出价可好？"

洛瑞行拉我起来，摇头直笑，可眼眶却红了："不多不多，只值美女香吻一枚。"

我立刻踮起脚尖，扑上去，献上香吻一枚。我揽着洛瑞行的脖子，得意地宣布："好啦，钱款已清，现在你是我的啦！"

洛瑞行这人真坏，事已至此，仍要故作嫌弃地说："我说了是美女香吻一枚——林星，你是美女吗？"

我气恼极了，转身就跑。洛瑞行急了，可此时刚好有鱼上钩，他一边收线一边冲我背影大喊："林星，我开玩笑的！我是你的，都是你的！"

他不知，我也不过是故作生气。我跑回车上，在化妆包里找到一支眉笔，对着后视镜在脑门上写了两个字"美女"。然后我又跑回海边，跑回到洛瑞行的眼前。

他怔怔地看着我，目光触及我额头上那两个大写加粗的"美女"时，露出哭笑不得的表情。

我再次踮起脚，捧着洛瑞行的脸，响亮地亲了一口，然后骄傲地宣誓主权："好了，现在是了！"

在尼斯的海边，洛瑞行单手握着渔竿，另一手捂着脸，落下了我从未见过的他的眼泪。

我去拉他的手，他低头看着我，双目泪光盈盈。洛瑞行轻声说："林星，我这一生，也算惊心动魄，而你，依然是这惊心动魄里最让我刻骨铭心的存在。从前我不愿认，我爱你；我不愿信，你爱我；也不敢想，我们会有这样的时刻……

谢谢，你的不嫌弃，你的不放弃。”

我安静地听着，唇角上扬——这是洛瑞行第一次认认真真地说情话，而我又怎么会嫌他的情话长呢？

洛瑞行继续道：“林星，你是天上一颗星，微微萤火是你，璀璨光芒是你，星河万里也是你，可它们，又都不如你。你曾说我是你心中日月，你的光因我而起——不，不是的，林星，你所有的光芒，来自你自己。”他看着我的眼睛，郑重地、真挚地、柔声地告白：“我爱你，我的小星星。”

我靠过去，环住洛瑞行的腰。他腰上终于长了肉，不再是之前在英国初见时少女般“盈盈细腰不足一握”。

“叔叔，要比肉麻的话，你赢了。”我说完这句，洛瑞行呼吸一滞。我把下巴搁在他的肩膀上，又赶紧笑道：“可要比幸福的话，我赢了哦！我此刻，觉得很幸福很幸福。从前我们的日子都太苦、太孤单了，余下的人生，我们要一起好好过。这是我们欠彼此的，也是我们欠自己的。”

夕阳彻底地落下去了，海水是一种温柔的墨蓝色，可天地间并不黑暗，因为天空中，星辉永远闪烁。

后记

“离去”是为了“归来”，
“独立”是为了能够有资格与
他坦然比肩。

长久以来，我一直想做个快乐的人，容易入睡的人，脾气温和的人，无论何时都应对得体的人……哦，还有，我还想做个瘦瘦的人。

以上这些，我都曾短暂地做到过：短暂的快乐，短暂的好眠，短暂的温和，短暂的聪明得体，甚至包括短暂的，瘦过。

但归根结底，我的底色仍是那种不那么容易快乐，不那么容易入睡，脾气易炸，不善社交，但很擅长增肥的人。

这可能也是大多数人的样子：心里有一个美好的自己，现实里有一个平庸化的自己。这两者之间的差距，就是痛苦的长度，焦虑的形状。

林星也有两个样子。她心里的自己，独立、聪慧、勇敢、努力，可真实的她，不得不依附洛瑞行以度过年少时的最大劫难。

“独立”，成了她生命里的奢求。

林星和洛瑞行最初的困局，是一个一见倾心，可是不懂如何靠近，又害怕受伤，只会狠狠握紧；另一个却想要自己选择能与之比肩的恋人，而不是被命运胁迫地走向他——哪怕，他就是他。

所以最后林星发现自己其实已经爱上洛瑞行的时候，她依然得按先前计划的那般，先“离去”，先“独立”。

“离去”是为了“归来”，“独立”是为了能够有资格与他坦然比肩。

你拥有离开的能力，独立生活的能力，留下来陪伴才显得更珍贵，且当生活的意外来临时，除了眼泪，你能有更漂亮、更坚定的样子去面对风雨。

人在年少时，总以为爱情就是相爱就好了，两情相悦就是一切。在跌跌撞撞地走过一些路，磕磕碰碰地成长后，才会知道相爱只是开始，却不是故事的结尾。人生的happy ending既需要天时、地利、人和，也需要努力、经营、谋划。

恋爱大过天的少女，最终多半将被爱情所伤，反而是过好了自己人生的女王们，哪怕暂时没有恋人，也能开辟新的天地。因为前者错把爱情当作人生的全部，后者则把它视为一种珍贵的体验——帮助她们更好地认识自己，发现自己，成就自己成为更好的人。

“独立”，是我通过“星光”这个故事，想告诉我的女孩们的一个关键词。

在我的心里，独立，是所有美好而坚固的爱情开始的基础。林星的前半段人生很被动，但她一直很努力地想要独立，想要自由。即使被小心地养在温室里，她也没有放弃自己。生活践踏她，可她仍挣扎着，活出自己的香气。

所以故事的最后，我让林星活成了她自己梦想的样子。从此她不怕爱洛瑞行，也不怕爱错洛瑞行。失去洛瑞行，她依然是了不起的林星，而回到洛瑞行身边，她是能为洛瑞行托底的那个，了不起的林星。

我没有成为自己梦想中的样子，但我多多少少地靠近过自己喜欢的那个样子——我努力过，也努力着，真的。

努力而无获让人沮丧和怀疑，但我也慢慢知晓，可能这就是生活的真相。可是没关系呀，我可以写故事，让故事里的人圆满。

除了“独立”，在这个故事里，我还用不小的篇章写了林星的原生家庭——她软弱的妈妈，她愚昧的爸爸。林星在妈妈身上看到没有独立能力，没有自己人生的女性在生活里遭遇的不公与无奈，所以她努力活出自己的色彩。而爸爸的“重男轻女”，又让她拼命想证明自己并不比一个“儿子”逊色。

这些，是林星的要强和对独立与自由强烈渴望的源起。

很多时候，不是性别造就了我们的不同，而是旁人对待我们的方式有异，而使我们变得不同。

最后，祝福行星夫妇终于守得云开见月明。

以及，谢谢你们的阅读，我们下一本新书再见啦！

— END —

本故事纯属虚构

医美需谨慎，自信健康的你，原本就很美。

图书在版编目（CIP）数据

一半星光一半蓝 / 微酸袅袅著. -- 南京 : 江苏凤凰文艺出版社, 2019.6
ISBN 978-7-5594-3777-8

Ⅰ. ①一… Ⅱ. ①微… Ⅲ. ①长篇小说 – 中国 – 当代
Ⅳ. ①I247.5

中国版本图书馆CIP数据核字(2019)第102218号

一半星光一半蓝

微酸袅袅 著

出 版 人	张在健
责任编辑	张　倩　王　青
特约编辑	龚　雯　吴　歌
封面设计	@设计装帧粉粉猫
责任印制	江苏凤凰文艺出版社
出版发行	江苏凤凰文艺出版社
	南京市中央路 165 号，邮编：210009
网　　址	http://www.jswenyi.com
印　　刷	湖南新华精品印务有限公司
开　　本	880mm × 1230 mm 1/32
印　　张	10.75
字　　数	320千字
版　　次	2019 年 6 月第 1 版　2019 年 6 月第 1 次印刷
书　　号	ISBN 978 - 7 - 5594 - 3777 - 8
定　　价	39.80 元